LE GRAND VILLAGE

ROMANS DU MÊME AUTEUR

Dans la Bibliothèque Charpentier, à 3 fr. 50

—

ANTOINETTE MARGUERON.	1 vol.
HENRIETTE GREY	1 —
MADAME DE FÉRONNI.	1 —
CORNEBOIS	1 —
ROCHEFIÈRE	1 —
LES PETITES MARIÉES	1 —
LE GRAND VILLAGE	1 —

Pour paraître prochainement :

LA GRANDE BABYLONE	1 —
LE MONDE INTERLOPE	1 —

Saint-Amand (Cher). — Imprimerie DESTENAY.

ETUDES HUMAINES

LE

GRAND VILLAGE

PAR

EDGAR MONTEIL

PARIS

G. CHARPENTIER et Cie, ÉDITEURS

13, RUE DE GRENELLE, 13

1885

LE
GRAND VILLAGE

I

BAS-DU-DOS

— Oui, c'est à moi que ce pays doit d'être demeuré honnête pour la bonne moitié ; oui, c'est à moi, plus qu'au curé, certainement. Est-ce que ce n'est pas moi qui fais tout dans le pays ? Est-ce que je ne suis pas le seul qui ait joué un rôle politique, moi ? Ce n'est peut-être pas moi qui me suis trouvé, en 1851, à Paris, avec le grand Napoléon Bonaparte ? je n'étais peut-être pas autorisé, en ma qualité de conseiller-général du canton, à l'assurer de la fidélité éternelle du Dauphiné aux Napoléons ? Ce n'est sans doute pas à moi que Son Altesse le Prince-Président a serré la main en me disant « Merci » ? Qui donc contesterait mes titres ? Est-ce que je ne suis pas moi ? Mon nom n'est-il pas Chanat ? Qui donc se nomme Chanat, en dehors de moi, dans la contrée, en France ? Est-ce que je ne suis pas notaire ? Ne suis-je pas riche ? J'exerce une influence légitime, je pense ? Du reste, tout pour l'Empereur !

Celui qui parlait ainsi était un petit homme très-étroit d'épaules, qui avait des bras minces et des jambes menues et cagneuses, un torse grêle surmonté d'une grosse tête aux cheveux rares et sales, avec un visage de fouine au nez long, des yeux vifs, des lèvres rageuses.

Il se tenait toujours raide, le corps un peu rejeté en arrière et se faisait mettre à ses chaussures d'énormes talons qui le grandissaient de trois centimètres, ce qui était quelque chose pour lui.

— Moi! moi! répétait-il, c'est moi! Que sont les autres? des niais, des cruches, des imbéciles, des canailles!

Son interlocuteur faisait des signes d'aquiescement. C'était un homme maigre aussi, étroit aussi, avec une tête qui rappelait un peu celle de M. Chanat. Dans les yeux de l'un comme dans les yeux de l'autre il était impossible de découvrir un bon sentiment. C'était sec, égoïste, méchant.

— Vous me comprenez, disait M. Chanat, je suis compris; c'est un point essentiel. Il faut que nous nous entendions si vous voulez devenir mon gendre, et vous voulez le devenir.

— Je le crois bien, je ne demande que ça. Mademoiselle votre fille est...

— Ma fille n'est rien dans l'affaire. Qu'est-ce que vous voulez me dire? Que ma chère Athalire est adorable? Je le sais mieux que vous : elle me ressemble. Mais la question n'est pas là. Votre famille est pieuse, je le sais; elle est bonapartiste, je le sais encore. Mais vous?...

— Oh! moi... tout pour l'Empereur!

— Et la religion?

— Et la religion catholique, apostolique et romaine.

— C'est bien, très-bien. Vos parents ne m'avaient pas trompé sur vos louables sentiments. Ah! c'est que mon gendre devra travailler avec moi, voyez-vous. Mon gendre, ce sera moi.

— Afin de continuer l'étude quand vous vous retirerez....

— Pour être notaire avec moi et après moi, oui; et c'est pour cela que vous deviez avoir pris vos inscriptions. Mais ce n'est pas là seulement ce que je veux. Ce en quoi mon gendre doit m'aider, c'est à nuire aux républicains, à les ruiner dans le pays. Il faut que nous tenions les paysans, voyez-vous ; il faut que nous écrasions les rouges, que nous les écrabouillions.

— Je suis prêt, dit l'autre en brandissant son poing.

— Oh ! non ! pas comme ça. Ils seraient les plus forts. Diantre ! vous ne savez pas qu'il y a parmi eux des géants, ce grand Crillon, entr'autres, un pas-rien, un huissier, moins qu'un âne.

— Sans doute.

— Vous serez mon gendre en tout.

— En tout.

— Je suis riche, vous savez. Je n'ai pas hérité des Charançon et j'ai déjà plus de quatre cent mille francs. Vous en aurez au moins deux cent mille. Je sais, je sais, je suis renseigné, et il est inutile de m'interrompre. Ça vous va, hein ? le mariage vous va ?

— Je le crois, monsieur, qu'il me va, et...

— Vous avez aperçu ma fille à la messe, à Saint-Marcellin, quand je l'y ai conduite exprès pour que vous la vissiez. Je me suis arrangé avec vos parents. Avec vous, ça va comme sur des roulettes. Je vais faire descendre mon Athalire et vous lui ferez la cour. Allez vite en besogne, hein ? pour que les préliminaires ne traînent pas au-delà de quelques mois. Si ma fille ne s'échauffe pas assez promptement, agacez-la un peu, chatouillez-la. Ah ! ah ! vous êtes encore un gaillard, vous !

— Hi ! hi ! hi ! beau-père...

— Hé !... quoi !... Vous n'allez pas être inconvenant, je suppose ? Eudoxie, ma servante, m'a bien dit, en m'annonçant votre arrivée, que vous aviez l'air polisson. Pas de bêtises, s'il-vous-plaît.

M. Félibien se tint droit, compassé, sans la moindre palpitation.

— Je vais faire descendre ma fille, répéta le notaire. Athalire !... Athalire ! descends, mon enfant ; c'est le monsieur que je te choisis pour mari... Allons, descends... Elle va venir... Ah ! vous êtes un heu-

reux coquin de m'avoir convenu! Qu'est-ce que
vous auriez trouvé sans moi? Trente mille francs
de dot, tout au plus, et pas de position. Moi, je
vous associe à mon étude, vous vivez avec moi, à
Roybon, et, à la mort de vos parents qui sont déjà
vieux et mal portants, vous grossissez la fortune
de vos enfants, car vous aurez soin d'avoir des enfants?

M. Félibien fit la bouche en cœur autant qu'il le
put, car sa bouche n'était arrêtée que par ses
oreilles.

— Oui, dit Chanat, j'ai consulté le médecin de
chez vous qui m'a dit que votre père allait à la
mort grande vitesse. Il n'en a pas pour longtemps.
Quand il aura tourné l'œil, votre mère ne demeu-
rera pas seule. Vous êtes fils unique. Nous la ferons
venir à Roybon. J'ai calculé que nos fortunes seraient vite réunies. J'arrangerai ça. J'ai l'habitude
des affaires.

On frappa discrètement à la porte.

— C'est Athalire, dit Chanat… Entre!

On frappa encore plus timidement.

— Hé! entre! ce n'est pas difficile d'entrer!

Personne ne parut.

— Il faut que j'aille la chercher, à ce qu'il paraît.

Il ouvrit et trouva sa fille comme pétrifiée.

— Viens donc, grosse niaise, lui dit-il.

Et il la traîna devant M. Félibien, qui s'inclinait
profondément en mettant la main sur son cœur.

— Regardez-la, mon gendre, elle en vaut la peine.

Elle ressemblait à son père en ce que celui-ci ressemblait à une fouine. C'était le même nez pointu,
les mêmes lèvres, le même menton futé. Mais la
tête était plus déprimée et les yeux beaucoup moins
vifs. Le corps était maigre, les os grêles, la poitrine
aussi plate que possible, mais le ventre proéminent.

— Embrassez-vous, mes enfants, dit Chanat.

Athalire n'avait pas levé les yeux. Félibien s'approchant, elle détourna la tête, et celui-ci n'embrassa que des cheveux bruns, abondamment grais-
sés de pommade à l'héliotrope.

— Voilà la connaissance faite, dit Chanat. Ah !
mes enfants, je vous en promets du bonheur !... Ha !
dites-moi, il est onze heures et demie, et nous dî-
nons à midi chez le père et la mère de ma pauvre
femme défunte. Ma femme a été malheureuse, car
elle est morte avant que j'aie pu jouir avec elle de
son argent. Les Charançon ont la vie dure. Roybon
a un climat de montagne sous lequel on vit longtemps, ce qui n'a rien de drôle quand on attend des
héritages. Va mettre ton chapeau, Athalire.

La jeune fille sortit.

— Elle est joliment pudique, n'est-ce pas ? dit
Chanat. Elle n'ose pas regarder un homme en face.
Oh ! c'est que je l'ai fait élever comme il faut. Je
l'ai mise de bonne heure au couvent de Voiron.
Vous connaissez ce couvent, hein ? sur la hauteur...

— Oh ! parfaitement !

— Excellente pension de jeunes filles. On y apprend une foule de choses, des arts d'agrément. Si
vous saviez les merveilles qu'Athalire fait avec des
cheveux : des maisons, des arbres. On lui apporte
les cheveux de tous les morts un peu convenables
du pays pour qu'elle en fasse des tableaux. C'est sa
distraction, à cette enfant. Et puis l'accordéon.
Ah ! j'oubliais de vous dire qu'elle joue de l'accordéon comme un ange. Je lui ai acheté un instrument superbe qui m'a coûté trois cents francs. C'est
plus compliqué qu'un piano. Vous l'entendrez.
Quand nous allons dîner en ville, Athalire l'emporte
toujours. Ça fait plaisir aux gens pendant la diges-
tion.

Chanat alla à la porte.

— Dépêche-toi donc, Athalire ! cria-t-il.

Et revenant :

— Comment trouvez-vous mon salon ? demanda-
t-il.

— Très-beau.

— Vous voyez, j'ai fait faire mon portrait et
celui de ma fille par le peintre de Thodure. Quand
le peintre, qui est à Paris, reviendra par ici, je lui
ferai faire le vôtre.

— Je vous remercie mille fois.

— Mille fois? c'est beaucoup. Est-ce que vous ne seriez pas économe, par hasard?

Le salon de M. Chanat se composait d'un meuble complet en acajou et velours rouge, y compris, au milieu de la pièce, un guéridon posé sur une carpette en imitation d'Aubusson. Les tableaux valaient à-peu-près le meuble, c'étaient d'abominables croûtes, mais ressemblantes.

Mlle Athalire se montra. Elle avait passé une robe d'un bleu cru, en soie, avec un mantelet pareil, le tout fait à La Côte, ainsi que son chapeau, dont les brides lui faisaient un gros nœud sous le cou et qui était chargé de plus de fleurs et de plumes qu'il n'en pouvait porter.

Elle avait sous le bras un grand paquet vert qu'elle soignait religieusement.

— Allons, marche devant, dit Chanat, tes grands-parents attendent, et il n'est pas encore reçu que tu donnes le bras à ton fiancé.

Et poussant Félibien du coude en montrant sa fille d'un geste de tête :

— Vous allez lui en faire voir de grises, une fois marié, dit-il.

Toujours les yeux baissés, Mlle Athalire ne pouvant replier ses oreilles, entendait parfaitement; mais elle paraissait occupée uniquement de garder ses grands pieds maigres et plats des galets pointus dont les ruelles étaient pavées et de ne pas clapoter dans les bruyères et les fougères qu'on faisait pourrir devant les portes et sur lesquelles des porcs de race noire, des cayons hauts sur jambes, se vautraient délicieusement.

— Vous savez que mon beau-père, M. Charançon, a été maire de Roybon, dit Chanat. C'est moi qui lui ai succédé. Mon père a été maire, mon grand-père aussi. Nous avons toujours tenu la tête du pays. Vous la tiendrez à votre tour.

M. Charançon était sur sa porte, dans une ruelle du haut bourg un peu plus large que celle qu'on suivait pour aller de la maison Chanat à la sienne. Il s'avança pour recevoir ses hôtes.

Il avait le type montagnard, sec et nerveux. Son visage était sympathique bien que ses sourcils fussent broussailleux et rapprochés, et ses yeux bruns singulièrement vifs. Il appela sa femme, qui accourut. Elle aussi était maigre; mais elle avait l'air plus mauvais que les Chanat et les Félibien ensemble, avec son visage en lame de couteau légèrement courbée, sa bouche baveuse, et un œil blanc dont elle n'y voyait plus qui faisait pendant à un œil rouge dont elle y voyait parfaitement.

La table était mise dans une pièce dallée, ce qui forçait les Charançon à mettre des planches coupées en carré sous les pieds de leurs convives. Pour le reste, c'était assez propre : les chaises étaient en noyer et en paille, l'armoire en noyer aussi. Le gros linge qui recouvrait la table avait bon aspect et on se servait de couverts d'un métal assez semblable au fer comme couleur, mais ne donnant pas de goût aux mets.

On s'assit autour de la table et Mᵐᵉ Charançon, debout, servit la soupe dans des assiettes profondes qu'elle remplit jusqu'au bord en lavant dans le bouillon son pouce replié dans l'intérieur de l'assiette.

Ils mangèrent cette soupe, dans laquelle il y avait beaucoup de légumes et de grosses tranches de pain, en aspirant bruyamment le contenu de leur cuillère, et ils ne firent pas moins de bruit en mangeant les viandes que l'on servit et qui avaient si bon goût qu'ils torchaient leurs assiettes et jusqu'à leurs fourchettes avec de la mie de pain qu'ils avalaient ensuite avec une satisfaction évidente.

— Ainsi, dit M. Charançon, vous venez, monsieur Félibien, pour épouser notre petite-fille.

— Oh ! oui, monsieur.

— C'est un bon parti. C'est à elle que reviendra notre argent, et son père n'en manque pas déjà.

— Ce n'est pas pour l'argent que j'épouse mademoiselle, dit Félibien.

— Ah ! oui, l'amour ! dit Mme Charançon ; sûr, on en a ; mais pour le bonheur, ce n'est pas ça qu'il faut.

— Ça n'est pas l'argent qui leur manquera, dit Chanat. Ils peuvent dormir sur leurs deux oreilles et même aller jusqu'à avoir trois enfants.

— Il ne faut pas dire ça ! s'écria Mme Charançon. Trois enfants ! Y pensez-vous, Chanat ! C'est inconvenant ce que vous dites ! Vous ne songez donc pas à la façon dont ça diviserait la fortune ?

— Il me semble qu'à trois, ils auraient encore un assez joli lopin chacun, une fois que tout se trouverait réuni, dit Charançon.

— Et en attendant ? Les parents ne meurent pas si vite. Et puis, ça ne serait pas assez pour tenir notre rang. Il faut que nos petits-enfants soient très-riches. Vous entendez, monsieur Félibien ? Deux enfants seulement, et il faudra tâcher d'avoir des garçons. Je ferai un vœu pour ça à Notre-Dame-de-l'Osier et une neuvaine à Roybon. Ah ! mais oui.

— Et vos parents sont en bonne santé ? demanda Charançon.

— Oh ! ils se portent très-bien, répondit Félibien.

— Très-bien ! très-bien, s'écria Chanat, excepté peut-être un peu ce pauvre père, n'est-ce pas ?

— Oui, dit Félibien, excepté mon père qui trainaille.

— Ils n'ont pu vous accompagner, vos parents, monsieur Félibien ? demanda Charançon.

— Il était convenu que je viendrais seul passer vingt-quatre heures ici, pour voir Roybon et faire la connaissance de mademoiselle.

— Oui, dit Chanat ; et nous irons tous chez les Félibien pour la noce.

— Oh ! vous ne vous serez guère vus avant votre mariage, jeunes gens, dit Charançon.

— Qu'est-ce que ça fait, dit Chanat, puisque j'ai arrangé les choses.

— Alors, il faudra mener cet après-midi M. Félibien chez la marquise et chez les Monestrel.

— C'est certain ; et chez M. le curé aussi, dit Mme Charançon.

— J'y ai songé, dit Chanat, et nous irons certainement remplir nos devoirs de politesse cette relevée.

On finissait de dîner.

— Pendant que nous prenons le café, dit Chanat, ma chère Athalire, tu vas nous jouer un petit air. Vous allez entendre ça, mon cher Félibien.

Athalire, qui n'avait pas soulevé ses paupières tant que le dîner avait duré, sans les soulever davantage, alla chercher son paquet vert et sortit de son enveloppe un énorme accordéon qu'elle installa sur ses genoux. Posant un de ses pieds sur le barreau de sa chaise, elle appuya son coude sur sa jambe et, du mouvement gracieux ordinaire aux joueurs d'accordéon, elle envoya de l'air de son instrument dans l'espace. Elle jouait la *Grâce de Dieu.*

— Et voulez-vous qu'elle chante? demanda Chanat. C'est qu'elle chante en s'accompagnant! Chante, ma chère Athalire, chante.

— Oh! mon père...

C'était les premières paroles que Félibien entendait prononcer par sa fiancée.

— Voyons, voyons, c'est ton futur, dit Chanat, ne te fais pas prier. Diantre! vous en verrez bien d'autres! chante, va, chante.

— Mon père... mon père...

— Allons pas de cérémonie. Va, va. Si ta voix est émue, M. Félibien t'excusera facilement.

— Mademoiselle, je vous en prie, dit Félibien.

— Va donc, ma fille, dit Mme Charançon; voilà bien une chose à intimider un amoureux!

— On lui a appris au couvent que ce ne serait pas de bonne compagnie de jouer sans se faire prier, souffla Chanat.

Athalire se décidant, elle entonna d'une voix ferme et tranchante les couplets de la *Grâce de Dieu* :

Tu vas revoir notre montagne...

— Bravo! bravo! fit-on.

Félibien la considérait, avec sa robe relevée laissant voir sa jambe posée à terre jusqu'à la moitié d'un mollet absent, sa taille presque aussi large que ses épaules, ses doigts osseux qui tapaient sur les touches de l'accordéon comme des morceaux de bois.

— Elle est en or, se dit-il en forme de conclusion.

— Bravo ! bravo ! cria toute la famille.

— Ah ! Mademoiselle, dit Félibien, que vous avez un beau talent !

— N'est-ce pas ? dit Chanat. Elle charme tout Roybon. Ça m'étonne que quelques habitants ne soient pas venus se poster près de la fenêtre.

— On aura eu peur de nous déranger, dit Charançon ; comme on sait que notre petit-gendre dîne chez nous...

— Allons, dit Chanat, il faut aller faire nos visites.

— Nous commençons par la marquise, puis M. le curé, enfin Monestrel.

Ils sortirent. Félibien offrit son bras à Mᵐᵉ Charançon, qui avait un bonnet à rubans blancs avec des fleurs violettes. M. Charançon portait un habit très-court de pan, un gilet à fleurs rouges, un pantalon gris, et conduisait Mˡˡᵉ Athalire, tandis que M. Chanat marchait en queue, observant les habitants qui se mettaient sur leurs portes et se prévenaient mutuellement que le gendre de M. Chanat, notaire, passait dans les rues de Roybon.

Derrière lui, M. Chanat entendait murmurer :

— Il paraît qu'il est si riche, le futur gendre !

Le petit notaire se dressait encore davantage.

Il avait laissé croire et même accrédité que M. Félibien avait plus d'argent qu'il n'en possédait réellement ; comme la famille de Félibien était de l'autre côté de Valence, personne n'avait envie d'aller aux informations, et M. Chanat triomphait ouvertement.

— Dites donc, monsieur Félibien, disait Mᵐᵉ Charançon, vous savez que nous allons chez une marquise.

— Je le sais, dit Félibien, la marquise de Benassit.
Elle a été, je crois, malheureuse en ménage.

— Oui ; le marquis était un coureur, un joueur,
un propre-à-rien qui n'a jamais voulu venir qu'une
fois à Roybon, disant que c'était un trou infect. Il
fallait Paris à ce monsieur. Un jour, la marquise
s'est séparée de biens et elle l'a planté là. Elle a
joliment fait. Il aurait tout mangé, ce panier
percé. Ah ! les hommes qui courent les femmes !
J'espère que vous ne savez pas encore ce que c'est,
vous ?

— De courir ? demanda Félibien.

— Non, les femmes.

— Oh ! fit M. Félibien choqué.

— Je sais que vous avez été élevé au séminaire de
Valence ; mais enfin, ce n'est pas toujours une raison d'avoir été élevé au séminaire. Si je savais quelque escapade de vous, c'est vous qui n'auriez pas ma
petite-fille ! Et comme j'ai dit à Chanat : Si jamais M. Félibien clochait seulement d'un pied, at-
trape-le par l'argent ; moi, d'abord, je fais hériter
directement ses enfants.

Ils sonnèrent à la porte d'une maison très-longue,
à un étage, qui avait un aspect plus confortable que
les autres maisons du bourg, et pénétrèrent dans un
rez-de-chaussée dont les volets étaient fermés et dont
l'humidité prenait à la gorge.

La servante qui leur avait ouvert donna un semblant de lumière au salon.

— Je vais prévenir Mᵐᵉ la marquise, dit-elle ;
asseyez-vous en attendant.

Les bergères et les chaises du salon étaient
Louis XVI, mais d'une fabrication villageoise ; le papier devait dater de l'Empire avec ses imitations
d'étoffe relevée par des thyrses ; et la cheminée, de
décadence en décadence de style, avait été ornée, sous
Louis-Philippe, de fausses fleurs sous des globes et
d'une pendule d'acajou.

Quelques vieilles toiles, trumeaux détruits et en-
cadrés de salons de campagne, coupaient le papier
empire et, devant la cheminée, un mince tapis recou-

vrait un parquet qui devait être ciré une fois par tri-
mestre et balayé une fois par semaine.

Une femme en cheveux blancs, vêtue de noir
aux manières aisées, parut bientôt et se montra ac-
cueillante, quoiqu'il fût possible de sentir qu'elle
n'avait pour aucune des personnes présentes le
moindre sentiment d'affection ni d'estime.

— Et vous n'allez pas éprouver trop de peine à
quitter votre belle vallée du Rhône pour les sources
de la Galaure, monsieur? demanda-t-elle à M. Félibien.

— Oh! madame, Roybon me paraît si joli!

— Oh! c'est un bon pays, dit Charançon. Quand
vous le connaîtrez, vous m'en direz des nouvelles.

— Roybon, dit Mme de Benassit, est un pays un
peu perdu et destiné à se perdre chaque année davantage.

— Oh! madame la marquise, pouvez-vous dire
cela?

— Je dis ce que je pense, répondit Mme de Benassit. Roybon n'est sur aucun passage ; c'est un pays
isolé au milieu des bois et qui ne peut se développer.
Il est doux d'y venir achever sa vie dans le calme
et la solitude ; c'est tout.

— Oh! madame la marquise, vous n'avez pas
envie de mourir, dit Chanat.

— Vous voyez Roybon l'été, dit Mme de Benassit
à Félibien, et l'été, quand le soleil brille, la campagne est toujours aimable. Nos bois sont verts.
Mais l'hiver, lorsque la neige a recouvert nos plateaux, lorsque le vent glacé des hautes montagnes
passe sur nous sans que rien l'arrête, Roybon n'est
pas gai.

— Mais quand on aime, madame la marquise...
dit Félibien.

Mme de Benassit eut un léger sourire.

— On dit qu'avec de l'argent on est bien partout,
dit-elle.

Elle se leva, n'aimant pas les visites prolongées.

— Monsieur, dit-elle à Félibien, je suis heureuse
de voir un Roybonnais de plus.

— Madame la marquise, madame la marquise, au plaisir de vous revoir.

Les cinq visiteurs s'inclinèrent profondément et à plusieurs reprises, en répétant :

— Adieu, madame la marquise.

— M. Chanat, pensa Mme de Benassit, quand ils furent partis, a trouvé gendre à son niveau.

Mme de Benassit n'aimait pas M. Chanat qui, dans un moment où elle soutenait un procès, lui avait prêté de l'argent à un franc de plus que le taux légal.

— Cet homme doit avoir la conscience bourrelée de remords, pensait-elle.

Elle se trompait. La conscience de M. Chanat était aussi légère que liège, en ce qui concernait la marquise comme en autre chose.

— Dites donc, demanda-t-il à son futur gendre, comment la trouvez-vous, notre marquise ?

— Elle m'a paru pleine de distinction. -

— Ah ! si vous saviez quelle crétine ça fait ! s'écria Chanat en éclatant de rire. Elle est légitimiste !

Ils entrèrent au presbytère. Le curé Mingral faisait une partie de boules dans son jardin avec M. Monestrel.

— Ah ! vous voilà ! fit le curé. Vous venez me présenter le prétendu. C'est un beau garçon.

— Monsieur Monestrel, nous allions nous diriger de votre côté en sortant de chez M. le curé.

— Hé bien, je vous accompagnerai, dit M. Monestrel, et vous conduirai voir ma femme et ma fille.

— Vous plairez-vous à Roybon, monsieur Félibien ? demanda le curé.

— Certainement, monsieur le curé.

— Vous reconnaîtrez que c'est un excellent pays. On n'y vit pas mal. Il y a une bonne société. Je suis sûr que vous vous habituerez vite au genre de vie de notre petite ville. Quant à votre future, je ne vous en souffle mot. Si vous la connaissez jamais comme je la connais, moi, qui sais tout, vous verrez qu'il ne peut y avoir sur cette terre une épouse qui lui soit comparable. C'est un ange descendu du ciel.

— Je vous crois, monsieur le curé.

— Vous me paraissez avoir chaud. Voulez-vous entrer vous rafraîchir ?

— Oh ! merci, monsieur le curé.

— Entrez donc, entrez donc. Je vais vous faire goûter mes cerises à l'eau-de-vie.

— Puisque vous le voulez, monsieur le curé, il faut vous obéir.

— Ils entrèrent dans une salle-à-manger nue, au milieu de laquelle il y avait une grande table de noyer entourée de chaises.

— Marie, dit le curé Mingral, donnez-nous donc les cerises que j'ai faites moi-même l'année dernière.

Il remplit à demi des verres sans pied.

— Beaucoup de jus ? demanda-t-il.

Chacun puisa dans son verre les cerises avec ses doigts et les déclara exquises.

— Vous ne m'en aviez pas encore fait goûter, dit Mme Charançon.

— C'est parce que vous ne venez pas me voir, madame Charançon, dit le curé ; mais votre mari en connaît le goût.

— Je vous ai aidé à casser le sucre que vous avez mis dedans, monsieur le curé.

— Parfaitement.

— Et que dit-on de neuf dans le pays ?

— Le gros Bouchard va mourir.

— Ce poussif ! Vous croyez ? dit M. Chanat.

— Je lui ai porté le bon Dieu il y a une heure.

— Je suis aise de savoir ça, dit Chanat. Il me doit encore une quarantaine de francs, je vais faire saisir son jardin.

— Est-ce qu'il n'a pas aussi une prairie ?

— Sa prairie ! dit M. Chanat, il y a longtemps que je l'ai fait vendre, pour une autre somme qu'il me devait. C'est même moi qui l'ai achetée.

Ils quittèrent le curé et remontèrent dans la Grande-Rue. Sur la place malpropre, pleine de fumier, ils s'arrêtèrent. Monestrel leur ouvrit la porte.

— Ma femme ! cria-t-il, ma fille ! venez, voici les Chanat !

Il les fit entrer dans une salle dont les chaises étaient de paille et où se trouvait un secrétaire en bois de chêne encore fort beau. Il avait de chaque côté deux gaînes finement sculptées. Mais un curé de Saint-Antoine dont M. Monestrel tenait ce secrétaire. avait coupé les seins des figures de ces gaînes en même temps qu'il faisait limer les seins des anges du maître-autel de l'abbaye historique qu'il desservait. On voyait encore dans cette salle une sorte de crédence en noyer sans aucun caractère, contenant quelques vieux plats et une table également ne noyer dont les pieds étaient calés avec des morceaux de tuile.

— Asseyez-vous, dit Monestrel.

Mme Monestrel et sa fille entrèrent. Elles étaient très-simplement mises, la jeune fille en noir. Mme Monestrel était déjà âgée, elle marquait la cinquantaine et était boîteuse. Quant à la fille, ses seize ans n'avaient pas sonné et elle était admirablement belle.

D'une taille au-dessus de la moyenne, elle possédait une chevelure qu'elle pouvait peigner à peine. Son visage était rond, sa peau bistre, ses yeux et ses sourcils bruns ; les épaules, la taille, la tournure formaient des courbes souples, gracieuses, et elle avait une allure vive qui répondait à son intelligence éveillée et active.

Elle laissa ses parents complimenter les Chanat et se contenta de les observer les uns après les autres, sans pouvoir empêcher un pli moqueur de se former au coin de ses lèvres.

— Il a l'air d'être parfaitement éduqué, le gendre de M. Chanat, lui dit sa mère lorsque les visiteurs furent partis.

— Oui, il leur convient.

— Que veux-tu dire ?

— Je veux dire qu'il doit être aussi méprisable qu'eux.

— Je t'ai recommandé de ne pas parler ainsi des plus honnêtes gens du bourg.

— Honnêtes, eux ! Tu sais que je les déteste, et, va, je ne me trompe pas sur leur compte, je les flaire...

— Lucile, je t'en prie...

— Ah! maman, c'est comme ça. Que tu le veuilles ou ne le veuille pas, je les exècre.

Pendant que Mlle Lucile s'exprimait ainsi sur les Chanat, ceux-ci disaient :

— Avez-vous remarqué que Mlle Lucile n'a soufflé mot ?

— C'est un genre qu'elle se donne avec nous.

— Vraiment ! fit M. Félibien.

— Nous ne lui plaisons pas, à ce qu'il paraît, dit Mme Charançon.

— Voilà une jeune fille pour laquelle je ne me chargerais pas de dénicher un mari, dit Chanat.

— Ne dis pas ça, Chanat, dit Mme Charançon ; elle est riche.

— Mme Monestrel a eu l'idée de la faire élever dans un pensionnat laïque situé aux Charpennes, et cette jeune fille, qui était comme les autres avant son départ de Roybon, est revenue ici comme vous venez de la voir. Elle a fait sa société de la fille de cet huissier Crillon, qui est une évaporée comme elle, et elle affecte pour les autres jeunes filles et en général pour les habitants du bourg un dédain profond, et que rien ne justifie, je n'ai pas besoin de vous le dire. Elle n'a certes pas une fortune à se permettre cela. M. Monestrel a plus de deux cent mille francs à moi connus, car je suis son notaire ; mais, quel que soit l'argent qu'il peut avoir placé à droite ou à gauche, je ne crois pas, sans que je puisse le savoir exactement, qu'il ait de quoi augmenter énormément ce chiffre. Ce n'est pas assez pour faire la moue au monde, et Mlle Lucile Monestrel devrait le comprendre.

— Elle vous regarde avec une effronterie !... dit Mme Charançon.

— Oh! celui qui l'épousera n'aura qu'à la regarder de près, dit Chanat. Elle a des yeux !... Et jamais elle ne se tient tranquille. On l'entend rire toute seule quand on passe devant sa maison. Elle scandalise les habitants jusque dans l'église. Vous croiriez peut-être qu'elle prie Dieu quand elle entre le dimanche dans le sanctuaire, car j'ai remarqué qu'elle manquait quelquefois la messe? Elle ne songe pas à prier, allez! Elle inspecte les paroissiens les uns après les autres. Hommes, femmes, enfants, ils y passent tous, et l'on dit que la petite Crillon et elle déchirent à belles dents les trois quarts de Roybon, sans compter ce qu'elles peuvent dire sur les habitants de la campagne. Elle ne se mariera jamais, ni elle ni la petite Crillon. Aucun homme n'en voudra.

— Il n'y a pas de marmite qui ne trouve son couvercle, dit Mme Charançon.

— Ah! voici M. Crillon, dit M. Charançon.

— Hé! bonjour, chers messieurs et dames, dit M. Crillon.

M. Crillon était un homme de cinq pieds six pouces, extraordinairement fort, ainsi qu'il paraissait d'ailleurs à la largeur de ses épaules, à ses membres développés, à ses larges mains. Très-doux avec cela, conciliant dans les affaires, ne saisissant un pauvre diable qu'après avoir tenté l'impossible pour lui éviter cette dure extrémité, il jouissait de l'estime générale, exception faite des réactionnaires militants, qu'ils fussent légitimistes, bonapartistes ou tout uniment cléricaux. Les réacts le détestaient à cause de ses opinions et étaient excités contre lui par le notaire Chanat.

Ça n'empêchait pas que celui-ci ne lui fit bonne mine quand il le rencontrait, et même, quelquefois, ne lui adressât une affaire, parce qu'il le craignait comme ce qui est petit craint ce qui est grand, ce qui est faible la force, et la duplicité la loyauté.

— Voici mon futur gendre, dit Chanat.

— Ah! monsieur, je vous adresse mes compliments, dit Crillon. Vous faites là un beau mariage, et les Roybonnais seront enchantés de vous voir vous établir parmi eux. Vous vous portez bien, à part ça?

— Très-bien, très-bien, Crillon, comme vous voyez, dit Charançon.

— Tant mieux! dit Crillon. Faites une belle et bonne noce.

— Ce sale républicain, dit Chanat quand il eut tourné les talons, en voilà un qui voudrait que je ne fusse plus maire! Mais il peut attendre sous l'orme. C'est moi qui le ferai danser un de ces jours, lui et les rouges de son espèce !

— Ce petit Bas-du-Dos! pensait de son côté Crillon, en voilà un que nous ferons sauter un de ces jours!

Bas-du-Dos, c'était le sobriquet que l'on donnait à Chanat, le notaire, quand on prononçait ce surnom d'une façon convenable, car les paysans des environs n'y mettaient pas de mitaines. Bas-du-Dos était plus connu que Chanat ; Bas-du-Dos voulait dire ce qu'on pensait du notaire, et on en pensait long.

Sa morgue, sa jalousie, sa rapacité, sa médisance, son bonapartisme, etc., etc., on comprenait tout quand on s'écriait :

— L'illustre Bas-du-Dos !

II

LE CERCLE

Crillon, remontant la Grande-Rue, s'arrêta devant un café d'apparence propre, au-dessus de la porte duquel on lisait :

CAFÉ DU CERCLE

— Y a-t-il du monde en haut ? demanda-t-il à une femme suffisamment jolie, la Michal, qui était sur le seuil.

— Oui, il y a plusieurs de ces messieurs.

Crillon monta au premier.

Il s'y trouvait une grande pièce dans laquelle on avait installé le Cercle littéraire de Roybon.

Ce Cercle, qui existait déjà sous l'Empire, était le

lieu de réunion des hommes un peu soucieux de ce qui se passait en dehors du canton.

Sous l'Empire, le groupe des républicains de Roybon était petit. Il ne se composait guère que de Crillon, de Galtier, propriétaire ; de Josu, l'épicier ; de Louis, boulanger ; de Lemoulin, cafetier, et d'Allard, propriétaire. C'était là, du moins, le groupe des républicains hautement déclarés et actifs.

Mais depuis la chute de l'Empire, bon nombre de républicains auparavant inconnus s'étaient révélés.

Si bien que ce Cercle où il ne se trouvait sous Napoléon qu'une demi-douzaine de républicains, petit noyau d'opposants dont on se faisait un jouet, une amusette propre à entretenir la discussion, était devenu presque entièrement républicain et qu'il n'y était demeuré qu'un seul réactionnaire, M. Monestrel.

Le Cercle, c'était la mauvaise société. N'avait-on pas été, depuis Sedan, jusqu'à y admettre Louis, un boulanger ! et Josu, un épicier ! On n'y rencontrait plus que des rouges. Aussi ceux qui s'en étaient retirés formaient-ils la bonne société.

Chanat, à l'époque où il en faisait partie, n'avait jamais beaucoup paru dans ce Cercle, parce que, à l'exception du jeune Galtier, dont la fortune dépassait la sienne, il considérait ses membres comme trop bas pour lui ; mais devant l'esprit nouveau manifesté par les abonnés à l'avènement de la République, il donna bruyamment sa démission, entraîna une partie des membres du Cercle et n'échoua qu'en essayant d'en faire sortir Monestrel.

C'est que les autres étaient résolus à recevoir des journaux chez eux, à s'abonner en commun au besoin, et que Monestrel avait calculé qu'il dépenserait plus d'argent pour savoir des nouvelles en se retirant du Cercle qu'en y restant ; et il ne trouvait pas d'un sage de se brouiller avec les républicains tandis que la France était en République.

La cotisation des membres du Cercle était de 12 francs par an ; on recevait le *Siècle*, le *Temps*, le *XIX*

Siècle, la République française, l'Evénement, les Dé-
bats, le Figaro, le Monde, le Constitutionnel, l'Illus-
tration et le Pays. La Revue politique et littéraire et
la Revue des Deux Mondes se trouvaient sur la table
du milieu avec le *Réveil du Dauphiné, le Salut pu-*
blic de Lyon et le *Journal de Saint-Marcellin..* Il eût
fallu dépenser beaucoup d'argent pour se procurer
ces lectures pour soi seul, et les bourgeois réactionnaires qui voulaient continuer à recevoir plus
d'un journal n'étaient pas assez nombreux pour
s'en tirer avec une cotisation légère.

M. Monestrel trouvait encore cet avantage au
Cercle, de pouvoir y aller faire une partie de cartes
sans être obligé de consommer, économie dont il
tenait grand compte. Le café étant à 15 centimes la
tasse, il aurait dû en prendre deux tasses par jour,
c'est-à-dire dépenser 30 centimes, ce qui aurait fait
9 francs par mois et 108 francs par an : une grosse
somme. Il avait les mêmes plaisirs pour 12 francs.

Le curé Mingral l'avait d'ailleurs mis en paix avec
sa conscience.

— Restez, restez, lui avait-il dit. Il est bon qu'il
y ait quelqu'un au Cercle, qui nous raconte ce que
disent ces crapules de républicains.

Quand Chanat entendait le curé donner cette raison, il lui disait :

— Qu'est-ce que ça vous fait ? Vous avez les
femmes pour vous renseigner.

Mais le curé prétendait que les hommes ne ra-
contaient pas tout à leurs femmes, précisément par
peur de la confession.

M. Monestrel avait donc pu apprendre le premier
au curé que, aussitôt après la grande démission des
réactionnaires, les membres du Cercle avaient supprimé d'un coup l'abonnement au *Monde*, au *Consti-*
tutionnel, au *Salut public* de Lyon et au *Pays*.

C'était à la suite de cette nouvelle que M. Chanat
avait envoyé au rédacteur-en-chef du *Pays* cette lettre
mémorable dont il avait distribué dans Roybon plusieurs copies exécutées par M. son clerc :

« Monsieur le Rédacteur-en-chef
      et Illustre maître.

» Le Cercle littéraire de Roybon, étant devenu un
des antres de la démagogie rouge et sanglante, a
supprimé son abonnement, à ce journal qui tient si
près du Soleil éclatant d'Austerlitz, le drapeau
de Sébastopol.

» Veuillez me faire la grâce, de m'envoyer, personnellement, un abonnement d'un an, pour lequel,
je vous envoie un bon sur la poste.

» Je ne veux pas être privé un seul jour, de ce
qu'écrit ce vaillant Du Guesclin, ce Bayard de la
bonne cause, que vous êtes.

» En attendant, notre triomphe certain et prochain,

» Je vous supplie de recevoir, monsieur le rédacteur-en-chef et illustre maître, l'assurance du respect, et de la vénération.

» Avec laquelle j'ai l'honneur d'être

» Votre très-humble et très-obéissant serviteur.

CHANAT, notaire,

» Maire de Roybon, (Isère). »

Un instant, en écrivant cette lettre, Chanat avait
eu envie d'ajouter le nom de Crillon à celui de
Bayard et de Du Guesclin ; mais il réfléchit que ce
nom étant descendu jusqu'à un huissier de chef-
lieu de canton, il ne méritait plus d'être appliqué à
un bonapartiste.

En s'abstenant, M. Chanat agit avec sagesse, car
celui qui propagea le plus sa lettre fut précisément
Crillon, et si son nom y avait figuré il y aurait
trouvé un sujet de moquerie de plus ; et il amusa
tant de cette lettre les personnes qu'il voyait, les
paysans qu'il rencontrait, que le souvenir de l'épî-
tre demeurait inséparable de la personne de Bas-
du-Dos.

Depuis cette missive, l'illustre notaire n'avait pas donné prise sur lui ; mais la vue de son gendre suffit pour remettre les républicains de Roybon en belle humeur.

Au moment où Crillon entrait au Cercle, M. Monestrel parlait précisément de M. Félibien.

Aussitôt les Chanat sortis de chez lui, il était accouru au café.

— Avez-vous vu le gendre de M. Chanat? demanda-t-il.

— Ma foi, non, répondit M. Malens.

— Nous ne nous en sommes même pas inquiétés.

— Il vient de me rendre visite, à moi.

— Vous êtes un homme bigrement honoré, monsieur Monestrel, dit M. Josu.

— Il est venu avec les Charançon, Chanat et sa fille.

— Ah! ah!

— Il est excessivement distingué, ce jeune homme.

— Vraiment! dit Malens. Il va changer la famille, alors.

— C'est véritablement un jeune homme comme-il-faut, reprit Monestrel.

— S'il est bien! s'écria Crillon en entrant, ah! je le crois qu'il est bien, Félibien! Il leur ressemble!

— Ah! ah! ah! ah!

— C'est encore un joli coco !

— Tenez, dit Crillon, je vais vous faire son portrait. Vous prenez le nez de Mme Charançon, le nez de Chanat et le nez d'Athalire, et vous faites quelque chose de plus pointu encore...

— Le bout d'un argument *à posteriori*.

— A-peu-près. Vous rendez les yeux de Chanat plus durs, plus féroces...

— Joli portrait!

— Et vous mettez sur la physionomie une expression plus cafarde : voilà le fameux gendre.

— Il est joli !

— Pouvez-vous parler ainsi, monsieur Crillon, d'un jeune homme qui a une si magnifique fortune !

— Je n'ai pas parlé de sa fortune, dit Crillon. Du moment qu'il est choisi par Chanat, je suis convaincu qu'il a de l'argent. Mais après ? L'argent ne le rend pas plus mirobolant.

— Oh ! l'argent fait beaucoup, dit Monestrel.

— Parfaitement,

> Car toujours la fortune
> Embellit la beauté...

Celui qui chanta ces deux vers en entr'ouvrant la porte était un grand jeune homme blond, aux traits réguliers, portant sa barbe largement taillée.

— Tiens ! C'est Galtier ! fit-on.

— Alors, tu crois, lui dit Crillon, que la fortune embellit la beauté.

— Pourquoi pas ?

— Mais embellit-elle la laideur ?

— Ah ! ça non ! s'écria Galtier.

— Alors, ce n'est pas le cas du gendre de Chanat.

— C'est de lui que vous parliez.

— Oui ?

— N'est-ce pas, monsieur Galtier, qu'il est on ne peut plus comme-il-faut ? demanda M. Monestrel.

— Oh ! pour nos pays....

— Et même pour d'autres. Il a été éduqué au séminaire.

— Je connais, dit Galtier, des personnes qui admirent les couleuvres et les vipères des bords de la Galaure. Quant à moi, quand j'en rencontre, je mets le pied dessus.

— Mais, monsieur Galtier, vous ne pouvez comparer...

— Je ne compare M. Félibien, que je viens de rencontrer, qu'aux gens de la famille de laquelle il va faire partie, et je dis simplement qu'il ne déparera pas la collection.

M. Monestrel se leva sans mot dire et sortit.

— Le voilà, dit Josu, qui va raconter notre conversation aux Charançon, qui la rediront à Chanat, qui la répétera à sa fille, laquelle la cachera peut-être encore à son futur.

Les choses se passèrent comme le disait Josu, sauf en un point; c'est que Chanat raconta la conversation à Félibien en même temps qu'à sa fille, et qu'il ajouta :

— Vous voyez, mon gendre, que vous serez ici en pleine lutte. Il faudra tenir tête à ce ramassis de fripons, et les vaincre.

— La lutte ne me fait pas peur, dit Félibien. Mais pourquoi ne pas fermer ce Cercle ?

— Je n'ai pas encore obtenu d'arrêté de fermeture, dit Chanat; mais ça viendra.

S'il n'avait rien obtenu, M. le maire, ce n'était pas faute d'ennuyer de cette affaire les préfets qui se succédaient dans l'Isère.

Les abonnés du Cercle étaient au courant de ses menées, et ils en riaient entre eux, au nez de Monestrel, dont les rapports ne faisaient qu'irriter l'illustre Bas-du-Dos.

— Nous savons, disait Allard, que nous ne serons tranquilles qu'en nous débarrassant de cette vermine; mais nous pouvons encore attendre.

— Tant que Mac-Mahon sera sur le trône, dit Galtier, nous pourrons carrément nous fouiller.

— Il faudra cependant que Mac-Mahon s'en aille, dit Crillon, et à sa suite l'illustre Bas-du-Dos. Alors nous te demanderons pour maire, Galtier.

— C'est plutôt toi qu'il faudra choisir, Crillon, dit Galtier. Moi, je sors à peine de l'Ecole de droit; je viens de me faire inscrire au barreau de Saint-Marcellin, et je serai souvent absent du pays.

— Laisse donc, dit Allard, tu es un des seuls dans le bourg dont le père ait été républicain et maire de la commune en 1848; nous tenons à t'avoir. Et puis, vois-tu, avec le tas de bonapartistes que Chanat entretient chez nous, il faut quelqu'un de jeune et d'énergique.

— Oh ! Chanat ne tiendra pas toujours le pays.

— Le pays, tu sais bien qu'il ne le tient pas, dit Malens. Les paysans, à une lieue d'ici, ne se gênent guère pour dire ce qu'ils pensent de Bas-du-Dos; mais dans la commune même il tient nombre de gens.

—Oui, oui, je sais, dit Galtier : il fait l'usure, comme Monestrel.

— A ce point de vue, les deux font la paire, dit Josu.

— Mais Monestrel est encore plus avare, plus rapace que Bas-du-Dos.

— Croyez-vous ?

— Oh ! certainement.

— Monestrel a prêté à neuf du cent.

— Et Bas-du-Dos ?

— A quinze, dit Malens.

— Non, à sept, au plus.

— En majorant la somme prêtée, à quinze quelque fois, répéta Malens.

— Tu médis, par jalousie de métier, dit Galtier.

— Ma foi, non, dit Malens. Quand j'ai acheté ma charge, il y avait place pour deux notaires à Roybon. C'était ici que se faisaient les affaires. Vous vous souvenez encore de ce temps-là. Sans doute, on ne venait déjà plus à Roybon à dos de mulet, par des sentiers impossibles, comme cela se faisait vers 1820 ; on y venait librement en voiture ; mais il y avait encore quantité de nos paysans qui n'avaient jamais été à Saint-Marcellin et à La Côte, tandis qu'aujourd'hui il n'y en a quasi plus qui n'aient poussé jusqu'à Grenoble ou à Lyon. Mon étude a toujours moins valu que celle de Chanat ; j'y ai cependant gagné ma vie, et elle a servi à augmenter la modeste aisance que mes parents m'ont laissée. Vous me rendrez cette justice, que je n'ai jamais fait l'usure, que je n'ai jamais prêté à la petite semaine, ni un sou de mon propre argent.

— Il n'y a pas un Roybonnais qui ne sache cela, dit Allard.

— Seulement, je suis vieux, et Roybon n'est plus le rendez-vous de tout le Chambaran. Il n'y a plus de place chez nous que pour une seule étude, et Chanat, qui est jeune encore, riche, actif, maire, cause ma ruine. Je ne suis plus bon qu'à être président de notre Cercle. A ma mort, Bas-du-Dos achètera mon étude

3

pour un morceau de pain, et il n'y aura plus qu'une charge de notaire dans le pays. Ça m'est égal. Je n'ai qu'un fils, et il est dans le commerce.

— Tu fais sagement d'être philosophe.

— Je suis vieux ; mais vous savez que je n'en ai pas moins Bas-du-Dos en horreur. Il déshonore notre corporation.

— Et sa présence à la mairie déshonore la commune.

— Quand serons-nous débarrassés des bonapartistes ?

— Pas encore, dit Crillon, puisqu'il va laisser de sa graine.

— Quel malheur que son Athalire...

— Lire, lire, lire !

— Quel malheur que sa fille ne ressemble pas à celle de Monestrel !

— Et quel bonheur, dit Crillon, que cette bonne Lucile ne ressemble ni à son père ni à sa mère !

Le front de Galtier se plissa légèrement ; pendant quelques secondes il parut soucieux.

— Quel plaisir, dit Josu, quand Bas-du-Dos aura réintégré la vie privée, quand nous serons sûrs qu'il ne sera jamais décoré !

— Quand il sera mort sans avoir pu fermer le Cercle !

— En tout cas, dit Crillon, il peut fermer le Cercle demain sans nous nuire, et... Monestrel n'est pas là ?

— Mais non.

— Alors, puisqu'il n'y a pas de mouchard, nous pouvons dire...

— Que nos précautions sont prises...

— Que nous nous moquons de Bas-du-Dos.

— Faisons-nous notre absinthe au rams, en attendant le souper ?

Ils se mirent à jouer, excepté Galtier, qui s'en alla.

— Je vais vous ramser, dit Crillon.

III

LES ENNEMIS

Galtier remonta lentement la Grande-Rue ; lentement il passa devant la maison de Monestrel.

Cette maison était bâtie dans la Grande-Rue, à une encoignure de petite place au bord de laquelle se trouvait une fontaine. Une fenêtre de la cuisine avait vue sur la Grande-Rue, et en passant, Galtier regarda derrière cette fenêtre Lucile Monestrel qui cousait, et elle, instinctivement, releva la tête et vit celui que dans le pays on désignait généralement par son petit nom d'Albert, à cause de l'habitude que l'on avait de dire « M. Albert » quand le père Galtier vivait encore.

— Voilà l'ennemi qui passe, dit Monestrel.

Lucile frissonna.

— Albert Galtier ne t'a rien fait, mon père, dit-elle.

— Voilà plusieurs fois que tu me lâches cette phrase, dit Monestrel en passant la main dans sa longue barbe. Est-ce que tu es amoureuse de M. Albert ?

— Ne parle pas comme ça, Monestrel, dit Mme Monestrel.

— Il ne s'agit pas de moi, dit Lucile un peu sèchement, mais de toi.

— De moi ?

— De toi, qui n'as pas le droit de mal parler de qui ne t'a rien fait.

— S'il ne m'a rien fait, lui, son père m'a causé du tort pour deux. Ah ! on voit que tu n'as rien connu de nos querelles, toi !

— J'ignore ce que le père t'a fait.

— Tu te bouches donc les oreilles ? Attends, va, puisque tu es si ignorante, je vais t'en raconter.

Monestrel leva le couvercle de la marmite pendue

à la crémaillère au-dessus d'un feu de fagots, et des pincettes qu'il tenait dans sa main, il enfonça les légumes qui, avec l'ébullition de l'eau, remontaient à la surface.

— Ça commença entre Galtier père et moi, par une affaire de pré. Je vivais péniblement avec ta mère ; Galtier était aussi riche que son fils l'est maintenant, et il y avait, plus haut que La Côtette, un pré excellent, le pré Chenu, qui se louait deux cents francs par an et sur une partie duquel Galtier prétendait avoir des droits. Il m'envoya un jour un billet d'invitation pour la justice-de-paix. Le juge me donna raison. Sais-tu ce que je trouvai le lendemain collé sur ma porte ?

— Ah ! dit Mme Monestrel, tu y trouvas une chanson abominable.

— Abominable ! Ecoute Lucile. C'est sur l'air de *Malbrough s'en va-t-en guerre* :

> Le vrai propriétaire,
> Mironton, tonton, mirontaine,
> Le vrai propriétaire
> A son procès perdu
> A son procès perdu
> A son procès perdu
> A son procès perdu.
>
> Un voleur de grand'route
> Mironton, tonton, mirontaine,
> Un voleur de grand'route,
> S'empar'du pré Chenu.

— Chenu, dit Mme Monestrel, est encore la dénomination du pré, parce que son premier propriétaire portait ce nom. Ecoute toujours.

Monestrel continua :

> N'l'emport'ra pas en terre,
> Mironton, tonton, mirontaine,
> N'l'emport'ra pas en terre,
> Peut en être certain.
>
> On l'mettra dans la bière,
> Mironton, tonton, mirontaine
> On l'mettra dans la bière
> Sans son pré dans la main.

— Je ne vois pas... hasarda Lucile.

— Est-ce que tu oserais dire, s'écria Monestrel, que cette chanson n'est pas insultante pour moi ? Il parle de mon enterrement !

Monestrel se mettait en colère. Lucile se tut.

— Je lui en fis, moi aussi, des vers. Je lui dis :

Vous êtes bien osé de coller sur moi des chansons.
Et si je n'avais pas peur d'ameuter les oisons
Je vous collerais aussi à votre porte qu'il est possible,
De vous appeler mieux que moi un imbécile.

Je mis ces vers à la poste et les montrai aux gens du bourg ; mais les gens sont si bêtes, qu'ils chantèrent sa chanson pendant au moins trois mois et ne firent aucune attention à mes vers, parce qu'ils ne se chantaient pas.

Lucile sourit.

— Oui, pendant trois mois, dit Monestrel, je ne pus aller nulle part, même, dans les foires, sans entendre l'air de *Malbrough s'en va-t-en guerre* derrière mon dos. A la fin, cet air me rendit furieux, et comme Galtier père venait de se marier, je payai trois gamins qui lui firent un charivari sous ses fenêtres.

— C'était peut-être inutile.

— Tout-à-fait inutile, puisque ça se retourna contre moi. Il fit prendre les trois gamins. Ceux-ci déclarèrent avoir reçu dix sous de moi pour faire leur tapage et, traduit devant le juge-de-paix, j'attrapai six francs d'amende. Oh ! quand il me fallut payer cette amende, si j'avais tenu ce Galtier ! Mais il me fit intenter un nouveau procès, cette fois devant le tribunal de Saint-Marcellin. Comprends-tu ? il voulait me ruiner, il voulait ma mort !

— Quel était ce procès ?

— Figure-toi que, dans ce temps-là, n'ayant pas hérité, nous n'avions, ta mère et moi, que onze cents francs de rente. Mais en vivant économiquement, la vie à Roybon n'étant pas si chère qu'à-présent nous trouvions encore moyen d'économiser. C'est ainsi que je pus prêter cinq cents francs à un nommé

Poujat, propriétaire à Montfalcon. Je lui prêtai cette
somme sur première hypothèque, bien entendu ;
seulement je refusai de la lui prêter au denier vingt.

— Au denier vingt ?

— Hé bien, oui, au taux légal ! Tu ne sais donc
rien ? Pour être d'accord avec la loi, je lui prêtai
cinq cents francs à cinq pour cent ; mais, comme il
s'agissait d'un prêt consenti pour dix ans, ce qui est
une longue échéance, il me fit une reconnaissance de
sept cent cinquante francs.

Lucile eut un mouvement d'épaules, comme si le
récit de son père l'eût révoltée.

— Seulement, j'oubliai de lui faire rendre une lettre
que je lui avais écrite et dans laquelle je lui déclarais
ne pouvoir lui prêter plus de 500 francs parce que je
n'avais que cette somme, économisée à grand' peine.
C'était une réponse à une demande qu'il m'avait
faite de lui prêter davantage. Cette demande, sais-
tu à l'instigation de qui il me l'avait adressée ?

— Non.

— A l'instigation de Galtier, qui était l'avocat
consultant de ce Poujat.

— Vous en avez eu la preuve ?

— Non. Mais j'en ai la conviction. En effet, dès
qu'il tint la somme, il me fit traduire devant le
tribunal de Saint-Marcellin, où sur le vu de ma lettre,
on me déféra le serment. Je n'osai pas jurer. Je fus
condamné à restituer 250 francs, comme si j'avais
été un usurier de profession. Je lui avais donné
500 francs : il me remit 250 francs et fut quitte. On me
vola. Je fus volé, moi ! Par qui ? Par ce Galtier. C'est
Galtier qui obtint cette condamnation contre moi en
plaidant pour Poujat. C'est lui qui m'avait fait traduire devant le tribunal correctionnel ; c'est lui qui,
pour joindre l'humiliation à mon martyre, déclara
que je ne méritais pas la prison, que l'amende suffirait pour me corriger des taux usuraires, suffirait
au moins à m'apprendre à ne plus écrire de lettres
compromettantes.

— Tu n'as jamais recommencé ? demanda Lucile en souriant tristement.

— Tu peux être certaine qu'on ne m'a pas repris à écrire des lettres compromettantes et à n'oser plus jurer.

— Ah ! fit Lucile.

— Mais non. Comme me dit M. le curé, lorsque je lui racontai mon affaire en revenant de Saint-Marcellin, les serments qu'on fait, contraint et forcé, sous l'empire de la nécessité, ne sont jamais de faux serments.

— Le curé disait cela ? dit Lucile.

— Il avait raison, cet honnête homme. J'avais à me tirer des griffes de ce coquin de Galtier, et je pouvais employer, pour m'en tirer, n'importe quel moyen ! Ah ! si tu l'avais vu triompher après ma condamnation ! Espèce de polisson qui n'a jamais prêté un sou à un malheureux !

— On dit qu'il était obligeant, dit Lucile, qu'il a rendu service à un grand nombre de personnes dans le pays.

— Ah ! oui comme ça, de la main à la main, pour se faire des amis et des clients. Tu n'appelles pas cela prêter, sans doute ?

— Ce que j'entends est vil, pensait Lucile. Oh ! si ce n'était pas mon père !

— Ah ! Galtier, va...

— C'est tout ce que tu as à lui reprocher ?

— Mais il a été mon persécuteur sa vie entière ! Demande à ta mère ce qu'il nous a fait souffrir. Et le grand procès que je soutins...

— Pour quelle cause ?

— On m'accusait encore d'usure. Attends, je vais te chercher les mémoires.

Monestrel alla à son secrétaire, introduisit la clef dans une belle tête de lion, laissa voir un intérieur orné d'ivoires gravés, et rapporta deux cahiers énormes.

— Ecoute, dit-il, car il faut que tu saches l'histoire de ta famille. Je ne te lirai pas ces deux gros mémoires, mais je t'en donnerai une idée, et te les laisserai si tu veux les étudier. Ecoute :

MÉMOIRE
POUR JEAN-BAPTISTE ROLIER
ET
POUR FRANÇOIS BÉNARD
CONTRE MONESTREL

Ecoute bien. C'est signé, Galtier, avocat.

« Je ne veux point dissimuler le motif pour lequel j'associe dans un seul mémoire deux procès distincts : ce sont deux procès pour restitution d'usure ; et les fait d'usure étant semblables entre eux, se rendent réciproquement croyables.

» Il est rare que l'usure se produise sous sa forme la plus simple : proscrite et punie par les lois, elle se cache, et la perspicacité du juge est obligée de la poursuivre sous ses divers déguisements. Ne la frapper que quand elle fait ouvertement et naïvement son œuvre, ce serait à-peu-près la consacrer. Il est difficile de définir les signes auxquels on la reconnaît ; mais il en est de généraux qui la révèlent avec certitude. Quand une négociation, quels que soient les détours qu'on y emploie et quel que soit le nom qu'on lui donne, a pour but de faire payer la location de l'argent plus cher que le prix légal et qu'elle présente pour principal caractère l'abus du capital sur le besoin, il y a usure ; il y a usure sous la forme de tous les contrats possibles, et surtout sous la forme, plus habituelle aux usuriers, de la vente à réméré. »

— Comment trouves-tu ça ? C'est une théorie d'avocat, n'est-ce pas ? Le mémoire part de là pour examiner la première affaire.

« Jean-Baptiste Rolier, de Roybon, avait besoin d'une somme de 5,000 fr. M. Monestrel la lui prêta et demanda pour sa garantie la vente à réméré d'une propriété de la valeur de 8,000 francs. Il exigea qu'un acte authentique lui transférât d'une manière pure et simple la propriété de l'immeuble et sans faire mention de la clause de réméré. C'est dans une contre-lettre que la clause de réméré fut reconnue par M. Monestrel. »

— La seconde affaire, dit Lucile impatientée.
— La seconde voici, dit Monestrel.

« François Bénard devait, par billets à diverses personnes, une somme de 900 fr. ; quelques-uns de ces billets étaient à ordre. Le moment de leur échéance approchait et des frais allaient commencer. M. Monestrel était un des créanciers de ce Bénard... »

— Comment, toi, tu prêtais tout cela ?
— Sans doute ! Qu'y a-t-il là d'étonnant ? Ah ! tu te demandes de quelle façon je pouvais prêter de l'argent, n'en ayant pas. Mais, ma fille, ces faits-là sont postérieurs à la mort de mon père, et j'avais la fortune que je possède aujourd'hui, sauf ce que j'ai pu gagner...
— En prêtant ?
— En obligeant les gens.
— Continuez, mais allez vite, dit Lucile.
— Je crois que tu n'amuses pas énormément ta fille, dit Mme Monestrel.
— Comment ! mais c'est très-intéressant ! dit Monestrel.
— Finis ton histoire, dit Lucile.
— Le mémoire ajoute :

« Bénard et Monestrel convinrent le traité suivant : M. Monestrel promit d'acquitter les billets souscrits par Bénard et de lui prêter en outre une somme de 300 fr., différence présumée de la somme totale de ces billets à celle de 1,200 francs. Bénard promit de remettre à M. Monestrel, pour sa garantie, et en employant la forme de la vente à réméré, une terre de l'étendue de 75 ares garnie de noyers en plein rapport et de la valeur totale de 2,400 à 3,000 fr. de lui payer chaque année une somme de 90 fr. jusqu'à l'expiration du réméré et, à cette épo-

que, une somme de 300 fr., à titre de bénéfice,
outre le remboursement des 900 fr. de prêt, c'est-à-
dire 1,500 fr., frais non compris ».

— Alors ?

— Alors, à l'instigation de Galtier, ils voulaient
ravoir leur bien sans me rembourser mon argent.
Quoique le réméré ne fût point constaté par acte authentique, mais dans des contre-lettres, ils poursui-
virent la nullité de la vente comme entachée d'u-
sure et de dol.

— Ils gagnèrent ?

— Non. Le tribunal de Saint-Marcellin ne vit là
qu'un contrat pignoratif et condamna mes adversai-
res.

— Tu fus satisfait ?

— Je l'étais ; mais Galtier trouva que, le 3 nivôse
an X, le tribunal de Saint-Marcellin, dans une affaire
du même genre, avait vu aussi un contrat pignoratif.
On en avait appelé à Grenoble où la Cour confirma
le jugement du tribunal de première instance. Mais
l'arrêt ayant été déféré à la Cour de Cassation, le
tribunal suprême, suivant la jurisprudence établie
sur les conclusions de l'avocat-général Merlin, le
11 pluviôse an XII, cassa l'arrêt sur le motif que la
loi se taisait sur le contrat pignoratif...

— Pignoratif ?

— Oui, c'est un contrat par lequel on se libère en
vendant une chose que l'on se réserve de racheter ou
de reprendre moyennant une forme déterminée.

— A-peu-près la vente à réméré, alors ?

— Sous un autre nom. Ce qui était arrivé pour le
premier jugement en l'an X arriva pour le mien. On
alla à Paris ; j'obtins un arrêt en ma faveur : la
Cour de Cassation cassa. Ce fut à recommencer.

— Finalement, tu gagnas.

— Oui ; mais le procès avait duré sept ans, pendant sept ans j'en avais eu les ennuis. Et sais-tu
combien il m'avait coûté ?

— Ah ! il nous a coûté des privations de mille
sortes ! dit M\ⁿᵉ Monestrel.

— Il me coûta, à moi, malgré la condamnation

de la partie adverse, plus de cinq cents écus de cinq francs, qu'il me fallut donner de ma poche.

— Ah! mon Dieu! s'écria Mme Monestrel.

— Qu'as-tu, mère? demanda Lucile.

— Je pense à cet argent, dit Mme Monestrel : deux mille cinq cents francs !

— Deux mille cinq cents francs qu'il m'en coûta ! répéta Monestrel. Autant de moins pour ta dot, Lucile.

— Qu'est-ce que ça me fait ?

— Comment ! qu'est-ce que ça te fait ! Est-ce que tu t'imagines qu'on te prendra pour rien, pour tes beaux yeux? Les hommes ne se chargent pas comme ça d'une femme. Un mari, c'est un objet qui s'achète; il ne faut pas te le dissimuler, et plus tu auras d'argent pour acheter un homme, meilleur tu l'auras.

Lucile se leva.

— Je vais un moment chez Anna, dit-elle, jusqu'à l'heure du souper.

Anna, c'était la fille de M. Crillon, une gentille enfant blonde et fraîche, qui n'avait jamais mis les pieds hors de Roybon, mais à laquelle ses parents avaient appris à être franche et qui était gaie naturellement.

— Ma chère Anna, lui dit Lucile, parle-moi de choses honnêtes, veux-tu? je viens d'entendre chez moi des histoires qui m'ont révoltée. Tiens, raconte-moi ce qu'on dit du père de M. Albert.

— C'est que... fit Anna, c'est que... chez moi, vois-tu, on dit grand bien de M. Galtier, tandis que chez toi...

— Je te demande ce qu'on en dit chez toi.

— Ah ! si tu savais quel brave et digne homme c'était ! Tu t'en souviens, d'ailleurs; il n'y a pas si longtemps qu'il est mort et il t'a souvent prise sur ses genoux. Il t'aurait caressée davantage s'il n'avait su qu'on te grondait chez toi quand tu disais par malheur qu'il te touchait. Moi je l'aimais...

— Mais moi aussi ! s'écria Lucile.

— Oh ! tu ne l'avais jamais dit.

— Par crainte de mes parents ; mais à-présent, je le dis.

— M. Galtier était l'homme le plus riche du pays. Tu sais qu'il exerçait la profession d'avocat. Il plaidait presque toujours pour rien. Chaque fois qu'un pauvre homme était dans la peine, il n'avait qu'à frapper à sa porte, et M. Galtier lui prêtait de l'argent sans même vouloir une reconnaissance. « Si vous pouvez me le rendre un jour, disait-il, je sais que vous me le rapporterez. » Cette confiance dans l'honnêteté des gens, qu'il possédait réellement dans le fond de son cœur, influençait tellement ses obligés, qu'ils lui remettaient plus fidèlement son argent que s'ils lui avaient donné des reconnaissances écrites.

— Je le crois, dit Lucile.

— Se montrer obligeant paraissait être la suprême étude de M. Galtier père. On le vit bien quand il devint maire, en 1848. La commune n'a jamais été plus heureuse qu'en ce temps-là ; mon père te l'affirmera. Nous n'avions plus de pauvres. Mais le coup-d'État est venu, et il y a eu plus de pauvres qu'auparavant. Galtier dut se cacher pendant deux ans. Si tu savais avec quelle rage les Charançon, les Chanat et.....

— Les Monestrel. Dis-le.

— Le curé s'en mêla beaucoup aussi et le juge-de-paix qu'on nomma alors, M. Cuzin, qui est encore en fonctions aujourd'hui...

— Un vilain homme qui louche !

— Quand M. Galtier put revenir à Roybon sans crainte d'être arrêté, on le revit ; mais il vécut en sauvage, ne recevant que mon père et M. Allard, craignant de compromettre les gens qui avaient affaire à lui. Ce n'est qu'à partir de 1860 qu'il osa se montrer et répandre ses aumônes. Il s'était marié et avait eu le fils que tu connais...

— Mon ennemi, comme dit mon père.

— Mais tu n'es pas le sien, n'est-ce pas ? dit vivement Anna. Si tu savais comme il me parle de toi !

— Et ?... fit Lucile.

— Tu trembles !

— Je ne sais pourquoi. Le père, M. Galtier ?...

— Il reprit sa robe d'avocat, il reconstitua avec l'aide de mon père et de M. Allard, le parti républicain, et il fit beaucoup de bien. On ne lui reprochait qu'une chose : son esprit moqueur, mordant, prompt à s'exercer sur les amis de l'Empire et des curés.

— Il faisait des chansons sur mon père, dit Lucile.

— Dam !... il ne l'aimait pas.

— Les deux natures, dit Lucile, n'étaient pas faites pour se comprendre.

— Albert est le vrai portrait de son père, dit Anna.

— Tu l'aimes ?

— Moi. Ah ! mais non, puisque je dois me marier avec mon cousin Goubault.

Anna, en répondant ainsi à Lucile, l'observait sournoisement.

— Et toi, demanda-t-elle, l'aimes-tu ?

— Moi ? dit Lucile dont la voix vibra d'une singulière façon, quelle drôle de question ! Est-ce que je ne suis pas une Monestrel vouée par mes parents à la haine des Galtier ?

— Oh ! tu n'es pas obligée de partager leurs sentiments de haine à l'égard des braves gens.

— Tu as raison, dit Lucile. Mais je ne connais pas M. Albert.

— Oh ! tu le connais un peu, puisque tu as joué avec lui chez nous quand il venait, en vacances. Maintenant que c'est un grand garçon, dam ! il vient moins souvent.

— Pour ne pas me voir ?

— Toi, moi, les jeunes filles. Les grands garçons, c'est timide.

— Enfant, il n'avait pas de haine ; mais maintenant....

— Tu ne sais ce que tu dis. Quand il dîne chez nous et qu'il parle de toi, il dit que tu es, avec moi, la seule jolie fille de Roybon.

— Il dit cela ?

4

— Oui. Ça a l'air de te faire plaisir.

— Je n'aime pas qu'on dise du mal de moi, Anna ; j'aime mieux le contraire...

— Tu es comme tout le monde.

— Je n'oublie pas que nous avons joué avec M. Albert, étant petits, mais je ne puis non plus oublier que chaque fois qu'il m'arrivait de dire que je m'étais amusée avec lui, j'étais grondée, et plusieurs fois je fus battue.

— Pauvre Lucile ! dit Anna en l'embrassant.

Quand M{i>lle</i> Monestrel rentra chez elle :

— Où as-tu été ? lui demanda sa mère.

— Chez Anna.

— Etes-vous sorties ?

— Non.

— Qu'avez-vous fait ?

— Nous avons causé ensemble.

— De quoi ?

— De la pluie et du beau temps.

— Ce n'est pas ça que je demande.

— Quoi donc, mère ?

— Qu'avez-vous dit en dehors de cela.

— Nous avons parlé de nos robes.

— Encore ! pour avoir l'idée de dépenser de l'argent.

— Tu n'as pas vu ce polisson d'Albert chez les Crillon ? demanda M. Monestrel.

— Albert ?

— Tiens, fais l'étonnée ! Tu ne connais plus Albert, à-présent.

— Je connais M. Albert Galtier.

— C'est lui dont nous te parlons.

— Ah ! je ne savais pas.

— Tu l'as rencontré ?

— Il y a longtemps que je ne le vois plus chez Anna.

— Tant mieux ! dit Mme Monestrel, car je ne te laisserais plus y aller seule s'il pouvait t'y parler.

— Pourquoi donc, mère ?

— Parce que c'est un ennemi, dit le père. Mais la soupe est sur la table. Viens souper.

— Ils passèrent de la cuisine dans leur salle et s'assirent autour d'une table couverte d'une nappe de belle toile de ménage. Ils déplièrent des serviettes laissant beaucoup de duvet, qu'on ne changeait que le dimanche et qui se salissaient vite.

La maison Monestrel était une des maisons de Roybon où on mangeait avec de l'argenterie, Mme Monestrel en ayant apporté en dot à son mari.

Ils n'avaient pas de servante. Mme Monestrel apporta elle-même la soupe dans une soupière de faïence brune à l'extérieur ; ils en mangèrent deux et trois fortes assiettées, ce qui devait être nourrissant, eu égard aux pommes-de-terre, aux pois-gourmands et au pain dont elle était composée.

— Ah ! c'est bon, la soupe ! dit Monestrel.

Après la soupe, ils mangeaient régulièrement un ou deux œufs et achevaient de souper avec des fromages de chèvre appelés tommes, des fruits dans la saison, et des noix et des châtaignes l'hiver.

— Oui, oui, dit Monestrel, Albert est le fils du serpent, et c'est un serpent. Jamais, tant que les Monestrel auront un souffle de vie ils ne seront amis des Galtier ; jamais même ils ne leur pardonneront. Quand je pense qu'il me fit donner cinq cents écus de cinq francs ! Cinq cents écus ! Il aurait dû être heureux de me saigner comme il le faisait ; mais il m'en voulait trop. Il fit encore des chansons sur moi. Sais-tu ce que j'entendis une nuit sous mes fenêtres :

> Le vieux ladre de Monestrel
> Tout comme une varice
> Un de ces matins bien et bel
> Crèvera d'avarice.

J'aurais bien voulu les atteindre, les gueulards, de ce que je jetai par la fenêtre ; mais c'est encore moi qui dus remplacer ce que j'avais cassé. Et chaque fois qu'un propriétaire parlait à Galtier de s'adresser à moi pour des petits services, il leur disait : « N'empruntez ni à Monestrel ni à Chanat, ou vous serez ruinés. » Il leur prêtait plutôt pour rien, afin de me faire du tort. Ah ! je puis dire qu'il

m'en a pris dans ma poche, de l'argent, cet ignoble
Galtier ! Mais c'était un républicain, c'est tout dire.
Ces gens-là, ça ne croit ni à Dieu ni à diable, c'est
capable des plus grands forfaits.

Pendant que Monestrel déblatérait sur sa famille,
le jeune Albert Galtier recevait un paysan de Marcolin.

— Avez-vous soupé ? lui demandait-il.

— Non, monsieur Albert.

— Hé bien, mettez-vous là, nous allons manger
la soupe ensemble, et vous me direz ce qui vous
amène, monsieur.

— Ma foi, monsieur Albert, je viens vous consulter comme autrefois j'ai consulté M. votre
père.

— Un verre de vin ?... Expliquez-moi votre
affaire.

— Elle est bien simple, monsieur Albert. Il y a
un an et demi, c'était comme ça vers les étrennes,
j'avais envie de me marier et d'augmenter mon
cheptel. Je me vis embarrassé, n'ayant pas d'argent.
J'arrivai donc à Roybon, et je demandai à M. Chanat s'il ne pourrait pas me prêter une certaine
somme. « A vous ? me dit-il. Vous vous moquez de
moi ! Je sais que vous êtes républicain, je n'ai pas
d'argent pour vous. » Je m'en allai trouver M. Monestrel, qui me reçut à bras ouverts. Il me demanda
combien je voulais, si je pouvais lui fournir une
hypothèque valable, c'est-à-dire en premier. Je lui
dis que oui, comme c'était vrai. Alors il me remit à
huitaine pour avoir le temps de prendre des informations et de vérifier chez le receveur, comme il
était juste. La semaine suivante, M. Monestrel me dit
qu'il n'avait pas les deux mille francs dont j'avais
besoin, mais qu'il m'en remettrait de suite quinze
cents si je voulais attendre trois mois les cinq
cents autres ; et cependant, pour éviter des frais,
ne passer qu'un acte dans lequel je reconnaî-
trais avoir reçu les deux mille francs en espèces. J'y
consentis sans aucune difficulté. Me voyant si facile,
M. Monestrel me dit qu'il aimait les châtaignes,

qu'elles étaient superbes à Marcolin et que je devrais,
comme pot-de-vin, lui en donner un sac à la récolte
et, en attendant, lui apporter une paire de poulets
ou une dinde le dimanche suivant, jour pour lequel
il tiendrait prêts l'argent et l'acte.

— Vous apportâtes la paire de poulets ?

— Oh ! j'en apportai deux paires, monsieur Albert,
de bons petits poulets tout en chair, presque rien en
graisse, avec des os qui se croquaient comme la
viande. M. Monestrel m'invita poliment à en prendre
ma part, et après dîner, il me conduisit chez M. Chanat, qui nous attendait.

— Et vous signâtes une reconnaissance de deux
mille francs sans réserves ni explications.

— Oui. Et je me mariai, et je développai mes
fermes.

— Ayant touché ?...

— Quinze cents francs.

— A cinq pour cent.

— Oui, monsieur Albert.

— Continuez. Vous revîntes à Roybon trois mois
après.

— Non, monsieur Albert, mais quatre mois après,
parce que je voulus apporter à M. Monestrel un
dindonneau engraissé avec soin. Il me fit dîner encore avec lui, ma femme aussi ; mais il m'assura
qu'il n'avait pas les cinq cents francs, que je devais
attendre quelques jours pour lui rendre service, ce à
quoi je consentis encore, étant entendu d'ailleurs
que je ne lui payerais pas l'intérêt de la somme
que je n'avais pas touchée.

— Verbalement ?

— Oui. Je revins le voir le jour de foire, au mois
de juillet. Il ne m'attendait pas, à ce qu'il dit, et me
pria de repasser. Je n'avais plus grand besoin
de cet argent ; j'attendis d'avoir un sac de châtaignes de premier choix, à la récolte, et le lui
apportai. Cette fois, je ne demandai pas d'argent. Je le priai, au contraire, de me donner une
décharge de cinq cents francs avec les intérêts.

— Il ne le voulut pas ?...

— Précisément, monsieur Albert. Il prétendit que son argent était placé, qu'il était satisfait de cette affaire, mais qu'il y avait peut-être un moyen de nous rendre contents l'un et l'autre.

— Voyons cela...

— Il ajouta : « On m'a dit que vous aviez un champ sur Viriville, dans la Plaine, un champ avec des noyers en bordure et complanté de mûriers ? » Je lui répondis que oui, et que ce champ était à louer, celui qui le tenait en ferme étant mort. « C'est ce qu'on m'a dit, reprit M. Monestrel. Si je vous achetais ce champ ? » Je lui répondis que je n'avais pas envie de le vendre, mais que, cependant, si j'en trouvais un bon prix je me déciderais peut-être. « Quel prix en voulez-vous ? » me demanda M. Monestrel. « Ma foi, lui dis-je, ça vaut quatre mille francs ». Il le trouva trop cher ; je dis que non, et finalement il fut convenu que nous nous trouverions un même jour à Viriville pour aller le visiter..

— Ce qui fut fait ?

— Oui, monsieur Albert. Nous allâmes le voir ensemble, à mi-chemin de Marcilloles.

— Vous conclûtes ?

— Oui, monsieur Albert.

— A combien ?

— A trois mille quatre cents francs, à condition que la récolte resterait au preneur, la pièce de terre étant ensemencée de froment. Je donnai même deux hectolitres de blé comme pot-de-vin et une bécasse que j'achetai trois francs à un chasseur de chez nous.

— Alors qu'est-il arrivé ?

— Le champ devait être payé comptant et la vente annuler le prêt que M. Monestrel m'avait consenti. On déchira la reconnaissance du prêt, en effet, et je déclarai avoir reçu l'argent, toujours pour éviter les frais d'actes, quoique je ne reçusse réellement que mille francs, ainsi que je le dis devant M. Chanat qui rédigea le contrat.

— Il vous restait dû ?

— Déduction faite des intérêts de part et d'autre,

892 fr. 35 centimes. Hé bien, monsieur Albert, vous
me croirez si vous voulez, mais j'use des francs et des
francs de souliers à venir à Roybon, sans pouvoir
toucher un sou. A la fin ça m'impatiente.

— Je comprends ça.

— Avec cet argent j'ai l'intention d'essayer d'établir une magnanerie.

— Est-ce que Marcolin n'est pas trop froid ?

— Je ne crois pas.

— Avez-vous de la feuille ?

— J'irai la chercher sur Thodure. J'ai aussi besoin d'une paire de petits bœufs pour le labour.

— En un mot, vous voulez votre argent ?

— Simplement, monsieur Albert.

— Il faut commencer par faire donner un billet
d'invitation à M. Monestrel.

— Ça ne fera pas grand'chose.

— Peut-être.

— Le juge-de-paix est son ami, c'est l'ami des
curés.

— Commencez toujours par là, nous verrons. Je
parlerai de mon côté à M. Monestrel.

Albert Galtier se trouvant le lendemain au
Cercle avec M. Monestrel, en profita pour l'attirer à
la fenêtre et lui dit :

— Je crois que je vais vous faire un procès.

— Oh ! ce n'est pas possible !

— J'ai été consulté, hier soir, par un homme
auquel vous devez neuf cents francs.

— Neuf cents francs ! Je ne dois neuf cents francs
à personne.

— Huit cent quatre vingt-douze francs trente-cinq
centimes.

— Je ne dois cette somme à personne.

— Il y a peut-être une erreur de quelques centimes, dit Galtier en souriant. Bref, vous connaissez
probablement Bergeron; puisqu'il vous a donné des
bécasses et que vous lui avez acheté un champ. Je
vous préviens qu'il va vous envoyer un billet d'invitation. A votre place, je le paierais immédiatement
afin d'éviter un ennuyeux procès.

M. Monestrel ne répondit rien. Il quitta Galtier, s'assit à une table pour lire le *Figaro*, et, au bout de quelques instants, il rentra chez lui.

— Le fils continue le père ! s'écria-t-il. Voilà cet Albert Galtier qui vient de me dire que Bergeron allait me poursuivre. Les voilà, nos avocats ! Bergeron est un homme paisible qui aurait fini par ne rien réclamer ; mais Galtier est là. Galtier se souvient de son père, et il pousse Bergeron à m'intenter une action ! Oh ! que la foudre de Dieu tout-puissant, créateur du Ciel et de la Terre, écrase les républicains !

Lucile monta vivement dans la petite chambre où elle couchait, et, à peine entrée, elle se jeta sur une chaise en sanglotant.

— Est-il possible, murmura-t-elle, qu'Albert ait tant de haine contre nous et que les républicains soient si méchants ?

Et quand, dans sa conscience, il lui semblait entendre : « Tes parents, tes parents, » elle avait peur de comprendre et d'accuser ; puis, ce qui se passait sous ses yeux, ce qu'elle entendait, lui revenait en mémoire, prenait forme, et elle s'écriait :

— C'est abominable ! C'est mes parents qui sont les méchants.

IV

LUCILE

Lucile Monestrel, ayant pleuré plus d'une heure, se trouva étonnée d'être ainsi à se lamenter en sa chambre.

— Pourquoi pleurer ? se demanda-t-elle.

Et évoquant l'image d'Albert :

— Albert ! pensa-t-elle, il ne m'est rien... Nous avons joué ensemble étant enfants, et je ne le vois pas sans plaisir, c'est vrai ; mais M. Albert est main-

tenant un avocat ; il peut faire faire des procès à
mon père, si on le consulte. Ce sont là des affaires
qui le regardent et dont je n'ai pas à me mettre en
peine. Pourquoi donc ai-je pleuré ? Est-ce que j'aime
Albert ! Je sais bien que je ne puis pas l'aimer. Je
ne suis pas assez riche pour lui, d'abord, et cela
suffit ; ensuite, on n'épouse pas la fille d'un homme
que son père a poursuivi pendant une partie de son
existence, sinon pendant cette existence tout entière.
Je ne suis pas heureuse de voir se perpétuer ces
haines, particulièrement quand elles tombent sur un
petit ami d'enfance ; mais l'enfance est douce ; elle
permet, même auprès de parents qui vous la gâtent
par des idées d'inimitié, de vivre selon son cœur,
sans en vouloir à personne. Que mes parents sont
vilains de dire du mal d'Albert. Car enfin, qu'est-
ce qu'il a fait, Albert ? Il a conseillé à un pauvre
homme de réclamer ce que mon père lui reste devoir ? Personne ne donnerait d'autres conseils à ce
pauvre homme, et ce qu'il y a de véritablement laid,
c'est que mon père ne veuille pas le payer puisqu'il
lui doit. Oui, ce sont mes parents qui sont injustes,
certainement, et non pas ce pauvre Albert, na !

Sa mère entra en ce moment.

— Tiens, tu pleures ? demanda-t-elle.

Le ton indifférent de Mᵐᵉ Monestrel changea
immédiatement le cours des impressions de Lucile.

— Si je pleure, dit-elle, c'est probablement parce
que j'ai un motif d'être triste.

— Quel est ce motif ?

— Tu veux le savoir ?

— Oui, certainement.

— Réponds-moi franchement. Devons-nous de
l'argent à ce Bergeron ?

— Je crois que ton père a encore une petite
somme à verser... dit Mᵐᵉ Monestrel.

— Tu crois !... tu crois !... Tu n'en es pas sûre ?

— Il doit probablement cet argent.

— Pourquoi ne paye-t-il pas ?

— Tu parles de ça à ton aise, toi ! dit Mᵐᵉ Mones-

trel. On voit bien que ce n'est pas toi qui écono-
mise !

— Mais s'il est débiteur, comprends-tu qu'il se
laisse faire un procès ?

— Ton père sait comment il faut agir pour te conserver une belle fortune.

— J'aimerais mieux en avoir moins et ne pas entendre constamment parler de procès et d'argent
autour de moi.

— Tu es bien dégoûtée !

— Oui, je suis dégoûtée de voir qu'on est capable
de faire tort aux gens sous prétexte d'avoir plus
d'argent pour moi.

— Pour toi, pour nous. Ma chère Lucile, chacun
dans la vie de ce monde s'arrange pour gagner le
plus qu'il peut. Nous avons, jusqu'ici, su mener
notre barque, tu recevras une jolie dot, grâce à
nous, sans qu'il soit besoin de toucher à la fortune
dont tu hériteras plus tard : ne te plains donc pas.

— Mais c'est humiliant d'entendre dire que mon
père fait de l'usure !

— Tu n'as qu'à ne pas écouter. C'est ce que font
nos amis. Sèche tes larmes, va ; tu verras plus tard,
quand tu seras moins enfant, qu'il n'y a rien qui
vaille un bon sac d'écus.

Lucile trempa le coin de sa serviette dans son
pot-à-eau et se lava les yeux.

— Je vais aller prendre Anna pour faire un tour,
dit-elle.

— Amuse-toi bien.

Lucile traversa la Grande-Rue en courant, pour
que personne ne l'arrêtât et qu'on ne vît pas ses
yeux rougis.

— Viens, Anna, dit-elle, viens te promener.

— Tout-de-suite ?

— Tout-de-suite, viens !

Lucile prit le bras d'Anna et l'entraîna vers l'église.
C'était le côté où les Roybonnais se promenaient le
moins et où les jeunes filles n'allaient rencontrer
personne. Arrivées à la Galaure, Lucile et son amie
traversèrent les prairies sans se soucier des orvets,

qu'on appelle des borgnes dans le pays, et qui fuyaient lentement à leur approche.

Le lit de galets de la Galaure était en cet endroit très-endigué et coupé de nombreux clayonnages qui protégeaient les terres contre ses crues.

Sur ces clayonnages, dont quelques-uns, faits de bois vert, avaient pris racine et portaient des feuilles, quelques saules poussaient au milieu des aulnes et des troënes dont les fleurs répandaient un parfum de miel et autour desquels bourdonnaient les abeilles.

Les deux jeunes filles s'assirent sur une de ces petites digues laissant pendre leurs jambes au-dessus de l'eau peu profonde, leur ombre effrayant des petits poissons qui cherchaient un refuge sous les pierres.

— Oh ! je déteste mes parents ! je les hais ! s'écria Lucile en arrachant une viorne poussée à portée de sa main.

— Qu'as-tu ? demanda Anna.

— Est-ce que je sais !

— Tes parents t'ont grondée ?

— Qu'est-ce que ça me fait d'être grondée !

— Dis-moi ce que tu as, ma chérie.

— J'ai... j'ai que je souffre depuis ma naissance d'avoir des parents comme les miens !

— Mais ils ne sont pas si terribles, tes parents !

— Oh ! si, va... va ! dit Lucile.

Et, se jetant sur l'épaule d'Anna, elle recommença à sangloter.

— Pauvre chérie, on t'a fait tant de peine que cela ? Mais dis-moi donc ce que tu as !

Lucile était incapable de parler ; elle pleurait, étouffée par les sanglots, le corps secoué, sa tête cachée sur son amie, ou ses yeux regardant autour d'elle sans rien voir, tandis que ses mains arrachaient les herbes qui avaient péniblement poussé à travers les cailloux.

Anna trempait son mouchoir dans l'eau et lui lavait les tempes, les yeux, les lèvres. Peu-à-peu,

Lucile devint moins agitée, et d'une voix entrecoupée elle parla à son amie.

— Vois-tu, dit-elle, ma pauvre Anna, on n'a jamais été bienveillant pour une seule personne chez nous... Jamais... Ni bon pour moi... J'étais petite, je ne comprenais pas encore, que j'entendais mon père et ma mère me dire : « Ne te salis pas ; une robe, ça coûte de l'argent... Prends garde, ne casse rien ; les objets qui sont là coûtent de l'argent... Tiens, voici un sou pour acheter des bonbons chez l'épicier ; mais souviens-toi qu'un sou, c'est de l'argent. » Ils allaient jusqu'à me le faire mettre dans une tirelire plutôt que de me le laisser dépenser.

— Pauvre ! mais ils agissent presque tous ainsi les parents, et je puis te citer dans le village...

— Quelqu'un venait-il chez nous, que j'entendais dire que c'était un homme distingué, qu'il avait de l'argent, ou que c'était un propre-à-rien qui n'avait pas le sou.

— Mais, ma pauvre chérie, c'est un peu comme cela en chaque contrée ; les gens...

— Oh ! tu ne te figures pas combien j'ai été heureuse quand ma tante de Lyon a dit qu'elle me ferait élever et que je me suis trouvée hors ici et dans ce pensionnat des Charpennes où elle m'avait placée ! Elle est bonne, elle, ma tante de Lyon, elle aime le monde entier.

— C'est beaucoup,

— Ce n'est pas trop, cela vaut mieux que de n'aimer personne, à l'exemple de Roybon.

— Chez tes parents.

— Chez mes parents et chez d'autres, tu le dis toi-même. Ni le curé, ni le juge-de-paix, ni le percepteur qui vient de partir, ni les Chanat, ni les Charançon n'ont d'affection pour personne. Ils disent du mal des républicains, mais ils pensent autant de mal d'eux-mêmes ; la seule différence, c'est qu'ils ne se traitent ni de canailles, ni de voleurs, ni de crapules. Ils s'appellent, eux, des honnêtes gens ; seulement, ces honnêtes gens, je les vois s'accuser réciproquement d'écorcher leurs fermiers, de ruiner leurs grangers, de mettre les malheureux sur la paille. Ils se frottent les mains et ils se félicitent quand ils ont pu faire tort de vingt francs à un pauvre homme, ou quand ils ont soutiré des sacs de blé à un misérable père qui n'en a pas assez pour ses enfants. C'est abominable, tiens !

— Lucile...

— Ah ! j'en ai assez, moi, des honnêtes gens !

Anna ne put s'empêcher de rire.

— Est-ce que tu deviendrais républicaine, par hasard ? demanda-t-elle. Une femme politique ! que dirait le curé !

— Le curé ! s'écria Lucile, c'est lui que je trouve le plus ignoble ! Oh ! si j'étais libre ! c'est moi qu'on ne prendrait pas à me confesser ! Oh ! si j'étais libre !

— Tu ferais de la politique comme les hommes ?

— Et pourquoi pas ? Est-ce que tu crois que les femmes ne font point de politique parce qu'elles ne vont pas dans les cabarets discourir en temps d'élections ? Elles se rattrapent assez en parlant dans le dos de leur mari. Tiens, ma mère, elle est sûre que mon père agit comme elle veut, n'est-ce pas ? et qu'il vote pour les conservateurs, puisque c'est le curé qui lui remet son bulletin ? Hé bien ! quand il va voter, ma mère vérifie son bulletin et lui recommande d'entraîner des électeurs à voter dans le même sens que lui.

— Il y a peut-être des femmes de républicains qui agiraient semblablement au profit des réactionnaires, dit Anna ; mais, elles se contentent quelquefois de se taire.

— Oh ! c'est moi qui me mêlerais des élections, si...

— Si tu étais mariée à un républicain ?

— Oh ! oui.

— C'est le cri du cœur. J'annoncerai à mon père que tu es une recrue pour le parti.

— Il n'y a rien là d'étonnant. Je ne vois que les républicains, je ne dis pas pour s'aimer, mais pour s'estimer entre eux.

— Oh ! ils se déchirent un petit brin également, dit Anna.

— On n'est pas dans un village pour ne pas être bavard, dit Lucile.

— Mais, dit Anna, les républicains sont meilleurs que les réactionnaires. Mon père le dit souvent : Je suis bon par nature, je ne puis donc pas être réact.

— Tu vois, les braves gens, ceux qui ont du cœur, ne peuvent qu'être républicains.

— Si tes parents t'entendaient, ma pauvre Lucile !...

— Quoi fit Lucile avec emportement, je leur dirais que les gens de cœur ne peuvent être du côté politique où ils sont, eux, voilà !

— Tu parles durement des auteurs de tes jours.

— Puisque je te dis que je les déteste.

— Mais tu ne me dis pas pourquoi. Il y a quelques jours encore tu n'en parlais pas ainsi.

— Tiens, promenons-nous, dit Lucile, tes questions m'ennuient.

— Comme tu es agitée, dit Anna.

Elles quittèrent le clayonnage et marchèrent en suivant la Galaure.

Quand elles eurent fait quelques pas, Lucile arrêta son amie et lui montra du doigt un point dans les herbes.

C'était une taupinée sur laquelle une grosse couleuvre de couleur sombre s'était enroulée après avoir fait du trou de la taupe son habitation.

— Le curé ! dit Lucile.

Au bruit de la voix la couleuvre avait fui. Anna s'était mise à rire. Lucile rit à son tour et elle ne cessa plus. Elle eut un rire argentin, qui se poursuivit comme les larmes s'étaient continuées auparavant. Elle s'amusa à cueillir des fleurs, des herbes, à en piquer dans les abondants cheveux blonds d'Anna.

— Que je m'ennuirais dans les villes, disait-elle, s'il me fallait y habiter. Je voudrais avoir un gentil chez moi à la campagne.

— Ailleurs qu'à Roybon.

— Pourquoi pas à Roybon ? Je suis née dans ce pays, je l'aime.

— Mais, ma chère amie, Roybon est un des rares villages qui soient demeurés réactionnaires dans notre département. Nous sommes marqués en noir, nous faisons tache sur la carte de l'Isère. Avec tes nouvelles opinions politiques...

— Elles ne sont pas nouvelles.

— Comment ! il y a longtemps que tu les as !

— Non... mais je n'en ai jamais eu d'autres... et je ne sais pas encore si j'ai des opinions.

— Tout-à-l'heure...

— Je t'ai parlé sans savoir ce que je disais, et je rouvrirais la bouche que je ne saurais pas davantage ce que je suis capable d'exprimer.

— Tu es donc troublée, tu as quelque chose....

— Non. Je m'examine et ne trouve rien. Je ne vois même pas pourquoi je me suis irritée contre mes parents, qui sont aujourd'hui ce qu'ils étaient hier.

— Tu avais tes nerfs, comme une femme des villes.

— Est-ce que tu sais exactement ce que c'est que d'avoir ses nerfs, toi ?

— Je ne le sais pas exactement. Je ne répète que ce que j'ai entendu dire quand la femme du receveur de l'enregistrement cassait les vases de sa cheminée pour se calmer.

— On n'en parle pas beaucoup dans Roybon de cette jeune dame.

— Elle vit seule, ne sort qu'avec son mari, rarement.

— Elle a raison.

— C'est mon cousin qui t'en dirait de drôles, s'il était ici, sur tes nerfs.

— Il est si mauvaise langue, ton futur mari ! Ne crois pas que ce soit mon ami, au moins.

— Tu détestes le monde entier.

— Pas toujours de la même façon, heureusement pour ton futur.

— Heureusement ! car il va venir...

— Ton cousin ?

— Oui.

— Oh! quel bonheur! il va nous distraire.

— Je lui raconterai que tu professes des sentiments d'animosité à son égard.

— Et quand arrive-t-il?

— Je l'ignore. Ce n'est pas à mes parents que ce monsieur a écrit.

— A qui?

— A Albert Galtier.

— Ah!

— Tu trouves cela extraordinaire?

— Non.

— Ce sont deux amis de collége.

— Oui, ils ont fait leurs études ensemble au lycée de Grenoble.

— Ce sont deux inséparables, surtout à l'époque de la chasse.

— Est-ce que tu vas te marier cette année, Anna?

— Il faut, paraît-il, que Paul ait une position plus lucrative.

— Encore attendre!

— Oui, c'est long, et je m'ennuie.

— Tu aimes ton cousin, toi, naturellement.

— Mon petit Paul! ah! oui, je l'aime, par exemple!

— Comment sais-tu que tu l'aimes?

— Comment?

— Oui, comment?

— Mais..., mais... Je ne puis te répondre. Je suis contente quand je le vois.

— Quand tu penses à lui?

— Je suis contente également.

— Tu ne sens rien de particulier là, au cœur.

— Au cœur?... Voyons?... Il bat peut-être plus vite.

— Il ne te donne pas deux ou trois petites secousses précipitées?

— Des petites secousses?

— Que tu ne ressens qu'à ces moments-là.

— Quels moments?

— Ceux où tu penses à lui, où tu le vois... où tu sais qu'il va arriver.

— Je n'ai jamais fait attention à ces petites secousses.

— Fais-y attention.

— Ah ! dis donc !...

— Quoi ?

— Est-ce que tu ressens des petites secousses, toi ?

— Moi... moi... pourquoi ? pour qui ?

Anna essaya de pénétrer son amie.

— Je saurai cependant un jour à quoi m'en tenir, pensa-t-elle.

— Nous sommes un peu loin ; si nous retournions à Roybon ? dit Lucile.

— Montons, puisque nous sommes venues jusqu'ici, dit Anna ; nous redescendrons par la route de Viriville.

Elles montèrent, et tout-à-coup Anna s'écria :

— Voilà Albert !

Et les yeux de la jeune fille dévoraient Lucile.

Celle-ci s'arrêta net, comme suffoquée.

— Tu le vois ? demanda Anna.

— Qui ?

— Albert. Il n'y a qu'un Albert dans Roybon, on ne peut s'y tromper.

— Je ne le vois pas.

— Là-bas.

— Là-bas ?

— Sur la route, près de La Côtette.

— Si loin !

— Aurais-tu voulu qu'il fût plus près ?

— Ce que tu vas dire...

— Enfin, tu le vois.

— Là-bas, ce promeneur ? Ce n'est pas lui ; ce n'est pas sa tournure, ni sa démarche.

— Oh ! tu le connais mieux que moi, dit Anna.

Et elle ajouta en elle-même :

— Encore une ou deux épreuves comme celles que je te fais subir, ma chérie, et je serai fixée. Je me tournerai ensuite du côté d'Albert, et avec l'aide de mon cousin...

V

ROYBON

Les deux jeunes filles se trouvaient sur une colline élevée d'où on découvrait la sorte de coupe légèrement évasée sur un des bords de laquelle est construit Roybon.

— N'est-ce pas que notre pays est joli? dit Anna.

— Il est si vert !

Il faisait un temps superbe. Le ciel était d'un bleu pur. A peine à l'horizon quelques cirrus, semblables à de la bourre de soie jetée dans l'espace, s'effrangeaient-ils au-dessus des hautes montagnes invisibles de l'endroit où se trouvaient les deux amies. Le Soleil était à son déclin, et les arbres et les maisons, dans la situation où les uns et les autres étaient frappés, par la lumière et où leur ombre-portée s'allongeait, sortaient en haut relief. La plus petite des feuilles se détachait nettement.

La colline de laquelle Anna et Lucile regardaient Roybon était sombre. Les taillis et les grands noyers espacés sur sa pente roide cachaient le cimetière sottement placé en face du village. Tout s'éclairait au delà des masses arrondies des noyers qui descendaient à leurs pieds en s'accrochant les uns aux autres, et le vert des prés blondissait légèrement dans la lumière, tandis qu'il se fonçait dans l'ombre.

Au milieu du vert-clair de la prairie, une ligne de tons plus olives ou plus gris était formée par les saules, les peupliers, les aulnes, qui ont conservé dans le pays leur vieux nom de vernes, les noyers, les chênes et les noisetiers, qui marquaient le cours de la Galaure dont l'eau, assez profondément encaissée, n'apparaissait qu'à deux ou trois endroits.

Plus loin que la Galaure et que son confluent avec l'Aigue-Noire, la prairie montait jusqu'à l'église, jusqu'au presbytère, au-dessus desquels les maisons de

Roybon, bâties en cailloux ou en pisé, grises avec des toits rouges, s'élevaient en amphithéâtre et s'arrêtaient à un bouquet de tilleuls qui masquait entièrement le château. Au delà de ces tilleuls, une colline d'aspect aride arrêtait brusquement le regard, qui devait se porter en arrière pour retrouver la verdure des bois.

De ce groupe de maisons serrées, étagées comme elles l'étaient aux temps où l'enceinte féodale, dont on apercevait des vestiges, en faisait le tour, des routes s'éloignaient montant vers la paroi de la coupe ou descendant pour franchir le pont de la Galaure, blanches à travers la prairie et le bois.

Elles allaient d'un côté à Saint-Marcellin, le chef-lieu de l'arrondissement, gentille petite ville agréablement située sur les bords de l'Isère, en face du beau cirque formé par les montagnes du Royans ; de l'autre, la route conduisait à la Côte-Saint-André, gros chef-lieu de canton sur des côteaux en treilles de la Plaine. Une troisième route conduisait au Grand-Serre et à Saint-Vallier, dans la Drôme ; une quatrième à Saint-Antoine, et une cinquième, neuve, à Viriville.

C'est cette dernière route que les deux amies suivaient pour rentrer chez elles. La voie poudreuse décrivait une longue courbe pour aller rejoindre le chemin de La Côte, a une distance assez considérable pour que sa pente, qui était déjà forte, permît cependant aux voitures d'atteindre le sommet de la colline sans trop de fatigue pour les bêtes de trait, qui étaient, le plus souvent, des bœufs accouplés au joug.

Autour de Roybon, s'étendait le plateau des Chambarans.

Entre les Alpes neigeuses et les cimes arrondies des monts du Vivarais, dans cette série de côteaux que la mer a laissés peu-à-peu émerger, premiers gradins de gigantesques pyramides, jusqu'à ce qu'il ne coulât plus, dans un sillon bien étroit auprès de ce que l'eau recouvrait, que ce fleuve impétueux et terrible qui porte ce nom sonore : le Rhône ; là-bas, sous les collines dénudées sur la droite et boisées sur la gauche, existe une large bande de terre que l'on désigne dans le pays sous cette dénomination générale « la Plaine » pays d'aspect nu et caillouteux, quand il n'est pas complanté de mûriers ou quand les eaux qui coulent sous la couche perméable ne créent pas, en paraissant à sa surface, des îlots de verdure.

Autrefois, tout-à-fait autrefois, avant que le monde eût une histoire, la France un âge, mais alors que déjà les endroits où devaient s'élever Lyon, Grenoble, Valence, n'avaient plus de flore tropicale ni de faune rudimentaire, l'Isère, passant sur la barrière vallonnée qui se voit de Moirans à Voiron, ou cette barrière n'existant pas encore, s'en allait droit au Rhône, ayant pour lit cette plaine qui prend géographiquement le nom de Bièvre et de La Valloire, et aussi le nom des agglomérations d'habitants qui s'y sont formées, comme Saint-Geoirs, La Côte et Beaurepaire.

Un jour, l'Isère fit un coude et reprit, après avoir traversé Grenoble, l'orientation qu'elle avait avant de frapper le granit de la ville. Elle s'en va à Saint-Marcellin et à Romans, roulant des eaux profondes et impétueuses, dignes du Drac qu'elle reçoit et du Rhône auquel elle se donne.

Entre l'ancien et le nouveau lit de l'Isère se trouve un massif dont l'altitude ne dépasse pas huit cents mètres, massif tourmenté, coupé de vallées appelées combes dans le pays, combes profondes, précipices en miniature placés là pour habituer aux précipices effrayants des montagnes dont les sommets se voient de toutes part, très-loin, jusqu'au Mont-Blanc : c'est les Chambarans.

Les Chambarans sont en bois taillis. Quand la coupe vient d'être faite, c'est de la bruyère et des fougères ; quand la pousse atteint son plus grand développement, elle a dix ans, quinze ans au plus. Le châtaignier domine ; le chêne est le bois qu'on rencontre le plus ensuite. Peu de hêtres, quelques bouleaux ; par ci, par là, des bouquets de pins.

De tous côtés les sources jaillissent ; à la moindre pluie, les torrents roulent les galets tirés du sol désagrégé, minant les réduits charmants et ombreux des combes.

Au milieu des Chambarans, à la hauteur des sommets, à peine au-dessous de ce qu'on nomme la Féta, le faîte, est Roybon, simple pauvre reine de ces plateaux, capitale de ces bois.

Il faut être du pays, il faut y avoir été élevé, ne pas craindre les vents qui le balayent et ses rudes hivers pour l'aimer.

Lucile et Anna étaient Roybonnaises.

Elles admiraient leur village, regardaient, en passant sur le pont, les eaux de la Galaure, transparentes, et filaient sous la petite terrasse de la maison nommée La Côtette, en saluant une jeune fille brune aux yeux bleus clairs qui se penchait sur la route et qui lança une rose à Anna.

Mlle Crillon emmena son amie chez elle en lui disant :

— Tu as du temps à me donner, toi, je suppose?

— Oui, dit Lucile.

La servante des Crillon apprêtait leur soupe et Crillon venait de rentrer.

— Vous savez, jeunesses, dit-il, la grande nouvelle.

— Quoi donc?

— Notre nouveau percepteur arrive demain.

— Oh! oh! grosse affaire! Les Roybonnais ne vont pas quitter leur seuil de la journée entière.

— Et savez-vous comment il se nomme?

— Non. Comment?

— M. de Bellevache.

Les deux jeunes filles éclatèrent de rire.

— En voilà un nom!

VI

M. LE PERCEPTEUR

On savait que M. de Bellevache n'arriverait pas
par le courrier. Le courrier, c'était la voiture qui
faisait le service des dépêches et des voyageurs entre
la gare de La Côte-Saint-André et Roybon, une de
ces voitures dites américaines, une banquette devant et une banquette à capote derrière, vieilles,
cahotantes, jamais lavées, où les malheureux voyageurs devaient geler l'hiver pendant deux heures et
demie que durait le voyage, à l'allure d'une méchante
rosse, harnachée comme celle d'un charrier, qui gra-
vissait péniblement les côtes et buttait aux descentes.

M. le percepteur dédaignait la voiture publique,
et Pivat, qui avait l'entreprise du courrier, annonçait que M. de Bellevache arriverait dans sa propre
voiture.

Vers les onze heures et demie, heure à laquelle
pouvait, au plus tôt, arriver la correspondance du
chemin-de-fer, les Roybonnais qui n'habitaient pas
la Grande-Rue vinrent se mettre sur les bancs des
cafés ou causer sur les portes avec leurs amis ; ceux
qui habitaient la Grande-Rue prêtèrent l'oreille au
moindre bruit de grelots. Chacun voulait voir la
figure de M. le nouveau percepteur et la tournure de
Mme son épouse.

On se penchait aux fenêtres ; les femmes, sans
cesser de surveiller leur dîner, sortaient de leur
maison, jetaient un coup d'œil anxieux sur la route,
rentraient, n'apercevant pas de voiture, et ressor-
taient immédiatement. Les gendarmes s'alignaient
sur le banc de la gendarmerie. Les frères de l'école
soulevaient les rideaux de leurs fenêtres. Un certain
nombre de Roybonnais, hommes et femmes, se promenaient sur le chemin pour voir les premiers M. le
percepteur, et les petits enfants formaient un groupe

curieux à l'entrée du village devant l'école des garçons.

Tout-à-coup, les grelots tintèrent, une voiture
parut, et le village entier se trouva rangé en deux
haies, les ménagères tenant encore en main leur po-
chon, leur grosse cuillère triple d'une louche ordinaire, comme si elles eussent voulu présenter leurs
armes à l'agent du fisc.

C'était le courrier, mais le courrier seul.

Il n'y eut cependant pas de déception. Pivat cria,
en passant :

— Ils sont derrière ! ils sont derrière !

Et on resta. On attendit la voiture suivante, que
les enfants saluèrent de leurs cris, sur le passage de
laquelle les gendarmes se levèrent comme un seul
homme, et qui contenait M. et Mme de Bellevache,
percepteur.

Le sourire des Roybonnais était suffisamment
gouailleur. Il virent un gros homme et une femme
suffisamment forte qui avait sur le visage un voile
épais.

— Ils ne sont pas beaux, firent-ils.

— Oh ! ne vous trompez pas, dit le courrier devant le café Desmoulins, le mari est laid comme un
vieux macaque, mais la femme est bigrement belle.

— On verra ça.

— C'est encore des réacts.

— Des fonctionnaires ! naturellement !

M. et Mme de Bellevache étaient entrés dans la
maison que leur prédécesseur leur cédait, pour se
secouer un peu. Ils allèrent dîner à l'auberge. On
aperçut alors M. de Bellevache, gros courtaud, très-
rouge, sans beaucoup de nez, main hirsute au suprême degré, et Mme de Bellevache, grande, avec
un visage régulier, de grands yeux, opulente créa-
ture de trente-cinq ans environ.

— Qu'en dites-vous ? se demandaient les Roybonnais.

— Heu ! heu !

— On les verra mieux dimanche, à la messe.

— Mme de Bellevache est une femme de choix.

— Tant mieux.

— Ça fera du bien dans le pays, peut-être, ces gens-là.

— Sont-ils riches ?

— On ne sait pas.

— S'ils n'ont que leurs appointements pour vivre, des bourgeois comme ça, si joliment vêtus qu'ils sont, ce n'est pas trop.

— Oh ! ils doivent posséder de l'argent.

— C'est probable, ce sont des nobles.

Le lendemain de leur arrivée, on vit Mme de Belle-vache traverser le bourg, le matin, et entrer au presbytère.

— Monsieur le curé, dit-elle, je suis Mme de Belle-vache. Inutile de vous dire que vous aurez en moi une excellente paroissienne. J'ai besoin de vous demander des renseignements sur le pays. Y a-t-il des gens convenables à Roybon ?

— Oh ! madame, certainement.

— Des gens que je puisse voir, moi ?

— Mais oui, madame de Bellevache.

— Dites-moi lesquels.

— D'abord, M. Chanat, le notaire, qui est un homme on ne peut plus comme-il-faut.

— Vous n'avez qu'un notaire ici ?

— Non, madame, il y en a deux ; mais l'autre...

— On ne le voit pas. Après ?

— M. Chanat a une fille extrêmement distinguée, bonne musicienne, qui se mariera dans quelques mois à un jeune homme recommandable, M. Félibien.

— C'est la même maison, tout ça. Les autres ?

— Il y a la famille Charançon, la famille Monestrel, le juge-de-paix, le...

— Inutile de me nommer ceux qui sont en fonctions, je suis obligée de les voir.

— Il y a M. Pinard ; c'est l'huissier de la perception...

— Ça ne fait pas beaucoup de monde.

— On peut voir encore M. Laforêt... Mais notre bourg n'est pas grand.

— Vous ne m'avez pas nommé de républicain, j'espère.

— Oh ! non, madame de Bellevache.

— Bien. Et vous, monsieur le curé, aimez-vous à dîner en ville ?

— Mais, madame...

— Oui, vous aimez cela quand les dîners sont bons. Mais vous n'êtes pas seul dans ce chef-lieu de canton, vous avez un vicaire ?

— Certainement, madame...

— Faites-le venir.

— Marie ! Marie ! cria le curé, dites à M. Fourailloux de descendre.

Un petit abbé trapu, noir comme une taupe, solidement établi et l'œil hardi, parut.

Mᵐᵉ de Bellevache l'examina une seconde.

— Il est bien, ce vicaire, se dit-elle. Je l'aurai souvent à dîner.

Elle prit par écrit les noms qu'on lui avait donnés.

— Il y a une personne que je ne vous ai pas nommée, dit le curé, parce que je veux vous mener moi-même à elle, si ce n'est pas abuser...

— Volontiers. Quelle est cette personne ?

— C'est Mᵐᵉ la marquise de Bennassit.

— Je connais ce nom, dit Mᵐᵉ de Bellevache ; il est dans l'armorial. C'est dit, monsieur le curé, vous me présenterez dans la maison de la marquise. Est-elle jeune, jolie, et s'amuse-t-on chez elle ?

— Non, madame. Hélas ! Mᵐᵉ la marquise vit très-retirée.

— Ça n'a pas l'air d'une gaieté folle, ce pays ! pensa Mᵐᵉ de Bellevache.

Elle toisa l'abbé Fourailloux, le dépouillant des pieds à la tête d'une façon si claire, que le jeune prêtre en devint pourpre, et elle sortit, accompagnée jusque dans la rue par le curé et le vicaire, leur calotte à la main.

— Elle est de la bonne société, dit le curé en rentrant.

— Ça se voit de reste, fit l'abbé Fourailloux.

Le lendemain de son arrivée, M. de Bellevache

commença ses visites. Lui, il allait partout. Il s'était
fait donner des indications par son commis et, de
maison en maison, sans distinction, il entrait saluer
les Roybonnais.

Mais quand il dut rendre visite aux personnes
dont le curé avait donné les noms à sa femme, il
revint prendre celle-ci.

On vit alors Mme de Bellevache, donnant le bras
à monsieur en habit noir et en cravate blanche,
laisser traîner dans la poussière de la Grande-Rue et
sur le fumier des ruelles une longue robe de soie. Ce
spectacle n'avait pas encore été offert aux Roybonnais.

— Dites donc, fit Crillon en entrant au Cercle,
vous savez, le percepteur, il va en garçon chez les
républicains, et ne mène sa femme que chez les
réacts. On la connaît, cette méthode-là, on s'en est
déjà servi à Roybon. Si tu crois que nous te rendrons
ta visite, tu peux attendre sous l'orme, va, mon
petit.

— M. de Bellevache n'est pas encore venu chez
moi, dit Albert Galtier, mais s'il y vient, je ne le
recevrai pas.

— Qu'est-ce que ça te fait ?... tu es garçon.

— Quand même !

— Ma foi, dit Crillon, fais ce que tu voudras ; tu
es libre, après tout. Quant à moi, je viens de recevoir sa visite, à ce monsieur, et je dois avouer qu'il
a été aimable. Je n'irai pas chez lui jusqu'à ce qu'il
m'ait amené sa femme ; mais je ne crois pas qu'il
faille le traiter en chien galeux. C'est le percepteur,
après tout, une des autorités du canton, et nous ne
pouvons pas lui demander d'être plus républicain
que ses prédécesseurs.

— Le recevras-tu du Cercle, demanda Galtier, s'il
nous propose de l'admettre ?

— Ah ! non, dit Crillon, je veux simplement dire
qu'il ne faut pas pousser les choses jusqu'à lui fermer
la porte au nez.

— Quand on la ferme poliment !..

— C'est égal.

— Crillon, mon ami, tu serais capable de le recevoir ici. Vois-tu, il n'y a que les réactionnaires pour
nous traiter en ennemis. Eux, ils sont soutenus par
la férocité et l'entêtement du prêtre catholique. Nous,
isolés, braves gens, n'aimant à faire de mal à personne, à laisser chacun agir à sa guise, à voir partout
des amis ou à traiter avec magnanimité nos ennemis,
nous ne sommes que des imbéciles.

— Tu as raison, dit Allard.

— Fasse notre étoile que nous ne poussions pas la
sottise jusqu'à perdre la République !

— Que dis-tu là ?

— La vérité. C'est nous qui perdrons la République, cette fois-ci comme les autres ; ce n'est pas les
réactionnaires qui la tueront. Je crois, moi, qu'il
faut dans la vie militante plus de fermeté que nous
n'en avons. Quand on a des ennemis, on les tue ;
quand on ne peut pas les tuer, on les ruine ; quand
il n'y a pas moyen de les ruiner, on les bride. Pendant ce temps, on s'empare de l'instruction, on la
monopolise entre les mains de l'Etat, et on fait des
générations nouvelles avec lesquelles la République
n'a plus qu'à se laisser vivre.

— Cette grande lutte est l'affaire de ceux qui font
de la politique leur métier, dit Crillon ; nous autres,
dans nos campagnes, nous ne pouvons rien.

— Mais nous pouvons beaucoup dans notre campagne !

— Si peu de chose !

— C'est tous ces « si peu de chose » qui font la
France.

— L'avez-vous vu? Oui, vous l'avez vu ! s'écria
M. Monestrel en entrant précipitamment.

— Qui ?

— Le percepteur...

— Certainement, nous l'avons vu.

— Et madame ?

— Madame également.

— Mais elle m'a dit qu'elle n'avait encore fait
visite qu'à M. le curé, aux Chanat et à nous.

— Aussi ne l'avons-nous pas vue en visite.

Monestrel respira fièrement.

— Nous l'avons reçue, nous. M. le curé m'avait annoncé sa visite...

— Ah ! ah !

— Mais oui, fit Monestrel en caressant sa longue barbe. Mme la percepteur est allée dès son arrivée demander au curé quelles étaient les personnes convenables du bourg, et nécessairement il a indiqué la marquise, les Chanat, nous...

— Alors nous ne sommes pas des gens convenables, nous autres ? dit Crillon.

-- Convenables, convenables ? Vous comprenez de reste ce que je veux dire...

— La bonne société ! fit Galtier en riant.

— Sans doute, la bonne société...

Tout le monde se mit à rire. La façon dont M. Monestrel prononçait « la bonne société » était si drôle, il y mettait une infatuation telle, il avait une foi si grande dans sa supériorité sur les hommes qui n'étaient pas de son bord, qu'il ne s'apercevait même pas du ton goguenard de ses interlocuteurs et de la joie qu'il mettait en l'âme de Galtier en lui prouvant une fois de plus l'excellence de ses théories quand il affirmait que les réactionnaires étaient faits autrement que les républicains, appartenaient à une espèce nuisible et féroce, nécessairement vouée à la destruction par suite du ratatinement de leur cervelle, et parce que les vrais républicains les prendraient un jour dans les souricières et chausse-trappes de leur politique.

— Il est certain que Mme de Bellevache, qui est noble, puis qu'elle est *de*... dit Monestrel.

— Et le « de » est regrettable.

— Comment?... fit Monestrel. Mme de Bellevache, qui est noble, ne fréquentera que la bonne société ! Elle s'est d'ailleurs conduite en personne élevée dans les bons sentiments, en femme expérimentée, en allant, aussitôt arrivée, demander à M. le curé la liste des personnes qu'elle pouvait fréquenter, certaine ainsi de ne commettre aucune bévue. Elle est venue chez nous, naturellement...

— Naturellement, répéta Allard.

— M. le percepteur était en habit noir et en
cravate blanche. C'est la première fois qu'on rend
visite ainsi dans le pays, et ça prouve que ces nouveaux fonctionnaires appartiennent à un monde
plus relevé que les autres.

— Ça le prouve surabondamment, dit Galtier.

— Vous n'avez peut-être pas remarqué qu'il est
décoré ?

— Ma foi, non, dit Crillon.

— C'est que sa décoration est noire.

— Une décoration noire ! s'écria Allard, qu'est-ce
que c'est que ça ?

— C'est la décoration des pompes-funèbres, dit
Crillon.

— Pas du tout, dit Monestrel. Comme je remar-
quais ce petit ruban noir, je lui adressai ainsi ma
question : « Mon Dieu, monsieur le percepteur, je
ne sais si je ne suis pas indiscret, mais comme c'est
une chose que vous portez apparemment je ne crois
cependant pas l'être, et je me permets de vous demander, si toutefois vous voulez me répondre,
quelle est cette décoration que vous avez là ? »

— Oh ! oh ! et qu'a-t-il répondu ?

— Il m'a répondu simplement, je vous assure :
« Monsieur, je suis trop heureux de vous renseigner. Je suis décoré de l'Ordre du Saint-Sépulcre, et
j'ai eu l'insigne honneur de recevoir cette haute distinction de Notre vénéré Souverain Pontife. »

— Un décoré du pape ! s'écria Galtier, il ne nous
manquait plus que ça !

— Quand il nous a appris que Sa Sainteté l'avait
décoré, ça nous a produit un effet, à ma femme et à
moi !... Nous en avons perdu un moment la parole.
C'est ma sotte de fille qui a rompu le silence en disant d'un petit ton irrespectueux que c'était dommage que cette décoration fût si noire, parce qu'on
ne la voyait pas très-distinctement. Je me suis aussitôt écrié qu'elle sautait aux yeux. Mais c'est
Mme de Bellevache qui avait...

— Une décoration du pape, elle aussi ?

— Qui avait une belle robe de soie, brodée de jais, et elle portait une broche de vrais brillants à son corsage. Elle est forte, Mme de Bellevache, mais elle a la taille fine, les cheveux soignés, le teint blanc. Ma femme croit qu'elle se met sur le visage des parfums qui rendent la peau plus lisse. Il y avait longtemps que nous n'avions eu des percepteurs aussi distingués ; je devrais même affirmer que Roybon n'en a jamais vu de pareils.

— Vous pouvez l'affirmer, dit Galtier.

— Ah ! n'est-ce pas ? c'est votre opinion, monsieur Galtier ?

— Mon opinion pleine et entière, monsieur Monestrel. Vous aviez cependant un grand enthousiasme pour la femme du receveur de l'enregistrement, lorsqu'elle est arrivée ici.

— Oh ! une femme qui a fait ses visites en robe de laine !

— C'est vrai, je l'avais oublié, murmura Galtier.

— Et puis, une petite femme qui a l'air de sautiller quand elle marche, qui est maigre, qui a toujours un malaise dont elle se plaint ! Ce n'est pas Mme de Bellevache qui doit se plaindre de quelque chose !

— Il est certain, dit Crillon, que si elle eût été cantinière, les maréchaux-des-logis ne lui auraient pas fait peur.

— Pouvez-vous dire des choses pareilles, monsieur Crillon, quand il s'agit d'une femme si belle et d'une si noble famille !

— Vous connaissez donc sa famille, monsieur Monestrel ?

— Non, dit Monestrel, mais je la juge par ce qu'elle a produit.

— Excellentes références !

— Mme de Bellevache, dit Monestrel, nous a dit que ses meubles arrivaient demain.

— Par où arrivent-ils, ses meubles ?

— Il paraît que c'est un grand voyage, dit Monestrel.

— On dit qu'ils viennent de la Savoie, les Bellevache.

— Ils viennent de la Savoie, en effet, dit Monestrel. Ils étaient à Alby.

— Alby ou Albens ?

— M. de Bellevache m'a dit Alby.

— Je ne connaissais qu'Albens, dit Allard, mais
que ce soit Alby ou Albens, c'est trop loin pour que
nous ayons des renseignements. A Roybon, nous ne
voyons jamais personne de ces pays-là.

— Dès que ses meubles seront arrivés et que son
installation sera faite, nous dînerons chez M. de Bellevache.

— Quel homme heureux vous faites, Monsieur Monestrel ! s'écria Galtier.

Ayant baillé ses nouvelles au Cercle, M. Monestrel descendit s'asseoir sur le banc, dans la rue, à côté
de La Michal, pour recommencer à les donner aux
Roybonnais qui se groupèrent autour de lui.

On apprit dans le village, par l'intermédiaire de
M. Monestrel, que les meubles de M. de Bellevache
arrivaient.

— Tu sais, tu iras faire le guet dans la Grande-
Rue, dirent la plupart des mères à leurs jeunes
enfants, et quand tu verras que les meubles sont là,
tu te tiendras auprès et tu les regarderas attentivement, pour me dire ce qu'ils valent.

Quand les charrettes portant le mobilier parurent, on colporta aussitôt qu'il n'y en avait que
trois.

— Tiens, le receveur en a eu quatre, dit-on.

On s'étonna un peu, M. Monestrel ayant déclaré
publiquement que les Bellevache étaient plus distingués que les Pelussin.

— C'est peut-être que les voitures sont plus
grandes, conclut-on.

Et comme on n'avait pas songé à inspecter les premières, la conclusion parut acceptable ; mais on
apporta la plus scrupuleuse attention dans l'examen
des nouvelles charrettes, et même le fils Verret
marcha à côté d'elles, sans faire mine de rien, afin

de conserver dans sa mémoire le nombre de pas qu'il avait faits, et on se rendit compte que les meubles juchés se trouvaient à la hauteur des fenêtres du premier étage.

On commença par déballer des meubles d'acajou. L'acajou fit bon effet dans le pays. On descendit ensuite sur la route des meubles cachés par des housses ; mais, pour constater qu'ils n'avaient pas été détériorés, M. de Bellevache enleva la housse de son canapé, et on aperçut avec éblouissement un bois en or encadrant une étoffe d'un bleu magnifique avec de belles fleurs jaunes.

Le soir, au souper, M. Monestrel dit à sa femme :

— Les Bellevache ont une armoire à glace en acajou, et leur meuble de salon est bleu avec des fleurs de lys d'or.

Et durant la semaine, les Roybonnais allèrent se promener dans la Grande-Rue uniquement pour entrevoir en passant l'intérieur de la perception.

Mais assez longtemps les fenêtres du rez-de-chaussée demeurèrent hermétiquement closes.

C'est que M. de Bellevache faisait métier de tapissier et qu'il ne voulait pas qu'on le vît, monté sur une échelle, en train de coller du papier bleu fleurdelisé qu'il avait acheté à Lyon.

Le papier collé, avec l'aide de Mme de Bellevache, il attacha un portrait du comte de Chambord en face d'un portrait de Pie IX et pendit au milieu un tableau à l'huile qui n'était pas mal fait et dans lequel Mme de Bellevache montrait des épaules épanouies et blanches.

Ils couvrirent le plancher inégal d'un tapis et posèrent les rideaux.

Cessant alors d'aller dîner à l'auberge, ils cherchèrent une cuisinière, et Mme de Bellevache fit venir de Lyon une femme-de-chambre.

Avoir deux bonnes, cela se voyait dans le pays ; mais une femme-de-chambre en titre, une femme-de-chambre qui raconta chez le boulanger qu'elle peignait madame, ça ne s'était jamais vu, et le dîner que les Bellevache donnèrent trois semaines après leur arrivée mit le sceau à leur réputation.

M. Monestrel, connu dans le pays pour sa gourmandise, disait, en se léchant les lèvres, qu'il n'avait jamais fait de meilleur repas.

M. et Mme de Bellevache, qui connaissaient leur province, étaient depuis longtemps fixés sur la portée du premier dîner. Ils avaient fait venir de Lyon un turbot et des conserves de truffes. Il y en eut assez pour éblouir la réaction roybonnaise. Les Bellevache avaient invité M. le curé et M. le vicaire, les Chanat, les Charançon, les Monestrel, M. Pinard. En dehors des personnes de Roybon, ils eurent le juge-de-paix, M. Cuzin, et le receveur, M. Pelussin, dont la femme ne put se rendre à l'invitation du percepteur parce qu'elle était souffrante.

Mme de Bellevache reçut ses invités en robe décolletée, une robe de velours noir ! et l'abbé Fourailloux ne sortit pas une minute de la contemplation soit du corsage, soit de la broche en diamants qui se trouvait au milieu.

Cette robe produisit un effet merveilleux. Elle écrasa la robe de soie d'un violet choquant de Mlle Chanat, elle dépassa ce qu'on avait imaginé, et la femme de Pivat, qui avait été dans la fabrique lyonnaise, déclara que le moins qu'une robe en velours de soie pouvait coûter, c'était un billet de mille francs.

— Mille francs pour une robe ! s'écria-t-on.

— Et des poissons si gros qu'ils débordent dans les plats !

— Il faut qu'ils soient riches !

— Il paraît que leur salon a un tapis partout.

— Et que leur salle-à-manger, qui est à part du salon, est tout en acajou.

— Leur chambre-à-coucher aussi, la femme-de-chambre me l'a dit.

— Et moi, j'ai vu l'armoire à glace.

— Oui, c'est certain, ils sont riches.

Ils n'étaient pas possesseurs d'une grande fortune cependant, les Bellevache; mais ils savaient s'y

prendre. Ils dissimulaient, par exemple, si adroitement leur passé que personne n'en pouvait parler
sciemment. ils avaient à être discrets un intérêt considérable.

M. de Bellevache avait été négociant en toiles
à Rouanne ; sa maison était commanditée par
une confrérie de dominicains de Lyon. Il fit tout-à-
coup faillite, mais se retira de cette faillite avec
100.000 francs que son contrat de mariage
avait reconnus à sa femme, dont les parents
étaient cependant fort pauvres. Les dominicains le
traitèrent de voleur. Il leur répondit qu'ils feraient
mieux de lui faire donner une place qui lui permet-
trait de les rembourser petit à petit, et, au 24-Mai,
on l'avait fait entrer dans les finances. Les dominicains le poussèrent, et il aurait été nommé receveur
particulier si le 24-Mai avait duré. Il lui fallut attendre. Mais il était fixé sur l'avenir politique de la
France, et il se créait des titres au moins aussi puis-
sants que ceux que les dominicains avaient contre
lui.

— Tu comprends, lui disait Mme de Bellevache,
que la République ne tiendra pas. Comment veux-tu
que des gens qui ne voient que leur liberté, qui se ja-
lousent et qui sont incapables de se liguer dès qu'ils
n'ont plus peur de nous, résistent à l'action lente
d'une organisation comme celle de l'Eglise romaine,
qui peut faire obéir jusqu'à ses fidèles ? La France
est catholique, les républicains eux-mêmes sont
baptisés : tablons là-dessus.

Et, prudents, craintifs, dès qu'un ministre des finances paraissait capable de les destituer, ils devenaient
des agents actifs de réaction aussitôt qu'ils pensaient
pouvoir agir impunément. Le portrait du pape, celui de Chambord, les fleurs de lys, c'était l'outillage.

Aussitôt les Bellevache installés dans un pays, les
habitants étaient fixés.

VII

POLITIQUE DE VILLAGE

La réaction avait depuis longtemps compris que les fonctionnaires haut placés qu'elle parvenait à conserver ne pouvaient montrer ouvertement leur antipathie pour la République; elle se maintenait par les petits, qui pouvaient agir plus souterrainement.

Tandis qu'à Paris, tandis que dans les grandes villes, on croyait avoir vaincu définitivement les monarchistes des diverses nuances, la campagne sentait qu'elle devait continuer à lutter. Dans les grandes agglomérations, on perd facilement de vue l'influence du prêtre sur le groupe des fidèles, en province, dans les petits centres, dans les campagnes, on sent la main du prêtre partout, et c'est presque toujours dans son propre ménage qu'on est tenu en éveil.

Les Roybonnais, chauds encore de leurs batailles et de la victoire remportée contre le cléricalisme, n'entendaient pas se laisser refroidir.

Les victoires électorales de 1876 avaient coûté beaucoup de peine. Il avait fallu reserrer les liens entre les républicains, suivre aveuglément les conseils du grand patriote qu'on avait surnommé dans l'Isère « La boussole. » Gambetta l'avait dit, il fallait substituer la politique des résultats à la politique des illusions, et on avait visé le résultat en mettant de côté jusqu'à ces questions de personnes qui, en province, primaient le plus souvent les considérations politiques.

Ah! Gambetta s'était remué! A Aix, à Lille, à Avignon, à Bordeaux, à Paris, à Lyon, partout sa grande voix avait traduit ce que son esprit pratique et souple lui suggérait de bon et d'utile pour le triomphe de la cause républicaine. Ses discours étaient

lus en tous lieux, étudiés, commentés, et ils devenaient des commandements dont on assurait l'exécution.

Albert Galtier, Crillon, Allard, Josu, debout sur
leur seuil, paraphrasaient la parole de Gambetta, et
dans les tournées qu'il faisait comme huissier dans
le canton, Crillon devenait un agent de propagande
admirable.

L'Isère avait envoyé au Sénat Michal-Ladichère,
Eymard-Duvernay et le vieux républicain Brillier ;
elle nomma à la Chambre Bravet, Anthoard, Buyat,
Couturier et Riondel.

Buffet, bafoué, honni, rejeté aux élections séna-
toriales, inélu dans les bourgs qu'on lui avait lancés
à la tête comme des gâteaux pourris, s'était retiré ;
mais ses successeurs ne donnaient pas encore satisfaction à des républicains radicaux et énergiques
comme ceux du Dauphiné, et ils sentaient que la
République aurait un ennemi à sa tête tant qu'elle
y conserverait Mac-Mahon.

On ne se sortait pas un instant de la mémoire ces
paroles de Gambetta : « La politique qui a préparé
les résultats déjà obtenus est la seule qui·puisse en
poursuivre les fruits, la seule qui puisse déjouer les
pièges nombreux qui nous seront tendus par une
réaction qui n'a plus d'espérances que dans nos
défaillances et nos fautes. »

Ne point faillir ? C'était aisé. La bataille était
trop ouvertement engagée. Ne point fauter ? Chacun s'y efforçait dans le parti républicain, et on
n'était pas fâché le moins du monde de voir des
employés du gouvernement arborer des fleurs de
lys et des portraits du pape. Ces manifestations
étaient de nature à rappeler aux républicains qu'ils
n'en avaient pas fini avec la réaction, si les curés,
les Chanat, les Charançon et autres cléricaux n'a-
vaient pris soin de le leur remettre en mémoire.

Au surplus, les tiraillements que l'on subissait au
sommet, la grande discussion qui avait lieu au Sénat
sur la collation des grades, la victoire que les cléricaux obtenaient sur cette question, prouvaient,

quand même les réactionnaires de Roybon se fussent tenus cois, qu'il ne fallait pas s'endormir.

Les espérances des réactionnaires n'étaient ébranlées que chez quelques-uns.

— Nous finirons par triompher, disait le curé Mingral. Dieu est avec nous.

— Vous avez raison, opinait M. Monestrel.

— La chose est sûre, affirmait M. de Bellevache.

— Amen, finissait l'abbé Fourailloux.

Et le percepteur se faisait donner des renseignements sur tous les habitants du canton. Il relevait les noms des contribuables sur ses livres et en face du nom mettait des notes.

Réunis un soir, Chanat, le curé Mingral, l'abbé et lui, à eux quatre ils s'étaient livrés à un travail d'ensemble dont le notaire prenait le double.

Ce travail ne donnant pas de résultats complets, le curé s'était rendu à la conférence hebdomadaire des desservants qui avait lieu, cette semaine-là, à Montfalcon. Il recommanda, au dessert, à ses prêtres de s'occuper de réunir des renseignements précis qui partageraient la commune en honnêtes gens et en malhonnêtes gens, c'est-à-dire en réactionnaires et en républicains.

En faisant sa tournée de recette dans les communes, le percepteur put donc obtenir des données précises ; L'inquisition avait consciencieusement rempli son rôle.

Quiconque entrait pour payer ses impôts dans la salle de la mairie où se tenait M. le percepteur était connu de lui au seul énoncé de son nom. Était-ce un ami, le percepteur lui serrait la main, lui parlait doucement. Avait-il besoin d'une remise, demandait-il à n'acquitter l'impôt qu'à la prochaine tournée de M. le percepteur :

— Bon, bon, disait celui-ci, tout ce que vous voudrez ; je vous connais, vous êtes un brave. Votre curé, chez lequel j'ai dîné en arrivant, m'a dit beaucoup de bien de vous.

Mais si le paysan en retard pour sa contribution était mal noté sur la liste du percepteur, celui-ci le recevait comme un chien dans un jeu de quilles et ne lui accordait pas facilement des remises.

Les paysans n'étaient pas sans se communiquer leurs impressions au sujet de ce qui se passait.

— Il paraît, disaient-ils, que ce n'est pas encore la République qui triomphe, puisque ses agents traitent comme ça ceux qui sont républicains ; ce sont toujours les cléricaux qui restent tout-puissants.

— Non, nous ne tenons pas encore la vraie République.

— Nous autres, habitants des campagnes, nous ne savons pas les choses, mais si le gouvernement républicain était plus fort, pour sûr et certain qu'il ne souffrirait pas des employés comme ça et qu'il empêcherait le curé de dire du mal de la République le dimanche quand il prêche.

— Et même d'en dire du mal aux petits enfants qui vont au catéchisme.

— Le gouvernement n'est pas le plus fort.

Cette idée que le gouvernement était faible amollissait les courages. On n'osait pas se montrer aussi énergique, aussi net qu'on l'était en effet.

Oh ! les réactionnaires savaient ce qu'ils faisaient en maintenant sous leur dépendance les petits fonctionnaires. Ceux-là étaient en contact avec la population.

Contre l'organisation cléricale ayant un ou deux représentants dans chaque commune, l'élément laïque privé d'appuis n'avait pas de moyens de propagande facile.

Chaque curé avait la chaire, le catéchisme, les neuvaines, les jubilés, les pèlerinages comme moyens extérieurs de propagande; il avait en outre un moyen plus latent et plus terrible, car il pouvait avoir par lui des renseignements précieux et exercer une action plus redoutable encore : le confessionnal. Et pour faire mouvoir les curés, les vicaires et les congréganistes sur la surface d'un diocèse, pour leur faire tenir à tous le même langage, pour leur faire faire la même propagande, il suffisait d'un mot-d'ordre parti de l'évêché ! Contre cette force épouvantable, les républicains n'avaient que la force que le gouvernement pouvait leur donner, et le gouvernement se retirant d'eux, ils étaient désarmés.

Jamais le journal, qu'il faut acheter, et lire, ne contre-balancerait l'action de cette puissance occulte du prêtre, de cette parole parlée qui trouvait dans chaque église de village une tribune. Et, d'ailleurs, les journaux cléricaux eux-mêmes, avaient dans le curé un agent de propagation qu'aucun journal républicain ne pouvait se vanter de trouver dans le modeste colporteur qui l'allait vendre par les chemins.

Il avait paru à Lyon un abominable petit canard intitulé *le Nouvelliste indépendant*, qui faisait une campagne adroite en faveur de la réaction ; on envoyait des paquets de *Nouvelliste* aux curés du canton. Ceux-ci ayant déclaré, au prône, que la lecture des journaux républicains empêcherait les hommes et les femmes de recevoir l'absolution et de communier, même à Pâques, ils distribuaient dans l'église le *Nouvelliste indépendant ;* et les petits vicaires, généralement jeunes, enragés comme Fourailloux, portaient le *Nouvelliste* à domicile, le vendaient « au profit des pauvres », le propageaient et peu-à-peu parvenaient à lui créer une clientèle.

Il n'y avait que l'activité de Crillon qui compensât dans une certaine mesure l'activité des curés. Mais si Crillon s'en allait d'une commune à l'autre sur son grand cheval, le percepteur voyageait dans sa voiture, et lui aussi il distribuait le *Nouvelliste*.

Il y avait à côté de ces gens-là un juge-de-paix, M. Cuzin, devant lequel on répétait qu'il ne faisait pas bon plaider quand la cause était perdable et qu'on était républicain.

Le receveur seul était tiède. Il se déclarait indifférent ; il ne voulait pas faire de propagande, et on disait même que c'était par dédain pour les paysans et les gens du bourg qu'il ne se mêlait pas à eux, que sa femme les trouvait trop mal élevés. L'un et l'autre étaient très-polis, d'ailleurs ; mais, après avoir rendu au percepteur son dîner, ils avaient agi de sorte que Mme de Bellevache se trouvait tenue à distance comme les Roybonnais.

— Oh! cette roture! disait Mme la percepteur avec mépris, ce qui faisait rire l'abbé Fourailloux, très-assidu chez elle.

Mais Mme de Bellevache était trop fine pour n'avoir pas vu du premier coup-d'œil que la fortune des Pelussin était plus sérieuse que la sienne.

— Ils nous gênent, ces gens-là, disait-elle à son mari. Si jamais nous pouvons les faire déguerpir...

— As-tu su, disait M. de Bellevache, que le directeur du bureau de poste ne va pas à la messe?

— C'est un homme à surveiller. A l'occasion, en dénonçant ces gens-là...

— C'est compris.

« Nous avons dans M. de Bellevache et dans son aimable épouse, écrivait le curé Mingral à l'évêque de Grenoble, un percepteur modèle, un chrétien admirable... »

L'évêque de son côté comprenait. Il y avait aussi des dossiers au palais épiscopal.

— Il ne faudra pas rater l'occasion de faire chasser les Bellevache, disait Galtier à Crillon.

— Oh! mais non! répondait l'huissier. C'est une plaie, ces individus-là.

Et la loi sur le renouvellement des conseils municipaux et la nomination des maires, en dehors des chefs-lieux, venant d'être votée par la Chambre, on s'inquiétait, au Cercle, de la manière dont les élections se feraient dans le canton.

— Ça ira assez bien à Viriville, à Thodure, à Marcolin, à Lentiol, disait Allard.

— A Roybon, ça n'ira pas du tout; mais la loi sur le renouvellement des conseils ne passera peut-être pas au Sénat.

— Bas-du-Dos sera réélu conseiller.

— Il faut cependant nous démancher pour que Bas-du-Dos ne tienne plus les malheureux du pays, dit Galtier. Moi, d'abord, je mets toute ma fortune en

dons ou en prêts pour combattre la propagande par
l'usure.

— « Propagande par l'usure » est joli, dit Allard ;
mais, mon jeune ami, tu ne rattraperas pas ceux
que Bas-du-Dos, Monestrel et autres ont pris déjà
en leurs serres.

— Et ils ont le pays, dit Malens en entrant.
Messieurs, je vous annonce une grande nouvelle.

— Laquelle ?

— Voici une lettre par laquelle M. de Bellevache
demande à devenir membre du Cercle.

— Bravo ! s'écria Galtier.

Et pariodant Béranger :

> Quel honneur !
> Quel honneur !
> Ah ! monsieur le percepteur,
> Je suis votre humble serviteur.

— Il faut coller sa lettre à la glace ; c'est le
règlement.

— Si nous le refusions par acclamation ? demanda Galtier.

— Respect aux lois, dit Malens. C'est la sauve-
garde de la République.

Et demandant des pains à cacheter, il placarda la
demande de M. de Bellevache, percepteur à Roybon.

— Il aura la voix de Monestrel, dit Crillon.

— Si nous n'étions que deux à voter ce jour-là,
ce serait encore suffisant pour le faire admettre. Il
faudra tâcher de se trouver une dizaine.

— Oui, voilà comme nous sommes ! Sitôt qu'il
s'agit de se réunir, de se grouper, de se trouver
ensemble pour faire une besogne utile, nous avons
toujours une affaire particulière qui nous retient.

— Nous déranger nous ennuie.

— Que de victoires politiques nous perdons par
notre nonchalance !

— Je vais vous dire, fit Crillon : il faut élever nos
filles dans la passion de la République.

7*

— Alors nos femmes ne nous laisseront pas tranquilles chez nous quand nous devrons voter.

— Elles ne chercheront pas à nous retenir, comme
elles le font si souvent aujourd'hui, les jours de
scrutin.

— Le malheur de la République, c'est que les
curés tiennent les femmes.

— Et qu'ils les tiendront, dit Galtier, tant qu'il y
aura un congréganiste en France pour les élever sur
les genoux de l'Eglise.

— Monsieur Galtier, vint dire La Michal, il y a en
bas un homme qui vous demande.

— J'y vais, charmante enfant, dit Galtier en lui
prenant le menton. Vous ne savez pas ce que nous
disons?

— Non, monsieur Galtier.

— Qu'il faut que vous cessiez d'aller à confesse
pour devenir des femmes honnêtes.

— Oh ! s'il est possible de dire des choses pareilles !

VIII

ALBERT GALTIER

Celui qui faisait demander Galtier, c'était Bergeron. Le brave homme avait fait donner un billet
d'invitation à Monestrel, et celui-ci ne comparaissant
pas devant le juge, il était résolu à le faire citer.

— Je viens vous demander conseil, monsieur
Albert, dit-il.

— Je vous écrirai, dit Galtier ; je veux tenter de
concilier les parties.

Il voulait faire une démarche directe vis-à-vis de
Monestrel.

Il alla chez lui un jour.

Lucile était à la fenêtre de la cuisine, assise sur

une chaise un peu basse et la tête appuyée contre le dossier de la chaise.

Elle regardait les passants, les gens du bourg occupés de leurs petites affaires. La servante du juge-de-paix, une boiteuse, balayait le devant de sa porte, nettoyait ses trois marches de pierre. On venait chez l'épicier, les enfants particulièrement, que leurs parents envoyaient chercher leurs provisions tandis qu'ils s'occupaient des travaux d'intérieur.

Des ménagères portaient des plats au four, et, en revenant, elles s'arrêtaient pour caqueter. Ce matin-là, il était arrivé de la vallée du Rhône une pleine voiture de melons qui s'était arrêtée sous la halle. Le mouvement de la rue était, à cause de cela, un peu plus actif qu'à l'ordinaire. Tous les Roybonnais raffolaient de melons.

Le voiturier, sous la halle couverte de tuiles grisâtres, avait laissé tomber sa charrette, et les melons s'étaient entassés dans un désordre agréable à l'œil : les couleurs jaunes et vertes passant par les degrés les plus inattendus depuis le vert bouteille et le jaune d'or jusqu'au blanc jaunissant et aux verts les plus tendres tachetés en plus foncé comme des peaux de batracien, quelques melons dans le tas coupant de gris ce jaune et ce vert.

Le prix des melons variait depuis douze et dix sous jusqu'à un sou. Hommes et femmes en emportaient. Monestrel en avait acheté deux, le matin, et depuis qu'il les possédait il les flairait et les caressait de la main en disant :

— Ils seront très-bons, très-bons.

Il s'en délectait d'avance.

Les Bellevache en avaient fait prendre dix par leur servante, les plus beaux, et ils en offraient ostensiblement la moitié à la cure, où l'abbé Fourailloux en avait mangé un immédiatement.

Les petits enfants du village faisaient quasiment comme l'abbé. Leur melon d'un sou d'une main, leur couteau de l'autre, ils s'asseyaient devant les maisons et mordaient à belles dents dans la tranche coupée.

Lucile suivait des yeux ce spectacle, lorsqu'elle aperçut Albert Galtier en haut de la rue.

Cela n'avait rien d'extraordinaire qu'il passât. Il descendait toujours par là, et, voyant Mlle Monestrel, il lui adressait un grand salut. Lucile sentit cependant quelque chose de plus que les autres jours à l'endroit de son cœur, et elle devint toute pâle quand elle vit Albert tourner dans sa place et arriver à la porte de sa maison.

Galtier frappa. Lucile n'osa pas ouvrir, et, sa mère se trouvant en sa chambre, elle laissa son père aller à la porte.

— Tu n'entends donc pas frapper, Lucile? dit Monestrel.

Et, ouvrant, il demeura interdit de se voir face-à-face avec Albert Galtier.

Un moment il le dévisagea, s'assura que c'était bien lui.

— Vous! fit-il.

Albert Galtier s'étonna de cette réception de la part d'un homme qu'il rencontrait chaque jour, quand il se trouvait à Roybon, et avec lequel il était en relations suivies.

Il entra cependant, pénétra jusque dans la salle.

— Mon cher monsieur Monestrel, dit-il sans s'arrêter à la figure renfrognée de son interlocuteur, je viens vous parler d'une petite affaire qui vous intéresse.

Monestrel fit le geste d'un homme auquel la chose dont on va lui parler est, quelle qu'elle soit, absolument indifférente.

— Je n'ai pas besoin de vous demander si vous connaissez M. Bergeron.

— Bergeron? fit Monestrel d'un ton sec, j'en connais plusieurs.

— Je parle de celui de Marcolin.

— Je le connais.

Albert Galtier aperçut les cheveux de Lucile qui dépassaient le chambranle de la porte de la cuisine.

— La curieuse, pensa-t-il, elle écoute ce que nous disons.

Et il ajouta, parlant haut :

— Il a l'intention de vous faire citer.

— Pourquoi donc ? demanda Monestrel.

— Mais, pour l'argent que vous lui devez.

— Je lui dois de l'argent ?

— Il le dit.

— Ah ! il le dit.

— Un peu moins de neuf cents francs, je crois. Il est venu me consulter sur ce qu'il devait faire, et je lui ai promis, monsieur Monestrel, de tenter auprès de vous une démarche qui éviterait certainement des frais.

Monestrel s'était levé, et, en se promenant dans la salle, il caressait alternativement ses doigts maigres et sa longue barbe.

— Bergeron dit que je lui dois ! s'écria-t-il. Ah ! il dit cela, Bergeron ! C'est vite dit : Monestrel me doit. Je n'ai cependant pas l'habitude de devoir aux gens, moi. Et vous venez me prier de le payer, sans doute ? Vous vous mêlez de ce qui ne vous regarde pas, monsieur Galtier !

— Mais, en ma qualité d'avocat...

— Avocat, avocat ! Qu'est-ce que ça me fait, à moi, les avocats ! On vous a consulté ? En quoi ça me regarde-t-il ? Vous venez me chanter que je dois de l'argent à ce Bergeron ! Est-ce qu'il vous l'a prouvé ? Vous a-t-il montré des papiers établissant sa créance ? Avez-vous les titres constituant ma dette entre vos mains ? Vous n'avez rien du tout ? Vous ne possédez aucune preuve de ce que vous avancez. Vous ne pouvez en avoir. Alors, qu'est-ce que vous venez me réclamer ? Je suis étonné, monsieur Galtier, que vous mettiez le nez dans mes affaires et que vous franchissiez le seuil de ma maison. Est-ce que vous avez oublié que votre père m'a ruiné, qu'il m'a mis sur la paille ? Jamais, depuis qu'il m'avait grossièrement insulté, chansonné, ridiculisé, un Galtier n'avait mis les pieds chez un Monestrel. Je suis très-surpris que vous osiez pénétrer chez moi.

— Hé ! croyez que si j'avais su...

— Vous deviez savoir, dit Monestrel dont la colère grandissait. Vous pensez, parce que je vous rencontre dans la rue, parce que je vous parle au Cercle, que vous pouvez venir ici ? Mais ce n'est pas la même chose. La rue est à tout le monde, et le Cercle aux sociétaires. Je vous parle dehors, comme au premier venu. Mais mon chez moi, ma maison n'est pas faite pour mes ennemis. Est-ce que j'ai jamais mis les pieds chez vous, moi ? Plutôt que de passer sur une de vos propriétés, je me détourne.

— Voulez-vous que je vous dise ? s'écria Galtier en se mettant sous le nez de Monestrel : si vous n'aviez pas de cheveux blancs...

— Quoi ? fit Monestrel.

— Tenez... rien du tout.

Galtier sortait, et Lucile s'était rejetée derrière le mur de la cuisine.

Mais, lorsque Albert eut bruyamment refermé la porte derrière lui, elle dit à son père :

— Tu lui dois, à Bergeron, en conscience ?

— Ce galopin ! criait Monestrel, ce lâche ? ce Galtier ! Oh ! race infâme ! républicain, va ! libre-penseur !

— Tu dois à Bergeron ? répéta Lucile.

— Oui, je lui dois, dit Monestrel ; je lui dois, mais Bergeron n'a pas de preuves, il m'a passé quittance. Je ne lui donnerai rien. Il m'a vendu son champ trop cher. J'avais calculé que le froment sur pied me rapporterait cinq cents francs. Je n'en ai retiré que trois cents parce qu'il était pauvre en grain et mêlé de charbon, comme tous les blés de la Plaine cette année-là. Cette pièce de terre me revient à plus de trois mille francs. Je ne dois rien à Bergeron. Tu as vu le front de ce Galtier, de venir me parler de ça ! d'entrer chez moi, après le mal que son père m'a fait ! Ah ! gueux ! monstre ! républicain !...

Mais Lucile n'était plus dans la salle.

Elle était montée en sa chambre, elle se roulait sur son lit en pleurant, tandis que sa mère, qui revenait de prier à l'église, essayait de calmer Monestrel avec un verre d'eau sucrée à la fleur d'oranger.

— Encore du sucre que ce Galtier me coûte ! s'écria Monestrel en buvant.

Galtier s'amusait joliment dans ce moment-là.

De la maison Monestrel il était entré chez les Crillon, et il leur racontait la scène qui venait de se passer en imitant Monestrel et en brodant son récit suffisamment pour que Crillon se pamât.

Seule, Anna ne riait pas ; et elle se sauva sans rien dire pour aller à son amie.

— Pauvre Lucile, lui dit-elle en l'embrassant, je savais bien que tu pleurais.

— Ma bonne Anna… tu connais ?…

— Oui, Albert est venu chez nous raconter la scène qu'il a eue avec ton père. Il en riait assez.

— Il en riait !… Oh ! tant mieux !… Mais viens, sortons, allons nous promener, que je n'aie pas à subir les questions de ma mère.

Elles prirent, au-dessous du village, une ruelle sur laquelle donnaient un certain nombre de jardins arrivèrent derrière la gendarmerie, traversèrent la route, montèrent par un chemin qui conduisait à une petite maison, charmante propriété de M. Monestrel, et à une propriété de M. Allard. La propriété de M. Monestrel, nommée Michalu était pleine de châtaigniers superbes sous lesquels le propriétaire allait ramasser, avec un plaisir infini en pensant qu'il les mangerait, des cèpes succulents.

— Tu sais qu'Albert est un peu hâbleur ; raconte-moi, Lucile, ce qui s'est passé ?

— Mon père a été inouï, horrible ! dit Lucile. Quand Albert s'est présenté, j'ai cru qu'il ne lui ouvrirait pas la porte, qu'il ne le laisserait pas entrer. Il lui a fait une mine ! Moi qui avais quelquefois entendu dire à mon père que jamais un Galtier ne franchirait la porte des Monestrel, j'étais très-anxieuse. La figure de mon père n'annonçait rien de bon. Albert s'est montré doux, poli. Il venait demander à mon père de régler amiablement une dette. Mon père l'a traité comme le dernier des misérables.

Et Lucile se jeta dans les bras de son amie en sanglotant.

Elles s'assirent sur un tertre, à l'ombre d'un grand noyer.

— Pauvre petite amie, dit Anna, tu étais présente ?

— Oh ! non, dit Lucile, je serais rentrée sous terre si Albert m'avait vue dans ce moment-là, tant j'étais honteuse de l'attitude de mon père. Il a renié sa dette ; il l'a reniée ! C'est un vol, Anna, un vol que mon père commet. Comprends-tu que je sois triste en pensant que mon père peut tromper quelqu'un ?

— Ne te sers pas de gros vilains mots.

— Mais, Anna, tu ne sais pas tout, toi ! journellement mon père gagne de l'argent sur de pauvres paysans.

— Contente-toi de penser qu'il prête peut-être plus qu'il ne devrait. C'est ce qu'on dit dans le pays.

— Oh ! plus que cela !... Je suis triste, Anna, bien triste.

— Et puis, dit Anna, ton père a mis Albert à la porte ?

— Oui, oui, et Albert lui a dit que sans ses cheveux blancs...

— Pauvre Lucile !

— Oh ! ce sont de grands ennemis, va, mes parents et Albert !

— Mais toi, tu n'es pas une ennemie d'Albert ?

— Moi, je ne suis l'ennemie de personne ; mais Albert, après ce qui a eu lieu aujourd'hui, ne voudra même plus me regarder.

— Tu ne connais pas Albert, ma chérie, dit Anna. Il est incapable de garder rancune à quelqu'un. Il peut se mettre en colère comme un chacun ; mais, la colère apaisée, il ne se souvient plus de ce qu'on lui a dit ou du tort qu'on lui a fait. Je ne crois pas, d'ailleurs, qu'il se soit même mis en colère quand il discutait avec ton père. D'après ce qu'il nous a ra-

conté, M. Monestrel ne l'a pas froissé. Il s'est plutôt
amusé que...

—Oh ! non, j'ai vu la scène de la porte de la cuisine : Albert ne riait pas.

— Je suppose aisément, ma chère Lucile, qu'Albert n'a pas éclaté de rire au nez de ton père et qu'il
n'a rien dit qui pût l'exciter davantage ; mais, d'a-
près ce qu'il nous a rapporté, et à en juger sur ce
que j'ai vu, Albert ne s'est pas mis en colère. Il a
trouvé ton père trop...

— Trop ?

— Tu me permets le mot ?

— Parle donc !

— Trop ridicule. En arrivant chez nous, il riait,
et il rit sans doute encore à cette heure, en compagnie de mon père, qui ne se gêne pas pour traiter
M. Monestrel de vieil avare.

— Non, dit Lucile, non, Anna, ne me répète plus
ce qu'on dit de mes parents. Quand cela vient de
moi, je n'éprouve aucune peine à avouer ce que je
constate, mais venant des autres, ça m'ennuie.

— Heureusement, alors, que tu n'entends pas les
Roybonnais parler quand tu es dans ta cuisine !
Mais il y a une compensation.

— Laquelle ?

— C'est qu'il n'y a personne qui ne dise du bien
de ma petite Lucile.

— Je suis certaine qu'il y a une personne qui n'en
dit pas.

— Laquelle ?

— Albert.

— Tu te trompes.

— Il n'en dira plus, après la scène d'aujourd'hui.

— Il a dit du bien de toi immédiatement après,
chez nous. Albert avait vu que tu écoutais...

— Ah !

— Et il a dit en propres termes : « Si je n'avais
pas respecté ma petite camarade Lucile, qui est douce
et gentille, j'aurais certainement tiré les oreilles au
père Monestrel ».

— Il a dit cela ?

— Il a prononcé textuellement les paroles que je te rapporte.

— C'est qu'Albert est bon.

— Il est bon !... Il aurait cependant tiré les oreilles...

— Mais il n'aurait fait que cela !

— Il est bon, oui... tu ne t'en fais pas idée.

— Oh ! si ; il secourt plus qu'un autre les pauvres de la commune.

— Ce n'est rien, ça, ma petite amie, dit Anna. Faire l'aumône n'implique pas la bonté. Est-ce que tu crois que notre curé est bon ? Et l'abbé Fourailloux, donc, ce petit moricaud qui rage constamment ? Ils font cependant l'aumône, moins largement qu'Albert, mais ils sont moins riches. C'est en entendant parler Albert que l'on sent qu'il est bon. Il n'a pas de ressentiments, il voudrait voir le monde heureux ; il ne pense qu'à se dévouer pour le peuple. Quand je l'entends, je comprends combien les républicains sont supérieurs aux autres hommes.

— Oui, murmura Lucile, il doit être ainsi.

— Il est plus instruit que nous ne le sommes d'ordinaire dans le village, dit Anna ; et, comme c'est l'avis de mon père, l'influence de feu M. Galtier sur son fils a été considérable, et c'était un homme d'un grand sens que M. Galtier. Quand Albert parle de quelque chose, il est très-écouté à Roybon, et pour ce qui est de moi, je l'entends toujours avec plaisir traiter les affaires de notre commune ou celles de la France.

— Tu aimes Albert ?

— Oh ! beaucoup, tu le sais. Et toi ?

— Moi ?... dit Lucile en rougissant, moi?... Je ne puis pas aimer Albert autant que toi ; j'ai joué avec lui, sans doute, mais il y a déjà des années de cela, et ce n'est pas en le rencontrant chez toi, par hasard...

Anna était montée sur le tertre et, enlevant le bryon avec son couteau, elle avait préparé une petite partie de l'écorce de l'arbre sur laquelle elle fit un trait en forme de cœur.

— Que veux-tu que je mette dans le cœur? demanda-t-elle.

— Deux *A*, répondit Lucile.

— Comment deux *A* ?

— Celui d'Albert et celui d'Anna.

— Tu te moques de moi ! Je redirai cela à mon cousin Paul, qui te prendra en grippe. Moi, je ne t'aimerai plus. Ce sera ta punition. Ah ! vraiment ! mademoiselle, on ne peut vous parler d'un jeune homme sans que vous pensiez qu'on en est amoureuse ? Que répondriez-vous si je vous demandais pourquoi vous éprouvez tant de douleur, pourquoi vous êtes si violente, quand votre famille réveille ses anciennes et stupides haines contre les Galtier ?

— Mais c'est parce que mes parents me font horreur.

— Et si je vous priais de me dire, mademoiselle, comment il se fait que vous n'ayez connu ces sentiments d'horreur que le jour où vos parents ont manifesté leur... caractère vis-à-vis de personnes qui étaient en relations avec Albert ? Il me semble que vos parents ont frustré plusieurs autres personnes de leur avoir ; que votre père prête depuis longtemps aux paysans des environs...

— Dans le temps, je n'y faisais pas attention.

— Vous trouviez cela naturel, mademoiselle, dit Anna en continuant de taillader son noyer. Comment donc avez-vous ouvert les yeux ?

— Je ne sais pas.

— Et la haine des Monestrel pour les Galtier, ne la connaissiez-vous pas ?

— On ne l'avait jamais manifestée contre Albert directement.

— C'est donc Albert qui vous touche ?

— Mais non ! Que tu es ennuyeuse avec tes questions !

— La raison est toujours ennuyeuse. Tenez, regardez.

Et Anna, se mettant de côté, découvrit un cœur dans lequel un *L* s'enlaçait à un *A*.

— Oh ! que fais-tu ? dit Lucile en pâlissant et en s'appuyant contre l'arbre.

— Ah ! ah ! ah ! s'écria Anna, ma pauvre petite, tu éprouves une émotion si forte à voir ton initiale jointe à celle d'Albert !

— Qu'as-tu fait ? répéta Lucile.

— Mais je n'ai rien fait du tout, mademoiselle, dit Anna d'un ton sévère. J'ai mis la première lettre de votre nom avec la première lettre du mien sur le tronc d'un noyer. Il n'y a là rien d'extraordinaire.

— Tiens, c'est vrai ! s'écria Lucile en riant ; et moi qui n'y pensais pas.

— Prends mon bras, dit Anna, et descendons au village, nous goûterons ensemble.

Et en parcourant le chemin, Anna s'avouait que son amie serait probablement malheureuse. Lucile aimait Albert, sans en être formellement certaine elle-même, peut-être, mais elle l'aimait.

— Je sais par ce que j'ai éprouvé et par ce que je sens pour Paul, pensa Anna, que c'est de l'amour. Oh ! si elle épousait Albert, ce serait gentil vraiment ! Paul est grand ami d'Albert, je suis l'amie de Lucile, et si nous n'habitons pas loin l'une de l'autre, à Saint-Marcellin, ou ici... Le malheur, c'est qu'Albert ne pense pas à Lucile, qu'il a une fiancée à La Sône et que les parents Monestrel ne lui donneraient jamais leur fille. C'est très-fâcheux, ces situations-là. Ils iraient ensemble si parfaitement, cette bonne Lucile et cet excellent Albert...

Quand les deux amies arrivèrent chez Crillon, le jeune Galtier était encore en train de passer les Monestrel à son crible. Il se tut, voyant Lucile ; et Anna lui soufla à l'oreille, en lui disant bonjour :

— Serrez la main de Lucile ; qu'elle voie que vous ne la confondez pas avec ses parents.

— Bonjour, mademoiselle Lucile, dit aussitôt Albert en avançant le bras vers la jeune fille.

La main de Lucile trembla dans la main du jeune homme.

Albert s'en aperçut, et il trouva Mlle Monestrel extrêmement jolie.

Et il sortit, ne pensant peut-être plus à Lucile, pour aller écrire à Bergeron d'envoyer sa citation à M. Monestrel et de le pousser rudement.

La maison Galtier était située dans la Grande-Rue. C'était la plus considérable du bourg. Elle avait une porte charretière à côté d'une petite porte. On entrait d'abord dans la cour. Il y avait des écuries et des greniers à droite. A gauche, un perron montait à un rez-de-chaussée assez élevé. Un escalier qu'on trouvait en entrant conduisait au premier où il y avait six chambres que l'on pouvait donner à des amis, les trois domestiques de la maison couchant au-dessus, dans des galetas, et la chambre d'Albert Galtier se trouvant au rez-de-chaussée.

Les pièces n'étaient pas extraordinairement meublées, mais elles l'étaient un peu plus que dans les autres maisons du village. C'était chez Galtier que l'on trouvait quelques-uns des vieux meubles que l'on avait jetés ou brûlés ailleurs. Chez les Chanat il y avait un vieux bahut que l'on avait raboté pour en enlever les sculptures et le « rendre propre ». Le père d'Albert avait préservé ce qu'ils avaient acquis à diverses époques de toute espèce de vandalisme, et on voyait dans sa maison plusieurs meubles qui, sans être précieux, étaient intéressants. Les pièces, au lieu d'être carrelées, étaient planchéiées, et quelques-unes en cœur de chêne, frottées avec soin à l'huile de lin bouillante, présentaient des veinures fort belles.

Les papiers étaient vieux et ternes ; il y avait sur les papiers quelques portraits de famille mal peints et secs, et une assez notable quantité de gravures dont on avait eu le bon sens de ne pas se scandaliser, malgré leurs nus, et dont plusieurs dataient du dix-huitième siècle.

La maison Galtier était la plus ancienne maison de Roybon où il se trouvât un salon, un vrai salon distinct de la salle-à-manger. Les Chanat, depuis qu'ils avaient fait venir un ameublement de salon en acajou et en velours rouge, se moquaien du salon des Galtier ; et depuis qu'on avait vu le meu

ble des Bellevache, dont le bois était en or, les Roybonnais avaient une médiocre considération pour
le salon d'Albert.

C'était cependant le plus sérieux du village. Un
aïeul ayant fait un voyage à Paris, sous Louis XV,
l'en avait rapporté, et un menuisier intelligent, établi
en ce temps à Bressieux, avait entouré la pièce de
boiseries ornementées avec un certain goût. Mais la
soie bleue du meuble était usée en plus d'un endroit,
et on se demandait même, dans Roybon pourquoi
M. Albert tenait à conserver des objets si abîmés et
à laisser dans son salon un bonheur-du-jour qui
avait des vilains morceaux de cuivre sur son bois.

Les autres pièces étaient dépourvues de tapis, mais
le salon en avait un. Il n'était pas suffisamment balayé ; la maison laissait à désirer au point de vue de
la propreté ; mais cela venait sans doute de ce que,
depuis la mort de Mme Galtier qui avait précédé celle
de son mari, il n'y avait plus de femme pour surveiller le ménage.

Albert ne faisait aucune attention à la poussière
et aux toiles d'araignée. Pourvu qu'il mangeât convenablement et qu'on ne lui brûlât pas son gibier en temps de chasse, il était content.

La chasse n'allait pas tarder à s'ouvrir, heureusement, car c'était sa plus grande passion, et pour
revenir à Roybon au commencement de septembre,
il jugea opportun d'aller voir comment se compor-
tait le barreau de Saint-Marcellin, auquel il avait
l'honneur d'appartenir.

Il reparut à Roybon plus tôt qu'on ne l'y 'attendait. Il avait trouvé les Saint-Marcellinois très-pré-
occupés des prochaines élections municipales, et les
républicains du chef-lieu de l'arrondissement lui
avaient déclaré que son devoir était de parcourir le
canton de Roybon qui était un des plus mauvais du
Dauphiné et devait être d'autant mieux organisé.

Albert Galtier réunit donc à dîner les républicains
militants de Roybon, Crillon, huissier ; Josu, épicier;
Louis, boulanger ; Allard, propriétaire : Malens, notaire, et Véran, banquier, et il les constitua en co-

mité cantonal directeur. Ils cherchèrent ensemble les républicains sûrs et influents de chaque commune, et séance tenante, ils en composèrent des comités communaux qui devaient être reliés au comité cantonal dont la présidence, entre deux verres de vieux saint-véran, fut décernée à Albert Galtier par acclamation.

Albert Galtier fit atteler un cheval à un tilbury et commença une tournée, allant voir les gens, les tâtant, ne décidant rien encore. Sa tournée achevée, il invita à dîner cinq ou six personnes par village, et à chaque dîner il fonda définitivement un comité.

Il prit pour ces comités des abonnements au *Réveil du Dauphiné* et il se fit envoyer de Paris les discours de Gambetta et la masse des petites brochures aisément distribuables qui se publiaient en 1876.

Lui-même, il faisait autographier des lettres qu'il envoyait aux membres des divers comités.

« Voyez journellement les amis que vous avez dans votre village, leur recommandait-il, parlez-leur d'élire des républicains aux prochaines élections : jetez d'avance votre dévolu sur les plus dévoués candidats. »

Les jours de foire, il donnait de grands dîners à ce petit monde, et il hébergeait les républicains qui, pour une cause ou pour une autre, venaient à Roybon, déclarant qu'il ne saurait faire un emploi plus utile de ses revenus que de les consacrer à la République.

Ce fut au milieu de ce travail que Paul Goubault tomba chez lui.

— Ah! Paul! s'écria Galtier, tu viens voir ta fiancée! elle est gentille, charmante, ta fiancée, et elle possède tant de sens naturel, qu'elle ne ressemble en rien aux petites bécasses que nous élèvent les religieuses de Roybon.

— Je viens aussi ouvrir la chasse, dit Paul.

— A la bonne heure! J'ai précisément fait nettoyer aujourd'hui mon fusil préféré. Tu sais ce que j'organise?

— Une chasse à la Plaine.

— Tu as deviné. Je fais charger, après-demain, le char-à-bancs de provisions, de vin surtout, et nous partons d'ici à deux heures et demie du matin. Nous serons à trois heures et demie dans la Plaine, au-dessus de Viriville; nous rabattrons du côté de Thodure et de Beaufort; nous dînerons à l'auberge du Contant, où le char-à-bancs nous attendra et prendra notre gibier, et nous reviendrons en chassant sur Marcilloles.

— Parfait! parfait! Gare aux cailles!

— Et aux becfigues.

— Et si un lièvre nous part entre les jambes!...

— En civet!

— Et, dis-moi, as-tu un chien à me prêter?

— Tu n'as pas amené Faraud?

— Non, je n'ai que mon fusil.

— Et Crillon ne peut-il te donner Cora?

— C'est sa seule bête; l'autre est malade.

— Je te donnerai Minette et je prendrai Ardent; mais il ne faudra pas t'éloigner de moi, parce que Minette ne te suivrait pas.

A la veille de l'ouverture de la chasse, la politique chômait un peu partout. Seul, l'amour ne chômait pas.

Paul Goubault voyait avec plaisir Anna plus développée, plus femme, et Anna constatait que la barbe de Paul avait grandi et épaissi. Les deux amoureux, d'ailleurs, s'entendaient à merveille. On les avait fiancés depuis longtemps, et ils avaient l'autorisation de s'embrasser ouvertement, ce qui ne les empêchait pas d'aimer mieux se donner des baisers en cachette.

Anna faisait à Paul ses confidences, et l'une des plus sérieuses concernait certainement l'amour qu'elle avait découvert chez son amie Lucile.

— Tu es sûre qu'elle aime Albert? demandait Paul.

— Oh! j'en suis certaine, va, elle sent pour lui ce que je sens pour toi.

— Alors, elle l'aime... fort ?

— Bien fort.

— Et lui ?

— Lui ? Il s'en moque, je crois.

— Il s'en moque ?

— Je veux dire qu'il ne pense nullement à aimer Lucile.

— Il n'aime personne ?

— Personne.

— J'entends aucune femme, car pour ses amis...

— Je te comprends parfaitement, Paul. Je connais Albert et sais qu'il est très-bon, qu'il aime ses amis ; mais il n'aime aucune femme avec l'idée de l'épouser, pas même je pense, cette jeune fille de La Sône.

— C'est un cœur sans amour, quoi ! dit Paul.

— Un vilain cœur.

— Mais s'il avait de l'amour pour une autre que ton amie ?

— Est-ce que tu sais quelque chose ? s'écria Anna.

— Je viens de te dire le contraire.

— S'il avait de l'amour pour une autre que pour Lucile, ce serait très-mal, car Lucile est bonne, elle est jolie, elle est charmante.

— Comme toi.

— Plus que moi.

— N'avance pas d'affirmations réfutables.

— Je t'assure qu'elle est mieux que moi.

— Non.

— Elle est beaucoup plus instruite. Elle a été dans un pensionnat de Lyon, et moi je suis demeurée à Roybon.

— Ça ne t'a pas empêchée d'avoir de l'esprit.

— Oui, mais j'en aurais davantage si on me l'avait développé.

— Je t'en trouve suffisamment, et tu feras mon bonheur telle que te voilà.

— Je l'espère : mais enfin Lucile m'est supérieure, et c'est excessivement malheureux qu'Albert n'ait pas l'air de s'en douter.

— Mais la vieille haine des Monestrel et des Galtier !

— Oh ! elle existe encore chez les Monestrel, et Albert s'en est aperçu. Mais ni Albert ni Lucile ne la partagent.

— Les Monestrel seront riches.

— Oh ! certainement, mais pas si riches qu'Albert, loin de là.

— Non ; leur fille est cependant un bon parti.

— Un des meilleurs du pays.

— De ce côté-là, pas d'objection, dit Paul.

— Et Albert ne tient pas tant à l'argent.

— Il a beau ne pas y tenir, il faut que les mariages se fassent entre des situations assorties.

— Puisque c'est l'usage !

— Bref, Lucile sous ce rapport est alliable à Albert.

— Alliable !... Oui.

— La haine des Monestrel ! Ah ! parbleu, si l'amour se jetait dessus ?...

— L'amour l'écraserait.

— Mais voilà ! c'est l'amour qui manque, d'un côté.

— D'un seul côté.

— Il faudrait le faire naître.

— Si nous tâchions... à nous deux ? dit Anna.

— Ah ! ma foi ! pourquoi pas ?

— Oh ! je t'aime, tiens, mon Paul !

— Attention, dit Paul, je ne l'ai pas revue depuis l'année dernière, ton amie Lucile, et je ne l'ai pas considérée sous le point de vue d'où nous l'envisageons. Il faut me permettre de l'étudier.

— Tout-de-suite ! s'écria Anna.

Et elle courut chercher Lucile.

Celle-ci se livrait, depuis leur dernière promenade, à de grandes réflexions. Albert lui avait tendu la main, et la main d'Albert s'était pour ainsi dire imprimée dans le creux de la sienne.

— J'ai tremblé à son contact, se disait Lucile, l'a-t-il senti ?

Elle ajoutait :

— Il a dû le sentir, il doit s'en souvenir. Mais je m'inquiète des sentiments d'Albert mal à propos. Quel intérêt puis-je y prendre ? Aucun. C'est cette petite sotte d'Anna qui, avec des questions biscornues, me faire croire que je puis aimer Albert, que je l'aime, Albert. Hé bien, oui, je connais Albert, c'est un gentil garçon ; mais après? Quoi ? Me change-t-il ? Fait-il qu'il se passe en moi quelque chose d'extraordinaire? Me bouleverse-t-il ? Non, je reste ce que j'ai toujours été, je suis la même Lucile qu'autrefois, avec les mêmes souvenirs d'enfance m'attachant à Albert que ceux que j'avais en pension.

Cette profonde judiciaire ne l'avait pas empêchée de retourner seule, et en précipitant le pas comme si son action eût été mauvaise et qu'il fallût la cacher, vers le noyer au pied duquel elle s'était assise avec Anna.

Elle avait considéré cet *L* et cet *A* entrelacés.

— Cette petite vilaine Anna, se demandait-elle, a-t-elle eu vraiment dans l'esprit son initiale ou celle d'Albert ?

Et une voix répondait à Lucile : Celle d'Albert.

C'était grossier peu habile, ce qu'Anna avait inscrit dans l'arbre avec la pointe de son couteau ; mais l'assemblage de ces deux lettres paraissait fort brillant à Lucile ; elle ne voyait pas que deux lettres fussent mieux faites pour aller ensemble que cet *A* majuscule autour duquel *L* se contournait.

— Voilà des réflexions inutiles au sujet d'un homme que je n'aime pas, se disait Lucile.

Puis, se reprenant :

— Que je n'aime pas? Entendons-nous ! Que je n'aime pas en ce sens que je sais qu'il ne deviendra jamais le mari d'une Monestrel, mais que j'aime tout-de-même, qui sera maintenant et toujours mon ami, mon ami, mon meilleur ami.

— Viens donc, lui cria Anna. Paul veut te voir.

— J'ai su qu'il était arrivé à Roybon, dit Lucile.

— Viens donc ; il nous attend.

Quand Paul Goubault eut causé avec Lucile pendant une demi-heure et que celle-ci s'en alla :

— Elle est aimable, au possible, dit-il à sa fiancée, et, avec ton aide, je m'occuperai d'elle.

Voyant ensuite Albert Galtier, il lui dit :

— J'ai rencontré Mlle Lucile. Sais-tu que c'est une jeune fille jolie et douée de solides qualités ?

— Oui, répliqua Albert ; elle n'est pas mal campée.

— Il paraît, dit Paul, qu'elle a de l'esprit.

— On le dit.

— Elle fera une épouse ravissante.

— Tant mieux pour celui qui l'aura.

— Je crois que oui.

— Tant mieux encore

— Quelle jolie mariée ! Quel mari favorisé !

— A moins, dit Galtier, que le malheureux n'ait les Monestrel sur le dos, car, dans ce cas, la plus affreuse des galères serait préférable à la vie qu'on lui ferait.

— En n'épousant pas les parents !...

— Voyons, dit Albert, est-ce que tu aurais envie de troquer Anna contre Lucile, par hasard ?

— Ne dis donc pas de bêtise.

— Alors, mon cher, ne pense pas aux qualités de Lucile, qui sont réelles, mais qui ne te regardent pas plus que moi. Songe plutôt que nous partons cette nuit, et que demain, en plaine, paf ! paf !

IX

CHASSE A LA PLAINE

Dans Roybon pas une lumière, pas un bruit.

Un coq, trompé par un rayon de la lune tombant dans son poulailler par une crevasse du toit, chante. Puis le silence.

Une lumière paraît ici, une autre lumière là.

Des aboiements de chiens tout-à-coup, auxquels répondent d'autres aboiements de chien en chien, dans le bourg entier,

Le bruit d'une voiture qu'on sort de la remise. Le tintement des grelots des harnais. Le sabot des chevaux choquant le pavé. Des pas lourds et comme endormis sonnant sur l'empierrement de la Grande-Rue, coups bruyants dans cette solitude.

Des appels produisent comme un tonnerre dans le village.

On parle. Des rires.

Le bruit métallique de la crosse du fusil tombant sur le pavé.

Ce sont les chasseurs qui se lèvent, arrivent au rendez-vous chez Albert et s'apprêtent à partir dans le char-à-bancs attelé, tandis que les chiens, sentant la poudre, hurlent et sautent de joie.

La grande porte s'ouvre en grinçant. Le domestique sort la voiture et referme la porte.

Crillon, Allard, Paul Goubault, Véran, montent dans le char-à-bancs. Albert leur passe les chiens, qu'il prend par la peau du cou, et chacun met son chien entre ses jambes, car il faut que ces braves bêtes arrivent reposées sur le terrain de chasse.

— Fais connaissance avec Minette, dit Albert à Paul.

Il se casent. On s'assied trois sur chaque banc, à l'étroit.

— C'est le moment d'envier le sort des petits hommes maigres, dit Crillon.

— Ouf ! Crillon, fais attention, s'écrie Allard. Peux-tu serrer comme ça de malheureux diables qui ne t'ont rien fait !

— Toutes les provisions sont-elles dans la voiture ? demande Albert.

— Je n'ai rien oublié, monsieur, répond le domestique.

— En route !

Un coup de fouet, et l'on part.

Il fait très-frais.

— Enveloppez-vous, dit Albert. Avez-vous des couvertures ?

— Ne t'inquiète pas, dit Crillon.

Chaque chasseur s'enveloppa le mieux qu'il put

et fourra ses pieds dans la paille, en se servant des chiens comme de chaufferettes naturelles.

Quand on avait franchi l'entonnoir de Roybon, que la montée de la route était faite jusqu'à l'exploitation de M. Ruinard, qui soutenait une lutte terrible contre les bruyères et les fougères des Chambarans, le vent se faisait encore mieux sentir.

Cependant, la nuit était belle. Tous les bois des plateaux formaient des taches noires au-delà des quelles le paysage faisait de grands tracés blanchâtres. Quelques arbres de futaie planant au-dessus des bois taillis, découpés en silhouette revêtaient des figures bizarres. On n'entendait que les cris des chouettes et le bruit de la voiture passant rapide sur les cailloux qu'elle broyait, les grelots faisant fuir de loin-en-loin un petit oiseau couché trop près de la route et dont les ailes battaient les branchilles.

A la descente sur Viriville, la combe prenait des profondeurs fantastiques, les bois devenaient mystérieux et d'autant plus sombres que la route paraissait plus blanche et que là-bas, dans les masses indécises des lointains, on découvrait de grandes plaines tranchant sur la montagne.

— On voit déjà les blés noirs, disait Crillon.

— Ce sont les cailles qui prient la Lune de nous signaler les bons endroits, dit Paul Goubault.

Ils arrivèrent au milieu de la Plaine avant que l'horizon commençât à blanchir.

Ils descendirent, se promenèrent en tapant du pied et en fouettant leurs corps de leurs bras.

— Un coup d'eau-de-vie, dit Crillon.

Un verre circula à la ronde.

— Par où allons-nous commencer ? demanda Allard.

— Nous nous enfoncerons dans ce blé noir, dit Véran, et pour ne pas nous gêner, nous nous espacerons.

— Pourvu qu'il n'y ait pas trop de chasseurs !

— Oh ! nous sommes sûrs d'en rencontrer plus d'un, dit Albert. Le père Guillot, des Pouapes, et

Poncet, de Thodure, doivent être, enragés chasseurs comme ils sont, déjà dans des blés noirs.

— Retenons les chiens. C'est encore trop tôt.

— Le ciel blanchit.

Ils vérifièrent les capsules de leurs fusils et en firent jouer les batteries.

Une fois le premier filet du jour paru contre les montagnes de l'Oisans et au-dessus du Saint-Eynard et des Rochers-du-Midi, le ciel entier ne tarde pas à blanchir, les étoiles pâlissent et diminuent en nombre, la couleur bleue des nuits va en décroissant du Levant au Couchant, et il y a encore des étoiles à l'opposé du Soleil, que déjà le côté le plus clair a jauni et que l'arête des montagnes se dessine vigoureusement.

Quand un rayon du Soleil s'élança de la Chartreuse sombre, comme une flamme de violent incendie, dorant le ciel, Albert s'écria :

— On peut voir la caille au bout du fusil. En place.

Paul Goubault se mit près de Galtier ; Crillon, Allard et Véran allèrent jusqu'à une autre pièce de blé noir, et les chiens s'élancèrent intrépidement dans les champs humides de rosée, tandis que les chasseurs mouillaient le bas de leur pantalon en criant :

— Cherche ! cherche !

Minette donna de la voix la première, et une caille s'envola en rasant la fleur blanche des blés noirs.

Paul Goubault tira.

La caille eut encore un battement d'aile, puis, d'un mouvement en avant, elle tomba dans le champ.

Minette l'avait suivie en sautant, en se dressant au-dessus des blés noirs, l'oreille ferme, l'œil ardent. Elle la rapporta à son maître, à Galtier : mais Goubault l'arrêta par son collier, au passage.

Goubault tira la caille de la gueule du chien, la soupesa, souffla de façon à faire relever ses plumes et à s'assurer qu'elle avait la graisse savoureuse et

que son coup de fusil ne l'avait pas trop endom-
magée.

— Va, cherche, Minette, dit Paul.

En ce moment, Albert tuait sa première caille, et
bientôt, d'un chasseur à l'autre, les coups de feu se
succédèrent, et quand une caille était manquée par
l'un, il était rare qu'elle ne tombât pas sous le
plomb de l'autre.

Les pauvres bêtes, d'ailleurs, ne volaient ni
vite ni loin. Quand elles avaient filé droit et hori-
zontalement, comme pour se prêter au tir du chasseur, elles décrivaient une courbe étroite et disparaissaient dans le blé noir. On les voyait se poser.
On y allait avec le chien et la mort évitée une minute avant les frappait.

Le jour s'élevant davantage, le Soleil étant sur
l'horizon, les chasseurs, en quittant les blés noirs
jetés comme des cases de damier dans la plaine, tra-
versaient en traînant les pieds des champs où la
mercuriale avait poussé.

Des becfigues s'envolaient plus lourdement encore
que les cailles, ayant peine à porter leur graisse, et
ils allaient se poser sur les mûriers où on les abattait
comme on eût fait un fruit.

La Plaine était clairsemée de petits taillis dont
Albert Galtier faisait le tour en compagnie d'Ardent.
De race bâtarde, courte, basse, Ardent était ce qui
convenait aux gens du pays pour chasser le poil et la
plume, pour passer dans les champs de blé noir,
sous les tiges enchevêtrées. Il battait les bouquets
de bois, le nez en l'air.

Albert, son fusil posé sur le bras gauche, suivait
attentivement les mouvements de la queue de son
chien. Cessait-elle de battre régulièrement, les mouvements devenaient-ils fébriles, il s'apprêtait à
tirer.

Il cherchait un lièvre autour des bois. Il en dé-
boula un superbe, les oreilles droites, inquiètes,
suivi par Ardent. Albert le laissa filer et, quand il
le jugea à distance, tira.

Le lièvre fit un bond, un moulinet, tomba.

En trois sauts Ardent fut sur lui. Il n'était pas mort. Il le prit par le cou, serra ses crocs, le rapporta à son maître en le secouant, en le déposant à terre, en le ramassant par les reins avec un coup de gueule net, qui les cassait, et comme les pattes du lièvre, dans son agonie, se détendaient, Ardent levait la tête pour le secouer encore.

Albert prit le lièvre et le montra à ses compagnons.

— Bravo ! crièrent-ils.

C'était vraiment agréable de voir travailler Ardent.

Il s'élançait d'une pièce de blé noir à l'autre, tournait autour, sous le vent, aspirant l'air, les narines frémissantes, les oreilles pointées, la queue raide, et d'un bond il entrait dans la pièce, disparaissait sous le haut tapis blanc des fleurs, et on ne le suivait qu'au mouvement des plantes sous lesquelles il passait. De distance en distance il se levait sur ses pattes de derrière pour s'assurer que son maître était à portée, qu'il ne s'était pas arrêté à tirer un becfigue sur un mûrier ou une alouette dans un chaume.

Ardent décrivait des courbes et, ayant trouvé le pied de la caille, il donnait de la voix deux ou trois fois. Le pauvre gibier ne tardait pas à s'envoler. Dernier vol.

Les chasseurs avançaient, gonflant leur carnier.

Ils passaient en vue des côteaux, laissaient dans son frais bouquet d'arbres le clocher de Thodure, arrivaient sous les bâtisses dénudées et laides de Beaufort, saluaient les autres chasseurs et étaient rejoints par Poncet comme ils arrivaient au Contant.

— Venez donc avec nous, Poncet, dit Albert ; nous dînerons ensemble.

Le Contant était une vieille ferme flanquée d'une tour, située au milieu de la plaine, près des fontaines de Saint-Barthélemy. On y tenait auberge.

Gérard, le domestique de Galtier, avait déjà averti l'aubergiste, jeté une nappe sur la moitié de sa grande table, mis le couvert, et aligné les bouteilles de vin. Les casseroles de terre et la broche étaient prêtes quand les chasseurs entrèrent.

Il déposèrent leur fusil dans un coin après l'avoir essuyé, frappèrent de leurs bottes, auxquelles la terre humide s'était attachée, le carrelé de la cuisine et jetèrent leur carnier sur la table.

Chaque chasseur compta ce qu'il avait tué. Crillon eut la palme. Il n'avait manqué qu'un coup. Albert seul avait eu la chance de rencontrer un lièvre.

On accumula les pièce tuées. Il y avait quarante-deux cailles, soixante-seize becfigues, cinq alouettes et un lièvre.

— Je n'ai pas tant de cailles que vous, moi, dit Poncet ; mais mon chien a levé un râle sous Fonroux ; le voici.

— Combien mangeons-nous de cailles chacun ? demanda Albert.

— Faisons-en cuire neuf ; il y en aura suffisamment pour ceux qui voudront redoubler.

— Et chacun trois becfigues.

— J'en mangerai bien quatre, dit Albert.

— Et moi six, dit Crillon.

— Alors, trente becfigues dans les casseroles. Prenons les plus gras ; ils seraient fondus avant que d'arriver à Roybon.

— Mettons-nous à les plumer, sans ça nous ne dînerions jamais.

— Et plumons avec précaution.

— Gardons-nous d'écorcher la peau si fine du becfigue !

— Regardez celui-ci, dit Crillon, est-il gras ! C'est certainement celui que j'ai presque tiré au vol ; il ne pouvait plus s'enlever, tant il était lourd de graisse.

— Enveloppez soigneusement ces oiseaux de feuilles de vigne, n'est-ce pas, la patronne ?

Les chasseurs autour de la haute cheminée faisaient voler les plumules.

— Vous allez tout me salir, et il y aura du duvet dans le beurre, dit l'aubergiste.

— C'est vrai. Allons dehors, dit Allard.

Ils s'installèrent sur des chaises dans la cour, tournant le dos au soleil.

— Voilà un petit coup de soleil qui ne nous aurait pas déplu à trois heures du matin, dit Paul Goubault.

— Oui, mais à onze heures, monsieur Goubault, vous vous en seriez bien passé !

— Et tout-à-l'heure, dit Véran, quand nous retournerons vers Marcilloles en chassant, nous regretterons la fraîcheur de la nuit.

— L'homme n'est jamais content.

— Pardon ! nous sommes au Contant.

— Je vous ferai observer, dit Allard, que, pour que votre phrase fût bonne, il aurait fallu dire : Nous sommes au moment du contentement; or, si le Contant ment, il n'est donc pas vrai que l'on soit content ?

— Tu dois dire *au*.

— Au ?...

— Au Contant.

— Avez-vous bientôt fini d'être bêtes ? dit Albert. Si vous continuez, je vous donne des coups de poing comptant.

— Vous allez voir dans une demi-heure, dit Crillon, quand je mangerai notre chasse, si l'homme n'est jamais content.

— Dites donc, messieurs, dit Poncet, j'ai dit de nous faire une forte omelette au lard pour nous mettre en appétit, et une salade pour finir les cailles.

— Excellente idée !

Les oiseaux plumés et ficelés dans des feuilles de vigne, les chasseurs en surveillèrent attentivement la cuisson. Les cailles à la broche, les becfigues dans des casseroles de terre, les chasseurs les arrosèrent avec sollicitude, ayant soin qu'ils fussent constamment humectés sans tremper dans le jus qu'ils ren-

daient, ni dans le beurre frais qu'on faisait fondre
goutte à goutte au dessus de chaque oiseau.

— Quand vous voudrez l'omelette... dit l'aubergiste.

— Allez-y, ma brave dame ; nous mourons de
faim.

— Dans un bon repas, dit Allard, la faim est le
commencement.

— As-tu fini, Allard ?

— J'ouvre seulement la bouche.

— Il y a de quoi l'ouvrir ! Hein ? quel parfum !

— Il est de fait que ça sent joliment bon !

— Les feuilles de vigne deviennent craquantes.

— Mangeons vite l'omelette.

— A table !

— Nous commençons par du bordeaux, dit
Albert.

— Naturellement.

— Débouchez ça, Gérard.

— Excellente, cette omelette !

— Exquise !

— Ce lard est d'un croustillant.

— Dites donc, il n'avait pas servi, ce lard ? demanda Allard.

— Veux-tu dire qu'on l'aurait déjà mangé ?

— Non, dit Allard, mais vous savez que c'est au
Contant, sous le prédécesseur de notre estimable
hôtesse, qu'advint cette aventure ?...

— Quelle aventure ?

— De deux chasseurs affamés et bredouilles...

— Qui ?...

— Qui, arrivant au moment où l'aubergiste était
aux champs, trouvèrent des œufs dans le buffet,
une couenne pendue au plafond et se firent une
énorme omelette au lard qu'ils dévorèrent avec une
satisfaction évidente.

— Bien ?

— Bien ! L'aubergiste rentrant s'écria : « Ah ! vous
avez pris la couenne dont mon pauvre homme s'oi-
gnait les cuisses pour ne pas s'écorcher ».

— Allard, dit Crillon, je comprends que tu parles

lard puis que tu es Allard ; mais ce n'est pas une raison pour être gras.

— Donnez-nous les becfigues qui le sont bien, ce
dont tu ne te plains, coquard, mon ami.

On les leur apporta, un par un, tandis que les
autres restaient au chaud. Il les prenaient, en vrais
amateurs, par le bec et par les pattes et suçaient la
graisse succulente avant d'attaquer la chair savoureuse et légèrement amère.

— Le becfigue ne se nourrit que de petites grai-
nes ; pourquoi l'appelle-t-on becfigue ? demanda
Crillon.

— Oui, dit Allard, le becfigue s'attaque particulièrement aux euphorbiacées...

— Euphorbiacées ! Qu'est-ce que c'est que ça,
dieux de l'Olympe ? s'écria Véran.

— J'ai pris beaucoup de renseignements sur les
becfigues, dit Allard, car cet excellent petit oiseau
m'intéresse au plus haut point... Donnez-moi mon
troisième.

— A nous aussi. Apportez les casseroles.

— Et, continua Allard, j'ai acquis la certitude
que ce petit oiseau ne se nourrissait de figues nulle
part. Remarquez, d'ailleurs, que nous prononçons
presque tous « becfi », dans le pays ; et cela s'expli-
que comme abrévation de becfin, ce qu'est cet oiseau, évidemment, car, tenez, je prends ce petit bec
entre mes doigts et je croque la tête...

— Superlatif, hein ?

— Voyez-vous, à force de prononcer becfi, on
aura voulu s'expliquer « fi » on aura ajouté « gue »
et cela aura fait « figue » mal à propos.

— Alors, vive les becfis !

— Becfis, ou becfigues, ou becfins, cela m'est bien
égal, dit Poncet, pourvu que j'en mange !

— Le mot importe peu, pourvu qu'on ait la
chose.

— C'est si vrai, dit Poncet, qu'un vendredi j'en ai
fait manger au curé de Thodure, M. Lacourge, en
lui faisant dire que c'était du gibier d'eau.

— Je te baptise carpe...

— Parfait le gibier d'eau ! Un vendredi-saint d'évêque avec des sarcelles et du turbot...

— Le turbot ! comme au fameux dîner des Belle-vache !

— Nous l'avons joliment évincé du Cercle, dit Crillon, pendant que tu étais à Saint-Marcellin. Albert.

— Oui, dit Allard ; mais c'est notre pauvre président Malens qui est ennuyé. Il n'a pas encore osé lui notifier le refus dont il est l'objet.

— Il faut cependant qu'il le fasse, et au plus vite.

— Il a déjà trop tardé.

— Je ne suis pas fâché de nous voir un peu rabrouer ce percepteur, dit Allard, avec son portrait du pape, celui d'Henri V, ses fleurs de lys et sa femme.

— Ne dis pas du mal de sa femme ! C'est certainement ce qu'il y a de mieux en lui.

— C'est une belle femme,

— L'abbé Fourailloux le dit.

— Comment ! il le dit ?

— Oui, affirma Véran. L'autre jour, il était allé dîner chez le curé de Saint-Clair. Il revenait, ayant bu légèrement et chantant un cantique de cabaret, lorsqu'il rejoignit Girodon, avec lequel il revint à Roybon.

— Il lui fit des confidences ?

— Oh ! pas trop, comme vous l'allez voir. Il avait son chapeau d'une main, et son mouchoir de l'autre. « Girodon, dit-il en gesticulant, pourquoi est-ce qu'on fait des saintes vierges bêtes ? Oui, pourquoi est-ce qu'on les fait bêtes ? Vous me comprenez. Elles ont toutes l'air godiche avec leurs yeux baissés, leur nez droit. Le bon Dieu n'a pas pu choisir une femme bête, c'est certain. Et pourquoi la fait-on plate ? Car on la fait plate ; vous avez dû remarquer, monsieur Girodon, que les saintes vierges sont plates ? Elle a cependant nourri Notre-Seigneur Jésus-Christ. Alors ? Et puis, on les fait blondes, les saintes vierges, et moi, ça m'embête, parce que je n'aime pas les londes. »

Girodon le laissait aller.

— Il avait raison, puisqu'ils cheminaient ensemble.

— L'abbé Fourailloux continua : « Ah ! moi, je sais à qui la sainte Vierge ressemble ! Je sais comment il faut la faire. La sainte Vierge, voyez-vous, c'est M_me de Bellevache ! En voilà une femme ! Ah ! mais, voilà une femme ! En a-t-elle des cheveux ! En a-t-elle des yeux noirs ! En a-t-elle une poitrine ! ah ! sacrédié ! Ah ! sacrédié ! » L'abbé se mit à jurer pendant un quart d'heure, et Girodon n'en tira plus rien.

— Il va chez M_me de Bellevache tous les jours, l'abbé ?

— Il y passe des heures.

— Il est de tous les dîners.

— C'est inconvenant !

— Moi, dit Paul Goubault, je trouve ça très bien.

— Sans doute, dit Albert, à notre point de vue républicain.

— Il est joliment détesté dans nos campagnes, le Bellevache, dit Poncet. Ce qu'il en veut aux républicains ! S'il y avait une réaction, il ne ferait pas bon être en retard pour ses contributions.

— Il pourrait recevoir un pruneau.

— Quand donc balayera-t-on ces réacts ?

— Les petits employés devraient être chassés plutôt que les gros.

— Ce qu'ils font de mal dans nos campagnes !...

— Les curés et eux !...

— C'est le curé Lacourge, dit Poncet, qui propage le *Nouvelliste*. Et dès qu'il a eu vent que vous aviez formé un comité et que nous recevions le *Réveil du Dauphiné*, il a été de maison en maison dire que nous étions des excommuniés.

— Il faut veiller à l'élection du maire, Poncet, puisque le Sénat a ordonné de ne point renouveler les conseils municipaux.

— Oh ! j'y veille !

— Un verre de murinais.

— Même deux.

— C'est étonnant ce que le vin est sucré sur cette amertume si fine et si parfumée du becfigue !

— Ah ! ce sont dé bons vins, nos vins du Dauphiné !

— Vous allez voir mon vieux bessin, avec les cailles, dit Albert.

— Nous le connaissons, ton bessin exquis.

— Les cailles ! les cailles !

— Et cette salade de romaine, elle est faite de si bonne huile vierge qu'on dirait y avoir mêlé des noix.

— Vive la chasse et les chasseurs ! s'écria un nouvel arrivant.

— Tiens, c'est Laforêt.

— Tu viens de Roybon ?

— Tout droit.

— Par les Chambarans ?

— Oui. J'ai faim, vous savez.

— Assieds-toi. La chasse rend généreux comme le bon vin.

— Il n'y a rien de meilleur qu'un chasseur.

— Je le sais mieux que personne, dit Laforêt en se mettant à table, car j'ai toujours eu tendresse d'âme pour eux, depuis moi-même jusqu'aux braconniers.

— Quelle horreur !

— Pas pour les braconniers au piège, mais pour ceux au fusil.

— C'est presque aussi horrible.

— Que voulez-vous, dit Laforêt, c'est ainsi que je suis fait. Quand j'étais maire...

— Sous l'Empire, mon ami.

— Oui, sous l'Empire, sans doute. Je succédai à mon beau-père, nommé par l'Empereur.

— Ton beau-père ou toi ?

— Moi et mon beau-père.

— Quel dommage que ta brave femme de belle-mère n'ait jamais vu que d'un œil. Si elle avait joui d'une vue plus claire elle se serait servit de son influence sur toi pour t'empêcher d'accepter la mairie, dit Allard.

— Mais je ne me repens pas d'avoir été maire, et la succession de mon beau-père était fort acceptable. Ma belle-mère d'ailleurs y voyait parfaitement du seul œil brun qui lui restait, et mon beau-père a deux yeux noirs sous d'épais sourcils qui ne laissent pas non plus de voir de loin. Je disais donc qu'étant maire, je quittais un soir ma maison, au tournant de la route, et prenais la petite ruelle à côté de chez moi pour aller chez mon beau-père, dans la rue qui mène à l'église, lorsque je rencontrai mon garde-champêtre qui venait d'arrêter le braconnier Lapierre.

— Ah ! Lapierre, oui, c'était un fameux destructeur de gibier, celui-là !

— Hé bien, dit Laforêt, je le fis lâcher.

— Mais c'est abominable !

— Il avait tué son gibier au fusil.

— C'était un braconnier. On n'était pas en temps de chasse !

— Ah ! si, on était en temps de chasse ; un ou deux jours avant l'ouverture... Une nuit que je traversais les Chambarans, je rencontrai un autre braconnier. Celui-là était grand et fort.

— C'était Lambert.

— Juste. Moi, j'étais ce que je suis encore, petit, malingre, faible de membres sous ma grosse tête.

— Oui, dans le pays, on t'appelle Fout... disons Fichuquet.

— Je ne paraissais pas grand'chose auprès de Lambert, mais j'étais maire...

— Ah ! voyons... tu étais maire.

— Il avait braconné au lacet. Je l'arrêtai et je l'amenai à Roybon.

— Tu te réhabilites à nos yeux, Laforêt. Tiens à ta santé.

— Messieurs, dit Crillon en élevant son verre, aux chasseurs !

— Buvons de préférence au gibier.

— Aux excommuniés ! dit Albert.

— Il n'y a pas que les hommes d'excommuniés, dit Allard.

— Il y a aussi les femmes, dit Goubault.

— Rarement.

— Il y a aussi les fusils, dit Allard.

— Ha ! bah !

— Mais oui, dit Allard. Vous avez tous connu Clavel, de Saint-Antoine.

— Un fameux chasseur !

— Un tireur qui ne manquait jamais quoiqu'il fût gaucher, dit Laforêt.

— Hé bien, mes amis, Clavel, pendant dix jours de son existence, manqua tous les gibiers.

— Pas possible !

— C'est comme je vous le dis. Il se demandait si son fusil était croche. Il lui semblait cependant droit. Il crut qu'il était ensorcelé et le donna au curé, qui, moyennant promesse d'un lièvre, le trempa dans l'eau bénite en levant deux doigts dessus. Rien n'y faisait. C'est alors que Clavel eut l'idée de faire des bourres avec les *Annales de Notre-Dame de la Salette*. Depuis, il n'a jamais manqué son coup.

— Homme heureux ! soupira Véran.

— Moi, dit Albert, il m'est arrivé de manquer mon coup par délicatesse, et j'ai juré que je ne recommencerais pas.

— Comment ?

— Une fois dans les Chambarans, je rencontrai une jolie petite paysanne...

— Assez, assez.

— Comme je la quittais, mon chien tomba sur un râle qui le mena bon train. Je finis par voir le gibier à quelques mètres de moi, dans les herbes, courant comme un râle qu'il était. Je ne veux pas le tirer à terre. J'attends qu'il prenne sa volée. Il part entre mes jambes. Je le tiens au bout du fusil jusqu'à ce que je le juge assez loin, et paf ! Je le rate !

— Pas de veine !

— Il n'est pas digne d'un chasseur de tirer à terre ou au repos.

— C'est vrai, dit Poncet, et je fus bien puni de ne pas m'en souvenir un jour que je chassais sans permis avec mon fusil sous ma blouse.

— Voyons ? voyons ?

— J'aperçus un lièvre au gîte, continua Poncet, à mi-hauteur d'une haie. Je l'ajuste, je tire. Il fait un bond par dessus la haie. Je saute derrière lui. Savez-vous ce que je trouve ?

— Deux lièvres.

— Ce ne serait pas une punition.

— Une hase pleine, misérable !

— Non, je trouvai le garde-champêtre qui était assis derrière la haie avec la fille d'Auguste et qui me dressa procès-verbal.

— Et garda le lièvre.

— Le lièvre ? Je l'avais manqué.

— Pas de chance !

— Ma foi, je mange une troisième caille, la der-nière, si personne ne la veut, dit Crillon.

— La voilà, dit Paul, en la mettant dans son assiette.

— Faites-moi cuire encore quelques becfigues, la bonne dame, cria Laforêt.

Ils prirent sur leur dîner un bon verre de cognac et se remirent en chasse. Mais ils étaient plus lourds. Les chiens qui venaient de manger une grosse soupe étaient moins ardents que le matin et, la terre étant sèche, le gibier laissait peu de fumet.

— Adieu, dit Laforêt, je m'en vais par-dessus la Plaine.

— Au revoir, ex-maire.

— Bonnes rencontres.

— En voilà un, dit Galtier, qui regrette sa mairie.

— Et qui regrette d'avoir vendu son étude à Chanat.

— Oh ! s'il pouvait rattraper son étude !...

— Un notaire a tant d'influence dans nos campa-gnes ! C'était d'ailleurs un honnête notaire.

— Ça... oui.

Le Soleil chauffait ; ses rayons tombaient dru sur la tête des chasseurs. Ils tuèrent quelques becfigues entre le Contant et Marcilloles, où ils remontèrent dans le char-à-bancs, qui les ramena le soir à Roybon tandis que Poncet regagnait Thodure.

On se partagea le gibier chez Crillon.

X

ÉPOUX ASSORTIS

— Paul, dit Anna, donne-moi trois cailles et six becfigues.

— Pour?

— Pour les porter au père Monestrel.

— Je te les donne pour Lucile.

— Oh! que vous êtes bonne, Anna, s'écria Mme Monestrel en recevant le gibier.

Et, appelant son mari :

— Monestrel, viens donc!

— Quoi faire?

— Viens, c'est Anna.

— Qu'est-ce que ça me fait?

— Mais viens donc, elle apporte du gibier.

— Du gibier?

— Oui.

Monestrel arriva précipitamment.

— Oh! des cailles! dit-il, des becfigues! Vous êtes bien gentille, ma chère Anna, bien gentille. Je vous remercie cordialement. Vous me faites grand plaisir.

— Tu sais, dit Anna à l'oreille de Lucile, c'est pour toi.

Et elle retourna chez elle en riant du vieux Monestrel.

Celui-ci soupesait les cailles, les becfigues.

— Allons-nous tout manger pour le souper? demanda-t-il.

— Pour le souper? c'est beaucoup, dit Mme Monestrel.

— Tu crois? C'est que le gibier comme ça est meilleur quand il est frais.

— Oui, mais en gardant les cailles pour demain, nous avons l'économie d'un dîner.

Pris entre sa gourmandise et son avarice, Monestrel soupira.

— Mangeons les becfigues ce soir, dit-il.

Et tant que dura le souper il murmura, en suçant ses doigts, en râclant les petits os avec son couteau :

— Que c'est bon ! que c'est bon !

Et sa femme et sa fille se contentant d'un becfigue, il en mangea quatre.

Il était sur la fin de son repas lorsque Bas-du-Dos entra.

Monestrel se leva pour le recevoir.

— Je viens de manger de délicieux becfigues, dit Monestrel.

— Il y a longtemps qu'on ne vous a vu, dit Mme Monestrel.

— Oui, dit M. Chanat. Je fais la navette entre Roybon et la famille de mon gendre depuis plusieurs mois ; mais enfin, c'est fini.

— Le mariage est fixé ?

— Il a lieu dans huit jours.

— Et vous avez laissé là-bas Mlle Athalire ?

— Oui. Je viens vous demander un service.

— Vous savez que vous pouvez disposer de nous tous, dit Monestrel.

Lucile hocha la tête.

— Le mariage de ma fille a lieu dans huit jours, dit Chanat, et nous rentrons à Roybon de dimanche en huit.

— Nous serons très-heureux...

— Je désire justement que vous le montriez.

— Comment ?

— Suivez-moi attentivement. Je me suis arrangé avec le curé. Ma fille arrivera de Saint-Marcellin, où j'ai arrêté des voitures, en robe de mariée, et quoique les cérémonies religieuses se fassent dans le pays de mon gendre, je me suis accommodé avec lui pour que rien ne soit accompli avant Roybon, où ma fille arrivera couronnée d'oranger.

— Je comprends, dit Monestrel d'un air capable.

— Le curé l'attendra avec plusieurs desservants des environs à la porte de l'église, dans laquelle on mettra des fleurs. J'ai payé pour que ce fût très-décoré. On dira une petite messe, le temps que le pays admire ma fille qui aura une robe en soie.

— En soie blanche !

— En soie blanche, oui, et en belle soie ; je l'ai achetée moi-même à Lyon, en fabrique, ce qui m'a même fait gagner une remise. Ensuite on dînera chez moi. Vous serez du dîner, mes chers amis, je n'ai pas besoin de vous le dire.

Monestrel remercia avec un sourire ineffable.

— Je voudrais, dit Chanat, qu'il y eût quelque cérémonie moins banale que ce qu'on donne à l'église. Vous comprenez : je suis le maire du pays, je suis notaire, je suis riche, je marie ma fille unique ; mon gendre vient de loin habiter Roybon, il est riche aussi, il fera beaucoup de bien dans le pays, il me semble que la commune devrait faire quelque chose.

— Vous le méritez, monsieur Chanat, vous le méritez.

— J'en ai parlé avec le curé, qui est disposé à tout ; mais vous comprenez que ni lui ni moi nous ne pouvons nous mettre en avant. Nous avons pensé à vous. Mon cher monsieur Monestrel, il faudrait aller chez nos amis, leur faire souscrire de petites sommes et leur dire qu'il faut élever deux ou trois arcs de triomphe en feuillage, à l'entrée du village, dans la Grande-Rue, là surtout, au plus proche de chez nous et à notre porte. Les habitants viendraient avec leur fusil, qu'ils déchargeraient en l'air, et on mettrait des draps aux fenêtres avec des fleurs dessus, des drapeaux, enfin ce qu'il faudrait pour que le village eût l'air d'être en fête.

— Je ne demande qu'à m'occuper de ça pour vous faire plaisir, dit Monestrel ; seulement... Ouf !... Pourquoi me donnes-tu un coup de pied, Lucile ?

— Moi ? dit Lucile innocemment, je t'ai attrapé par hasard en changeant de position.

— Tu devrais faire attention. Tu m'as fait mal.

— Tu es trop douillet, dit Lucile en se levant.

Elle alla se placer dans l'embrasure de la fenêtre.

— Le délicat, reprit Monestrel, c'est de souscrire, c'est de trouver de l'argent...

— Je le sais, dit Chanat, mais voici cent francs, monsieur Monestrel. Vous vous inscrirez pour cent francs en tête de la souscription...

— Mais, mon cher monsieur Chanat...

— Prenez, prenez sans scrupules, c'est pour moi. Vous comprenez qu'avec cent francs, le peu que vous pourrez récolter suffira. Ça ne coûte pas cher d'aller avec une voiture couper des branches dans les Chambarans, et les arcs de verdure sont vite faits. Je crois que vous pourrez même accrocher quelques lanternes à ces arcs, le soir. N'oubliez pas qu'il faudra exciter les gens à manifester, à venir au devant de nous. Je me suis entendu avec mon adjoint qui m'adressera un discours à l'entrée de Roybon. Je compte sur vous, n'est-ce pas?

— Oh! comptez sur moi, dit Monestrel.

— Demain matin, je serai parti; je ne vous reverrai donc pas, je serai sensé ne pas vous avoir vu. Vous ferez sagement d'aller parler de cela d'abord à M. et à Mme de Bellevache; je suis certain qu'ils vous seconderont.

— Bien, monsieur Chanat, dit Monestrel; comptez sur moi, comptez sur nous.

— Ainsi, le mariage va se faire.

— Oui, dit Chanat, et j'en suis fort satisfait car je dépense beaucoup d'argent depuis quelque temps.

— Oh! c'est que vous faites largement les choses.

Le notaire n'avait pas fermé la porte, qu'un éclat de rire argentin partait des lèvres de Lucile; mais cet éclat de rire fut interrompu par une nouvelle visite.

C'était Laforêt qui entrait. Il attira Monestrel dans un coin et lui dit :

— Ce que j'ai à vous dire est encore un mystère, et je compte sur votre discrétion.

— Vous pouvez y compter, dit Monestrel.

— Je vais marier ma fille.

— Et avec qui?

— Avec M. Rey, de Grenoble.

— Un parent du maire ?

— Non ; M. Rey est premier clerc de notaire à Grenoble.

— Il ne fera donc plus rien ?

— Pardon ! J'ai l'intention de l'établir notaire ici.

— A Roybon ?

— Sans doute.

— Vous achèteriez l'étude de Malens !

— Mais non, elle ne vaut rien. Je rachèterais mon ancienne étude.

— Celle de M. Chanat ?

— Oui.

— Il ne vous la cédera jamais. Il va établir son gendre à sa place et...

— Mon cher monsieur Monestrel, je connais mes affaires. Je payerai ce qu'il faudra, et M. Chanat me cèdera son étude.

— Vous vous trompez.

— Je me trompe si peu, que l'affaire est presque conclue... Mais il ne s'agit pas de ça. Je viens vous demander si vous voulez être un des témoins des mariés.

— Hé ! très-volontiers, mon cher monsieur Laforêt.

— C'est tout ce que je voulais savoir. Je vous remercie. A bientôt.

— Comment ! pensa Monestrel en reconduisant Laforêt, il redeviendrait notaire !... maire, peut-être... Évidemment, j'irai à la noce de sa fille avec M. Rey. D'ailleurs, on dînera.

Laforêt étant sorti, Lucile dit à son père :

— Est-ce que tu vas réellement t'occuper de la manifestation de M. Chanat ?

— Pourquoi pas ?

— Parce que c'est ridicule.

— Qu'est-ce qu'il y a de ridicule ?

— La manifestation même.

— Le pays la doit à son maire.

— Qu'est-ce qu'il a fait pour le pays, le maire ? Et puis, qui est-ce qui croira que tu donnes, toi, cent francs pour ça ?

— S'il me plait de donner cent francs, est-ce que je ne le puis pas?

— Non. Tu n'en es pas capable.

— Tu veux dire par là?...

— Comprends si tu veux.

— Je comprends que tu es une impertinente.

— Tu feras rire de toi.

— Lucile!

— Hé bien, quoi, dit Lucile, tu ne vas pas me giffler encore, j'espère!

— Voyons, Lucile!... fit Mme Monestrel.

— Tenez, vous m'ennuyez, s'écria Lucile.

Et, allumant sa chandelle, car les Monestrel trouvaient plus économique de ne pas se servir de bougie, elle monta se coucher.

— Elle est insolente, quelquefois, cette Lucile! dit Monestrel.

— Laisse-la donc. Elle a toujours eu un caractère comme ça. Quand elle aura un mari, il la mettra au pas.

— Et il agira sagement.

Le lendemain, M. Monestrel se rendit chez le percepteur.

Celui-ci se promenait dans son bureau, un papier à la main.

— Bonjour, monsieur le percepteur, dit Monestrel.

— Bonjour, monsieur, dit M. de Bellevache. Est-ce que vous ne faites pas partie du Cercle, vous?

— Oui, monsieur le percepteur.

— Alors, c'est vous qui n'avez pas voulu me recevoir.

— Ne pas vous recevoir! Ah! mon Dieu! s'il n'avait tenu qu'à moi! Mais je suis seul, je suis isolé dans ce Cercle au milieu de canailles de républicains...

— Alors, vous avez tort d'y rester.

— C'est pour savoir ce qu'ils disent.

M. de Bellevache sourit.

— Asseyez-vous donc, dit-il.

Et il ajouta, en tendant son papier à Monestrel:

— Tenez, voici ce que je viens de recevoir.

La lettre de M. Malens, très-convenable, était ainsi conçue :

« Monsieur,

« L'assemblée des membres du Cercle n'a pas cru, à son grand regret, pouvoir donner une suite favorable à la demande d'admission que vous m'aviez adressée.

» Veuillez agréer, monsieur le percepteur, avec tous mes regrets, l'assurance de ma considération distinguée.

» Le président du Cercle littéraire,

MALENS, notaire.

— Ces pleutres ! s'écria M. de Bellevache.

— Oh ! c'est mal, je le sais, dit Monestrel.

— On le fermera leur Cercle ! qu'ils attendent !

— En attendant, dit Monestrel, je viens vous parler d'une petite fête qui ennuierait les républicains...

— J'ai vu M. Chanat, dit le percepteur. Venez, nous allons nous entendre.

Il entraîna Monestrel dans son salon.

— Oui, dit-il, j'ai reçu la visite de M. Chanat. Le maire de Roybon ne voit dans cette affaire qu'une gloriole personnelle ; moi, j'y vois autre chose. Nous n'avons plus à changer les conseils municipaux, puisque le Sénat n'a pas été là-dessus du même avis que la chambre ; mais nous allons avoir à nommer les maires de toutes les communes du canton en dehors du chef-lieu, et il est bon que les communes sachent comment un maire honnête est reçu par ses administrés. Avez-vous la liste de souscription ?

— Nous allons la faire, si voulez vous bien.

M. de Bellevache donna vingt francs. M. Monestrel inscrivit à la suite les cent francs, et tous les deux se rendirent au presbytère, chez la marquise de

Bennassit, chez le juge-de-paix, qui donnèrent chacun cent sous ; enfin, chez les Charançon, qui avaient
laissé pour cet objet, en partant pour la noce, cinquante francs à leur servante. A la fin de la journée, les deux collecteurs avaient deux cent quarante
francs.

— C'est assez, dit le percepteur. Maintenant nous
allons arrêter le programme de la fête à nous deux
et nous le ferons exécuter; c'est plus sûr que de
compter sur le bon vouloir d'autrui.

Et M. de Bellevache arrêta seul le programme.

Pendant ce temps, Mlle Lucile était allée chez
Crillon, et elle avait raconté à son amie Anna ce
que M. Bas-du-Dos avait dit et fait la veille chez les
Monestrel.

— Je voudrais que leur fête ratât, dit Lucile.
Répète ce que j'ai dit à ton père, mais qu'il s'arrange pour qu'on ne sache pas que c'est moi l'indis-
crète.

Crillon, pour avoir sa liberté d'action, n'y alla
pas par quatre chemins. Il prit Josu, Allard, Goubault et Albert, et les amena au Cercle à l'heure où
M. Monestrel avait l'habitude d'y venir.

Dès qu'il entra, Crillon lui dit à brûle-pourpoint :

— Vous avez bien versé à sa souscription les cent
francs que vous a donnés Chanat?

— Mais certainement, répondit Monestrel sans
réfléchir, je n'allais pas les garder, peut-être.

Les amis partirent d'un grand éclat de rire.

— Quels cent francs? quoi? que dites-vous? fit
Monestrel.

— Nous savions, monsieur Monestrel, dit Crillon,
que vous étiez incapable de sortir comme ça cent
francs de votre poche, même pour dresser des
arcs-de-triomphe à M. le maire, l'illustre Bas-du-
Dos.

— Je ne sais ce que vous voulez dire et ce que
vous avez, ici, contre moi, dit Monestrel en prenant
son chapeau.

Vivement, Albert envoya une note au *Réveil du
Dauphiné*, et, deux jours après, il en recevait cent

exemplaires qu'il distribua dans Roybon et dans le canton.

Le numéro contenait un article de quelques lignes, intitulé :

UNE MANIFESTATION POPULAIRE

Voici quel était cet article :

« Le maire bonapartiste, clérical, réactionnaire, etc., d'une de nos communes, a cru son pays suffisamment perdu au milieu des Chambarans pour pouvoir s'y livrer à une petite manœuvre dynastique dont son amour-propre ressentait un besoin immodéré.

» Il ramène sa fille nouvellement mariée dans quelques jours, et il voulait qu'elle passât sous des arcs de verdure dus à l'admiration spontanée des habitants pour leur maire.

» Afin d'être plus sûr de la spontanéité des sentiments de ses administrés, il s'était empressé de distribuer lui-même l'argent qu'ils devaient souscrire ; il avait commandé un discours à son adjoint et ordonné à ses tenanciers de tirer des coups de fusil sur son passage. Il aurait même voulu des draps aux fenêtres, comme pour le saint-sacrement.

» Malheureusement, on a découvert le pot-aux-roses, et le maire de la susdite commune risque fort d'entrer dans sa bonne ville comme le plus simple des mortels. »

Après cet article, adieu la réception triomphale ; tous les républicains abordaient les souscripteurs dont on avait vite connu les noms et leur riaient au nez. On ne parlait que des cent francs de Monestrel. On demandait à l'adjoint communication de son discours.

Il n'y avait plus de pavois possible.

Cependant M. Chanat, qui n'avait pas donné l'adresse exacte de son gendre pour que personne ne pût se renseigner d'une manière positive sur sa forlune, et les Charançon étant avec lui à la noce, ne savait rien de ce qui se passait à Roybon, et lorsque les cinq voitures qui le portaient, lui, les mariés, les Charançon et la famille du gendre, arrivèrent à l'entrée de Roybon, ce fut avec étonnement qu'il ne remarqua rien de nouveau.

Il avait parlé à la famille Félibien d'une fête que les Roybonnais lui donneraient, et il n'y avait nulle apparence de réjouissances publiques et privées.

L'illustre Bas-du-Dos fit une grimace d'autant plus forte que la physionomie des Roybonnais installés sur leur porte était plus gouailleuse que d'habitude.

— Il a l'air déconfit, hein? se disait-on.

M. le maire se rasséréna un peu à l'église, qui était pleine, et où la robe de la mariée fit beaucoup d'effet.

Ce fut au sortir de l'église, chez lui, tandis qu'on attendait le dîner, que ses invités, que M. Monestrel, que M. de Bellevache, le mirent au courant de ce qui s'était passé en son absence, et lui lurent le fatal article du *Réveil du Dauphiné*.

— Cachez ça, cachez ça! dit vivement Chanat. Mais comment a-t-on su?... Tout se sait décidément dans nos petits pays, même quand on croit s'y conduire adroitement.

Le repas fut gros de services, mais chacun s'ennuya. Les convives s'observaient réciproquement. La famille Félibien voulait qu'il apparût qu'elle était plus distinguée que les Chanat. Les Chanat, de leur côté, n'entendaient rien céder aux Félibien. C'était à qui serait le plus raide. La tante de M. Chanat ne faisait que parler de la distinction de M. son neveu.

Un seul invité se montra loquace. Ce fut l'abbé Fourailloux. Assis à côté de Mme de Bellevache, il ne pouvait demeurer paisible, et Mme la percepteur lui donnait des coups de pied sur les mollets sans parvenir à calmer sa pétulance.

On sentit un soulagement quand le repas finit.

Alors on embrassa les mariés.

— A-présent, mon gendre, vous êtes libre, dit Chanat ; je n'ai plus rien à exiger de vous. Emmenez votre femme.

M. et Mme Félibien montèrent dans une chambre qu'on leur avait meublée à neuf. Le meuble, en palissandre et en thuya, jurait avec une pièce assez grande, mais basse de plafond, et des fenêtres étroites qui semblaient percées au hasard dans le mur, un plancher inégal avec une simple descente de lit, un papier qui valait vingt sous le rouleau, des rideaux de tombouctou placés aux fenêtres et jusque sur le lit dans lequel ils empêchaient presque de se coucher, et une garniture de cheminée en zinc doré au vernis. Ça sentait, tout cela, le petit bourgeoisilleau de campagne, sans goût, sans idée sur la richesse véritable, séduit comme un demi-sauvage par le clinquant des objets dont il a entendu dire que « c'était très-comme-il-faut » par des gens dont le goût était à-peu-près aussi développé que le sien.

Arrivés dans cette chambre nuptiale dont la porte joignait mal et se fermait avec une serrure d'entrée de boutique, nouvellement placée, encore comme un luxe, M. Félibien se mit près d'une chaise, madame près d'une autre, et ils se désabillèrent.

— J'espère, monsieur, que vous allez me laisser dormir tranquille cette nuit, dit Mme Athalire.

— Mais certainement, ma chère amie, si vous le désirez, dit le mari.

— A la bonne heure !

Elle s'élança dans le lit, tourna le dos et eut l'air de dormir.

Félibien, lui, se coucha aussi, s'étendit, ferma les yeux et, bientôt après, ronfla.

— Comment, il ronfle, cet imbécile ! pensa Mme Athalire en se soulevant pour le regarder. Ce n'est cependant pas moi qui me jetterai à sa tête.

Elle ne dormit pas et trouva son mari de plus-en-plus bête. Aussi se leva-t-elle pendant qu'il dormait encore.

— Ah ! ah ! la voilà, la folle jeunesse ! s'écria Chanat en les voyant tous les deux.

Athalire haussa les épaules.

Il était convenu qu'on passerait cette journée-là à la campagne de M. Chanat, à Valravas.

Là, M. Chanat avait donné ses ordres, et aucune déception ne l'attendait.

On se mit donc en marche, à pied, les mariés devant, ce qui permettait à Chanat de les montrer du doigt en clignant de l'œil. Le curé rééditait de concert avec Mᵐᵉ Charançon les plus grosses plaisanteries qu'on puisse faire à propos de mariage, et l'abbé Fourailloux plus petit de taille que Mᵐᵉ de Bellevache, trottait sur ses talons sans s'occuper du reste.

Un cousin de M. Félibien avait galamment offert son bras à Lucile ; mais Mᵐᵉ Monestrel était venue immédiatement se placer à côté de sa fille.

— Ainsi, se dit-elle, il ne pourra rien lui dire.

Et de fait, l'autre n'ouvrit pas la bouche de Roybon à Valravas.

Mᵐᵉ Félibien la mère dit :

— Le pays n'est pas encore trop laid par ici.

Le pays n'était pas laid, assurément. On suivait la vallée de Galaure semée de prairies dans tous les endroits où l'irrigation était possible, ailleurs bordée de champs de labour, et les collines, assez hautes de chaque côté de la vallée, étaient très-boisées.

La Galaure avait ses vernes, ses saules, ses peupliers ; beaucoup de noyers, de pommiers, étaient jetés dans les champs.

Les maisons que l'on rencontrait étaient pauvres, l'aspect des paysans misérable. Cette terre sans cesse remuée par l'homme se montrait ingrate.

Valravas était loin. Il fallait dépasser Saint-Clair.

Tout-à-coup on entendit des coups de feu et Chanat se redressa en poussant un soupir de satisfaction.

On aperçut un beau portique en feuillage de châ-

taignier qui formait un encadrement au centre duquel
on lisait :

VIVE CHANAT! VIVE FÉLIBIEN!

Aussitôt que les époux parurent, on cria :
— Vive les mariés!

Et une salve d'une trentaine de coups de fusil salua leur entrée sur la propriété de Valravas, un nom
que M. Chanat avait découvert dans un roman
de 1830.

Tous les voisins étaient présents. Chanat avait été
les trouver et leur avait dit :
— Vous me devez de l'argent. Je veux que vous
soyez là. Je le veux. Vous me comprenez.

Ils avaient parfaitement compris... Ils avaient
même acheté de la poudre et tiraient des coups de
fusil. Chanat, d'ailleurs, ne les chicanait pas sur le
vin de la cave, du vin de la côte de Marcilloles, acheté
vingt-cinq francs l'hectolitre et dont il sacrifiait pour
cinquante francs à la quarantaine d'hommes et de
femmes qu'il avait réunis pour lui faire fête et qui
en emplissaient des bouteilles qu'ils cachaient
pour les emporter le soir.

Les arcs-de-triomphe ne manquaient pas;
Alphonse avait dirigé la décoration et accroché des
chandelles qui annonçaient que la compagnie ne
quitterait Valravas qu'à la nuit. Chanat était très-
fier de sa propriété. La maison, ancienne, mal dis-
posée, avait été l'objet de changements importants.
On y avait mis un balcon qui, devant les fenêtres
basses et trop près de terre, faisait un effet bizarre,
mais enfin c'était un balcon. Les murs étaient crépis
à neuf et les coins de la maison été peints en imitation de pierres de taille.

M. Chanat avait fait venir un jardinier de Grenoble pour lui dessiner un jardin à l'anglaise et lui
indiquer les arbres qu'on devait y mettre. On voyait
donc une pelouse devant la maison avec un massif
de rosiers et une touffe de sapins. Si les plantations
eussent été moins nouvelles, le jardin n'aurait pas
été laid, les fleurs n'ayant aucune raison de se trou-

ver plus mal à Valravas qu'en d'autres lieux ; mais les arbres et les fleurs étaient frêles encore, et le fameux jardin laissait à désirer.

Les anciens jardins français avaient ce mérite, d'abord de n'être pas aussi horribles qu'on veut le dire, avec leurs quinconces, leurs plates-bandes de fleurs et leur buis taillé ; ensuite, ils s'alliaient dans leurs dispositions rectilignes avec des plantations régulières dont ils étaient entourées ainsi qu'avec les carrés du jardin potager. En réduisant à des données lilliputiennes l'arrangement que les Anglais dans leurs parcs immenses font de ce que la nature leur donne, on aboutissait à isoler les fameux jardins anglais au milieu des champs étonnés de les voir, comme c'était le cas de Valravas.

Mais M. Chanat ne découvrait pas ces inconvénients ; il possédait devant sa maison un tapis vert, et il en avait vu un à Versailles ; il se promenait dans trois allées qui descendaient entre des manches à balai ; seul dans le pays il était propriétaire d'un jardin anglais !

— M. Chanat dépense beaucoup à Valravas, disait-on dans Roybon.

Les gens de la noce admirèrent.

— M. Chanat a beaucoup de goût.

— Il sait tirer parti de ce qu'il a.

— Ce jardin anglais est charmant.

— Vous savez, il y avait là de vilains carrés de fleurs avec des arbres fruitiers, disait M. Chanat.

— Oui, disait Monestrel, on y récoltait même de bonnes poires.

— J'ai fait enlever ça, reprenait Chanat, ainsi que les espaliers qui couvraient presque entièrement la maison, et ce lierre qui l'abîmait tant et qui avait un tronc gros comme moi.

On entra dans la maison. La table était dressée et il y avait énormément à manger.

Le repas finit au milieu de gaillardises dont le curé Mingral avait pris, à voix basse, l'initiative.

— Sors, va te promener, disait Mme Monestrel à sa fille.

— Pourquoi ça, maman ? demandait celle-ci en
ouvrant ses yeux et en tâchant de comprendre ce
dont les grandes personnes riaient à se tordre.

Cependant Mme Athalire, impassible, les yeux
baissés, semblait ne rien entendre.

— Dites-moi, Félibien, dit Chanat en prenant le
bras de son gendre quand on se leva de table, avez-
vous remarqué ?...

— Quoi ?

— La différence entre ma fille et la petite Monestrel.

— Oui.

— C'est cependant une femme mariée, ma fille ;
elle aurait pu rire à l'unisson des autres, comprendre... Ah ! voilà la différence entre la jeune fille
élevée dans une pension laïque et celle qui sort de
chez nos saintes religieuses.

— Voilà, dit M. Félibien.

On se promena jusqu'au soir dans les allées du
jardin anglais, n'en sortant que pour tourner derrière la maison où on établissait un vitrage décoré
du nom de serre.

— J'y mettrai ces plantes-là pendant l'hiver, dit
Chanat en montrant des pots et des caisses alignés
le long de son tapis vert et contenant un petit oranger, un pommier d'amour, un cactus, de l'héliotrope, des lauriers roses, un cierge flagelliforme
connu de M. Chanat sous le nom de serpentine, des
géraniums, des fuchsias, une verveine, un camélia
et quelques autres plantes auxquelles Alphonse, le
jardinier de Valravas, donnait ses soins les plus at-
tentifs et que les invités regardèrent pousser pour
tuer le temps, Mme Athalire refusant de jouer de
l'accordéon.

— Dis donc, Charançon, dit Mme Charançon, que
penses-tu de notre vicaire ?

— Il compromettrait Mme de Bellevache si ce
n'était pas un prêtre, dit Charançon ; mais c'est un
prêtre.

Mme Charançon fit une grimace équivoque.

On rentra souper et, pendant le souper, les coups

de feu recommencèrent, et paysans du voisinage se groupèrent pour voir les illuminations.

On alluma les lanternes et les chandelles et on quitta la table pour admirer le bel effet d'une centaine de lumières piteuses autour d'une pelouse maigre.

Les coups de fusils redoublèrent, et au moment du départ, M. Chanat donna à ses invités la surprise de quatre feux de Bengale de couleurs différentes qu'on alluma en même temps et dont les convives admirèrent la flamme excessivement claire qui faisait comme un beau feu.

— Une belle fête, une belle fête! répétait Monestrel, qui avait bu selon son habitude quand ça ne lui coûtait rien, et qui se raccrochait à tous les invités pour ne pas s'étaler sur les cailloux.

— Une fête superbe, monsieur Chanat, dit-on sur tous les tons.

Et les invités rentrèrent à Roybon en s'espaçant le long du chemin, Mme Monestrel tenant le poignet de sa fille de peur qu'elle ne s'échappât, et l'abbé relevant sa soutane qui s'entortillait dans ses jambes peu assurées.

Les nouveaux mariés étaient partis les premiers, en voiture.

— J'espère que vous allez continuer à me laisser tranquille, dit Athalire à son mari.

— Croit-elle donc que je veux la battre? se demanda Félibien.

Il la vit quitter un gros paquet de cheveux qu'elle avait conservé le premier soir, et il lui resta un petit chignon gros comme une noix qu'elle cacha sous un bonnet.

Félibien dormit parfaitement, tandis qu'elle le traitait d'idiot, mais il se réveilla de bonne heure et, le matin, il lui demanda :

— Ton père couche donc à côté?

— Pourquoi me demandez-vous ça?

— J'ai entendu sa voix.

— Il avait sans doute un ordre à donner à la servante. C'est Eudoxie qui couche à côté.

— Tiens, tiens, fit Félibien en lui-même, c'est une jolie fille, Eudoxie. Si ma femme lui ressemblait seulement un peu !...

— Est-il mal bâti, ce mari-là, pensait de son côté Athalire, qui détaillait Félibien sans en avoir l'air.

Après le dîner, les deux familles se séparèrent, et les nouveaux mariés restèrent seuls avec le papa Chanat.

C'était la vie régulière qui commençait.

— J'irai tantôt à Valravas, dit Athalire, mettre les choses en ordre.

— C'est ça. Pendant ce temps, dit Chanat, Félibien et moi nous travaillerons. J'ai une chose grave à lui apprendre.

Mᵐᵉ Athalire s'en alla précipitamment à Valravas. Le jardinier Alphonse la vit de loin et lui ouvrit la porte.

— Je viens réparer le désordre que ma noce a causé ici, dit Athalire ; vous allez m'aider, Alphonse.

— Oui, mademoiselle.

— Ah ! non, non, Alphonse, dit-elle, « madame », dites : « Madame ».

— Pardon ! Je n'ai pas encore l'habitude....

— Au fait, dit Athalire, je n'ai aucune raison de vous dire ça.

Alphonse la regarda en souriant.

— Fermez donc la porte, dit-elle brusquement, il fait froid ici.

Alphonse, grand gars, solidement construit, se hâta d'obéir.

— Ah ! ah ! ah ! fit Athalire en riant comme jamais aucun de ses parents ne l'avait entendue rire, mon mari !.....

Et elle se mit à en causer avec une volubilité extraordinaire.

Au même moment, son mari, se rendant à l'étude où l'attendait son beau-père, rencontrait Eudoxie et laissait, en passant, son bras traîner autour de sa taille.

XI

L'ÉTUDE DU NOTAIRE

Il y avait, au premier étage de la maison de M. Chanat, deux petites pièces excessivement basses et étroites. C'était son étude. Des rayons de bois, peints en noir avec de l'encre, contenaient les minutes; une table en sapin, avec deux mauvais pupitres, des coffres de chêne pleins de vieilles paperasses, constituaient avec des chaises de paille et un rond de cuir l'ameublement du cabinet du notaire. La seconde pièce, celle du petit clerc, contenait les minutes les plus anciennes rangées dans des armoires de chêne et une table de noyer.

— Voilà où j'ai augmenté et où vous pourriez augmenter aussi votre fortune, dit le notaire.

Félibien acquiesça d'un signe de tête.

— Laissez faire, allez! dit le notaire, j'ai su mener ma barque, je saurai mener la vôtre. Il faut que vous soyez digne de Chanat. Je vous ai, au surplus, choisi moins riche que moi afin que vous ne puissiez jamais vous rebiffer.

— Je vous laisse faire, dit Félibien.

— Nous allons voir cela dans un moment.

— Eprouvez-moi.

— Voyons, dit Chanat, combien rapportait l'étude dans laquelle vous avez appris notre honorable profession ?

— C'était une étude de deuxième classe, dit Félibien, connue et recommandable, qui rapportait net seize à dix-sept mille francs.

— Hé bien, ici, mon cher gendre, dans les meilleures années, mon étude ne m'a pas rapporté six mille francs. Elle rapporte quatre mille francs par an, c'est la moyenne.

— Vous ne m'aviez pas dit ça !

— Qu'est-ce que j'avais dit ?

— Vous avez laissé entendre qu'elle rapportait beaucoup plus.

— Ce que j'ai pu dire dans le passé ne compte plus à-présent. J'ai dit ce que j'ai voulu, et, aujourd'hui, je vous affirme que, si je n'avais pas de fortune, il n'y aurait pas de quoi rouler carrosse. Cependant, en réalité, je gagne beaucoup plus que ça. Suivez-moi.

— J'écoute.

— Il n'y a personne, après le curé, de mieux placé qu'un notaire pour être au courant des secrets des familles. Je connais les gens besoigneux du pays. J'en profite. Il est vrai que M. Monestrel me fait une concurrence acharnée ; mais je lui dame le pion. J'oblige les gens.

— Parfaitement.

— Je n'attends pas qu'ils viennent me trouver, je vais au devant de leurs désirs. M. Véran fait la banque, il escompte le papier, il prête à courte échéance ; il s'y prend mal. Moi, je fais les crédits que l'on veut pourvu que je sois sûr de ne rien perdre. Je retire des billets de la banque Véran, et je les place dans mon tiroir. Il arrive généralement une heure où on ne peut les payer, où on est même gêné pour me donner des intérêts qui grossissent à vue d'œil. C'est le moment que je guette pour acheter un champ, une propriété. Les gens se trouvaient dans l'embarras, ils n'avaient plus un sou. J'arrive, je leur rends le papier que je détenais, et je leur donne encore des pièces d'or trébuchantes. Ils sont heureux, ces braves gens, ils sont débarrassés. C'est ainsi, tenez, que j'ai eu Valravas. Il existait là-bas, dans cette maison, un vieillard qui faisait des folies pour une de ses nièces. Il m'empruntait de l'argent, il en prenait à la banque, il en demandait à Monestrel. Un beau jour, j'ai retiré ses billets protestés, j'ai racheté les créances de Monestrel, j'ai joint ça aux papiers que j'avais et je lui ai tout rendu, avec sept mille francs en or, en plus, payés comptant, rubis sur l'ongle ; le vieillard n'avait jamais eu une pareille somme à la fois dans la main, quoique je lui eusse rendu près de vingt mille francs de papier….

— Tant que ça !

— Savez-vous que je ne donnerais pas Valravas pour quatre-vingt mille francs ? J'y ai fait des améliorations, c'est vrai ; mais je n'ai pas augmenté la propriété d'une sextérée.

— Belle affaire !

— C'est M. Monestrel qui fit un nez ! « J'aurais dû avoir ça, moi ! » criait-il dans le bourg.

— Et le vieillard ?

— Le bon Dieu le favorisa. Il mourut comme un chien, ivre, au bord de la route, une nuit d'hiver, avant qu'il n'eût dépensé ses pièces d'or pour les beaux yeux de sa nièce.

— Était-elle gentille, au moins ?

— Très-gentille. Vous la connaissez.

— Moi ?

— Oui, je l'ai prise à mon service. C'est Eudoxie.

— Oh !

— Vous voyez, mon cher gendre, qu'il faut avoir ici beaucoup de discernement et énormément d'adresse. Le moindre pas de clerc serait grave, car je suis notaire, et vous... attendez... Notaire, vous n'avez pas de meilleur moyen de faire valoir vos fonds que de les placer sur première hypothèque. En s'y prenant d'une certaine façon, on prête au sept ou au huit. Or, la terre, dans nos pays pauvres, ne rapporte pas toujours deux pour cent. La ruine de celui auquel vous prêtez est donc à-peu-près certaine, et en aucun cas vous ne perdez.

— Je vois ce qu'on doit faire.

— Maintenant que vous êtes au courant de la situation qui vous attend, que penseriez-vous si je vous disais qu'il y a de meilleurs moyens de gagner de l'argent, que ce que je fais comme notaire peut se multiplier, se doubler d'une foule d'opérations fructueuses si je ne suis plus notaire, si vous ne l'êtes pas, et que je vous réserve une autre position.

— Une autre ! fit Félibien stupéfait. C'est là cette chose grave que vous aviez à m'apprendre ?

— Oui.

— Je ne deviendrais pas notaire ?

— Non, mon cher ami.

— Que serais-je donc, alors ?

— Banquier.

— Banquier !

— Je sais ce que je dis quand je parle, et je dis « banquier ». C'est que, voyez-vous, mon gendre, j'ai reçu la visite de M. Laforêt.

— M. Laforêt ? celui qui habite près de la marquise de Bennassit, dans le bas du bourg ? celui qui n'est d'aucune société ?

— Oui, celui qui n'a pas un ami dans le bourg parce qu'il n'est d'aucun parti et ne met jamais les pieds à l'église.

— Alors ?

— Il m'a proposé d'acheter mon étude.

— Mais c'est lui qui vous l'a vendue !

— Il me l'a vendue, sans doute ; mais ce n'est pas une raison pour qu'il ne me la rachète pas.

— J'en conviens.

— Il m'en propose un bon prix.

— Combien ?

— Quatre-vingt mille francs.

— Comptant ?

— Oh ! il peut payer. Songez, mon cher gendre, que je n'avais acquis cette étude que pour vingt-cinq mille francs !

— Mais vous l'avez développée considérablement.

— Malgré cela, je n'en trouverais jamais ce que Laforêt m'en offre.

— Quand je l'aurai développée à mon tour...

— Vous ne la développerez pas davantage, mon cher gendre ; je suis arrivé au maximun des actes que le pays peut donner. Si vous avez saisi ce que je vous ai expliqué, vous devez vous être rendu compte de ceci : les quatre-vingt mille francs qu'on m'offre, avantageusement placés, rapporteront plus que les actes que l'on passe en mon étude. Ce qui constitue mon bénéfice le plus clair, c'est le placement des fonds, ainsi que je vous l'ai expliqué ; or, si j'établissais à Roybon une concurrence ouverte à la banque Véran, je pourrais développer énormément le genre d'opérations des banquiers.

— Mais vous m'avez dit à l'instant que le métier de notaire vous servait à vous renseigner...

— Parfaitement ! mais aujourd'hui je sais à quoi m'en tenir sur toutes les familles du pays ; je connais les arbres dont chaque patrimoine est complanté, et mon étude m'est inutile à ce point de vue.

— Hé ! bien...

— Je ne vous cacherai pas non plus que la corporation à laquelle j'appartiens, et qui est la plus honnête des corporations, s'est quelquefois occupée de moi, et qu'il pourrait arriver, par malheur...

— Je vous comprends.

— Oh ! je n'avais pas l'idée de vendre mon étude ; je vous l'aurais passée plutôt que la vendre, car je ne m'attendais pas à trouver une occasion si belle...

— Vous êtes libre, beau-père. Il faudra cependant que vous m'appreniez la banque.

— Oh ! ce sera vite fait. C'est vous qui deviendrez banquier en titre. Je ferai mettre sur ma maison : *Banque Chanat-Félibien*, mais je resterai simplement derrière vous. Véran gagne beaucoup d'argent, vous savez ; hé bien, aussitôt que je ne serai plus gêné dans les entournures, j'en gagnerai plus que lui, je vous en réponds, car Véran ; entre nous, n'est qu'un vulgaire imbécile. Laissez-moi faire. Je vais aller trouver Laforêt.

— Mais, hasarda timidement Félibien, il était convenu que je serais notaire.

— Hé bien, vous serez banquier, voilà tout.

— Mais... ma famille s'attendait...

— Quoi ? quelle famille ? Où avez-vous une famille en dehors d'Athalire et de moi ? Est-ce que ça compte, les Félibiens ? N'est-ce pas ici que se trouve votre argent, que vous avez la fortune, l'avenir ? Qu'est-ce que vous me serinez avec votre famille ? Je trouve quatre-vingt mille francs de mon étude, quatre-vingt mille francs je la vends. C'est mon affaire. L'étude n'est pas à vous, elle est à moi. Si vous n'êtes pas content, retournez chez vous et je garde Athalire.

Eudoxie entr'ouvrit la porte, et en lançant un coup-d'œil à Félibien, elle dit :

— Monsieur, c'est un homme qui veut vous parler.

— Faites-le entrer, dit Chanat.

Bergeron parut.

— Ah ! bonjour, Bergeron, dit le notaire ; avez-vous quelque acte à dresser ?

— Non, monsieur Chanat, merci.

— On dit que vous êtes maintenant au-dessus de vos affaires.

— Oui, monsieur Chanat, ça ne va pas mal, merci.

— Vous gagnez de l'argent ?

— Oui, monsieur Chanat ; mais c'est égal, je voudrais qu'on me payât mon dû.

— On vous doit ?

— Oui, monsieur Chanat.

— Qui donc ça ?

— M. Monestrel, et justement...

— M. Monestrel vous doit ? dit Chanat ; oh ! il est de bonne paye.

— Il ne veut pas me payer, ainsi...

— Il ne veut pas ?

— Non, monsieur Chanat, je l'ai fait citer en justice, et je viens vous demander si vous ne voudriez pas témoigner de ce que j'ai dit devant vous le jour où on a signé l'acte.

— Vous avez dit quelque chose ?

— Oui, monsieur Chanat ; je déclarai, là, devant vous, à cette place où me voici, que je ne recevais que mille francs.

— Attendez donc...

Chanat atteignit un volume de minutes.

— Voici l'acte de vente, dit-il. Vous donniez quittance.

— Oui, monsieur Chanat, pour éviter des frais.

— Vous voyez ce que c'est que d'avoir peur de payer trop au notaire.

— Alors, monsieur Chanat, vous vous souvenez...

— Moi, je ne me souviens de rien, et je me rappel-

lerais ce que vous avancez, que l'étude du notaire
est un confessionnal : rien ne transpire de ce qui s'y
passe.

— Alors, monsieur Chanat, vous ne voulez pas
me servir ?

— Puisque je ne sais rien, mon cher Bergeron.
Vous auriez mieux fait de me vendre votre champ,
à moi. Allez, allez, et quand vous aurez besoin de
quelque chose, venez chez moi. Il vaut mieux avoir
affaire à M. Chanat qu'à M. Véran ou à M. Monestrel. Allons, au revoir, Bergeron.

XII

NOMINATION DES MAIRES

La première chose que fit M. Bergeron en sortant
de la maison du notaire fut de monter chez M. Galtier et de lui rendre compte de l'aventure qu'il venait
d'avoir.

— Si vous m'aviez parlé de cette démarche, dit
Albert, je vous aurais prévenu de son inutilité.
Quand vient l'affaire devant le juge-de-paix ?

— Demain, monsieur Albert.

— Vous couchez à Roybon ?

— Oui, monsieur Albert.

— Venez demain, à l'issue de l'audience. Nous
aviserons. Que dit-on de nouveau à Marcolin ?

— Pas grand'chose, monsieur Albert.

— Votre maire est mauvais ; c'est un bonapartiste.
Vous allez en faire nommer un autre ; votre conseil
municipal va marcher droit.

— Je crois que oui, monsieur Albert.

— A demain.

Albert se préoccupait plus que jamais d'obtenir de
bons maires dans les communes du canton. Il multipliait les lettres, les envois de journaux, les dîners.

S'occuper de procès, de plaidoiries, à cette heure,

lui semblait une tâche au-dessous de ses devoirs de citoyen.

Mais quand M. Bergeron lui annonça que M. Monestrel n'avait pas plus répondu à la citation qu'à l'invitation, il lui conseilla de porter l'affaire devant le tribunal de Saint-Marcellin.

— Marchez, dit-il; là-bas, je la plaiderai, et nous aurons beau jeu sur le dos du père Monestrel. Votre avocat ne vous coûtera rien, mais à une condition.

— Vous n'avez qu'à parler, monsieur Albert.

— Vous allez vous mettre à travailler vos connaissances de Marcolin pour qu'elles appuient le choix d'un maire républicain, du plus républicain du conseil.

— Comptez sur moi, monsieur Albert.

Mais Albert, en jeune homme actif et en bon politique, ne comptait que sur lui.

Il réunissait ses amis au Cercle, il leur faisait écrire devant lui aux conseillers-municipaux avec lesquels ils étaient en relation dans les villages, il envoyait Crillon d'un côté tandis qu'il voyageait de l'autre, tombait sur le dos des paysans en chassant avec Goubault, se montrant partout, discourant dans les cabarets, se mettant en colère contre les prêtres et les congréganistes qui se livraient à une propagande insensée ; il essayait d'obtenir une promesse formelle des conseillers-municipaux pris séparément, ce qui n'était pas plus facile en Dauphiné que si l'on eût eu affaire à des Normands.

Malgré la peine qu'il se donnait et l'idée qui le dominait de l'importance pour les républicains de posséder les maires des petites communes, il ne parvenait pas à passionner le pays. Une commune, Lentiol, avait mis un certain entrain à compléter son conseil municipal ; mais l'élection du maire devant se passer dans le petit cénacle des conseillers-municipaux, la masse électorale ne s'en ébranlait pas. M. de Bellevache, qui se remuait de son côté, traitait les paysans de « tas d'apathiques ! »

Quatre communes avaient déjà des maires républicains ; ils étaient sûrs de leur réélection, ils furent réélus le 8 octobre. Dans les autres communes, les peines d'Albert Galtier ne furent pas perdues. Il n'y eut que Saint-Clair-sur-Galaure et Châtenay qui nommèrent des maires de nuance indéterminée qui l'emportaient par suite de complications locales. Beaufort, Lentiol, Marcilloles, Marcolin, Marnans, Montfalcon, Thodure et Viriville élirent des maires républicains.

— Victoire ! cria Galtier.

Il s'attribuait une part dans les résultats obtenus dans le canton de Roybon, dont le chef-lieu, laissé en dehors de la loi, demeurait inébranlablement à l'illustre Bas-du-Dos.

— La consolation, disait Albert, c'est de penser qu'il n'y a plus qu'un bonapartiste militant dans le canton, et que c'est nous qui l'avons.

— Moi, dit Crillon, ce qui me fait plaisir, c'est que les petits moyens de M. le percepteur n'ont pas porté de fruits.

— Il a pourtant assez fait trotter son huissier Pinard, et si les élections étaient générales...

Les nominations en Dauphiné étaient bonnes, bonnes aussi pour la République dans le reste de la France ; il y avait de quoi se réjouir et on avait besoin d'un peu de baume sur le cœur.

Car les prêtres et les congréganistes étaient d'une insolence qui dépassait l'imagination, et la certitude qu'ils affichaient d'une prochaine restauration monarchique inquiétait les paysans, les empêchait de s'avancer dans le sens de leurs opinions de peur de se trouver un jour compromis et inquiétés.

S'ils avaient senti les agents du gouvernement avec eux, ils auraient bravé les curés ; mais ils les savaient hostiles ou neutres, facilement ils se croyaient espionnés. Ils ne recouvraient leur courage que devant les urnes, où la manifestation de leurs sentiments était secrète.

Les républicains militants avaient pleine connaissance de cette situation. Ils appréhendaient les actes du gouvernement, ils souhaitaient de le voir changer de conduite, de l'entendre dire au pays :

« Nous marchons ensemble dans la République », car ils ne sentaient, comme le plus petit des fermiers, qu'hostilité dans tout ce qui était organisé : la hiérarchie catholique et la hiérarchie gouvernementale.

N'importe ! les réactionnaires s'étaient autrefois attribués la nomination des maires, pensant être maîtres absolus du gouvernement ; ils l'abandonnaient à-présent au pays, espérant ressaisir les communes par l'influence locale des leurs, et ils ne profitaient pas plus d'un système que de l'autre.

— C'était bon signe, oui, on devait se réjouir.

Et puis, il y avait, à Paris, Gambetta qui veillait, et on était convaincu que, tant qu'il exercerait son action sur la démocratie, la République ne périrait pas.

Il venait justement de prononcer à Belleville un discours dont un passage était relevé et commenté dans les provinces : « Ah ! il est admirable de se proclamer tout-de-suite vainqueur, avait-il dit, de croire qu'on va changer le monde, qu'il suffit d'un peu d'audace, d'une rame de papier et d'une fiole d'encre ; mais les sociétés humaines ne se transforment pas d'un coup de baguette magique ; il y a des résistances. Ces résistances, elles sont assez graves, assez menaçantes, assez passionnées, assez violentes pour avoir éveillé votre attention, et je ne me plains pas de ces violences ; au contraire, car elles sont pour ceux qui les commettent une cause de discrédit dans le pays ; et quand on compare le déchaînement des passions et des colères des coalitions réactionnaires vaincues à la sagesse du parti républicain, soyez sûrs que non-seulement la France, mais toute l'Europe, se prononce pour le véritable parti de la liberté. »

— Gambetta a raison, disait Crillon.

— C'est vrai. Il ne faut pas que nous nous montrions violents, nous, disait Galtier ; mais il ne faut pas se laisser tondre la laine sur le dos. Tout nous réussit parce que nos campagnes viennent d'entrer dans la lutte. Ce sont des troupes fraîches. Elles se fatigueraient à la longue si nous ne savions les protéger et bien marquer qu'elles ont la souveraineté sur les curés.

— Il faut absolument arriver à ce que nos ennemis se taisent, dit Goubault.

— De peur qu'à la fin des fins ils ne nous fassent taire, nous, dit Allard.

— Assurer le triomphe de Bas-du-Dos! s'écria Josu. Ce serait trop fort!

— Voir la dynastie des Bas-du-Dos nager dans la joie! Bas-du-Dos Ier cabrioler sur Bas-du-Dos II, aux applaudissements des curés et des petits-frères! Ah! non, par exemple!

— Quel ridicule petit homme, ce Chanat!

— Et cette mauvaise fouine de Félibien, le mari d'Athalire!

— On dirait que c'est Chanat qui l'a fait.

— Athalire, tirelire...

— Lire, lire, lire...

— Moi, dit Malens, ce qui me fait plaisir, c'est que Chanat n'achètera pas mon étude.

— A-t-il absolument cédé à Laforêt?

— Pas à Laforêt précisément, mais à M. Rey, qui va épouser Mlle Laforêt dans une quinzaine.

— C'est bâclé, alors!

— Ah! c'est bâclé, dit Malens. C'est moi qui ai rédigé l'acte. L'étude est vendue. Il n'y a aujourd'hui de notaires à Roybon que M. Rey et moi.

— Au prix où Laforêt a racheté, il eût mieux fait de ne pas vendre.

— Je crois qu'il y eût gagné, dit Malens; d'autant plus, qu'en établissant son gendre banquier je suis persuadé que Chanat soufflera au notaire des affaires qu'il pourrait traiter honnêtement, comme de placer l'argent de ses clients...

— Oh! dit Galtier, la banque Bas-du-Dos et compagnie en fera voir de grises aux bonnes gens du pays!

— Enfin, nous ne l'avons plus comme notaire; il nous reste à nous débarrasser de lui comme maire: nous nous en débarrasserons.

— Il ne faut pas chanter victoire trop haut, dit
Malens.

— Hé bien, moi, s'écria Galtier, je chante victoire !
Qu'ils fassent ce qu'ils voudront, les réacts sont le
passé, nous sommes l'avenir.

— Néanmoins, ouvrons l'œil, tenons-nous sur nos
gardes.

— Naturellement. Mais Gambetta est là pour nous
dire ce qu'il faut faire.

XIII

CHASSE EN CHAMBARAN

La question de l'amnistie agitée dans quelques
villes, brûlante à Paris, inquiétait médiocrement les
Roybonnais.

— La Commune est une affaire terminée, disaient-
ils ; les communards doivent être suffisamment refroi-
dis ; qu'on en finisse tout-à-fait et qu'on n'en entende
plus parler.

— Ça nous embête.

La question d'Orient les passionnait encore moins,
si c'était possible.

— Il paraît que la Russie et l'Angleterre se regardent comme des chiens de faïence...

— Tout prêts à manger le Turc.

C'était toute leur opinion à ce sujet.

Les maires nommés, ce qui regardait immédiatement le pays terminé, les Chambres encore en vacances, ils s'occupaient plus de la politique des
lièvres que de celle du gouvernement.

Or, les lièvres étaient réactionnaires aux coups de
fusil. Autant la chasse à la Plaine était abondante,
autant la chasse dans les Chambarans rendait peu.

Paul Goubault parlait d'une battue ; mais ce n'était
guère dans les usages du pays et on finit par organiser une partie de chasse à laquelle les membres
du Cercle furent conviés.

— Anna, dit Paul, je vais faire décider qu'on mangera à la grange de M. Rocher. Ta mère et toi, on vous invitera à aller dans le char-à-bancs d'Albert, préalablement rempli de victuailles, nous attendre à la grange. Vous ne serez pas trop de deux, vous ne serez même pas assez, et tu devrais dire à ton amie Lucile de se joindre à toi. Tu comprends ?

— Oh ! je comprends parfaitement, dit Anna, et Lucile viendra si ses parents veulent la laisser venir. Je vais arranger ça.

Anna en parla d'abord à Mlle Monestrel.

— Il s'agit d'une grande partie de chasse, dit Anna. Le temps est beau, ces messieurs partiront de grand matin, mais nous, nous ne nous en irons pas avant dix heures, et nous reviendrons avant la nuit. Nous mangerons sur l'herbe, ce sera très-gai. Il faut donc que tu viennes.

— Moi, je ne demande qu'à m'amuser, dit Lucile ; mais ma mère ?

— Je vais arranger ça, ma chérie ; mais n'oublie pas que tu rapporteras une pleine serviette de gibier à tes parents.

Lucile sourit.

Anna, la veille du jour où on devait chasser au bois, envoya sa mère demander à Mme Monestrel de laisser aller Lucile avec elle.

— A une partie de chasse ! s'écria Mme Monestrel, sans moi ! Vous plaisantez !

Les Monestrel laissaient Lucile se promener avec Anna dans les environs de Roybon ; ils laissaient Lucile se rendre à sa fantaisie et demeurer des heures chez les Crillon ; ces habitudes-là s'étaient prises dès l'enfance des jeunes filles et n'inspiraient aucune inquiétude aux parents ; mais une partie, mais une promenade, mais un simple pas sortant des habitudes quotidiennes suffisait pour que Mme Monestrel crût la vertu de sa fille engagée, et même fortement.

— Puisqu'elle sera avec ma fille, dit Mme Crillon, sous mes yeux

— Ah ! fit Mme Monestrel, vous savez que ce n'est

pas à cause de vous, puisque Lucile va chez vous tant
qu'elle veut; mais pensez donc, une partie ! Qu'est-ce
qui peut advenir dans une partie, mon Dieu ! Comme
dit M. le curé, la vertu d'une fille, c'est une chose
fragile et c'en est bientôt fait.

— Mais votre fille n'est pas plus fragile que la
mienne, et puisque j'emmène Anna...

— Oh ! vous, chère madame, vous faites ce que
vous voulez de votre fille, naturellement, c'est la
vôtre ; mais Lucile est à nous.

— Allons, je la prends demain matin, n'est-ce
pas ?

— Non, vraiment, non. Je préfère vous la refuser.

— Vous plaisantez ?

— Sans plaisanterie.

—, Mais Anna a comploté de s'amuser avec son
amie...

— Qu'est-ce qu'il y a ? demanda M. Monestrel en
entrant dans la cuisine.

— Est-ce que Mme Crillon ne veut pas emmener ta
fille à une partie de chasse !

— Oh !

— Mais, dit Mme Crillon, c'est une chasse où nous
allons porter à dîner aux chasseurs, et Anna voudrait
emmener Lucile à laquelle Paul Goubault à promis
de donner toute sa chasse si elle venait.

— Tu vois, Monestrel, il y aura des jeunes gens.

— Le fiancé de ma fille, dit Mme Crillon.

Monestrel avait perdu de vue la vertu de Lucile
pour ne considérer que le gibier promis.

— Lucile doit donc me rapporter du gibier ?
demanda-t-il.

— Un panier, dit Mme Crillon.

— Peut-être un lièvre ?

— Un lièvre, pour le moins.

— C'est exquis, un lièvre.

— Mais... essaya Mme Monestrel.

— Tais-toi donc, dit Monestrel ; tu vas me laisser
parler, je suppose. Je sais aussi bien que toi où se
trouvent le bien et le mal. Qui chassera avec M. Gou-

bault? votre mari, sans doute, madame Crillon?

— Mon mari, M. Allard, M. Véran, plusieurs de ces messieurs du Cercle.

— Ah! si j'étais chasseur? soupira Monestrel, j'irais avec eux. Mais les permis coûtent si cher! Vingt-cinq francs! Et chaque coup de fusil revient à un sou.

— N'est-ce pas, c'est entendu, Lucile vient avec nous?

— Jamais, dit Mme Monestrel.

— Jamais! Pourquoi dis-tu jamais? demanda Monestrel. As-tu une raison pour l'empêcher d'y aller? Est-ce qu'elle n'est pas en sûreté avec Mme Crillon? Oui, comptez sur Lucile, je vous l'enverrai moi-même. A quelle heure?

— Vers dix heures, dit Mme Crillon.

— Ce n'est pas malheureux! dit Lucile, qui écoutait en haut de l'escalier.

— Où as-tu la tête? demanda Mme Monestrel à son mari quand Mme Crillon fut sortie. Et s'il arrivait un malheur à notre fille?

— Quel malheur?

— Il ne va pas me comprendre, maintenant! Ne sais-tu pas comme Lucile a les yeux hardis, comme elle est éveillée? Ah! si elle avait été élevée au couvent!...

— Tu me répètes toujours ça, et, toi-même, tu as été la première à me dire de la confier à ma sœur.

— Sans doute; puisque ta sœur, qui est veuve, prenait tous les frais à sa charge, nous n'avions pas à hésiter.

— Alors?

— Alors? alors? Je ne te parle que de ce qui est. Ah! si Lucile ressemblait à Mme Athalire!...

— Je rentre dans ma chambre, pensa Lucile en haut de l'escalier, j'entendrais une conversation peu agréable pour mon amour-propre.

— Si Lucile ressemblait à Mme Félibien, dit Mme Monestrel, on pourrait la laisser aller partout; il n'y aurait rien à craindre. Tu as remarqué, l'autre jour, à la fin du dîner, à Valravas? Notre fille avait les yeux en feu, oui, en feu, tandis qu'Athalire avait les yeux baissés, n'osait faire un mouvement, se bouchait les oreilles, on le voyait.

— Enfin, dit Monestrel, Lucile sera avec Anna et Mme Crillon ne supporterait pas...

— Je l'espère, dit Mme Monestrel ; mais, tiens, veux-tu que je te dise ?

— Dis.

— Tu vendrais ta fille pour une bécasse !...

— Ne dis donc pas de sottises, dit Monestrel.

Et il ajouta avec un soupir :

— C'est exquis, la bécasse !... Qu'est-ce que Lucile pourra nous rapporter demain ? Toute la chasse de Paul Goubault ! Il paraît qu'il tire admirablement, Paul Goubault.

Le lendemain, Lucile donna plus de temps à sa toilette. Elle mit la robe de laine noire qu'elle portait ordinairement ; mais elle laissa tomber autour de son cou un fichu de mousseline garni d'une petite dentelle ; elle posa son chapeau un peu plus de côté et prit ses bottines les plus fines, qu'elle dissimula aux regards de sa mère lorsqu'Anna vint crier à sa porte :

— Lucile, Lucile, descends.

— Bonne chasse surtout ! dit Monestrel à Mlle Crillon.

— Ah ! ma pauvre Anna, dit Lucile, sans ta promesse de gibier je n'allais pas avec toi.

— Comme on connaît les saints on les honore.

— Oh ! mes parents !... Mais qu'est-ce qu'ils croient ? dit Lucile. Qu'est-ce qu'ils veulent dire ? Qu'est-ce qu'ils sont ?

— Laisse-les tranquilles, dit Anna. Tu te marieras un jour, et alors !...

— Oh ! quel bonheur de quitter cette maison, où il y a de l'argent et qui suinte la misère, où il n'y a ni affection ni...

— Chut ! Tu vas t'emporter, tu vas pleurer ! dit Anna en riant. Il faut être gaie aujourd'hui.

— Oh ! je le suis, va.

Gérard était devant la porte de Crillon avec le

char-à-bancs. Les provisions étaient déjà entassées à l'arrière. Il n'y avait plus qu'à partir.

La grange où on se rendait était située vers La Côte-Saint-André, sur les plateaux, dans un endroit d'où les sommets des Alpes formaient comme une couronne autour des Chambarans.

Les chasseurs étaient partis dès le matin. A cinq heures, les chiens fouillaient la bruyère. Les fusils s'étaient espacés. Albert et Paul étaient restés ensemble et marchaient à vingt mètres l'un de l'autre. Ils n'avaient qu'un seul chien d'arrêt, Stop, appartenant à Galtier. Crillon lançait trois chiens courants et surveillait ses chiens avec Allard et Véran. Josu se trouvait le plus éloigné avec un de ces chiens bâtards dont la race s'est perdue dans la nuit des temps, mais qui sont ceux qu'on aime le mieux dans la contrée. Malens errait seul, cherchant à tirer les culs-blancs, et Louis, placé en arrière avec Lemoulin, attendait au bout du fusil ce que la première ligne de chasseurs pouvait laisser passer.

Ce furent eux qui eurent la primeur de la chasse. Albert et Paul s'étaient portés de chaque côté d'une châtaigneraie, et Louis avait pris le milieu avec Lemoulin en passant sous le taillis.

En arrivant sur la lisière, ils furent surpris par le frémissement d'une compagnie qu'ils tirèrent comme perdrix. Mais, les oiseaux ramassés, ils s'aperçurent qu'ils avaient tué deux vanneaux.

— Ce n'est pas excellent, dit Lemoulin.

— Tiens, dit Louis, tu veux donc faire mentir le proverbe :

> Qui ne mangea jamais vanneau
> Ne mangea jamais bon morceau.

— Proverbe ou dicton, dit Lemoulin, j'aime mieux un perdreau. Ce qu'il y a de meilleur dans le vanneau, c'est les œufs ; mais nous ne sommes pas au temps des nids et ils ne pondent pas chez nous.

— Ne crache pas sur ces oiseaux, ils ne sont pas communs dans les Chambarans et on s'en régalera.

— J'aimerais mieux trouver une compagnie de perdrix.

— La saison est trop avancée.

— Il y a toujours des retardataires.

— A vous ! à vous ! entendit Louis.

— Un lièvre !

Louis tira. Le lièvre sauta, mais détala de plus belle. C'étaient les trois chiens de Crillon qui le suivaient.

— Courons à la croisée des chemins, dit Albert ; les chiens le ramèneront.

Ils entendaient la voix des chiens se perdre dans les bois.

Ils se hâtèrent et se postèrent en un carrefour d'où ils surveillaient quatre chemins gazonnant au milieu des bruyères. Crillon vint les rejoindre. La voix des chiens se rapprochait.

— Attention ! dit Crillon.

— Là !

Crillon tira au moment où le lièvre sautait par dessus le chemin. La pauvre bête tomba au milieu, et Crillon courut pour l'arracher aux chiens qui l'auraient déchirée sans demander la permission de leur maître.

Stop, lui, marchait avec mesure dans les jambes d'Albert. Celui-ci l'avait dressé ; il ne partait que sur un signe, dans la direction qu'on lui indiquait de la main. Jamais il ne mettait le nez à terre. On le voyait toujours la tête haute, prenant le vent, n'aboyant jamais sur le gibier, traverser les champs et les bruyères.

Tout-à-coup il devenait immobile, et Albert qui l'avait regardé de loin s'avançait, sûr que le gibier était devant lui.

— Marche, Stop.

Stop poussait prudemment, sûrement ; le gibier partait. C'était un râle, au vol assez rapide, un peu moins droit que celui de la caille, facile à tirer cependant. C'était encore un lièvre, moins effrayé de l'allure du chien d'arrêt que des chiens de Crillon, qui se laissait approcher, détalait sous le nez du chasseur dont le plomb l'arrêtait.

Malens, homme âgé, notaire grave, continuait sa chasse sentimentale. Quand un malheureux bruant se réfugiait sur un arbre, il l'abattait sans pitié. Mais il recherchait surtout les endroits marécageux et le bord des étangs. Il se mettait à l'affût, et, s'il voyait une poule d'eau, une sarcelle ou un canard, il le tirait, quitte à ne pouvoir aller le chercher au milieu de la mare et à passer une heure à couper des gaules assez longues pour lui permettre d'atteindre le gibier qu'il ne parvenait pas à ramener au bord.

Il lui arrivait assez fréquemment de tirer des poulets et des canards qui n'avaient rien de sauvage ; mais il les jetait dans son carnier avec une bonne foi qui lui rapportait un dîner aussi estimable qu'un gibier véritable l'aurait fait. Quand il chassait en compagnie et qu'on mettait en commun le produit de la chasse pour le partager ensuite également, les poulets le gênaient bien un peu ; mais il les passait au compte de sa myopie, et on les lui laissait généreusement.

Il arrivait quelquefois qu'un paysan le surprenait abattant ces perdrix par trop privées, mais dans ces cas difficiles, M. Malens tirait immédiatement sa bourse et payait sans marchander.

— Je suis myope, vous savez, disait-il au paysan.

— Oh ! du moment qu'on me paye, répondait celui-ci, ça m'est égal, et pour peu que ça vous fasse plaisir au même prix, vous pouvez tirer sur les autres, car vous visez assez droit tout-de-même.

Malens saluait sans relever l'impertinence, et, enjambant les pousses de l'année de ses grandes jambes maigres, il continuait sa chasse. Il était homme à ne pas rater au passage un geai qui, à son avis, servait de base à un excellent bouillon.

Il avait aussi dans l'idée que les jeunes chouettes valaient les cailles et qu'en leur coupant la tête et les pattes pour les rendre méconnaissables on n'en pouvait faire la différence.

Tout ça, c'était de la viande à bon marché, et la chasse, loin de lui être onéreuse, l'aidait à vivre. Il possédait, au surplus, une excuse, c'est que Bas-du-Dos avait ruiné son étude, auparavant la première du canton, et que son existence était pénible.

Sans chien, allant, lui aussi, le nez au vent, comme Stop, il avait acquis un certain instinct et il connaissait les endroits des bois où le gibier pouvait être surpris.

En se dirigeant vers la grange Rocher, il y avait un petit coin marécageux, spongieux, totalement entouré d'arbres, que les bécasses adoraient et dans lequel, quand la saison allait être un peu plus avancée, il ne manquerait pas de venir se mettre à l'affût, à la tombée de la nuit.

— Les premières bécasses de passage, se disait-il, connaissent cet endroit-là.

Mais au moment où il y arrivait, deux coups de fusil partirent, et deux oiseaux filèrent au-dessus de sa tête.

— Sacrebleu! s'écria-t-il en saisissant son fusil.

Mais il était sous bois; les oiseaux disparurent avant qu'il lui fût possible de viser.

Il arriva au marécage et vit Paul Goubault et Albert Galtier soupeser deux bécasses.

— Ce sont les premières tuées dans le canton, dit Albert.

— Elles ne sont pas très-grasses.

— Ah! les heureux! s'écria Malens. Si j'avais eu le temps de tuer les autres! Combien y en avait-il?

— Quatre.

— Je reviendrai les chercher demain, pensa Malens. D'ici, les autres vont voler sur les étangs au-dessus de Thodure, chez Gilbert. Je les repincerai, je les repincerai...

— Crillon a déjà trois lièvres, dit Albert.

— Et Josu?

— Il a disparu.

— Louis? Véran?

— Aussi. Ils seront descendus dans la combe, les malins.

— Et vous, combien avez-vous de lièvres ?

— Chacun un.

— Nous avons été aux meilleures remises de perdrix, dit Albert ; mais je crois qu'il n'y en a plus une seule en Chambaran.

— Chut ! dit Malens.

Une volée de passereaux venait de s'abattre sur un charme. Il envoya un coup de fusil au milieu et se précipita pour empêcher les blessés de lui échapper en se cachant dans les herbes.

— Peut-on gâcher ainsi sa poudre ! s'écria Paul.

— Mais c'est excellent, dit Malens, quand c'est fricassé avec des oignons.

Stop, qui parcourait la châtaigneraie dans laquelle ils se trouvaient alors, se mit à gronder sourdement en tournant.

— Vite ! s'écria Paul, ce doit être un serpent.

Ils ne virent, en approchant, qu'une petite boule grise immobile qui présentait de tous les côtés ses piquants.

— Hé ! c'est un hérisson ! s'écria Malens.

Il s'approcha, écarta Stop, qui s'était piqué le museau et grondait de plus-en-plus, et retourna le hérisson. Celui-ci, d'un mouvement brusque, représenta son dos.

Malens sortit son couteau et, retourna encore le hérisson qu'il saigna au cou.

— C'est ainsi qu'on opère, dit-il ; on saigne le hérisson comme un cochon-d'Inde ou un porc ordinaire.

— Et, après, vous le mangez ? demanda Paul.

— A la sauce blanche. Ça vaut le meilleur poulet.

— Quand, par hasard, il ne sent pas le musc.

— Ah ! s'écria Albert, regardez donc la gibecière de Malens !

Elle était gonflée outre mesure.

— Voyons, lui dit Albert, prouve-nous qu'il te reste quelque pudeur, mets les poules dans la seconde poche, derrière le cuir, qu'on ne les voie pas.

— Oh hé ! Oh hé ! entendirent-ils derrière eux.

— Tiens, voici Allard.

— J'ai deux lièvres et trois râles, dit ce dernier arrivant.

— C'est une jolie chasse, dit Albert.

— J'ai tué, en passant vers les Robert, une grive de genièvre, dit Allard ; mais elle est maigre. Nous allons descendre vers la grange, hein ? Il est onze heures. Nous avons juste le temps d'y arriver.

— Allons. Mais Paul et moi, dit Albert, nous prendrons par dessus le bois Fouquerat.

Ils se retrouvèrent tous, assez exactement, à midi, à la Grange. Mme Crillon, Anna et Lucile avaient choisi, sur la lisière du bois, un emplacement connu des chasseurs qui aimaient faire halte. C'était un tapis de mousse sous une douzaine de châtaigniers. Lucile et Anna commencèrent par enlever de la mousse tous les hérissons de châtaigne qui pouvaient être désagréables aux chasseurs fatigués et pressés de s'asseoir. Elles étendirent ensuite la nappe et mirent le couvert de chacun aussi proprement que sur la table de leur maison. Quatre poulets froids jouèrent aux quatre coins, et l'on plaça au milieu un jambon et sur le jambon des torsades de saucissons.

— Là, dit Lucile, il ne manque plus que les pommes, le panier de raisin et les bouteilles. Vois-tu, Anna, il faut ranger les bouteilles comme ça en massif, entre les poulets, parce que la vue du vin égaye les chasseurs.

— Les hommes n'ont pas besoin de chasser pour aimer le vin, dit Anna ; ils aiment bien trop rire.

— Ah ! la belle table ! la merveilleuse table ! s'écria Paul en arrivant le premier.

— Mirobolant et alléchant couvert ! s'écria Albert en enfourchant un buisson.

— N'est-ce pas, dit Mme Crillon, que ce jambon est appétissant ?

Albert chanta :

> Comme un jambon de Bayonne,
> De Bayonne en Bayonnais.

Il examina les bouteilles :

— Gérard, dit-il, tu n'as pas oublié mon Saint-véran ?

— Non, monsieur, répondit le domestique.

— Je crois, dit Paul, que nous avons du bonheur, d'être servis par les deux perles des Chambarans.

— Les deux plus jolies filles de Roybon, dit Albert.

— Nous ne sommes pas venues pour recevoir des compliments, dit Anna.

— Mais nous, nous arrivons pour vous en faire, dit Albert.

— Vous, Albert, vous ne croyez pas un mot de ce que vous dites.

— Pourquoi ça, s'il-vous-plaît !

— Parce que...

— Parce que... Ce n'est pas une réponse, et comme je n'ai jamais dit que ce que je pensais depuis que j'ai conscience de moi-même, je répète ce que je viens de dire : il y a deux jolies filles dans le pays, ce sont mes deux petites camarades d'enfance, Mlle Lucile et Mlle Anna.

Lucile était rouge comme une cerise.

— Il paraît, mademoiselle Lucile, dit Paul Goubault, que ce n'est pas sans peine qu'on vous a permis de venir.

— Oh ! monsieur, il n'a fallu qu'une promesse de gibier, dit Lucile.

— Une promesse de gibier, s'écria Albert. Ah ! que je reconnais là...

Il allait tomber sur Monestrel. Il s'arrêta en reportant ses regards vers Lucile.

— Hé bien ! dit-il, nous ferons la part belle aux parents Monestrel pour qu'ils laissent venir Mlle Lucile à nos parties de chasse.

— Voyons ce que nous avons dans nos carniers, dit Paul.

Ils alignèrent sur la mousse deux lièvres, cinq râles, deux bécasses.

— Voilà un excellent commencement ! s'écria Crillon survenant. J'ai quatre lièvres, moi !

— A toi seul ?

— A moi seul... et mes chiens.

Les autres arrivant, ils comptèrent onze lièvres, neuf râles, deux bécasses, deux vanneaux et deux grives de genièvre.

— On n'attend plus que Malens.

— Me voilà, cria celui-ci.

— Ah ! ah ! fit Albert, nous allons vider le carnier de Malens. Tu vois, Malens, notre chasse... en y ajoutant la tienne...

— Oh ! dit Malens, moi je n'ai rien. Vous savez, je chasse sans chien.

— Le carnier de Malens, dit Albert en le lui prenant. Première pièce : une corneille !

— Ah ! ah ! ah ! ah ! que veux-tu faire d'une corneille, Malens ?

— Ça fait du bouillon, dit Malens.

— C'est comme le poireau, alors !

— Deuxième pièce, dit Albert : un hérisson !

— Ah ! ah !

— Quand il est jeune, dit Crillon, le hérisson est comme du poulet ; ne vous moquez pas de Malens.

— Vous voyez, dit Malens, je vous l'avais dit.

— Autres pièces ! cria Albert, des passereaux, des bruants, de malheureux rouges-gorges.

— Le rouge-gorge est un oiseau délicat, dit Josu.

— Un geai !

— Ça, c'est une autre affaire !

— Qu'est que tu feras de ce geai, Malens ?

— Ça fera du bouillon avec la corneille.

— Messieurs, une grosse pièce, dit Albert.

— Un vieux coq !

— Si le paysan t'avait pris !,..

— J'aurais payé, dit Malens innocemment.

— Une grive de genièvre !

— Oh ! dit Crillon, cette espèce de sansonnet ne vaut pas la patte d'un tourdre.

— Ou d'un tourd, dit Albert, comme on dit dans les pays où il n'y a pas de raisin...

— Et, conséquemment, pas de ces excellentes grives de raisin qui font venir l'eau à la bouche rien que d'y penser, puisque la grive de raisin est le tourdre.

— Nous en avons assez tué cette année dans les vignes pour n'avoir pas de regrets.

— Messieurs, une poule ! cria Albert en la sortant du carnier de Malens.

— Ce n'est pas un notaire, c'est un renard ! dit Josu.

— Tu es la terreur des basses-cours, dit Crillon.

— Je ne vais pas dans les basses-cours, dit Malens, vous le savez bien. C'est sous bois... Je vois quelque chose qui passe ; je tire. Je tue. Je ramasse. Il se trouve que c'est un coq, une poule, un hérisson ; je ne le sais jamais qu'après. Du reste, quand je découvre le propriétaire, je paye toujours, et si je n'ai pas payé ceux-ci, c'est que les propriétaires ne sont pas venus.

— Messieurs, dit Galtier, il y a encore quelque chose.

— Ah ! ah ! voyons.

— Une taupe !

— Une taupe !

— Ah ! ah ! ah ! ah ! à quelle sauce la mets-tu ?

— Je ne l'ai pas tuée, dit Malens.

— Tu ne l'as pas tuée ? dit Albert. Elle est morte suicidée.

— Elle est morte, évidemment, dit Malens ; mais je ne l'ai pas tuée, je l'ai prise.

— Est-ce que tu en fais du bouillon ?

— Je ne les manges pas.

— Ah ! c'est heureux !

— Mais j'ai remarqué que la fourrure de la taupe était très-belle de couleur, très-fournie et fine.

— Alors ?

— Alors, je prends des taupes depuis le mois d'octobre jusqu'à la fin de janvier, j'enlève la peau, je la sale, l'étale sur une planche, je la bats, je l'apprête et, quand elle est souple, je la découpe en petits carés et je la garde jusqu'à ce que j'en aie une certaine quantité. J'ai déjà fait comme ça, en cousant les peaux ensemble, un tapis qui orne ma chambre.

— Un de ces jours, tu t'en fourreras un habit.

— Possible.

— Malens, dit Albert, sais-tu pour quoi tu étais né ?

— Pour être notaire, puisque je le suis, répondit philosophiquement Malens.

— Tu étais né, dit Albert, pour devenir trappeur dans les pays sauvages, et au lieu d'être enterré dans le cimetière que l'administration municipale a placé sous le nez des Roybonnais, tu aurais été enterré dans le ventre d'un anthropophage, ce qui est encore la meilleure solution de la consomption des corps qu'on ait trouvée jusqu'ici.

— Nous ne sommes pas pour causer de notre mort, dit Crillon ; comme la mort est la chose la plus ennuyeuse de la vie....

— Ah ! ah ! pas mal ! pas mal !

— Comment voulez-vous que je dise ?

— Je n'en sais rien.

— Messieurs, si vous vouliez vous mettre à table ? dit Mme Crillon.

— A table ! s'écria Paul, et

A boire ! à boire !
Pour chasser l'humeur noire !

— Cet animal de Malens, avec ses taupes !...

— Le saucisson, d'abord.

— Ah ! je n'ai pas de couteau, dit Albert.

— On vous a oublié ! dit Lucile en courant en chercher un.

— Vous savez, on ne change pas d'assiette.

— Qu'est-ce que vous avez fait, vous autres ?

— Nous ? demanda Josu.

— Josu et moi, dit Véran, nous avons pris en dessous, par la combe. Il y a des touffes d'épine-vinette dans le fond d'où il est rare qu'un lièvre ne déboule pas. Ça n'a pas manqué. Seulement, il faut saisir le lièvre au moment où il passe d'un bouquet de bois à l'autre. Tenez, ce gredin-là, qui est si gros, il nous a donné un mal !... Trois fois le chien l'a fait partir. La troisième fois, Josu l'a manqué ;

alors il s'est décidé à gravir la pente de la combe ; il était perdu. Vous savez comme ça court aux montées ces gredins de lièvres avec leurs grandes pattes de derrière. Je l'ai fait redescendre.

— Ma foi, dit Lemoulin, il y en a un auquel j'ai envoyé une première fois du plomb dans la tabatière, ce qui lui paraissait indifférent ; seulement, je l'ai rattrapé au second coup de fusil en pleine tête. Tenez, celui-ci ; c'est à peine s'il lui reste un morceau de crâne.

— C'est un lièvre qui était pour les extrêmes.

— Un contre-révolutionnaire.

— Un réact.

— Je regrette, dit Louis, le lièvre qui m'a échappé là-haut vers le bois Robert. Mes deux coups de fusil ne l'ont même pas fait sauter.

— Nous n'avons pas à nous plaindre, dit Crillon. Il y a longtemps qu'on n'avait rapporté onze lièvres à Roybon.

— Pas cette année, toujours.

— Nous attaquons les poulets ?

— C'est le moment.

— Je me souviens cependant d'une chasse d'où nous rapportâmes vingt-trois lièvres, dit Allard, et nous n'étions que deux : ton père, Albert, et moi.

— Vingt-trois lièvres à vous deux ! fit Véran.

— Vingt-trois.

— Pas possible ! dit Malens.

— C'est comme je vous le dis, seulement, nous restâmes huit jours en chasse.

— Farceur, va !

— Excellents, ces poulets.

— Dis donc, Malens, dit Allard, lève-toi et remets ton gibier dans ton carnier, mon ami. Si un garde-champêtre ou un gendarme survenait, il pourrait profiter de cette vue pour nous ennuyer.

— J'ai envie d'attaquer le jambon, dit Paul. Le poulet, c'est si léger pour l'estomac d'un chasseur ! Et puis, buvons un peu, ça ne se vide pas, ces bouteilles-là.

— A la santé des dames !

Albert se pencha vers Lucile :

— A la vôtre, ma petite camarade, dit-il.

— Merci, dit Lucile, dont l'émotion était continue depuis son départ de Roybon.

— A notre santé !

— A la chasse !

— A saint Hubert !

— Ah ! non, non, dit Crillon, il faut laisser les
saints à Bas-du-Dos.

— Savez-vous ce qu'on raconte ? dit Allard.

— On raconte ?...

— Que le mariage n'a été consommé qu'au bout
de huit jours.

— C'est qu'ils n'étaient pas pressés.

— Ils n'en avaient l'air ni l'un ni l'autre.

— Et Eudoxie, qu'est-ce qu'elle dit des mariés ?
Ça a dû lui enlever un peu de l'autorité qu'elle
exerçait dans la maison.

— Pouroupoupoupou, pouroupoupoupou, pouroupoupoupou, pouroupoupoupou, se contenta de
chantonner Allard.

— Tiens, l'air de Dagobert ! dit Paul. J'ai fait
une chanson sur cet air-là, moi.

— Tu fais des chansons ?

— J'ai fait une chanson sur les chasseurs de Roybon.

— Sur les chasseurs de Roybon ! Mais alors, c'est
le moment de la dire.

— Je l'ai faite pour ça, hier soir.

— Nous t'écoutons, dit Crillon.

— Ecoutez et accompagnez, c'est sur l'air du *Bon
Roi Dagobert*

Qu'a mis sa culotte à l'envers.

— Entonne, dit Albert.

— Entonne d'abord ce verre de vin, dit Allard,
pour avoir le gosier frais.

— Vous y êtes ? vous êtes préparés à entendre un
chef-d'œuvre ?

— Nous dressons les oreilles.

— Tiens, les chiens aussi.

Paul alors :

> Les chasseurs de Roybon
> Ont l'œil de lynx et le pied bon,
> Se levant matin
> Comme le lapin
> On les voit passer
> S'en allant chasser
> Dans la plaine et le bois.
> Les lièvres sont aux abois.

— Prou prou prou prou prou prou prou prou prou prou prou prou prou prou.

— Second couplet ?

— Second couplet ? dit Paul. Il n'y en a pas.

— C'est dommage. Il faut cultiver ce beau talent.

— Ça commençait très-bien.

— Tu la continueras, hein ?

— Je vais vous dire la suite, moi, dit Albert.

— Ah ! bravo ! Ce grand diable d'Albert a toujours de bonnes idées.

— Seulement, c'est sur un autre air.

— Cela ne fait rien.

— Et ça ne s'enchaîne pas.

— Tant pis !

— Tant mieux !

— C'est une chanson que j'ai faite pour ennuyer les Saint-Marcellinois qui prétendent être les meilleurs chasseurs de l'arrondissement.

— Oh ! chante-nous ça ?

— Il y a plusieurs couplets ?

— Oui, et on accompagne.

— En chœur !

— En chœur !

— Sur quel air ?

— L'air de *Tonton tontaine* ou de la *Chasse*. C'est un air aussi excellent que celui de nos montagnes ; quand on l'ignore, on le sait déjà.

— Premier couplet, dit Albert :

> Les chasseurs partent en campagne,
> Ce sont les chasseurs de Roybon.

14

Tonton tonton tontaine tonton.
Ils ont délaissé leur compagne,
Qui dort tranquille à la maison.
Tonton tontaine tonton.

— Bravo !
— Second couplet :

Ils ont mis dans leur carnassière
De murinais un vieux flacon.
Tonton tonton tontaine tonton.
Ils feront mordre la poussière
A plus d'un lièvre du canton.
Tonton tontaine tonton.

— Très-bien ! Bravo ! A ta santé !
— Attendez. Troisième couplet et dernier :

Dans les Chambarans et la Plaine
Ce sont des feux de peloton.
Tonton, tonton, tontaine, tonton.
La carnassière est bientôt pleine.
Vive les chasseurs de Roybon !
Tonton, tontaine, tonton.

— Bravo ! bravo !
— Bravo ! Vive les chasseurs de Roybon !
— Enfoncé, les Saint-Marcellinois !
— Et les Grenoblois !
— Et tous les gens en oies.
— Sauf les Dauphinois.
— Vive les Dauphinois !
— Ce sont les meilleurs gens de France !
— Jugez-en par Bas-du-Dos.
— Il faut ajouter : quand ils sont républicains.
— Cela s'entend de reste.
— Il n'y a que les républicains qui soient bons par tempérament comme par principe.
— A la santé des républicains !
— De la République !
— De la République Une et Invisible !
— Vive les républicains !
Paul Goubault chanta :

Dansons la Carmagnole
Vive le son
Du canon.

— Tiens, la Carmagnole ! Mais je sais la danser, moi ! s'écria Albert. Voulez-vous que nous la dansions ?

— Des hommes de notre âge ! dit Malens.

— Qu'est-ce ça fait ! dit Albert, Attendez ; je vais vous l'apprendre.

— Allons-y, dit Allard. Venez donc, Malens. Quand on s'amuse, c'est aux vieux comme nous qu'il appartient de donner l'exemple.

— Mettez-vous en rang, quatre par quatre, en vous donnant le bras. Madame Crillon, mettez-vous entre Josu et votre mari.

— Comment, moi aussi ?

— Tout le monde, dit Albert. Anna, donnez-moi le bras. Lucile, venez ici.

— Il me dit Lucile tout court, comme autrefois, pensa Lucile.

— Là, donnez-moi le bras, mademoiselle. Vous, Anna, de l'autre côté, et prenez le bras de votre fiancé. Maintenant, vous y êtes, là, derrière ? Levons la jambe, comme cela, et en cadence..

> Amis, restons toujours unis,
> Amis, restons toujours unis ;
> Ne craignons pas nos ennemis,
> Ne craignons pas nos ennemis,
> S'ils viennent attaquer
> Nous, les ferons sauter.
> Dansons la Carmagnole !
> Vive le son, vive le son,
> Dansons la Carmagnole,
> Vive le son
> Du canon.

— Là ! vous voyez, ça va marcher, dit Albert. Il suffit d'y faire attention. Anna et Lucile savent déjà le pas. Soignez, soignez. Je recommence :

> Oui, je suis sans-culotte, moi,
> Oui, je suis sans-culotte, moi,
> En dépit des amis du roi,
> En dépit des amis du roi.
> Vive les Marseillois
> Les Bretons et nos lois...

— Il faut dire les Dauphinois, fit Crillon.

— Oui, oui, c'est ça, les Dauphinois.

Vive les Dauphinois !

— Comme cela ! Très-bien !

— Ça va admirablement à-présent.

— Admirablement !

Chantant en chœur, ils dansaient sur la mousse.

—Quel joli petit pied a Mlle Lucile, se disait Albert.

Elle, animée, s'appuyait sur le bras de son ancien camarade, sa main frôlant la sienne.

— De l'animation ! de l'animation ! criait Albert.

> Oui, nous nous souviendrons toujours,
> Oui, nous nous souviendrons toujours,
> Des sans-culottes des faubourgs,
> Des sans-culottes des faubourgs...

Tout-à-coup ils s'arrêtèrent et poussèrent de grands éclats de rire. A demi cachés par un bouquet de chênes, le brigadier de gendarmerie de Roybon et son fidèle gendarme les regardaient gravement.

— Brigadier, dit Crillon, voulez-vous danser ?

— Merci, non, dit le brigadier.

Les deux gendarmes firent avancer leurs chevaux.

— Arrivez, dit Malens, vous allez toujours boire un coup.

Il leur remplit deux verres.

— Vous avez fait bonne chasse, messieurs ? demanda le brigadier.

— Excellente, brigadier, dit Albert.

— Inutile de vous demander si vous avez vos permis, messieurs, dit le brigadier avec un agréable sourire.

Il remercia des verres de vin et s'éloigna accompagné de son fidèle acolyte.

— La gendarmerie trouble toutes les fêtes, dit Albert. Remettons-nous en chasse. Il est temps. Voilà deux heures que nous mangeons. Gérard, range les restes dans le char-à-bancs, que ces dames n'en aient pas la peine.

— Oui, monsieur.

— Tu mettras ce gibier par dessus et le déposeras chez Crillon.

— Au revoir, mesdames, à bientôt, dit Crillon ; nous allons droit sur Roybon, en chassant.

— Es-tu contente ? demanda Anna dans l'oreille de Lucile.

— De quoi ?

— D'avoir été à côté d'Albert ?

Lucile ne répondit rien. Elle était très-grave. Oui, elle avait été contente, joyeuse ; mais pourquoi ? Est-ce que vraiment elle aimait Albert ?

Devant ce point d'interrogation, elle ne savait que répondre, que faire ; ne se connaissant pas elle-même et se demandant si la quiétude auprès de quelqu'un était l'amour.

— Tu es sérieuse, lui dit Anna en revenant à Roybon... Les arbres sont agréables à voir ?

Les Chambarans étaient, à cette époque de l'automne, encore pourvus de feuilles ; mais les grandes plaques rousses des chataigniers, les plaques grisâtres des chênes, sur la surface de la forêt, indiquaient l'approche de l'hiver. C'était long, c'était rude, l'hiver à Roybon, et, en pensant que ces quelques heures de joie ne se représenteraient pas pour elle de long-temps, peut-être jamais, Lucile fut prise d'un élan de tendresse pour son amie qui les lui avait procurées.

— Ma chère Anna, dit-elle en lui prenant la main.

Anna comprit à quelle somme de sentiments correspondaient ces trois mots dits de ce ton. Elle serra la main de Lucile et ne la lâcha pas jusqu'à Roybon.

Monestrel se promenait dans la Grande-Rue.

— Avez-vous fait bonne chasse ? demanda-t-il.

— Oui, cria Lucile.

Monestrel fut rassuré.

— Ils me donneront un lièvre, pensa-t-il.

On fit mieux. Quand les chasseurs eurent soupé :

— Il faut faire la part de Lucile, d'abord, dit Anna.

Et on donna à Lucile deux lièvres, deux râles et une bécasse.

Quand elle rentra chez elle avec ce gibier, Monestrel leva les bras au ciel.

— Oh! les braves gens! les honnêtes gens! s'é-cria-t-il.

Et, se retournant vers sa femme :

— Tu vois! toi qui ne voulais pas laisser aller Lucile!

On lui avait donné le plus gros lièvre.

Mme Monestrel regardait sa fille dans le blanc des yeux.

— Mais pourquoi me regardes-tu comme cela, maman? demanda celle-ci avec une certaine impatience.

— Qu'as-tu fait? demandait Mme Monestrel, où avez-vous dîné? Qu'avez-vous mangé?

Lucile répondait évasivement, ennuyée.

— Et quels étaient les chasseurs? demanda Monestrel.

— Mais, dit Lucile, Josu, Crillon, Allard, Goubault, Galtier.....

— Galtier y était! fit M. Monestrel.

— Oui, dit malicieusement Lucile; c'est même les lièvres qu'il a tués que tu as là, car il a tué les plus beaux.

— Ce polisson! s'écria Monestrel, c'est lui qui est cause que Bergeron m'appelle devant le tribunal de Saint-Marcellin, et il m'oblige encore à manger ses lièvres!...

— Mais, dit Lucile, si tu veux les lui renvoyer?...

— Les lui renvoyer! Qu'est-ce que tu dis, toi? Je ne suis pas censé savoir qui me les envoie, ces lièvres. Il va assez me faire dépenser mon argent, Galtier, il peut m'en donner, des lièvres!

— Bonsoir, dit Lucile en montant se coucher.

— Monestrel, dit vivement Mme Monestrel, il ne lui est rien arrivé?

— Qui? quoi?

— A Lucile?

— Laisse-moi la paix, dit Monestrel, est-ce que dans ta jeunesse?...

— Moi! s'écria Mme Monestrel, moi! qu'as-tu à dire?

— Bonsoir, dit Monestrel.

Mais sa femme le rattrapa sur l'escalier, et, le forçant à se retourner :

— As-tu quelque chose à dire ? répéta-t-elle d'un ton sec.

— Je te dis : Bonsoir, conclut Monestrel.

Et il se coucha.

A cette heure, le brigadier de gendarmerie rédigeait un rapport à ses supérieurs hiérarchiques, dans lequel il disait :

« J'ai surpris les plus farouches républicains du canton de Roybon (Isère) se livrant, dans la forêt, comme des sorciers avec des sorcières (car il y avait des femmes) à des danses où il était parlé, sauf votre respect, de gens sans culottes et de canons, ce qui donnait à cette danse un caractère itérativement immoral si non révolutionnaire. »

XIV

LE PROCÈS BERGERON

M. Monestrel avait reçu l'assignation de Bergeron. Celui-ci appelait en témoignage M. Chanat. C'était une assez grosse affaire, dont on s'entretenait dans Roybon. On était convaincu que Bergeron disait la vérité, que Monestrel lui devait, et il y avait un nombre si considérable d'affaires louches sur le dos de Monestrel, qu'on n'était pas fâché de le voir pris enfin par où il péchait.

Mais, comme le disait Galtier, le procès était délicat, et indubitablement Bergeron devait le perdre, puisqu'il avait passé quittance. On déférerait le serment à Monestrel ; il jurerait comme il avait déjà juré dans d'autres affaires et les juges, quelle que fût leur conviction intime, condamneraient Bergeron aux dépens et le débouteraient de sa demande.

Monestrel ne s'inquiétait pas, lui. Il savait qu'il

gagnerait. Le seul ennui qu'il eût, c'était d'aller à Saint-Marcellin.

— Il faut me déranger, disait-il, et on ne se dérange pas sans que ça coûte. Je vais encore dépenser, en allant là-bas, une pièce de six francs.

— Mais nous avons à faire quelques emplettes d'hiver indispensables, disait Lucile ; nous devrions profiter de l'occasion, n'est-ce pas, maman ?

— Est-ce que vous ne pouvez trouver à Roybon ce, dont vous avez besoin ?

— Ce n'est pas possible, dit Mme Monestrel. Lucile désire un chapeau.

— Mais on fait des chapeaux à Roybon, dit M. Monestrel.

— On fait des chapeaux ici, sans doute, dit Mme Monestrel, j'y fais faire les miens, mais pour Lucile....

— Hé bien ! Lucile ?

— Lucile se mariera un jour, dit Mme Monestrel, et pour qu'elle trouve un mari il faut qu'elle soit propre. Après...

— Ah ! oui, après !.... fit Monestrel.

— Nous ferions donc bien d'aller à Saint-Marcellin avec toi, dit Mme Monestrel ; c'est le moment, et nous dépenserons moins.

— S'il le faut absolument... dit Monestrel.

Et ils s'apprêtèrent à partir pour Saint-Marcellin de la même façon que s'il se fût agi d'un voyage.

Albert avait quitté Roybon en exprimant le désir de passer son hiver à Saint-Marcellin, de ne revenir pendant cette saison qu'un jour ou deux à Roybon.

Il n'avait plus pensé à sa petite camarade, qui, elle, ne l'oubliait pas et demandait peut-être moins à son cœur les secrets qu'il retenait parce qu'elle commençait à mieux comprendre ce cœur.

Anna et Paul avaient cependant beaucoup parlé de Lucile à leur ami ; mais Albert était d'accord avec eux dans tout le bien qu'ils en disaient, sans pour cela jeter la moindre vue sur Mlle Monestrel.

Allard, qui, dans l'été, habitait en dehors du bourg une chambre en plein bois, était revenu à sa maison de Roybon.

Les épiciers recevaient leurs provisions d'hiver, provisions qu'ils ne renouvelaient pas pendant la mauvaise saison,

Les bourgeois du pays, allant encore assez facilement à La Côte et à Saint-Marcellin pendant les beaux jours, s'apprêtaient à ne plus traverser les Chambarans.

M⁽ᵐᵉ⁾ Monestrel disait aux gens :

— Je vais à Saint-Marcellin ; avez-vous une commission à me confier ?

Elle eut plus de réponses favorables qu'elle n'en eût reçu au printemps.

— Vous allez donc à Saint-Marcellin ? demandait-on à M. Monestrel.

— Ma foi, oui, répondait celui-ci ; il faut que j'y aille, à cause de ce gredin, de ce filou qui me fait un procès. Vous connaissez ce Bergeron ? C'est un fameux coquin ! Un misérable qui me demande de l'argent que je ne lui dois pas.

Les Roybonnais s'amusaient aux dépens du bonhomme.

— On dit cependant comme ça, dans le pays, répétaient-ils, que vous lui devez réellement.

— Qui dit ça ? Montrez-moi celui qui tient ce langage. Je me charge de le corriger. Je n'entends pas qu'on plaisante ainsi. On me prend mon argent, on m'arrache les entrailles, et c'est encore moi qui aurais des torts !

— Là, là, ne vous fâchez pas, monsieur Monestrel. Nous vous répétons ce qui se colporte dans le pays ; mais vous pensez que ça ne vient pas de nous.

Monestrel se rendait chez M. Chanat.

— Avez-vous, lui demandait-il, l'intention de venir témoigner ?

— Non, répondait Chanat, je n'ai pas le temps. Je vais envoyer une lettre d'excuses au président du tribunal en lui disant simplement qu'il a été passé dans mon étude un acte entraînant quittance et que, pour moi, le prix a été soldé intégralement.

— C'est ce qu'il faut, et c'est la vérité.

— C'est une bonne affaire, ce champ ? demanda Chanat en souriant.

— Oh ! pas si bonne que Valravas, dit Monestrel avec le même sourire énigmatique, on n'y pourrait pas donner une belle fête comme celle que vous nous avez offerte.

— C'est Alphonse qui avait arrangé ça, dit Chanat.

— Et les jeunes mariés vont bien ? Ils sont contents ?

— Deux tourtereaux. Ma fille profite des derniers jours de beau temps pour aller à Valravas, et mon gendre se met au courant des affaires de banque.

— Quand je pense que vous avez vendu votre étude ! Je n'aurais jamais cru...

— Vous verrez, dans quelques jours, ce qu'il y aura sur ma maison... Il faudra faire fructifier votre argent chez mon gendre, monsieur Monestrel.

— Vous pouvez compter que je n'irai plus chez Véran.

— Et quand se fait la noce de Mlle Laforêt ?

— C'est sur le point d'aboutir.

En quittant M. Chanat, Monestrel rencontra Allard.

— Les lièvres étaient-ils bons ? demanda ce dernier.

— Excellents ! Ma femme sait admirablement faire la sauce au sang ; elle la relève d'un filet de vinaigre, juste ce qu'il faut pour qu'elle pique, le foie écrasé, quelques oignons, c'est à en vouloir manger chaque jour que le bon Dieu fait.

— Vous sortez de chez M. Chanat ?

— Oui.

— Que dit-il ?

— Rien.

— Les jeunes mariés sont heureux ?

— Il m'a dit : Comme des tourtereaux.

— Oh ! oh ! des tourtereaux ! On m'a dit qu'ils n'avaient fait connaissance que quinze jours après leurs noces.

— Qu'insinuez-vous là ?

— Ah ! je ne dois pas avoir besoin de vous affirmer que je n'y ai pas mis le nez et que je ne suis sûr de rien ; mais je crois tout-de-même que la jeune Athalire préfère Valravas à Roybon.

— Pouvez-vous dire...

— Au revoir, monsieur Monestrel.

— Que les gens sont méchants ! pensa Monestrel. Voilà comme ils parlent !

Et en rentrant chez lui il dit à sa femme :

— On est mauvaise langue, dans ce pays, on est mauvaise langue ! Allard vient de me dire que les jeunes époux...

— Tiens, on t'a répété ça aussi, à toi ? C'est qu'il paraît que c'est vrai, tu sais ?

— Vraiment ! vraiment !

Lucile, en entrant, interrompit la conversation.

— Est-ce décidément demain matin que nous partons ? demanda-t-elle.

— Sans doute, dit Monestrel, puisque mon procès vient demain au tribunal, à une heure.

— Et ne te fais pas attendre demain matin, dit Mᵐᵉ Monestrel.

— Il n'y a pas de danger que je fasse attendre, pensa Lucile, je suis trop contente d'aller à Saint-Marcellin. Une fois là-bas... nous verrons.

On apporta une certaine quantité de cartons et de lettres dont Mᵐᵉ Monestrel se chargea le lendemain, au départ.

Ils montèrent dans la voiture qui faisait le service de Saint-Marcellin. Le temps était clair, mais la bise était forte ; et une fois sur les plateaux, quand ils atteignirent la montée de Chambaran, ils étaient gelés.

Lucile s'enveloppa du châle qu'elle avait emporté, elle fourra ses pieds dans la paille, au fond de la voiture, et abaissa le châssis vitré qui fermait la capote.

Le vent cingla moins son visage, mais il s'engouffra sous le tablier, et ils arrivèrent au château de Murinais avec un bonheur infini, en pensant qu'ils allaient descendre vers Saint-Marcellin, charmante ville là-bas dans la plaine, où la température serait un peu plus clémente que dans les bois.

Aussitôt arrivé, M. Monestrel se rendit chez son avoué.

— Père, dit Lucile, emmène-moi pendant que ma mère va faire les commissions.

— Mais je vais causer affaires.

— Qu'est-ce que ça fait ? Je la connais ton affaire. Je n'ai jamais vu d'étude d'avoué et je voudrais tant savoir comment c'est fait !

— Tu m'ennuies, dit Monestrel. On n'emmène pas les femmes chez des avoués quand il n'y a pas un besoin absolu qu'elles y viennent. Va chez ta modiste.

— Alors, tu m'emmèneras tantôt au tribunal.

— Nous verrons.

Lucile alla avec sa mère chez la modiste.

— Il me faut, dit Mme Monestrel, un chapeau d'hiver pour ma fille, mais surtout qu'il ne soit pas cher.

— Quel prix voulez-vous y mettre ?

— Mais, comme aux autres chapeaux, quinze à vingt francs.

— Pour des chapeaux d'hiver, c'est peu, dit la modiste. A ce prix, je ne puis vous donner de velours. Il faudrait aller jusqu'à trente francs.

— Trente francs ! Ah ! miséricorde ! Trente francs dans un chapeau ! Me prenez-vous pour le marquis de Murinais ? Si les chapeaux valent trente francs, à-présent, où irons-nous ! Non, non, faites un chapeau de vingt francs au plus.

— Voyons, mettez vingt-six francs et je ferai à mademoiselle cette forme-là, qui lui ira très-bien. N'est-ce pas, mademoiselle, qu'il faut que Mme votre mère vous donne ce chapeau ?

— Ce chapeau me plaît, dit Lucile, mais arrangez-vous avec ma mère. Moi, je ne me mêle pas de débattre les prix.

— Puisque ce chapeau ira à ma fille, faites-le-moi pour vingt francs.

— Oh ! non, madame, dit la modiste. Je vous le laisse à vingt-six ; mais c'est la plus grande concession que je puisse faire. Voyez, le fond est en soie, le bord en velours, et il est garni de fleurs fines.

— Oui, oui, il est convenable, je le commande à vingt francs.

— Impossible, madame.

— Si c'est cher à ce point, tu te passeras de chapeau, dit Mme Monestrel. Celui que tu as porté l'année dernière peut faire encore une saison.

— A ton idée, dit Lucile en sortant.

— Vous me laissez partir? demanda Mme Monestrel.

— Je ne puis pas, madame, dit la modiste.

Mme Monestrel emmena Lucile. Elle avait à remettre deux cartons et une lettre à la couturière, à commander des gâteaux secs et des bonbons chez le pâtissier, à donner des bottines à raccommoder, à prendre des drogues chez le pharmacien, à voir un cousin des Charançon qui était malade, à acheter un couteau, plusieurs autres commissions à faire encore.

Elle emmena partout Lucile, jusqu'au lit du moribond, et elles rentrèrent ensuite à l'hôtel pour dîner. M. Monestrel avait mangé la soupe en les attendant.

— Nous avons fait nos courses, dit Mme Monestrel. Tu as vu l'avoué?

— Oui. Mon affaire est sûre.

— Emmène-moi au tribunal, papa, dit Lucile, je resterai sagement dans un coin. Je n'ai jamais vu un tribunal, et ça doit être drôle.

— Oh! si tu y tiens, je veux bien, dit Monestrel.

— Ne la perds pas de vue, au moins, dit Mme Monestrel. Dans les villes!...

Monestrel emmena sa fille et resta avec elle dans l'enceinte consacrée au public jusqu'au moment où on appela sa cause.

Bergeron passa près de Monestrel et lui dit:

— Voyons, monsieur Monestrel, soyez de bonne foi et avouez que vous me devez...

— Je ne vous dois rien du tout, répondit Monestrel.

Albert Galtier prit place au banc des avocats ; mais ses yeux rencontrèrent ceux de Lucile, et il se sentit gêné. Bergeron ayant expliqué son affaire et Monestrel nié catégoriquement, Albert s'était promis de se livrer à une critique acerbe des procédés de M. Monestrel. En présence de sa fille, il s'adoucit, se montra plus courtois de forme qu'il n'aurait voulu l'être, ne parla uniquement que de l'affaire en cause sans invoquer les antécédents, et finalement indiqua au tribunal qu'ils n'avaient plus qu'à déférer le serment à la partie adverse.

— Vous avez entendu ? dit le président à Monestrel d'un ton sévère. Votre adversaire prétend avoir eu le tort de croire en votre bonne foi, et il n'a plus qu'une ressource, c'est de vous faire prêter serment ?

— Oui, monsieur le président ?

Le président regarda les juges. Leur conviction était faite ; mais ils ne pouvaient condamner sans preuves.

— Avancez, Monestrel, avancez jusqu'au milieu du prétoire. Monestrel, levez la main.

Monestrel leva la main.

— Vous jurez devant Dieu et devant les hommes de dire la vérité en affirmant que vous ne devez plus rien à Bergeron. Dites : je le jure.

— Je... commença Monestrel.

Il passa dans le corps de Lucile un frisson terrible ; ses yeux se troublèrent, il lui sembla que son père allait commettre plus qu'un parjure, un crime, et affolée, inconsciente, elle cria :

— Ne jure pas, père, tu mentirais.

On se leva, on se regarda. Lucile s'appuyait au mur, défaillante. Albert s'élança et la soutint dans ses bras.

La main de Monestrel était retombée.

Il s'était retourné, furieux, colère.

Le tribunal, dans la crainte qu'il ne se ravisât, se retira vite pour délibérer.

— Ce que vous venez de faire est bien, dit Albert ; c'est bien, Lucile.

Il lui serrait la main, exerçait une pression qu'elle n'avait jamais sentie, et, comme il la soutenait, il lui sembla plus encore qu'elle faisait un rêve, que le brouhaha du tribunal, que ces avocats en robe, ce public empressé autour d'elle, c'était un effet de son imagination, qu'elle avait crié dans un moment de folie.

Son père l'apostrophait en plein tribunal.

— Qu'as-tu dit ? Qui t'a permis de parler ? misérable ! Pourquoi m'arrêter quand j'allais prêter serment ! fille du diable ! Tu me payeras ça; petite malheureuse ! Fille indigne de ses parents, tu m'as empêché de prêter serment, et cependant je ne dois rien ! je ne dois rien !

— Le tribunal ! cria l'huissier.

On se tut un moment.

Monestrel était condamné.

— Tu entends, infâme ! s'écria-t-il.

Il fallut l'emmener de la salle d'audience, et il était si hors de lui, qu'il abandonna sa fille qu'on avait portée dans le bureau du greffier, où on lui passait un peu d'eau sur le visage.

Mme Monestrel rencontra son mari.

— Et ta fille ? lui demanda-t-elle.

— Ma fille ? Est-ce que j'ai une fille ? C'est peut-être la tienne à toi. Va la chercher au tribunal.

Mme Monestrel courut au tribunal, entra dans le greffe.

— Ma fille ! Ah ! mon Dieu ! ma fille au milieu de trois hommes ! Qu'est-ce qu'ils lui font ?

— Votre fille s'est presque évanouie, madame Monestrel, dit Albert ; mais elle va mieux. Elle peut sortir avec vous.

Et, se penchant une dernière fois vers Lucile :

— Vous êtes une noble jeune fille, lui dit-il. Au revoir, Lucile, merci.

Lucile le regarda longuement.

Elle aussi lui disait : Merci.

— Ah çà ! tu vas me dire ce qui s'est passé, j'espère ! dit Mme Monestrel.

— Il s'est passé que mon père allait faire un faux serment et que je l'ai arrêté, dit Lucile.

XV

HIVER

Mme Monestrel continua à interroger sa fille. Lucile ne lui parla plus.

Elles rentrèrent à l'hôtel.

— Madame Monestrel, dit l'hôtelier, M. Monestrel, m'a chargé de vous informer qu'il n'attendait pas le courrier. Il est parti pour Roybon à pied.

— Ainsi, dit Mme Monestrel à sa fille en l'entraînant, tu ne veux pas t'expliquer davantage ?

— Je veux qu'on me laisse tranquille, dit Lucile.

— Il me semble que tu prends un ton singulier depuis quelque temps.

Chargées des commissions, des paniers, des paquets, des cartons qu'elles devaient rapporter à Roybon, elles reprirent la voiture.

— Donc, tu ne veux rien me raconter ? demanda Mme Monestrel.

— Mon père te racontera suffisamment l'histoire.

— Il me la racontera ! Ah ! sans doute, va, qu'il me la racontera ! S'il a perdu son procès, la maison ne sera pas gaie, et si c'est par ta faute, qu'allons-nous devenir ? Mais comment ça pourrait-il être ta faute ? Qu'est-ce qui se serait passé ? Je ne comprends pas. Enfin, puisque tu ne veux rien dire à ta mère !...

— Mais, s'écria Lucile, c'est bien simple : mon père allait faire un faux serment, il allait mentir, et je me suis écriée : Ne mens pas, tu dois.

— Ah ! mon Dieu ! mon Dieu ! je comprends ! s'écria Mme Monestrel. Ça va être joli chez nous ! De quoi t'es-tu mêlée ! C'était la peine, vraiment, d'aller au tribunal pour faire ce beau coup ! Ne pouvais-tu garder ta langue ? Un billet de mille francs qu'il nous faudra payer ! Mille francs ! Ah ! ton père va être content ! Est-ce que cela te regardait, ce serment ? Il n'y a pas de mal, puisque M. le curé lui donne chaque fois l'absolution.

— Ah ! oui, le curé ! pensa Lucile. Il faut que ce soit un malhonnête homme pour agir ainsi !

— Ah ! mon Dieu ! ah ! mon Dieu ! ah ! mon Dieu ! s'écriait d'un bout de la route à l'autre Mme Monestrel. Payer mille francs ! Tu nous coûtes cher ! Et moi qui t'ai laissée aller au tribunal ! Ah ! mon Dieu ! mon Dieu ! Et son père qui l'abandonne avec des hommes ! Heureusement qu'elle était évanouie ! Ah ! mon Dieu ! qu'est-ce que nous allons devenir ?

Pendant que le courrier poursuivait sa marche, montant péniblement la longue côte de Murinais, Monestrel, arrivait à Roybon.

Il avait crié haut depuis Saint-Marcellin. Il raconta ce qui venait de lui arriver et s'assit sur le banc du café du Cercle pour en faire part encore à Josu, à La Michal et à Allard, qui se trouvaient sur le seuil.

— Oui, voilà ce que ma fille me vaut ! Ce n'est pas ma fille, ce n'est pas possible ! Ah ! fille du diable !

— Dites donc, monsieur Monestrel, dit Allard, si cependant vous alliez faire un faux serment ?...

— Un faux serment ! Je n'allais pas faire de faux serment. Je ne lui devais rien, je ne lui dois rien, à ce Bergeron d'enfer ! Le diable aurait dû l'emporter le jour où il me vendit sa terre. C'est mille francs qu'il me vole, mille francs qu'il prend dans la poche d'un pauvre homme comme moi.

— Laissez-nous donc tranquilles, dit Allard, vous êtes riche, monsieur Monestrel.

— Riche ! Ah ! si j'étais riche !...

— Vous avez plus de deux cent mille francs à vous, en terres.

— Deux cent mille francs ! deux cent mille francs !

Peut-on dire des bêtises pareilles ! Mais je n'en ai
pas la moitié, pas le quart, pas le demi-quart !

— Voyons, monsieur Monestrel, vous avez deux
cent mille francs au moins, en terres. C'est connu
de tout le monde. Et, de plus, vous avez des débiteurs, vous avez un boursicot garni. On dit même
que vous avez un magot caché dans votre paillasse.

— Dans ma paillasse ! C'est faux ! N'en croyez
rien ! Je ne cache pas d'argent dans ma paillasse, je
n'ai pas d'argent. Ah ! si j'avais ce que vous dites,
si je possédais le moindre petit magot, je donnerais
avec plaisir les mille francs que ce Bergeron me vole.
Mille francs, sans compter les intérêts et les frais. Ah!
mon Dieu ! Cette fille du diable ! « Papa emmène-
moi au tribunal ». Et moi qui l'y conduis, imbécile que je suis ! Mais qui aurait pu se douter que
ma fille me trahirait !

— Si elle vous a trahi, c'est donc qu'elle savait
que vous deviez ?

— Ce n'est pas ça que je veux dire. Vous êtes là à
traduire mes paroles à votre guise et à travestir
mes intentions !...

Monestrel leur tourna le dos.

— Il est joliment en colère ! dit Josu.

— On touche à ses écus, dit Allard. Mais sa fille
est une brave enfant.

Monestrel rentra chez lui et fut rejoint presque
immédiatement par l'illustre Bas-du-Dos.

— Est-ce possible, dit Chanat, ce qu'on vient de
m'apprendre ?

— Parfaitement !

— Vous avez perdu votre procès ?

— Absolument, car dans ces conditions je ne puis
aller en appel.

— Et c'est votre fille ?...

— Ma fille !... la fille du diable.

— Je ne comprends pas que Mlle Lucile ait pu
prononcer des paroles qui vous mettaient dans une
situation si mauvaise... Vous aviez affirmé ne rien
devoir ?

— Catégoriquement, et plusieurs fois.

— Vous étant prononcé ainsi, n'ayant plus qu'à prêter serment, être arrêté par votre fille, c'est terrible, c'est presque un déshonneur pour vous, puisque c'est quasi avouer que vous veniez de mentir.

— Vous le dites, mon cher monsieur Chanat, c'est presque un déshonneur.

— C'est même un déshonneur tout-à-fait.

— Quasiment.

— Ah ! mon cher monsieur Monestrel, quelle aventure !

— Et mon argent !

— Je ne comprends pas Mlle Lucile.

— Et moi, donc, croyez-vous que je la comprends !

— Pauvre monsieur Monestrel !

— Fille du diable !

— Vous devez penser, monsieur Monestrel, que cette affaire n'est pas très-agréable pour moi non plus. J'ai écrit au président que je vous considérais comme quitte.

— Sans doute, ce n'est pas agréable pour vous. Vous n'êtes pourtant pas forcé de savoir...

On sonna.

Monestrel alla ouvrir.

Le curé Mingral entra.

— On vient de me dire, à la cure, ce qui vous était arrivé. J'ai peine à croire ce qu'on me raconte sur Mlle Monestrel.

— Tout est vrai, dit Monestrel, tout ce qu'on a pu vous dire, tout ce qu'on vous dira, tout.

— Ah ! monsieur Monestrel, quel malheur !

— Et vous vous rappelez que je vous avais consulté, monsieur le curé.

— Vous aviez fait votre devoir, monsieur Monestrel, je puis le dire devant M. Chanat, qui est au courant, n'est-ce pas ?

— M. Chanat est mon ami, mon banquier.

— Vous m'avez demandé, et je dois reconnaître, monsieur Monestrel, que vous n'avez jamais manqué de témoigner votre confiance à votre directeur spirituel ; vous m'avez demandé si vous pouviez jurer en conscience avoir payé le champ. Je vous ai demandé à mon tour si, en conscience, vous pensiez avoir payé déjà la valeur de ce champ. Vous m'avez affirmé que l'argent donné par vous dépassait certainement cette valeur ; que vous aviez été volé en consentant à donner un prix supérieur à l'argent versé. Je vous ai alors autorisé à jurer que le champ était payé puisque, en conscience, vous l'estimiez ainsi.

— C'est ça même, dit Monestrel, et je pouvais jurer, je jurais, lorsque cette fille du diable m'a interrompu... J'aurais dû avoir la présence d'esprit de continuer.

— A votre place, un autre eût été aussi interloqué.

— Hé ! sans doute.

— La principale faute, d'ailleurs, n'incombe pas à votre fille.

— Comment ça ?

— N'est-pas M. Galtier qui a incité ce Bergeron à vous faire un procès ?

— C'est vrai, c'est ce grand diable... Il a une tête de Satan avec son nez crochu.

— C'est donc M. Galtier...

— Je dois avouer, dit Monestrel, qu'il ne s'est pas montré trop méchant dans sa plaidoirie.

— Néanmoins, le procès n'aurait pas eu lieu sans lui.

— C'est possible, monsieur le curé.

— Et pensez-vous que ce soit par haine personnelle que M. Galtier ait agi ?

— Oh ! certainement. Tant qu'il y aura un Galtier au monde, il cherchera à nuire aux Monestrel.

— Et il leur nuira d'autant plus que les Monestrel resteront d'honnêtes gens et que les Galtier demeureront républicains.

— Vous dites très-bien, monsieur le curé.

— Rien, voyez-vous, messieurs, ne rapatriera jamais le juste et l'injuste, de même rien ne soudera jamais les monarchistes et les républicains.

— Jamais, s'écria Chanat, jamais, en effet, nous

ne pactiserons avec des républicains. Nous leur ferons tout le mal que nous pourrons, toujours, et
comme nous sommes unis et qu'ils sont divisés,
comme nous sommes disciplinés, nous les pulvéri-
serons.

— Vous êtes unis et vous êtes forts, dit le curé
Mingral, mais à la condition d'être les sujets fidèles
et soumis du Souverain des souverains, le Pape.

— Vous proclamez la vérité ! s'écria Monestrel.

En ce moment Mme Monestrel entra avec Lucile.

Monestrel fit deux pas en avant et prenant Lucile
par le bras en la pinçant tant qu'il put, il la plaça
au milieu de la salle.

— La voilà, cette fille du diable ! la voilà ! s'écria-
t-il. Ah ! tu vas t'expliquer, à-présent ; tu vas me
dire comment tu as pu...

— Vous alliez mentir odieusement, dit Lucile
d'une voix ferme ; vous alliez faire perdre à un
homme l'argent que vous lui devez : je vous ai
empêché de mentir, je vous ai empêché de voler.

— Voler !... voler !... Tu dis ça à ton père ! A ton
père ! Et quel ton tu prends ! Qu'est-ce que c'est que
ce ton-là ?

— Mlle Lucile s'est trompée, dit le curé ; elle ne
voulait pas se servir de ce terme vis-à-vis de son
père. N'est-ce pas, mademoiselle, que vous ne vous
êtes pas servie de ce mot pour blesser votre père,
de même que, certainement, vous ne saviez pas
qu'en son âme et conscience votre père pouvait
jurer avoir payé la terre...

— Monsieur le curé, dit Lucile, je vous ferai
observer que je ne vous parle pas...

Le curé Mingral se redressa, étonné, blessé.

— Tu parles ainsi à M. le curé ! s'écria Mme Monestrel ! Oh ! mon Dieu !

— Ma mère, répondit Lucile, il y a déjà longtemps
que je vois ici des choses qui me froissent et me bles-
sent. Je suis grande aujourd'hui, je suis votre enfant,
je suis chez moi, et j'entends que le nom que je porte
soit respectable.

— Oh ! quel ton ! s'écria Monestrel en reculant malgré lui.

— Quant à vous, mon père, dit Lucile, lorsque l'envie vous prendra de me toucher, je vous saurai gré de le faire avec plus de douceur. Vous m'avez assez battue quand j'étais petite, et même depuis que je suis revenue de Lyon. Vous vous abstiendrez de me faire mal dorénavant.

— Nous vous souhaitons la bonne nuit, monsieur et madame Monestrel, dit Chanat, en prenant le bras du curé et en l'entraînant.

Dans la rue, ils se regardèrent.

— L'élève des laïques ! dit Chanat.

Ils éclatèrent de rire.

Au bruit de ce rire, Monestrel se redressa.

— Ils se moquent de nous ! dit-il.

Et, se posant devant sa fille :

— Sais-tu, lui dit-il, te rends-tu compte de la manière dont tu viens de parler à ton père et à ta mère ?

— Je m'en rends compte.

— Et tu te figures, misérable, que je vais supporter tes révoltes ? que tu nous ruineras, que tu nous déshonoreras aux yeux d'un tribunal, aux yeux de nos amis, et que...

— Faites attention, père ! dit Lucile, si tu me touches et si tu me fais mal, je dénonce les faits au procureur de la République.

Cette fois, les bras levés de Monestrel retombèrent plus violemment que ça ne lui était encore arrivé dans cette journée fertile en surprises.

— Tu entends ! dit-il à sa femme.

Celle-ci considérait attentivement sa fille. Etonnée au moins autant que son mari, elle ne reconnaissait pas Lucile et pensait qu'un grave événement avait dû se passer à son insu dans l'existence de celle-ci.

Aussi, après qu'ils eurent silencieusement soupé, Monestrel faisant une figure boudeuse et renfrognée, Mme Monestrel rejoignit-elle Lucile en sa chambre.

— Maintenant que nous sommes seules, tu me

diras bien, à moi ta mère, ce qui t'a pris subitement.

— Si cela peut vous faire plaisir, dit Lucile, je ne demande pas mieux que de vous dire qu'il n'y a rien de subit dans ma manière d'agir, qu'il y a longtemps que je pense à prendre l'attitude que vous me voyez aujourd'hui, que j'ai souvent manqué de courage, mais qu'à-présent ma résolution est prise.

— Vraiment? Nous ne comptons plus, à ce qu'il paraît.

— Vous comptez toujours, dit Lucile; seulement, moi, je ne comptais pas et je compterai désormais.

— Et d'où est venue cette belle résolution?

— Tu dois comprendre que je ne vous entends pas faire vos calculs sur les produits plus ou moins licites que vous tirez de votre argent, sans qu'ils me révoltent; oui, je bondis d'indignation, quand j'acquiers la certitude que vous frustrez quelque personne d'une somme qui lui appartient légitimement. Quand j'ai su ce que vous vouliez faire pour M. Bergeron, j'ai cherché le moyen de vous empêcher de commettre une véritable infamie. Je vous ai poussés à aller à Saint-Marcellin. Je suis parvenue à suivre mon père à l'audience...

— Et ton dessein était arrêté?

— Oh ! très-fermement. Ce n'est qu'au moment d'élever la voix devant ce monde, devant ces messieurs en robe, que j'ai cru manquer de force. Mais j'ai vaincu ma timidité. Bergeron aura ce que vous lui devez.

Lucile était rayonnante en parlant ainsi. Il lui semblait qu'elle empruntait quelque lueur à la Justice elle-même.

Mᵐᵉ Monestrel, elle, faisait la moue, mais elle ne voulait pas avoir l'air de se fâcher afin de connaître la pensée entière de sa fille.

— Je ne vais pas dans Roybon sans entendre quelquefois ce qu'on dit sur nous, continua Lucile. On nous traite d'avares, on dit que nous cachons notre fortune, que nous faisons les pauvres. Ce n'est rien. Mais on ajoute que nous sommes des usuriers,

que nous mettons sur la paille de pauvres gens.
Tiens, une fois je sortais de chez l'épicier et j'entendis derrière mon dos : « Quel dommage que
Mlle Lucile ait des parents pareils ! »

— Oh ! tu as entendu ça ?

— Je ne vois pas qu'il y ait de quoi t'étonner, car
tu as entendu plus de dix paysans traiter chez
nous et à notre porte mon père de voleur.

— Des gens en colère, ivres.

— En colère, oui, mais ivres, non. Hé bien, il
me semble que ça doit cesser, que c'est assez...

— Mais, malheureuse, c'est pour ta dot.

Lucile se leva.

— Si c'est pour ma dot, dit-elle, c'est une raison
de plus pour me permettre d'agir comme je fais, car
j'ai le droit d'y renoncer.

— Mais, dit Mme Monestrel, le ton que tu prends
vis-à-vis de nous...

— Voulez-vous que j'aie une volonté ou que je
reste une petite fille soumise, craintive, à laquelle
vous continuerez à donner des soufflets ? Je suis une
grande fille, je parle en grande fille.

— Dis-moi, pendant que tu étais dans le tribunal ?...

— Quoi ?

— Ces hommes ?

— Ces hommes ?

— Ils ne t'ont rien dit de particulier ?

— Ils n'avaient rien à me dire.

— Enfin, ils étaient plusieurs ; ils te tenaient.

— Oui, ils m'ont tamponné le front avec un linge
imbibé d'eau fraîche ; mais ils auraient été une
demi-douzaine de plus, que je ne vois pas ce que je
pouvais craindre.

Mme Monestrel sortit. Elle ne voyait pas clairement, aveuglée qu'elle se trouvait par ses idées vicieuses, mais il était survenu certainement, comme
elle le croyait, un événement dans la vie de Lucile,
un événement simple, excessivement petit, mais qui
prenait chez sa fille des proportions considérables :
la manière dont Albert lui avait parlé.

C'est en connaissant ce qui se passait en elle, à la musique de cette parole, à cette émotion douce succédant à une émotion violente comme celle qu'elle avait eue en coupant brutalement le serment de son père, qu'elle s'avoua, à elle-même, qu'elle aimait Albert et qu'elle crut discerner de la sympathie dans la voix de celui-ci.

Elle eut aussitôt tous les courages, et d'abord celui de se montrer une jeune fille digne d'Albert, capable d'imposer la vérité à son père et à sa mère, assez énergique, peut-être, pour les remettre dans le droit chemin et, quoi qu'il advînt, une femme.

Mᵐᵉ Monestrel pouvait murmurer en descendant de la chambre de sa fille :

— Non, ces hommes, n'auraient pas osé dans le greffe... C'est une lubie, ça passera...

Le caractère de sa fille était formé à dater de ce jour.

Le lendemain, elle se montra respectueuse envers ses parents, mais nette dans ses opinions. Au lieu de regarder, d'écouter et de se taire, comme elle le faisait auparavant, elle intervenait et ne ménageait pas ses avis.

— Te tairas-tu, fille du diable ! s'écriait Monestrel, espèce de péronnelle !

Lucile n'en continuait pas moins. Mais elle remarqua qu'on se méfiait d'elle ; son père et sa mère se cachaient, s'enfermaient pour parler de leurs affaires.

— Vous savez, disait Lucile, pas de dot mal acquise !

— Oh ! ne crains rien, tu n'en auras pas, de dot, et tu chercheras un mari ta vie entière.

— Ce n'est pas facile de trouver un homme quand on ne peut l'acheter, disait Mᵐᵉ Monestrel.

— Je resterai fille, concluait Lucile. C'est mon affaire.

On savait, dans le pays, l'histoire du tribunal de Saint-Marcellin ; on était parfaitement au courant de ce qui se passait dans l'intérieur des Monestrel, et tandis que les dévotes commençaient à regarder

Lucile en ayant l'air de cracher dessus, une partie des habitants de Roybon lui marquaient de la déférence et de l'affection.

Et les républicains, sans que tous le déclarassent ouvertement devant leurs femmes, lui gardaient une certaine reconnaissance d'avoir remis le curé Mingral à sa place.

Mais le curé était profondément blessé.

Il fit mander M. Monestrel au presbytère et lui dit :

— Monsieur Monestrel, vous me connaissez ?

— Mais... oui, monsieur le curé, j'ai cet honneur.

— Vous connaissez mes sentiments chrétiens, mon esprit d'humilité ; je suis donc incapable de me sentir atteint dans un amour-propre changé chez moi en esprit de mortification. Ce que je vais vous demander est uniquement dans l'intérêt de mon ministère sacré, dont il est de mon devoir de garantir constamment la dignité...

— Oui, monsieur le curé.

— Tout se sait dans nos petits pays, monsieur Monestrel, jusqu'aux plus insignifiantes peccadilles. On ne perd pas une épingle sans que des gens du pays la trouvent...

— A qui le dites-vous ?

— On a donc su que Mlle Lucile m'avait adressé l'autre jour une réponse légèrement impertinente. Il serait utile qu'elle s'en excusât.

— Je vous comprends, dit M. Monestrel. Ne craignez rien, monsieur le curé, ça va être fait.

Il remonta chez lui et, trouvant Lucile :

— Tu as été malhonnête envers notre curé l'autre soir, à ton retour de Saint-Marcellin, dit Monestrel. On l'a su dans le village. Tu vas venir faire des excuses à M. le curé.

— Tu dis ?

— Je dis que tu vas venir t'excuser auprès de M. le curé.

— Moi ?

— Toi, sans doute.

— C'est une plaisanterie.

— Non pas. Tu comprends que M. le curé ne peut demeurer sous le coup d'une impertinence.

— Qu'il s'en mortifie.

— Allons, viens.

— Je te dis, mon père, que je n'ai pas d'excuses à faire, que je ne tiens pas à revoir le curé et que, quelle que soit son envie, je n'ai qu'à lui répéter de ne pas se mêler des affaires d'autrui.

— Mais c'est son métier, s'écria Monestrel inconsidérément.

Lucile réfléchit un moment.

— Ce que vous dites est vrai, dit-elle... Raison de plus.

Elle alla chez son amie Anna.

— Fille du diable ! murmurait son père en se rendant chez le curé.

Celui-ci ne s'attendait pas à un refus. Lucile était sa pénitente.

— Que peut-il y avoir de caché sous cette conduite ! se demanda-t-il.

Il pensait éclaircir ce mystère quand Mlle Monestrel se confesserait à lui, à la Noël.

— Est-ce que la fréquentation de Mlle Crillon ne la gâterait pas ? se demanda-t-il. On ne parle pas en mal de Mlle Crillon ; nos sœurs l'aimaient assez quand elle allait chez elles ; mais depuis qu'elle ne voit que son père et les républicains ses amis, elle a pu changer... Elle n'a pas fait ses Pâques l'année dernière.

Il n'avait qu'à essayer de séparer Lucile d'Anna ! Il serait battu encore sans aucun des honneurs de la guerre, comme sur la question des excuses.

L'amitié des deux jeunes filles grandissait chaque jour. Lucile avait des confidences à faire à Anna, et celle-ci expliquait à Lucile ce que son amour pour Paul Goubault lui permettait d'expliquer.

Paul était parti, lui aussi, et il ne reviendrait qu'au printemps.

— Nous sommes des petites veuves, disait Anna en riant.

Car Lucile, à son retour de Saint-Marcellin, lui avait dit franchement :

— J'aime Albert.

— Ah ! Tu t'en es aperçue ! dit Anna.

— Je présume que je l'aime.

— Présumer est beau !

— Tu vas m'éclairer.

— Tant que je pourrai.

Elles sortaient pour se promener et causer en plein air, à travers les champs, qui n'ont pas d'oreilles.

— Non, pas du côté de l'Aigue-Noire, dit Lucile, de l'autre.

De l'autre, ils montaient vers Michalu et arrivaient à ce noyer où, un jour, Anna avait malicieusement enlacé un *A* à un *L*.

L'écorce avait joué sur l'aubier ; il s'était formé des lèvres autour de la plaie ; les lettres fermes, solides, faisaient partie de l'arbre.

— Lucile-Anna, dit Anna en riant.

Lucile sourit.

— Tu ne veux plus que ce soit Anna, ta petite amie ? demanda Mlle Crillon

— Je veux que ce soit ce que tu as voulu écrire.

— J'ai voulu écrire *Albert*.

— Albert...

— Pourquoi, dès le premier moment, n'as-tu pas accepté que ce fût l'initiale d'Albert.

— Parce que ça me faisait peur... Que je ne savais pas...

— Tu ne savais pas que tu l'aimais ?

— Non, Anna.

— Tu ne sentais pas, lorsqu'on parlait d'Albert devant toi, que tu n'étais pas aussi indifférente qu'en entendant parler des autres, que tu avais une sorte d'arrêt de la respiration et certaine envie de t'élancer en avant, n'importe où, de marcher vite ?

— Oui, oui, je sentais cela.

— Et tes idées ne semblaient-elles pas s'embrouiller ?

— Oui, et c'est précisément ce qui me faisait peur.

— Tu avais plus chaud.

— Peut-être.

— Tu ressentais ce que j'ai, ce que j'ai eu, quand je pensais à mon cousin Paul, et tu ne te doutais pas que tu aimais !

— Pas le moins du monde.

— Tu es alors beaucoup plus sotte que moi.

— Je ne dis pas non.

— Moi, j'étais petite fille, que je sentais une joie particulière quand mon cousin Paul arrivait ; et, dès ce temps-là, avant que j'eusse entendu dire à mes parents : « Nous marierons un jour ces deux cousins », je savais que Paul devait être mon mari.

— Mais moi, Anna, je ne me suis jamais dit cela quand nous jouions avec Albert.

— C'est ce que je te prouve : tu es moins perspicace que ton amie Anna.

— Sans doute.

— Et plus tard, quand tu te trouvais avec Albert, quand tu étais placée auprès de lui, tu ne sentais pas un grand calme ?

— Je ne m'en suis pas rendu compte.

— Tu ne faisais pas plus d'attention à ce qu'il disait qu'à ce que disaient les autres ?

— Oh ! si.

— Tu vois ! Tu ne le regardais pas de préférence ?

— Oh ! je n'osais pas.

— C'est juste ; moi je regarde franchement Paul, parce que c'était mon cousin avant d'être mon fiancé ; toi, tu ne pouvais être si hardie. Mais... tu n'osais pas ! c'était la même chose. Si tu n'avais pas aimé Albert, tu aurais osé.

— Crois-tu !

— Certainement. Et n'es-tu pas venue chez nous quelquefois, dans l'espoir de le rencontrer ?

— Oh ! si.

— Ah ! j'avais deviné vite ton amour, moi, va ; je ne m'y suis jamais trompée.

— Tu n'as pas dû t'y tromper, en effet, car c'est toi qui me l'as fait découvrir.

— Alors c'est fait, c'est déclaré, tu aimes Albert ?

— Ne m'ennuie pas. Tu m'as assez causé de tourments ces temps-ci. Tu me parlais d'Albert, et constamment d'Albert, et tu me tâtais, tu m'interrogeais plus ou moins adroitement...

— J'ai été maladroite ?

— Tes questions n'étaient pas toujours assez voilées.

— Oh ! moi qui croyais avoir agi avec tant de finesse, n'avoir souligné que d'une façon détournée les émotions de ta voix, les tremblements de ta main ! Je crois que tu m'attribues ce que ton imagination a ajouté à mes paroles.

— C'est toi qui m'as fait chercher quels étaient les sentiments que j'éprouvais pour Albert.

— Et tu en es arrivée ?...

— A douter, à ne pas savoir si je souhaitais réellement qu'Albert fût mon mari ou si j'étais capable de rester fille toute ma vie s'il ne m'aimait pas, lui.

Et Lucile se mit à pleurer.

— Ah ! les larmes, les larmes ! Vois-tu, ma bonne amie, c'est là ce qui prouve surtout que tu aimes, c'est la peine que tu te fais en pensant que ce que ton cœur souhaite pourrait ne pas arriver. Quand je te voyais pleurer, je connaissais que ce pauvre petit cœur n'était pas content. Allons, allons ! ne pleure pas, ma petite chérie ; ne pleure pas. J'ai formé un grand complot avec Paul, et nous te ferons adorer d'Albert, qui t'aime peut-être déjà.

Cette idée ramena la joie dans les yeux de Lucile.

— J'étais si heureuse, le jour de la chasse en Chambaran ! dit-elle.

— C'est à moi que tu dois ça.

— Mais je ne savais pas encore, ce jour-là, que j'aimais Albert.

— Non, pas encore ? Quel esprit lent ! Et depuis quel jour le sais-tu ? Depuis Saint-Marcellin ?

— Oui, depuis cette affaire... Oh ! j'ai eu là, au

cœur, dans la tête, partout, des battements, une chaleur, des vibrations...

— Que de choses ! Oh ! tu commences à te rendre
largement compte de tes sensations, à ce que je
vois.

— Il m'a parlé d'une voix si douce, il m'a pris la
main...

— Oh ! n'est-ce pas que ceux qu'on aime ne
prennent pas la main de la même manière que les
autres ?

— Ah ! mais non.

Anna montra le noyer.

— Alors, dit-elle, c'est tant pis pour l'amie ; cet A
ne veut plus dire Anna.

— Non, mais je t'aime autant, dit Lucile.

Elles multipliaient ces conversations et les promenades qu'elles pouvaient faire en profitant des derniers beaux jours.

On n'avait plus de nouvelles d'Albert. Paul écrivait à sa fiancée, et, par hasard, il lui parlait d'Albert quand il avait vu celui-ci à Saint-Marcellin ;
c'était tout. Albert, probablement, ne pensait plus à
Lucile, car, s'il y eût pensé, rien ne lui était si facile que de faire atteler et de venir à Roybon.

Les arbres étaient dépouillés. Au milieu des taillis
on apercevait encore des touffes grises de jeunes
chênes ou de charmilles conservant leurs feuilles.
La bise devenait de plus en plus âpre et sifflait sous
les toits de Roybon.

Deux fois la neige était tombée, et il avait gelé
pendant plusieurs nuits.

L'hiver s'annonçait rude.

Les habitants ne se mettaient plus sur les bancs
des cafés, ils ne s'asseyaient plus devant leur porte
pour causer et se délasser ; mais il n'avaient peut-
être jamais autant voyagé dans Roybon où on venait
de placer une enseigne superbe.

Au-dessus des fenêtres du rez-de-chaussée de la
maison Chanat, des ouvriers venus de Saint-Marcellin avaient accroché un long et large tableau
noir sur lequel on lisait en grandes lettres d'or :

BANQUE CHANAT, FÉLIBIEN ET Cⁱᵉ

Il n'y avait pas un seul café, une seule auberge, qui eût un écriteau si flambant, et Véran, le banquier, n'avait aucune enseigne,

— Voilà un écriteau, dit Allard, qui coûtera peut-être à nombre de gens leur fortune,

— Chanat, Félibien et Cⁱᵉ, disait Crillon, qu'est-ce que c'est que la compagnie ?

— Eudoxie, probablement.

Compagnie, cela n'existait que dans l'imagination de M. Chanat qui avait jugé qu'une grande maison, une maison sérieuse devait fatalement porter ce petit Cⁱᵉ. Sa fille Athalire était d'ailleurs là pour représenter au besoin le fameux Cⁱᵉ qui donnait à la banque un air de gravité et presque de noblesse selon les vœux de M. Chanat.

On avait complètement déménagé la maison Chanat. Le salon, le fameux salon d'acajou, auquel on avait ajouté une bibliothèque, également en acajou, pour mettre les livres de prix de Mˡˡᵉ Athalire et de M. Félibien, avait quitté le rez-de-chaussée pour le premier étage, et le rez-de-chaussée avait été transformé en bureau de banque.

Les fenêtres du rez-de-chaussée étaient grillées. La plupart des maisons se trouvaient ainsi défendues contre les voleurs, quoique dans le pays de Roybon on n'entendît jamais parler du moindre larcin.

Les Chanat n'avaient donc pas eu besoin d'orner de barreaux leurs fenêtres ; mais leur bureau avait été garni de treillages de fil-de-fer à l'instar des banques des grandes villes, et un énorme coffre-fort leur était arrivé de Paris.

Ce coffre-fort avait constitué à lui seul un grand événement. A la gare de La Côte, on ne l'aurait pu charger sans la grue, et le premier char sur lequel on le posa fléchit et se cassa. Il fallut consolider un char et l'atteler de quatre bœufs pour amener à Roybon ce meuble d'acier, qui arriva dans le village précédé de sa réputation. Il y eut plus de deux cents personnes pour le voir transporter du char dans la maison, et il en fallut, des bras !... Enfin, on put le dresser, mais on s'aperçut que le plancher ployait et que le coffre-fort risquait de disparaître dans la cave. On dut le changer de place, le mettre sur la terre ferme.

Alors, la banque Chanat, Félibien et Cⁱᵉ, avec ses grillages, son coffre-fort, ses casiers neufs et ses nombreux livres à dos verts avec du cuivre aux coins, fit un effet tel dans le pays que Véran craignit pendant quelques jours que les Chanat ne le ruinassent.

Cependant, on descendait les archives de l'étude dans le bas du bourg, où M. Rey s'installait chez son beau-père. Les noces de M. Rey avec Mˡˡᵉ Laforêt avaient fini par se faire à Saint-Marcellin, et M. Laforêt qui tenait énormément à son nom avait fait adjoindre le nom de Laforêt au nom de Rey. Tout avait été simple et modeste dans ce mariage, au dire de M. Monestrel, qui, en revenant de la noce, ne s'était pas gêné pour dire que les Chanat faisaient autrement bien les choses que les Laforêt.

Les Laforêt avaient pourtant, eux aussi, un beau salon en acajou, toujours un canapé, deux fauteuils, six chaises, un guéridon, et ils hébergeaient depuis quelque temps chez eux le peintre de Thodure qui portraiturait la famille entière, y compris les ascendants.

Les différences que Monestrel faisait entre les Chanat et les Laforêt n'étaient d'ailleurs pas les mêmes que celles que les Roybonnais avaient établies.

Ceux-ci détestaient Chanat, détestaient son gendre, et il n'y avait pas d'heure où on ne se moquât de Chanat et de Félibien et de compagnie, si grillagés et si banquiers qu'ils fussent. Au contraire, M. Rey-Laforêt, refusant de vivre en ours comme son beau-père, chez lequel personne n'allait jamais, s'attira de suite les sympathies des Roybonnais par ses manières affables. Il ne disait rien de la politique, et M. Monestrel affirmait qu'il était de la bonne-société ; mais enfin on ne le chicana pas là-dessus, et il reçut de tous bon accueil.

— Je lui vendrai mon étude quand il voudra, à celui-là, dit Malens.

— Le froid commence à pincer, Malens, dit Allard ; ce serait le moment d'employer tes peaux de taupes.

— Je ferais bon effet à côté des Bellevache !

Ah ! c'est que M. et Mme de Bellevache avaient excité l'admiration des Roybonnais en se montrant, les premiers, dans les rues de Roybon, enveloppés dans de grandes pelisses de fourrure.

Mme Pelussin, la femme du receveur de l'enregistrement, avait aussi des fourrures ; mais comme elle ne sortait pas l'hiver, même pour aller à la messe, trouvant le climat trop froid, ses fourrures étaient restées à l'état légendaire.

M. et Mme de Bellevache avaient, au contraire, endossé pour la première fois leurs pelisses un dimanche et étaient allés à la messe.

On avait vu entrer Mme la percepteur avec une longue rotonde en soie noire qu'elle avait rejetée en arrière pour prendre de l'eau bénite, en découvrant une doublure de quelque chose de gris et de blanc.

— C'est de la peau de bête, murmura-t-on.

M. de Bellevache, lui, paraissait énorme. Son col de poils d'un gris très-clair montait jusqu'au dessus de ses oreilles quoiqu'il fût rabattu, et recouvrait ses épaules. De larges brandebourgs fermaient sa pelisse.

On gelait, et il paraissait avoir chaud. Il soufflait, était rouge : il s'essuyait même le front. Les hommes et les femmes grelottaient à attendre, plus d'une demi-heure, que le curé eût dit la messe, et ils enviaient ces heureux qui paraissaient plus à leur aise dans leur banc qu'au coin de leur feu.

— Ça tient chaud, les peaux de bête, dit-on.

— Les Bellevache sont des nobles, ils ont l'habitude de se soigner, d'avoir des habits riches.

— Dans nos pays, on n'a pas des vêtements fourrés.

— C'est une habitude qu'on devrait prendre, car le froid pique ferme dans les Chambarans.

— Ça coûte si cher.

— Mais à une certaine époque, M. Allard a eu une peau.

— Une peau de bique, oui ; mais il avait le poil par dessus.

— Ça devait naturellement le tenir moins chaud ; mais ça tenait plus chaud que rien.

— Enfin, nous sommes de pauvres gens, nous.

— Il faut se contenter de ce dont on a l'habitude.

Une femme qui ne parut pas, au sortir de l'église, vouloir se contenter de ce qu'elle avait, ce fut Mme Félibien.

— Je veux une pelisse, dit-elle.

— Tu n'en as jamais porté, dit son père.

— Ce n'est pas une raison. J'en veux une. Nous sommes les premiers du bourg, nous devons rester les premiers, et je ne veux pas que quelqu'un nous dépasse. Vous n'avez pas vu quel effet ces Bellevache ont produit ? Ils ont déjà un salon plus beau que le nôtre ; il ne faut pas qu'ils aient seuls des fourrures.

— Oh ! dit M. Chanat, après tout, ce ne sont que des royalistes.

— Oui, et nous devrions, dit Mme Félibien avoir le portrait de notre beau petit prince dans notre salon, comme ils ont le portrait de leur comte de Chambord, un homme qui n'en est pas un, à ce qu'on raconte.

— C'est un fait reconnu, dit Félibien.

— Ah ! ah ! dit Chanat, ils sont amusants, ces légitimistes, avec leur boiteux.

— Comme si la France voudrait d'un pareil estropié !

— Autant nous emmener en Turquie, ma parole-d'honneur !

— Diantre ! je vous crois !

— La religion, c'est une chose excellente, nécessaire, pour retenir les masses, pour instruire les enfants ; mais le droit divin ! on en a assez en France.

— Le droit divin, ah ! ah ! la bonne plaisanterie !

— Comme je le disais l'autre jour à un client, dit M. Chanat, la légitimité c'est le retour de la dîme, tandis que le retour de Napoléon c'est la démocratie, c'est le suffrage universel, c'est la terreur de l'Europe, c'est-à-dire le meilleur gage de la paix. Savez-vous ce qu'il m'a répondu, cet imbécile ?

— Une stupidité.

— Jugez-en. Il m'a dit : « Les Prussiens n'en ont cependant pas eu peur ».

— Cet animal !

— Il voulait m'emprunter 200 francs ! Je lui ai dit : « Mon ami, il n'y a pas d'argent pour vous ici. Et apprenez que les Prussiens n'ont plus eu peur de Napoléon le jour où les républicains lui ont refusé l'argent nécessaire pour entretenir son armée. »

— Bien tapé.

— N'est-ce pas ? Ah ! diantre ! qu'on vienne nous marcher sur le pied, à nous autres !

— Tu as bien répliqué à ton client, dit Athalire ; mais à moi tu ne m'as rien répondu.

— Tu auras ta pelisse ; tu sais que tu n'as qu'à désirer pour être servie.

— Et quand pourrai-je l'avoir ?

— Il faut aller à Lyon, dit Félibien, nous l'aurons immédiatement.

— Nous ne trouverions pas ça à Grenoble ?

— Nous aurons plus de choix à Lyon.

— Il faut y aller sans rien dire à personne, dit Chanat, afin qu'on ne croie pas que vous achetez des fourrures parce que vous en avez vu sur le dos des Bellevache.

M. et Mme Félibien partirent un soir, mystérieusement.

— Voyez un peu, leur dit M. Chanat, si vous pouvez vous faire montrer exactement les fourrures des Bellevache, à vous en faire donner de plus belles. A tant fairé que de dépenser de l'argent, que ce soit écrasant pour le percepteur, car il nous ennuie, ce percepteur, avec son flafla et ses modes auxquelles personne ne songeait à Roybon.

Les Bellevache savaient que personne ne possédait un manteau fourré dans les Chambarans, et ils étaient d'autant plus heureux d'avoir chaud tandis que les autres avaient froid.

— As-tu vu quel effet nous avons produit ? dit Mme de Bellevache.

— Un effet étourdissant !

— C'est-à-dire que nous avons empêché les fidèles d'entendre la messe.

— Baste ! ils ne vont à l'église que pour médire des gens.

— C'est Mme Félibien qui m'a dévorée des yeux ! dit Mme de Bellevache.

— Oui, j'ai remarqué les regards de jalousie qu'elle te lançait.

— Elle est capable de s'acheter une fourrure.

— Ça coûte trop cher, dit M. de Bellevache.

— Rien ne coûte quand il s'agit de contenter l'amour-propre.

— Doit-on parler de nous dans Roybon !

— On en parle certainement beaucoup.

— Ils en ont pour huit jours.

— Dimanche, ils viendront exprès à la grand'messe pour nous voir. Ils en ont bien pour une quinzaine.

— Ils doivent se figurer que ça vaut un prix fou, dit le percepteur.

— Je ne suis pas fâchée d'humilier les Chanat...

— Ce n'est pas difficile ; cette espèce de fillasse crépie sur lattes que nous avons mariée avec trente chandelles à leur Valravas n'a pas une robe sortable.

— Sa robe de noces lui allait-elle mal !

— Et quelle outrecuidance chez ces gens !

— Des bonapartistes ! dit Mme de Bellevache, des banquiers !

— Quand le banquier prononce le nom de Napoléon, il en a plein la bouche.

— Nous les arrangerons, les bonapartistes, si jamais le roi revient !

— Nous les enverrons avec les républicains ; ils se valent.

— Tout ça, c'est la même clique.

— Il faut cependant leur donner encore un dîner, ces canailles-là.

— Inviterons-nous Alphonse ? demanda Mme de Bellevache.

— Ah ! ah ! ah ! le domestique de Valravas !...
Mais pour faire plaisir à M. le banquier, il faudrait
inviter Eudoxie.

— Quel pays moral que Roybon !

— On en dit d'autres...

— Oh ! raconte.

— Tu sais la femme de Retout, ce paysan qui
appartient encore à la racaille bonapartiste ?

— Hé bien ?

— Il a une femme !...

— Je l'ai vue. C'est une brunette assez attrayante,
dit Mme de Bellevache.

— Elle porte chaque jour des plats cuire au four de
Louis.

— C'est un beau garçon, un très-beau garçon, ce
Louis.

— Et ce républicain, ce célibataire d'Allard...

— Tu sais une histoire sur lui ?

— Il rend des visites à la Baillet, dit le percepteur.

— Une femme si pieuse !

— Et les petites André, les couturières !... Et la
Genillier ! Tout le cercle.

— Tu m'en apprends de belles !

— Ah ! on est si vertueux dans les montagnes !

— Les simples fleurs des champs,

— Pâquerettes des Chambarans ! s'écria M. de
Bellevache.

— Au fait, mon ami, il faut être miséricordieux.
Que veux-tu qu'on fasse dans ce trou perdu de Roybon, si...

— Par exemple, tu as raison.

— Ah ! voilà notre ami l'abbé Fourailloux qui
vient nous tirer sa petite révérence, selon son expression.

— Dis donc, quand il est seul avec toi, est-il un
peu réservé ?

— De quelle façon ?

— C'est que, si nous nous trouvons en tête-à-tête,
il me raconte des affaires du village qui sont à faire
dresser les cheveux sur le crâne. Ses confessions y
passent.

— Oh! dit Mme de Bellevache, il me raconte aussi des histoires du bourg, mais il y met des formes.

L'abbé Fourailloux entra, son chapeau à la main, saluant très-bas.

— Asseyez-vous, l'abbé, dit Mme de Bellevache en lui indiquant un fauteuil.

L'abbé regarda le fauteuil et passa sa main sur sa soutane pour en enlever la poussière qui aurait pu gâter l'étoffe du meuble.

— Asseyez-vous sans crainte, dit Mme de Bellevache; c'est fait pour cet usage.

— Je le sais, madame, dit l'abbé; mais c'est si magnifique ! Vous êtes la seule, à Roybon, qui reçoive toujours dans son salon, qui le laisse ouvert, qui s'y tienne. Ordinairement, ici, on reçoit sur des chaises de paille. Il n'y a pas de danger que M. Chanat abîme son salon, lui ! Il ne l'ouvre que dans les grands jours.

— Oui, dit Mme de Bellevache, il le tient sous cloche. Ce n'est cependant pas un meuble cher.

— Oh! si ! c'est en velours, c'est cher, allez ! dit l'abbé Fourailloux.

— Quatre cents francs, dit le percepteur. Vous connaissez, ma chère amie, les catalogues : « Meuble de salon, acajou, velours rouge, composé d'un canapé, deux fauteuils, six chaises, un guéridon, quatre cents francs. »

— Comme le salon de M. Rey-Laforêt.

— Trois cent soixante-quinze.

— Vous croyez, monsieur le percepteur, dit l'abbé, que ça ne coûte pas plus cher?

— Pas un sou de plus, sauf le transport. C'est tout ce qu'il y a de plus laid et de plus brocante. C'est le meuble que le faubourg Saint-Antoine expédie partout ; c'est celui qu'on retrouve chez les petits bourgeois, les roturiers de province qui veulent avoir un salon pour faire dire qu'ils en ont un et non pour s'en servir, de peur de le gâter. Voyez-vous, monsieur l'abbé, la roture restera toujours la roture. Ces bourgeois trouvent que les chaises de paille ne sont pas bonnes pour eux, mais ils ne savent encore se servir que des chaises de paille.

— Vous avez raison, monsieur de Bellevache.

— Rien de plus drôle qu'une visite chez les Chanat, dit Mme de Bellevache. On arrive. Eudoxie...

— Oh ! madame, Eudoxie !

— Vous avez quelque chose à nous raconter.

— Oh ! madame de Bellevache, je n'oserais pas.

— Allez donc, allez donc, l'abbé, dit le percepteur.

— C'est que.. si ce n'était pas vrai.

— Mais contez donc, l'abbé, dit Mme de Bellevache.

— Oh ! madame de Bellevache, après tout, c'est peu de chose. Il paraîtrait que le gendre braconne souvent sur les terres de son beau-père, à l'insu de ce dernier.

— Ah ! ah ! ah ! dit Mme de Bellevache, c'est très-amusant !

— Très- amusant ! s'écria le percepteur en riant aux éclats.

— C'est ma foi, excusable, dit Mme de Bellevache ; Mme Félibien est si déplaisante.

— Elle est si souvent à Valravas ! dit le percepteur.

— Oh ! monsieur de Bellevache, pouvez-vous dire ?... fit l'abbé.

— Mais vous-même, vous m'avez affirmé le fait, dit le percepteur.

— Vous êtes tous des mauvaises langues... mais j'ai une idée excellente, dit Mme de Bellevache.

— Laquelle? dit le percepteur.

— C'est de marier Alphonse avec Eudoxie.

— C'est une idée, ça ! il faut vous charger de la réaliser, l'abbé.

— Oh ! monsieur le percepteur, dit l'abbé, ce serait peut-être plus immoral encore.

— Mais pas le moins du monde, dit M. de Bellevache, des gens mariés...

— Madame de Bellevache, dit l'abbé, vous alliez nous raconter une visite chez M. Chanat, et je vous ai interrompue.

— Une visite chez M. Chanat ? Hé bien, l'abbé, on sonne. Eudoxie accourt à la porte, toujours assez proprement vêtue, j'en conviens. Elle ouvre, pensant trouver un client quelconque, un monsieur avec lequel il est inutile de se gêner. Elle nous voit. Elle reste embarrassée une seconde. Elle nous plante là dans cette petite entrée humide dans laquelle il y a un banc de bois et une loge à chien, et revient avec un tablier blanc. Alors elle nous fait monter dans le salon, se précipite sur les volets des fenêtres qui sont fermés pour que la lumière ne gâte pas le velours. Les Chanat arrivent pendant ce temps, ensemble, faisant leurs saluts, vous disant : « Asseyez-vous donc », regardant avec complaisance leur fameux salon, un canapé, deux fauteuils, six chaises et le guéridon. Ça sent le renfermé, le moisi à plein nez. Et on se met à parler du bonheur conjugal.

— Du bonheur domestique, s'écria M. de Bellevache en riant.

— Que voulez-vous ? dit l'abbé, ce sont de petits bourgeois de nos campagnes qui ne savent pas bien faire. Ils ont cependant de l'argent.

— Et qu'y a-t-il de nouveau, l'abbé, dans le pays, à part la belle histoire que vous nous avez apprise ?

— Pas grand'chose, madame, dit l'abbé. L'enfant des Girodon est tombé malade.

— Qu'est-ce qu'il a ?

— Il tousse.

— La coqueluche, peut-être ?

— C'est possible.

— Il n'y a jamais de croup à Roybon, l'air est trop vif, trop sec ? demanda M. de Bellevache.

— Monsieur le percepteur, j'ai entendu dire que les cas de croup étaient rares.

— Et qui soigne cet enfant ? demanda Mme de Bellevache.

— Personne.

— Comment ! personne !

— Non, madame de Bellevache, il n'y a pas, vous le savez, de médecin dans le pays ; il faut aller en

chercher un à La Côte ou à Saint-Marcellin. On va
aussi au Grand-Serre, où il s'en est établi un depuis
quelque temps ; mais c'est loin, ils prennent cher,
et ils viennent quand ils peuvent, quand ils veulent.

— C'est abominable ; s'écria Mme de Bellevache, qui
compatissait volontiers aux malheurs des pauvres et
n'aimait pas voir souffrir.

— Il faut aller chez cet enfant, dit le percepteur à
sa femme, pensant que le métier de dame de charité
était un apanage des légitimistes et des catholiques,
que ça faisait figure dans un pays et qu'on en tirait
profit à l'occasion.

— Et, dit Mme de Bellevaches, Girodon n'est
pas riche ?

— Oh ! ce n'est pas un misérable, dit l'abbé ; il a
de quoi vivre.

— Ah ! dit Mme de Bellevache, il me devient moins
commode de le visiter et de lui donner des conseils
que si j'avais pu lui offrir un médecin et de l'argent.

— Oh ! ça ne fait rien, madame de Bellevache, je
vous conduirai chez lui, si vous y consentez ; seulement, je vous préviens que c'est un républicain.

— Il a été baptisé, n'est-ce pas ? dit Mme de Bellevache.

— Oh ! dit l'abbé, il y a des républicains à Roybon ; mais il n'y a personne qui n'ait fait sa première
communion, et à l'heure de la mort ils reviennent à
Dieu.

L'abbé se leva, tandis que Mme de Bellevache
allait mettre son chapeau et sa fameuse pelisse.

— C'est dommage de sortir de votre salon, dit-il.
C'est la seule pièce chaude de Roybon.

— Oui, dit le percepteur, j'ai un excellent poêle
en faïence que j'ai fait venir de Genève quand j'étais
en Savoie. Mais quelle maison, mon cher abbé !
Tenez, j'ai été obligé de mastiquer ces deux fenêtres
pour empêcher l'air de passer. Je ne puis plus en
ouvrir qu'une.

— Venez, l'abbé, dit Mme de Bellevache.

Mme la percepteur, enveloppée dans sa longue
fourrure qui lui donnait un air encore plus grand

et plus majestueux, traversa Roybon accompagnée de l'abbé Fourailloux.

— Tiens, il sort avec elle, maintenant ! dirent les Roybonnais.

Ils arrivèrent à une maison basse.

— Voilà Mme de Bellevache, dit l'abbé, qui a voulu venir chez vous, Girodon.

— C'est beaucoup d'honneur pour nous, dit Girodon ; entrez donc.

Il la fit entrer dans une salle-à-manger sur les murs de laquelle il y avait une image de sainte Elisabeth de Hongrie et plusieurs tableaux en cheveux. De mauvaises photographies, faites par un opérateur qui était venu, par hasard, à une foire de Roybon, pendaient autour d'un petit miroir placé au-dessus de la cheminée. Une armoire en bois de noyer se trouvait dans un coin, et une table et des chaises de paille complétaient l'ameublement. Il y avait cependant un fauteuil Voltaire que l'on offrit à Mme de Bellevache.

— Il fait froid, dit Girodon, je vais vous allumer du feu.

— Merci, merci, dit Mme de Bellevache, je ne suis pas venue pour m'asseoir. M. l'abbé m'a appris que vous aviez un enfant malade, je désire le voir.

— C'est qu'il est dans la cuisine, madame.

— Allons dans votre cuisine.

Ils entrèrent dans une grande pièce où Mme Girodon se livrait à un lavage. Il s'échappait une âcre odeur de savon de son chaudron, et la cuisine était remplie de vapeur et de fumée.

Mme Girodon s'excusa, en s'essuyant les mains à son tablier, d'être occupée à laver.

— Et l'enfant est dans cette atmosphère ! s'écria Mme de Bellevache en s'approchant du petit dont la toux lui révélait assez la place.

Il était dans un coin ; son berceau de bois posé sur le sol, de vieilles hardes sur lui, serré à l'étouffer. Il était blanc et amaigri, et ses pauvres petits bras cherchaient à éloigner le poids de vêtements qui l'oppressait.

— Mais l'air de cette cuisine le fait tousser davantage, dit Mme de Bellevache.

— Oh ! il y est habitué.

— Mais votre salle où j'étais il y a un instant est située au midi ; elle est petite et peut se chauffer aisément. C'est là qu'il faudrait mettre cet enfant.

— Il faudrait faire du feu exprès, dit la mère.

— Aimez-vous mieux qu'il meure ? demanda Mme de Bellevache.

— Oh ! il ne mourra pas.

— Vous voyez que cet air le tue.

— Mon lavage va bientôt être fini.

— Avez-vous consulté un médecin ?

— Nous en aurions consulté un s'il en était passé dans le pays, mais en faire venir pour nous spécialement, c'est trop cher ; et encore il faut les prier.

Mme de Bellevache connaissait les paysans ; elle insista cependant pour que le pauvre enfant fût changé d'air.

— Je vais avoir fini de laver, répéta la femme.

Et l'enfant demeura à sentir et le savon et la cuisine, à respirer la fumée.

— Ces républicains, dit l'abbé, ils laissent mourir leurs enfants...

— Oh ! il ne faut pas accuser les républicains plus que les autres, dit Mme de Bellevache, les paysans sont toujours les mêmes. Ils n'ont pas de médecin, ils n'en appellent que rarement. La nature chez eux fait son œuvre, et si cette œuvre est mortelle, tant pis. La mort des leurs ne les affecte pas énormément.

— Parce qu'ils croient en Dieu, en la vie future.

— Sans doute, dit Mme de Bellevache.

En passant, elle aperçut deux jeunes filles qui cousaient derrière une fenêtre.

— Est-ce que ce n'est pas celles-ci que l'on nomme les André ? demanda-t-elle.

— Oui, ce sont les couturières de Roybon.

— On dit qu'elles ne se conduisent pas bien.

— Oh ! fit l'abbé, comme les autres.

— L'abbé !...

Les deux couturières étaient assez gentilles. Brunes toutes les deux, l'une était grasse et l'autre maigre. La grasse jouissait du surnom de Chonchon et la maigre du nom plus gracieux de Mimi. On en disait très long sur leur compte, mais on n'avait aucune preuve pour les accabler. Si elles se conduisaient légèrement, si elles avaient un amoureux, c'était en tout cas d'une manière si discrète, que personne, même à Roybon, n'avait pu dire qui c'était.

On les accablait parce qu'elles étaient jeunes, sans parents dans le pays, et surtout parce qu'elles étaient couturières. Elles travaillaient du matin au soir, ce qui prouvait cependant qu'elles n'étaient pas riches.

Elles étaient abonnées à deux journaux de modes, ce qui les mettait au courant de ce qui se faisait et elles critiquaient, elles aussi, les belles dames qui voulaient jeter de la poudre aux yeux des Roybonnais. Quand ces dames Busson venaient dans leur propriété des Chambarans et qu'elles descendaient dans le bourg en robe de soie et en chapeau à fleurs ou à plumes, en faisant beaucoup de tapage, Chonchon et Mimi ne se gênaient pas pour proclamer dans le village que les robes de ces dames dataient de deux ou trois ans.

Au besoin, on venait chez elles pour entendre dire du mal des robes que les bourgeoises mettaient pour humilier les habitants du pays. Josu était un grand ami des couturières, et la Michal, qui était leur voisine, aimait à quitter son café pour causer avec elles.

— Est-ce que vous savez en quoi il est, vous, le grand manteau de Mme la percepteur? demandait la Michal.

— Je n'en sais rien du tout, répondait Chonchon, mais c'est une rotonde dont la soie est belle.

— Ça doit valoir cher.

— Oui, ces rotondes-là coûtent un bon prix.

— Combien estimez-vous qu'elle peut valoir?

— Je ne sais pas. La valeur est dans la fourrure. Ça peut coûter trois cents francs ou plus de mille francs.

— Il faut être riche pour se mettre des affaires de ce genre sur le corps.

— Évidemment, ma pauvre Michal, ce n'est pas pour nous autres, ces vêtements-là.

— Et ses robes, à Mme de Bellevache ?

— Je ne les ai pas vues de près, répondait Chonchon. Elles ne sont pas à la mode de cette année, mais elle paraissent belles.

— Elle use ses vieilles affaires à Roybon, pensant que c'est bon pour nous. Après ça, elle garde peut-être son argent pour acheter une douillette à M. l'abbé. Il n'avait pas l'air d'avoir chaud quand il est passé avec elle.

— Ils venaient de voir l'enfant des Girodon, qui se meurt.

— Ce pauvre petit, il était cependant fort.

— Il a pris une toux.

— Et pourquoi Mme de Bellevache allait-elle chez les Girodon ? Ils n'ont pas besoin d'argent.

— On dit qu'elle n'est pas méchante, Mme de Bellevache ; elle voulait peut-être leur donner des conseils.

— Je ne sais pas, dit la Michal, si Mme de Bellevache est bonne ; mais monsieur ne l'est guère, lui. Il paraît qu'il a toujours sur le cœur d'avoir été refusé par ces messieurs du Cercle, et il répète partout qu'il le fera fermer.

— Il faut qu'il se venge un peu ; mais ce n'est pas si facile à fermer, un cercle.

— Il dit qu'un jour le roi légitime reviendra, et c'est alors qu'il fermera le cercle. Et le cercle, c'est ce qui fait aller ma maison. Ils payent mon loyer, ces messieurs, et je gagne sur ce qu'ils boivent.

— Ils viennent tous, ces messieurs, en ce moment ? demanda Mimi.

— Tous. L'hiver, il n'en manque pas un, excepté M. Galtier et M. Goubault, qui ne sont pas à Roybon. Le père Monestrel, par exemple, y vient moins souvent que l'année dernière.

— C'est vrai, il me semble que je le vois passer plus rarement.

— Il a son procès de Bergeron sur le cœur.

— On raconte qu'il agonise de sottises du matin jusqu'au soir Mlle Lucile.

— C'est cependant une brave fille que Mlle Lucile ; elle est douce, prévenante, polic avec un chacun.

— Et elle a honnêtement agi en arrêtant son père, qui allait se parjurer.

— Savez-vous ce qu'on devrait faire à Roybon ?

— Pas encore.

— Marier Mlle Lucile avec M. Albert, dit Mimi.

— Albert Galtier ?

— Oui.

— Tu as des idées un peu biscornues, toi, Mimi.

— Ils n'iraient peut-être pas ensemble ?

— Ils se conviendraient certainement ; mais...

— Mais il y a la haine des Monestrel et des Galtier. Attends un peu que le père Monestrel s'ôte de la mémoire l'argent qu'on lui a fait perdre !

— Ou l'argent qu'il n'a pu faire perdre aux autres.

— Quand on parle du loup, on en voit la queue. Voici M. Monestrel.

— Il va au Cercle, dit la Michal ; il faut que j'aille voir si ces messieurs n'ont besoin de rien ; j'ai un mari qui est si autruche, qu'il ne se dérange pas d'auprès du poêle pour servir les clients.

La Michal se trompait. Monestrel n'allait pas au cercle. Il partait, un panier sous son bras, pour la pêche.

Le ciel était clair ; Monestrel n'était pas homme à laisser passer un jour de beau temps sans essayer de faire contribuer à sa nourriture le peu de produits que la nature offre encore gratuitement à l'homme dans nos pays civilisés.

Il remonta la Galaure assez haut, et trouvant un endroit où les trous étaient suffisamment rapprochés, il s'arrêta.

Il sortit de son panier une demi-douzaine de bouteilles au goulot desquels était attachée une ficelle, qui étaient bouchées, mais dont le fond avait été préalablement percé. La bouteille présentait ainsi la figure d'une petite nasse et servait effectivement de nasse.

Monestrel introduisit par le goulot de la bouteille du pain mêlé de vers de terre, il reboucha et jeta la bouteille dans un trou. Il plaça ses engins les uns après les autres de la même manière, en ayant soin de laisser la ficelle traîner sur le bord de l'eau ou de l'attacher aux vernes.

Ses bouteilles en place, il attendit, en regardant les poissons tourner autour, se casser le nez sur le verre, et, à force de chercher, s'introduire par le pertuis du fond et, une fois entrés, demeurer.

Quand un certain nombre de petits poissons se trouvaient dans la bouteille, Monestrel la retirait vivement, ôtait le bouchon et la vidait dans son panier. Il remettait de la pâture, rejetait la bouteille et ne se lassait qu'après avoir pêché un bonne friture de vairons.

Il reprenait alors ses engins, son panier, essuyait sa longue barbe du revers de sa main et rentrait à Roybon.

— Voilà, disait-il à sa femme, voilà ce que tu vas me faire frire. C'est exquis ces petits poissons.

Mme Monestrel se disposait à faire bouillir l'huile de noix dans laquelle on fait toutes les fritures du pays, sans avoir l'air de soupçonner que le goût de cette huile ne convient pas aux différents genres de cuisines et que les pommes-de-terre ou les vairons à l'huile ont des parfums étranges.

— Voilà un souper, dit Monestrel. En mangeant cette friture nous économisons des œufs ; et ces vairons ne m'ont rien coûté, qu'un peu de peine. C'est ainsi qu'on met de l'argent de côté, sou à sou. Tu entends, toi, fille du diable ?

— Tu sais, père, répondit Lucile, que je ne t'entends jamais quand tu dis « fille du diable. »

— Tu es cependant la fille du diable.

— Si tu es le diable, dit Lucile en riant.

— Ce n'est pas cela que je veux dire, s'écria Mo-

nestrel que la moindre parole de sa fille irritait. Je
veux dire que c'est le diable qui m'a tenté le jour où
je t'ai eue...

— Tu ne devrais pas parler de cette façon, Monestrel, dit sa femme.

— Si, j'ai été tenté par le diable, c'est certain, et
j'ai eu cette fille pour mes péchés.

— Alors, tu iras en paradis, dit Lucile.

— Pourquoi ?

— Si je constitue l'expiation de tes péchés.

— Oui, j'irai en paradis, oui, j'irai, et toi, tu iras
en enfer, misérable !

— Oh ! Monestrel ! dit la mère.

— Sûrement, elle ira en enfer.

— Rejoindre mon vrai papa, le diable, dit
Lucile.

— Tu iras brûler pour l'éternité. Et tu l'auras mé-
rité. Tu as vu ce que j'ai fait hier ; tu l'as vu, j'ai
donné six cents francs à ce Bergeron, à ton bon ami
Bergeron, qui demande constamment de tes nouvelles, et j'ai été obligé de m'humilier devant lui
afin qu'il m'accordât du temps pour payer le reste.

— Il fallait le payer en une fois, vous n'auriez pas
été obligé de vous humilier.

— En une fois ! Et l'argent ? C'est toi qui me l'aurais donné, l'argent ?

— Moi ? Je n'ai pas seulement de quoi acheter le
malheureux chapeau que ma mère n'a pas voulu
me commander à Saint-Marcellin.

— A Saint-Marcellin ? Ce jour, ce fameux jour où
tu voulus voir une audience, fille du diable ! Tu me
fais dépenser assez d'argent, tu me coûtes assez cher,
et il faut en économiser des chapeaux et des robes
pour que je me rattrape.

— Vous devriez avoir honte de me laisser aller
avec des vêtements abîmés.

— Bien ; tu n'es pas riche. Les pauvres font ce
qu'ils peuvent. Encore heureux quand ils ont une
étoffe sur le dos.

— Tu ne devrais pas faire le pauvre, dit Lucile,
c'est ridicule.

— Ridicule ! oh fille du diable ! Sais-tu ce qui est ridicule ? c'est de voir ta pauvre mère se donner tant de mal dans la maison, et toi demeurer comme une princesse, ne touchant jamais à rien.

— Tu sais que je ne veux pas, dit Mme Monestrel. Il ne faut pas qu'elle gâte ses mains avant d'être mariée.

— Mariée ! Si tu crois qu'elle trouvera un mari, à-présent qu'elle n'a plus de dot.

— Ne dis pas ça, Monestrel, dit la mère, tu sais bien qu'elle en aura une malgré le procès Bergeron.

— Elle n'en aura pas si je ne veux pas ! s'écria Monestrel. Je suis maître de mon argent, et tu m'ennuies, toi aussi.

Mme Monestrel fit un signe d'intelligence à sa fille. Lucile se tut. On se mit à table.

— Du bouillon de poireau, dit Monestrel. C'est moi qui, au printemps, dans mon pauvre petit jardin, sème les légumes ; puis je les recueille et je les mets dans la cave afin que nous en ayons d'un bout de l'hiver à l'autre. Les légumes que l'on conserve ainsi, la viande que l'on achète quand le boucher tue, le samedi, c'est à-peu-près ce que nous avons l'hiver.

— Le boucher a encore augmenté la viande, dit Mme Monestrel.

— Il l'a augmentée ! à quoi pense-t-il donc, ce coquin-là. C'est encore un républicain, ce boucher ! Un homme de sang, ce n'est pas étonnant. Et de combien l'a-t-il augmentée ?

— D'un sou.

— Un sou ! C'est abominable ! Sur tout ?

— Non, le mouton demeure à onze sous, mais le veau est à treize sous et le bœuf à quatorze.

— Quatorze sous ! Et il ne nous donne que de mauvaises petites vaches qui ont travaillé leur vie entière ! Quatorze sous ! Ah ! il devient chaque jour plus dur de vivre sous la République. Quatorze sous ! C'est une ruine. Il ne faut plus manger que du mouton.

— C'est ce que je lui ait dit. Je ne prendrai plus que le bouilli du dimanche et j'achèterai deux gigots.

— Deux gigots ? Est-ce que ça ne fera pas trop de viande ? demanda Monestrel.

— Non. Tu sais qu'en cette saison nous ne pouvons pas manger uniquement des légumes, nous n'en aurions bientôt plus.

— On fait comme ceux qui ne peuvent pas acheter de viande, et ils ne manquent pas dans nos pays, ceux-là. On mange du pain avec de la tomme, et c'est excellent, la tomme. On mange beaucoup de soupe, des pommes-de-terre, des châtaignes... Je m'en vais aller plus souvent à la pêche. Ces vairons sont exquis, n'est-ce pas ?

— Ils sont bons, dit Mᵐᵉ Monestrel.

— Et toi, fille du diable ! tu ne dis rien ?

— Elle en mange, c'est qu'elle les trouve bons. Du reste, tu sais qu'elle les aime, dit la mère.

— Quand on a mangé une bonne friture comme celle-ci, on mange moins de tomme et de noix ; c'est encore une économie.

— Est-ce que tu crois que le fermier de Marnans t'apportera demain les bécasses qu'il t'a promises ?

— Je l'espère. Il aurait déjà dû me les apporter.

— Mais tu sais qu'elles ne sont pas abondantes cette année ; les chasseurs s'en plaignent.

— C'est juste ! Je ne lui ferai pas de reproche, mais je voudrais m'en régaler le plus tôt possible. Il y a Thivin qui me doit aussi une bécasse et un lièvre chaque année, d'après son bail, comme l'autre, et je ne l'ai pas vu.

— Il viendra peut-être demain, mais il faut monter se coucher, parce que c'est demain dimanche et que je veux aller à la première messe.

— Moi aussi, maman, dit Lucile. Ce sera plus vite entendu.

— Que dis-tu, fille du diable ! dit Monestrel. Tu vas devenir impie, maintenant ? Ce ne serait pas étonnant, une fille qui vend son père !

— Pas étonnant, papa : une fille du diable !

Lucile prenait ces scènes en plaisantant ; mais comme elles se renouvelaient chaque jour, elles ne laissaient pas de l'irriter, et, rentrée en sa chambre, elle étirait les bras en disant :

— Oh ! que ça me fatigue ! que cette maison m'est à charge ! qui m'en délivrera ?

Elle frappait du pied. Elle piétinait sa maigre descente-de-lit :

— Oh ! si je n'aimais pas Albert, comme je quitterais Roybon ! se disait-elle ; comme j'écrirais à ma tante de Lyon de me prendre chez elle ! Quand Albert reviendra-t-il ? Quand me sortira-t-il de cette maison, de cette galère !

Elle s'asseyait sur le bord de son lit, et pendant longtemps elle s'abîmait dans ses reflextions.

— J'ai tort, disait-elle, j'ai tort de penser à Albert comme je le fais, car, lui, il ne pense pas à moi. Nous ne nous marierons jamais, et je resterai vieille fille, dans cette maison, dans cette famille ! Oh !...

Elle donnait des coups de pied à ses meubles.

— Qu'as-tu donc ? venait demander sa mère en essayant de voir par le trou de la serrure. Tu n'es pas encore couchée ?

— Hé ! je vais me coucher.

Le matin, quand Mme Monestrel prenait la chandelle :

— Comme tu l'uses, disait-elle. Tu dois veiller tard.

— Je veille jusqu'à ce que je m'endorme, répondait Lucile de son ton bref.

Ce dimanche-là, mère et fille allèrent entendre la messe du matin, qui était dite par l'abbé Fourailloux et que celui-ci expédiait en petit brun actif que le bon Dieu l'avait fait.

Elles rentrèrent ensuite et M. Monestrel assista à la grand'messe qui était dite par le curé que son estomac formé ne tiraillait pas aussi violemment que celui de son vicaire et qui mettait le temps entre l'*Introït* et l'*Ite, missa est.*

Il en revint fort échauffé.

— Ah ! s'écria-t-il dès l'entrée, vous avez perdu à ne pas venir à la messe de M. le curé. Je crois que personne n'aura entendu la messe aujourd'hui à Roybon.

— Que s'est-il donc passé ?

— Figurez-vous que la messe était déjà avancée, chacun à son banc, quand la porte s'est ouverte avec fracas. On s'est retourné et on a vu entrer Mme Félibien avec un manteau doublé de fourrure, bordé de fourrure tout autour, puis M. Félibien qui avait aussi un paletot de fourrure. On a passé la messe entière à les regarder et à se dire que les fourrures des banquiers paraissaient plus belles que celles des percepteurs ; cependant, plusieurs ont élevé des doutes parce que la fourrure de Mme Athalire n'a pas de blanc.

— Comment ça se fait-il ? dit Mme Monestrel. Ils n'avaient pas ça dimanche dernier.

— Je croyais qu'ils les avaient fait venir d'un de ces magasins de Paris qui nous accablent de prospectus, mais j'ai rencontré Charançon qui m'a dit que je me trompais.

— Ils ne l'ont pas fait venir ?

— Non. Ils ont été l'acheter.

— Ils ont quitté Roybon !

— Oui, pendant quatre jours.

— Et nous n'en avons rien su !

— Il paraît que personne n'en savait rien. Ils ont profité de la saison pendant laquelle on demeure souvent plusieurs jours sans sortir ; ils sont partis nuitamment et sont revenus de nuit.

— Vois-tu, Monestrel, ils auront été fâchés de voir que les Bellevache étalaient des fourrures et qu'ils n'en avaient pas.

— C'est ce qu'on a cru.

— Ils ont dépensé assez d'argent pour que leur fourrure soit plus belle que celle du percepteur, sois-en persuadé.

— Oh ! j'en suis convaincu.

— Les Bellevache vont être vexés, s'ils croyaient être les seuls à avoir des peaux de bêtes.

— Tiens ! s'écria Monestrel, voilà Thivin ! A la

bonne heure! Je disais aussi hier soir que vous vous faisiez attendre.

— C'est que, monsieur Monestrel, on a des travaux ; sauf votre respect, j'ai dû fumer les terres...

— Vous avez agi en bon cultivateur, dit Monestrel. Il faut beaucoup fumer les terres et plus vous mettrez de fumier, plus vous gagnerez d'argent.

— Oui, mais il faudrait avoir des bêtes pour faire de l'engrais, et je n'ai pas assez de bêtes. J'ai dû acheter deux sacs de poudrette que j'ai répandus sur les deux pièces ensemencées de froment. Seulement, voyez-vous, monsieur Monestrel, il me faut une petite vache maigre qui donnera peu de lait, mais que j'attellerai avec l'autre.

— C'est bien, Thivin, il faut acheter cette petite vache.

— J'ai pensé que M. Monestrel m'approuverait ; aussi, je me suis dit qu'il ne me refuserait pas ce dont j'ai besoin.

— De quoi avez-vous besoin, Thivin ?

— D'argent, monsieur Monestrel, pour acheter la petite vache.

— Vous avez besoin d'argent ? Vous n'avez donc pas économisé ?...

— Oh ! monsieur Monestrel, je n'ai pas un sou d'économies. J'ai affermé votre propriété trop cher.

— Trop cher ! trop cher ! Vous êtes tous les mêmes ! Vous l'avez pour rien.

— Ah ! monsieur Monestrel, vous pouvez demander à n'importe qui ; on vous dira que onze cents francs, c'est deux cents francs donnés par-dessus le marché.

— Deux cents francs de trop ! Vous vous moquez de moi !

— Non, monsieur Monestrel, et si je n'avais pas mon bien à côté, je n'y gagnerais pas mon pain, je vous en fais le serment.

— Votre propriété ! Oui, on m'en a parlé, de votre propriété, et, comme on dit, il ne faut jamais louer une ferme au propriétaire voisin. Il paraît qu'elle est en état, votre propriété, qu'elle est belle. Vous y portez le fumier que vous devriez mettre sur mes terres.

— Oh! pour cela, monsieur Monestrel, je vous jure...

— Vous n'avez pas tant besoin de jurer, je sais ce que valent vos serments, à vous autres. Vous êtes toujours prêts à en faire.

— Si quelqu'un vous a dit que je fumais mieux mes terres que les vôtres, monsieur Monestrel, il a menti, vrai de vrai. C'est plutôt ma propriété qui est négligée ; vous n'avez qu'à venir voir.

— Quand j'irais voir, comment voulez-vous que je m'y connaisse ?

— Vous verrez, monsieur Monestrel, si ça pousse plus dru chez moi que chez vous. Venez un de ces jours, et si votre froment n'est pas plus épais que le mien...

— Enfin, vous me dites que vous avez besoin d'argent ?

— Oui, si c'était un effet de votre bonté, monsieur Monestrel, de me permettre de ne vous donner que la moitié du terme échu...

— La moitié du terme échu !... Vous ne m'apportez pas mon argent ?

— Si, monsieur Monestrel, je l'apporte. Oh ! je n'aurais pas voulu venir sans ça, à moins d'un cas de force majeure ; seulement, je voudrais en remporter la moitié que je vous redonnerai par acomptes dans le cours de l'an.

— Oui... oui... fit Monestrel... Et que m'apportez-vous dans votre panier ?

— Oh ! ça, monsieur Monestrel, c'est du gâteau.

— Du gâteau ?

— Regardez-moi ce lièvre-là, monsieur Monestrel.

— Oh ! il est pesant. C'est celui que vous me devez Thivin ?

— Oui, monsieur Monestrel, je vous le dois. Et voici une bécasse que je vous dois aussi.

— Bien ! bien ! Thivin. C'est très-bien de payer ainsi ce qu'on doit.

— Et cette autre bécasse ? je ne vous la dois pas, monsieur Monestrel.

— C'est pour moi?

— Oui, monsieur Monestrel. Et voilà encore une jolie petite motte de beurre frais pour Mᵐᵉ Monestrel.

— Merci! Thivin, merci! Oh! je sais assez que vous êtes un bon fermier. Madame Monestrel! madame Monestrel! Viens donc. Tiens, prends ce que Thivin nous apporte. Vous allez dîner avec nous, n'est-ce pas, Thivin?

— Volontiers, monsieur Monestrel.

— Vous mangerez un morceau de votre lièvre, il faut que vous sachiez quel goût il a, arrosé d'une bonne bouteille de vin. Nous réglerons votre affaire après dîner.

Quand le dîner fut terminé, M. Monestrel, en effet, s'enferma dans sa salle et se mit à son secrétaire auprès duquel il fit asseoir son fermier.

— Voyons, nous allons faire nos comptes, dit Monestrel. Vous dites donc qu'il vous faut de l'argent?

— Oui, monsieur Monestrel.

— Voyons d'abord votre fermage, hein? Comme ça vous serez en règle, vous ne me devrez plus rien.

— Mais est-ce que vous me rendrez une partie de l'argent, monsieur Monestrel?

— Sans doute : mais nous liquidons les fermages, n'est-ce pas? Vous vous débarrassez de votre dû, je vous remets votre quittance. Voilà une affaire vidée et dont on ne parle plus. Ensuite je vous donne l'argent dont vous avez besoin.

— Oui, monsieur Monestrel.

Le fermier tira une bourse de sa poche, en dénoua la ficelle et commença à aligner ses écus.

Monestrel compta, recompta l'argent, le prit, le plaça dans un tiroir et il donna quittance à son fermier.

— Maintenant, dit Monestrel, vous me demandez de l'argent. Combien voulez-vous?

— Mais... Deux cents francs, monsieur Monestrel.

— Monestrel rouvrit le tiroir, prit deux cents francs de l'argent que Thivin lui avait remis et posa ces deux cents francs du côté opposé à celui où se trouvait le fermier de peur qu'il ne mît la main dessus.

Il prit la plume et écrivit, sur du papier timbré, une reconnaissance.

— Voyons, dit-il à Thivin, vous me donnerez cinq pour cent d'intérêts, n'est-ce pas ?

— Oh ! monsieur Monestrel, je pensais que vous ne me demanderiez pas d'intérêts ; que, à moi...

— Pas d'intérêts ! Et pourquoi ne vous demanderais-je pas d'intérêts ? Croyez-vous que l'argent ne vaille rien ? que je puisse le laisser sans qu'il produise dans les mains de ceux qui me doivent ?

— Enfin, dit le fermier, si monsieur Monestrel y tient...

— Et vous m'apporterez un petit poulet quand vous reviendrez, comme pot-de-vin.

— Monsieur Monestrel, vraiment ! je ne gagne guère ; je suis votre fermier et...

— Un petit poulet. Voilà qui est convenu. Deux cents francs à cinq, taux légal, pour un an. Vous n'avez qu'à signer. Voici l'argent.

Thivin signa. Mais il partit furieux.

— C'est moi qui t'en rapporterai des bécasses en supplément et des mottes de beurre ! s'écriait-il. Tu sauras s'il ira sur ta terre mon fumier, quand je n'aurai plus que deux ans de fermage. Vilain avare ! grugeur de pauvres !

Thivin n'était pas sorti, que M. et Mme Félibien entraient, suivis de M. Chanat qui voulait jouir de l'effet que ses enfants allaient inévitablement produire.

— Oh ! comme vous voilà belle ! s'écria Mme Monestrel en les introduisant dans la salle.

Monestrel, serra vivement les papiers sur lesquels il était en train d'additionner.

— Oh ! madame Félibien, dit-il en se retournant, mais quel magnifique manteau vous avez ! C'est celui qui a étonné la paroisse entière ce matin, à la messe ?

— Oui ; mon mari et moi, nous avons acheté cela en allant à Lyon pour des affaires pressantes que M. Félibien avait à traiter.

— Mais oui, vous êtes partis en voyage sans que personne en fût averti.

— Ils se sont envolés, inopinément, dit Chanat.

— Dites-moi donc, dit Mme Monestrel, il est doublé de poils, votre manteau ?

— Il est entièrement fourré, dit Athalire.

Elle l'ôta et le soumit à l'examen des Monestrel.

— Quel dommage que Lucile ne soit pas ici pour voir ce manteau, dit Mme Monestrel.

— Vous lui expliquerez la façon dont il est fait, dit M. Chanat.

— Je n'y manquerai pas, dit Mme Monestrel.

— Voyez-vous, dit Athalire, le dessus est en velours.

— Je le vois.

— Et c'est ce qu'on fait de meilleur en velours de Lyon ; c'est du velours à cinquante francs le mètre.

— Cinquante francs le mètre ! Et du velours en petite largeur ?

— Toujours en petite largeur. Vous comprenez qu'à ces manteaux si chers on met ce qu'il y a de plus beau.

— Je vous crois.

— On m'a proposé une pelisse comme celle de Mme de Bellevache ; mais je n'en ai pas voulu, ce n'était pas assez habillé ; j'ai préféré un manteau avec des manches.

— Vous avez bien fait.

— Vous voyez, c'est du petit-gris.

— Du petit-gris ?

— Oui, un animal comme l'hermine, qui a une belle fourrure, fournie, légère, comme vous le voyez. Vous remarquez que mon manteau est entièrement fourré et que le petit-gris revient par-dessus faire une large bordure.

— C'est on ne peut plus beau !

— C'est superbe !

— Et ce n'est pas lourd.

— Ça doit coûter cher.

— Trois fois le prix de la rotonde de Mme de Bellevache.

— Trois fois !

— Oh ! oui, dit Mme Félibien d'un air détaché ; la rotonde de Mme de Bellevache, voyez-vous, madame Monestrel, c'est le poil de la même bête....

— De la même bête ?

— Oui ; seulement, la rotonde de Mme de Bellevache est fourrée avec le ventre de ce petit animal ; et le ventre, qui a beaucoup de blanc, ainsi que vous l'avez pu remarquer sur Mme de Bellevache, vaut trois fois moins que le dos. Mon manteau est tout en dos.

— Tout en dos !

— La rotonde de Mme de Bellevache vaut, au plus, trois cents francs !

— Trois cents ! Alors votre manteau coûterait aux environs de mille francs !

— Oh ! mon Dieu ! est-ce possible ? Mille francs dans un manteau !

— Et la pelisse de mon mari... Ote donc ta pelisse, Félibien !

M. Félibien montra sa pelisse avec une complaisance égale à celle de sa femme.

Il ne dit pas que, si le manteau de sa femme était en dos de petit-gris, sa pelisse était, sauf le col et les manches, en faux astrakan, et il donna volontiers à penser qu'elle coûtait également une somme rondelette.

Quand les Monestrel eurent examiné les acquisitions nouvelles de la famille Chanat, celle-ci abrégea une visite qui n'avait aucune raison de se continuer, et elle se rendit chez les Bellevache et les autres personnes du bourg auxquelles les Chanat rendaient d'ordinaire des politesses, afin de poursuivre l'exhibition et de jouir du triomphe que les dos qu'elles avaient sur leur corps pouvaient leur donner sur le ventre porté par les autres.

Pendant ce temps, Lucile et Anna se promenaient sur la route, passaient à côté des joueurs de boule fort occupés de combattre le froid en tirant et pointant vite et en parlant fort.

Lucile, par manière de passe-temps, cueillait ce qu'elle pouvait cueillir l'hiver. Elle cassait des tiges d'églantiers pour avoir un bouquet de bédegars.

— Veux-tu sentir ton cœur s'épanouir ? demanda Anna à son amie.

— Dis vite.

— Albert va venir dans quelques jours.

— Oh ! tant mieux !

— Il dînera chez mon père. Tu viendras dîner.

— Oui, oui... Mais, ma pauvre Anna, Albert ne pense pas à moi, va.

— Il y pensera, dit Anna. Tu n'as pas la prétention de te marier avant moi, je suppose ?

Lucile sourit.

— Et Paul, il ne vient pas, lui ?

— Au printemps. Il est à Marseille en ce moment, pour ses affaires.

— Le printemps! Je voudrais qu'il fût revenu.

— Il faut avoir de la patience, mademoiselle, dit Anna. C'est à peine si l'hiver nous mord.

Mais l'hiver ne tarda pas à se faire sentir.

A partir de la fin de novembre, la neige se mit à tomber; et en quelques jours, il y en eut une quantité considérable dans les ruelles de Roybon. On crut à un moment que le courrier devrait interrompre son service.

On déblaya suffisamment la route pour qu'il pût passer et on traça des sentiers dans la neige. Une bise rapide venant sur cette neige enferma pour ainsi dire le grand village dans un glacier.

Cela fit le bonheur des enfants. Dans les rues très en pente de Roybon, ils se livrèrent à des glissades insensées La rue qui conduisait directement à l'église, et celle des Laforêt, plus roides que les autres, étaient les plus recherchées. Ils les rendaient tellement glissantes que personne n'osait s'y aventurer.

Tous ces enfants avaient une manière de petit traîneau assez large pour qu'ils pussent s'y asseoir, et tel qu'on en voit dans la plupart des pays de montagne, sur lequel ils se laissaient glisser en le dirigeant avec leurs talons. Il y en avait de fort habiles à ce jeu; mais d'autres se laissaient rattraper et recevaient des coups dans le dos, ou bien ils culbutaient, et c'était alors merveille qu'ils ne fussent pas blessés par la file des traînailles lancées à toute vitesse sur cette pente.

Ils descendaient très-vite ; ils remontaient péniblement, à la file, sur les côtés de la rue, leur traîneau sur le dos Aussitôt dans la Grande-Rue, ils se remettaient sur leur véhicule et recommençaient la descente. Ils s'en donnaient ainsi depuis le matin jusqu'au soir, et le soir, deux ou trois fois ils eurent l'idée de descendre en tenant une chandelle entre leurs galoches.

Lucile s'amusait de les voir, mais ses parents étaient furieux.

— Ces galopins ! ils rendent les rues impraticables ! s'écriait Monestrel. Il faudra quinze jours de dégel pour nettoyer le pavé.

Le dégel vint ; il dura vingt-quatre heures, assez pour fondre superficiellement la neige et la glace. Après cette journée, il y eut une gelée terrible et du verglas partout. On ne pouvait plus marcher dans Roybon ; on ne sortait pas de chez soi. La servante du juge-de-paix dut se mettre à quatre pattes pour traverser la Grande-Rue et aller chez le boulanger.

La glissade des enfants n'en fut que meilleure. Leur course devint éffrénée. Ils s'amusaient fort des habitants qui s'aventuraient dans les rues et dans les jambes desquels ils arrivaient pour les faire asseoir, ce qu'ils réussissaient très-joliment, au milieu de leurs éclats de rire.

Si un gendarme n'était pas venu mettre le holà dans leur bande ils auraient troublé un enterrement.

Cet enterrement était celui du pauvre petit enfant des Girodon. Mᵐᵉ de Bellevache avait vu plusieurs fois le pauvre être sans pouvoir rien obtenir des parents. Il avait traîné longtemps, maigrissant chaque jour, luttant avec cette force de vie, cette énergie incroyable qu'ont les petits enfants, et puis il avait fini par mourir ayant beaucoup souffert, sans exhaler une plainte chétive.

—Que voulez-vous, si Dieu veut le rappeler ! dit

là mère. Moi j'ai déjà quatre enfants ; s'il y a un ange de plus au ciel, c'est peut-être mieux pour ceux qui restent de ce monde.

Ce fut l'oraison funèbre de l'enfant.

On le mit sur une sorte de civière recouverte d'un drap noir, on dit des prières à l'église, et on l'enterra.

Mme de Belleyache avait voulu suivre le corps. Ce fut elle qui pleura le plus. Elle n'avait cependant jamais eu d'enfant, mais elle les aimait.

Le Jour-de-l'An arrivait, et c'est si triste de penser que les enfants meurent quand leur jour de fête est proche ! Il est vrai que la fête des pauvres petits Roybonnais n'avait rien d'excessivement gai et que les cadeaux qu'ils recevaient n'étaient ni brillants ni multiples.

Les épiciers du bourg mettaient en montre deux ou trois jours avant la Noël, de simples jouets cachés le reste de l'année ; mais ils sortaient particulièrement leur bocaux de mauvais bonbons, véritables poisons diversement colorés, que les enfants allaient manger avec fureur.

La Noël était encore célébrée par les deux ou trois protestants qui restaient dans le pays, mais elle mettait surtout en mouvement les catholiques, dont la plupart choisissaient cette journée pour faire leurs dévotions et communier. La Noël et Pâques étaient les deux fêtes où les personnes qui n'outraient pas leur dévotion avaient l'habitude de s'approcher de la sainte-table.

Les Monestrel partageaient cette habitude, et Mme Monestrel fut surprise de voir que Lucile ne s'apprêtait pas à recevoir l'hostie.

— As-tu pensé, lui demanda sa mère, que c'est dans trois jours la fête de Noël ?

— Oui, maman.

— Ah ! bon. Tu as songé à tes devoirs ?

— Quels devoirs ?

— Tes devoirs religieux ! Je suppose que tu n'as pas oublié que tu te confesses et que tu communies chaque année à la Noël et à Pâques.

— Je ne l'ai pas oublié !

— Alors, tu vas aller trouver M. le curé.

— Non.

— Non !

— Non, je n'irai pas voir M. le curé.

— Tu ne vas pas te confesser ?

— Je n'en ai pas l'intention.

— Voilà une nouvelle lubie ! peux tu me dire pourquoi ?

— Parce que je n'ai rien à dire à M. le curé et que de plus, je considère M. le curé comme un malhonnête homme...

— Un malhonnête homme, notre curé ! Parler ainsi d'un prêtre ! Mais petite malheureuse !...

Mme Monestrel suffoquait.

Elle tira son mari par la manche et lui fit part de la conversation qu'elle venait d'avoir avec sa fille.

— Elle a parlé comme ça du curé ?

— Je te répète ses paroles.

— Elle est abominable, cette fille. C'est une fille perdue.

— Tu crois que c'est une fille perdue ?

— Certainement.

— Ah ! tu vois ! Tu penses aussi qu'il a dû se passer quelque chose ? C'est pour ça, vois-tu Monestrel, c'est pour ça qu'elle n'ose plus se confesser.

— C'est possible, finit par dire Monestrel, elle est capable de tout.

Son mari en arrivant aussi au doute, à ce qu'il parut à Mme Monestrel, celle-ci alla consulter le curé Mingral. Elle lui dit que Lucile ne voulait pas se confesser et lui fit l'aveu de ce qu'elle craignait. Le curé, ayant sur le cœur les paroles que Mlle Monestrel lui avait dites lorsqu'elle était revenue de Saint-Marcellin, et sentant en elle une ennemie, alimenta les mauvaises idées de Mme Monestrel.

— Quand une fille ne veut plus se confesser, dit-il, c'est qu'en effet elle a peur du tribunal sacré.

— Oui, monsieur le curé.

— Et il n'y a qu'une chose que les filles craignent d'avouer.

— Oui, monsieur le curé, une seule.

— Il faut donc, madame, interroger vous-même
votre fille. Mais apportez-y beaucoup de prudence.

— Oui, monsieur le curé.

La prudence de Mme Monestrel, ce fut de renouveler souvent ses questions, de prendre et de reprendre la même conversation vingt fois dans la
journée, de dépasser les limites de la plus stricte
convenance et de s'attirer deux ou trois reparties
de Lucile dont l'innocence lui fit peur, heureusement, et qui la firent taire.

— Allons, dit-elle, ce n'est peut-être pas ça, à
moins qu'elle ne soit si pervertie...

Elle essaya encore de l'envoyer à confesse. Elle s'y
refusa.

— Mais tu iras à Pâques ? dit Mme Monestrel.

— Je verrai quand nous y serons.

— Ne pas faire tes Pâques ! Ne te mets pas ça
dans la tête. Ni ton père ni moi nous ne le suppor-
terions.

Mlle Lucile demeura à son banc, le jour de Noël,
pendant que son père et sa mère allaient tirer la
langue à l'autel. La moitié des habitants de Roybon
avaient avalé l'hostie ce jour-là. La famille Chanat,
suivie d'Eudoxie, d'Alphonse et des grangers de
Valravas, communiait pieusement.

— Comme Eudoxie est pâle, murmura t-on.

On s'entretint de cette pâleur au sortir de la
messe, alors que les Roybonnais à la file marchaient
en glissant, en tombant sur leurs genoux, en s'é-
tayant les uns aux autres, tandis que les gamins du
bourg profitaient du moment pour se lancer rapidement sur les groupes et bousculer les dames dans
leurs plus belles toilettes ou faire tomber une fillette
qui rougissait d'avoir montré ses jarretières.

Lucile et Anna remontaient ensemble.

— C'est une vraie persécution à la maison, disait
Lucile.

— Tu es toujours ferme, cependant ?

— Si je n'étais pas ferme, ma situation ne serait
pas tenable.

— Quel malheur que tes parents soient faits de la sorte !

— Tu n'as pas communié non plus, Anna ?

— Non. Oh ! je n'y tiens pas. Paul n'aime pas les prêtres.

— Albert ne doit pas les aimer non plus ?

— Albert, il est plus net que Paul ; il s'attaque directement à la religion, et quand il se met à en dire du mal, je t'assure qu'il ne frappe pas de main morte. Les raisons qu'il donne contre la religion sont si puissantes et ce qu'il vous montre du christianisme paraît si ignoble, qu'on ne trouve rien à lui répliquer, sinon que c'est une affaire d'habitude, dans nos campagnes, d'aller à la messe.

— Ainsi, Albert n'aime pas la religion ?

— Oh ! ma chérie, tu sais qu'il est le seul homme du village qui ne mette jamais les pieds à l'église.

— Il y a M. Allard qui n'y va pas souvent.

— Mais M. Allard y va à l'occasion, comme mon père.

— Albert ne veut par y mettre les pieds, lui ?

— Albert, c'est un caractère entier... Tu sais que c'est le 2 janvier que tu viens dîner ?

— Albert arrive ?

— Le jour de la Saint-Sylvestre.

Lucile rentra chez elle. Il n'y avait jamais personne à dîner chez les Monestrel, jamais d'amis ni de parents. Les amis, on ne savait pas si les Monestrel en possédaient, car leurs amis de Roybon ne leur abandonnaient pas beaucoup de leur cœur et on ne leur en connaissait pas dans le canton ; quant aux parents, ils n'en avaient pas dans le village, mais ils étaient brouillés avec ceux qu'ils possédaient aux environs, ou, les considérant comme de trop petites gens, ils ne voulaient pas s'humilier jusqu'à les fréquenter.

Ils avaient des parents qui habitaient loin et qui venaient les voir deux où trois fois l'an, par pure amitié, les jours de foire, et qu'ils faisaient manger à la cuisine.

Le dîner à trois, constamment renouvelé, sans conversation la plupart du temps, à moins qu'il n'y eût

un événement dans le pays, ennuyait Lucile au suprême degré. Hantée de l'image d'Albert, elle s'irritait facilement et ses nerfs vibraient sans cesse.

— Tu as remarqué, disait Monestrel à sa femme,
quel effet a produit la fourrure de Mme Chanat? On
m'a rapporté que Mme de Bellevache elle-même avait
déclaré qu'elle était plus belle que la sienne.

— Elle pouvait ne pas dire ça.

— Enfin, elle l'a dit.

— Veux-tu savoir mon opinion, Monestrel? C'est
que Mme de Bellevache se payerait un aussi beau manteau qu'Athalire si elle le voulait.

— Je ne dis pas non.

— Les Bellevache sont plus riches que les Chanat,
va. Ils dépensent plus.

Qu'est-ce que ces conversations faisaient à Lucile,
si préoccupée du jour où elle allait se retrouver avec
Albert! Albert aurait-il encore cette voix qu'elle
avait entendue à Saint-Marcellin, ou aurait-il sa voix
ordinaire, indifférente? Éprouverait-elle, en le revoyant, des sensations nouvelles? Y aurait-il un mot
d'Albert où elle pût découvrir un peu d'espérance
pour son petit cœur?

C'était là des questions importantes, et la fourrure
d'amour-propre dont Mme Athalire et M. son époux
se couvraient les épaules n'occupait pas Lucile.

Elle était triste parce qu'elle voyait les gens en
fête autour d'elle sans qu'elle prît part à leur joie ;
elle était anxieuse parce qu'elle attendait.

Le jour de Noël, les approches du Jour-de-l'An, au
milieu de l'oisiveté forcée de l'hiver, jetaient une note
gaie dans le village. On avait gardé pour la Noël et
le Jour-de-l'An ce qu'on avait de meilleur. Des dindes
avaient été engraissées, des chapons égorgés, des pâ-
tés portés au four. On avait un dîner plus soigné.
Les Monestrel seuls se tenaient à l'éternel bouilli du
dimanche.

Les enfants dans les rues étaient plus bruyants, et
malgré le froid qui était grand, malgré la neige qui
tombait serrée, on sortait, on allait de l'un chez
l'autre, et les Roybonnais emplissaient les cabarets

en compagnie de quelques paysans des villages voisins qui avaient affronté la neige des Chambarans pour passer la journée de Noël à Roybon ; le chef-lieu de canton avait, au milieu de ces bois, gardé pour eux un peu de l'attraction qu'il exerçait à l'époque où on le considérait comme la petite capitale de la contrée et où la plupart des paysans n'avaient jamais été plus loin.

À la nuit, vite arrivée, lorsque les cabarets étaient éclairés, les fenêtres brillantes, il semblait à Lucile que la vie était partout excepté chez elle, et à travers les flocons de neige, les passants gesticulant et criant, échauffés d'eau-de-vie, lui paraissaient avoir un sort enviable par rapport au sien.

La dernière semaine de l'année passa pour elle tristement. Excepté à Lyon, près de sa tante, le Jour-de-l'An n'avait jamais été fête pour elle. Quand elle était petite, on dépensait quarante sous pour lui donner une poupée ou un petit ménage ; maintenant, elle connaissait ses étrennes : son père lui mettait cent sous dans la main en lui disant : « Tiens, voici pour acheter ce qui te fera plaisir. » Ce qui eût fait plaisir à Lucile coûtait plus de cent sous. La pièce de cent sous, elle ne la refusait pas pour ne pas déplaire à son père et à sa mère, puisqu'ils appelaient cela lui donner des étrennes ; mais le plaisir qu'elle en tirait, elle, n'était pas considérable.

Son père, c'était plus fort que lui, chaque fois qu'il donnait de l'argent, ne lâchait sa pièce qu'à regret, en la regardant et en la caressant entre le pouce et l'index. Les souhaits de bonne année étaient froids, les baisers secs.

— Comment se peut-il, se demandait souvent Lucile, que mes parents m'aient créée si faiblement à leur image ? Je me sens si dissemblable à eux !

La belle fête que le Jour-de-l'An ! Son amie Anna avait la gentille surprise de l'objet que l'on savait le plus propre à lui faire plaisir. On s'embrassait de grand cœur. Lucile ne recevait avec bonheur qu'une boîte de bonbons de sa tante de Lyon, qu'elle partageait régulièrement avec Anna. C'était tout ce qu'on lui permettait d'offrir à son amie et Anna ne lui offrait rien pour que les Monestrel ne se crussent pas obligés de lui rendre l'équivalent de son cadeau.

Ses parents embrassés, elle courait vite chez les Crillon, et les baisers qu'elle recevait chez ces amis étaient plus cordiaux que ceux de sa mère.

— Fais-moi voir ce que tu as reçu, Anna ?

— Viens...

Anna la faisait monter en sa chambre et dépliait une pièce d'étoffe.

— Quelle jolie robe tu auras ! disait Lucile.

On ne demandait pas à Lucile quelles étaient ses étrennes. Les Monestrel était connus.

Elle laissait les Crillon à leur dîner de famille et rentrait passer, tête-à-tête avec ses parents, la matinée.

Dans l'après-midi, ils allaient présenter leurs devoirs à M. le curé et à M. le vicaire, à la marquise de Benassit, aux Chanat, aux Bellevache, aux Crillon, à M. Cuzin, aux Charançon, et ils déposaient des petits morceaux de papier sur lesquels M. Monestrel avait préalablement écrit son nom. Cette année là, ils rendirent aussi visite à M. Rey-Laforêt.

On se souhaitait la bonne année, on se demandait des nouvelles de sa santé comme si on ne s'était pas vu depuis trois cent soixante-cinq jours, et on s'en allait.

Une tournée faite, on attendait la tournée des autres. La marquise et les prêtres faisaient leurs visites en dernier, rendant les politesses, n'allant les premiers nulle part.

Lucile soupait à l'ordinaire. On lui demandait cependant, de même qu'aux grandes fêtes de Pâques et de la Noël, si elle désirait un peu de viande. Elle répondait non.

Le Jour-de-l'An était passé.

Enfin, elle allait inaugurer l'année en dînant le 2 janvier, avec Albert chez les Crillon. Anna avait arrangé la table. On ne mettrait pas Lucile à côté d'Albert, mais juste en face. Anna se placerait près d'Albert.

— Je n'oserai peut-être pas lever les yeux? dit Lucile.

— Que si! Un vieux camarade comme Albert!...

— Ce n'est plus un camarade.

— Tu lèveras les yeux, je le veux, dit Anna.

Lucile nageait dans la joie, dans l'espérance, mais quelle anxiété elle éprouvait, et quelle attention elle apporta à la première parole qu'Albert lui dit!

Cette parole prononcée, elle fut rayonnante.

Albert était venu à elle! il lui avait pris la main, et c'était de sa voix la plus douce, de « sa voix de Saint-Marcellin », comme l'avait baptisée Lucile, qu'il lui demanda de ses nouvelles.

— Il t'aimera, dit Anna.

Lucile, qui avait cru n'oser lever les yeux ne fut pas intimidée par la présence d'Albert. Elle se sentait si heureuse qu'elle en avait plus d'esprit. Elle engagea la conversation avec Albert, et à eux deux ils donnèrent de l'entrain aux convives.

Ceux-ci étaient nombreux autour de la table carrée. Une partie de la famille Crillon, Allard, Malens, Véran se trouvaient réunis. Il faisait froid, la neige tombait à gros flocons, et la cheminée ne chauffait pas à étouffer les gens, malgré les bûches que l'on y jetait. On buvait beaucoup pour se réchauffer. Les idées naissaient du vin. On abîmait les Roybonnais à leur faire corner les oreilles pendant huit jours. Et les lumières ayant été apportées de bonne heure, le dîner, il y avait lieu de le supposer, se prolongerait tard, la quantité de viandes à manger et de vins et de liqueurs à absorber étant énorme.

On parla politique après avoir médit du prochain. L'arrivée de Jules Simon aux affaires paraissait de bon augure. Martel, entré au cabinet avec lui, gardait, même dans la province, le cruel stigmate de président de la commission des assassins, car la France est un pays où les mots portent énormément et où les mots sont ce qui reste. Néanmoins, on observait une certaine détente dans les esprits. Jules Simon était un gage de paix, un gage de conservation de la République. M. Welche, préfet du Rhône, venait de prendre un arrêté qui avait un grand retentissement dans la région ; il rapportait les mesures prises par le préfet Ducros qui ne tolérait les enterrements civils qu'à six heures du matin et par des chemins impossibles.

Il subsistait bien un peu d'inquiétude quand on voyait Gambetta combattre les théories de Jules Simon en matière de budget. Le Sénat était réactionnaire, on l'estimait dans de justes limites et il semblait bizarre que le premier acte d'un républicain comme Jules Simon fût de donner plus de force au Sénat qu'il n'en devait avoir. Gambetta était l'homme populaire par excellence ; on l'adorait dans le Dauphiné et on prenait parti de son côté.

Cependant on ne se passionnait pas.

— La pierre de touche des ministères, disait Galtier, c'est les petits fonctionnaires.

— On verra si celui-ci nous débarrasse des Bellevache et du juge Cuzin.

— Et s'il tient la main aux curés.

— Oh ! après ce que Jules Simon a écrit dans ses livres, on peut être sûr de lui sous ce rapport.

— Oui, il va nous organiser enfin la République, nettoyer la France de l'ancien personnel, accomplir les réformes pour lesquelles nous avons voulu la République.

— Nous verrons ce que fera Mac-Mahon.

— Le maréchal Mâche-ma-Honte.

— Ça, c'est le meilleur surnom qu'on lui ait trouvé.

— Messieurs, dit Albert, plusieurs de vous ont lu Voltaire ?

— Moi, dit Allard.

— Tu te souviens de Candide ?

— Je l'ai présent à la mémoire comme si je l'avais lu hier.

— Tu sais qu'on prétend que Mac-Mahon s'est trouvé, après Sedan, dans une situation identique à celle de la fille du pape et de la princesse de Palestine quand elle quitta les Palus-Méotides.

— Nous connaissons l'histoire, mais il en a une en argent.

— Je voudrais voir ça, par exemple !

— Buvez donc, plutôt que de vous occuper du maréchal. Il peut faire ce qu'il voudra et se croire populaire s'il lui plaît ; il a la France contre lui, et si jamais il a besoin d'en être convaincu...

— J'espère que Jules Simon prendra des mesures pour empêcher un nouveau 24-Mai.

— Mais buvons donc !

— Oh ! que les hommes sont ennuyeux avec la politique !

— Je ne trouve pas, moi, dit Lucile ; j'aime la politique.

— Ah ! vous aimez la politique ! s'écria Albert !

— Il me semble que c'est la matière la plus attrayante du monde, dit Lucile, et celle qui vous passionne le plus, puisqu'il s'agit, après tout, de la façon dont nous devons vivre et de la paix de la France.

— Mes chers amis, dit Crillon, si les femmes se mettent à parler ainsi, la France est sauvée. Quel dommage que ce soit une petite réactionnaire qui tienne ce langage et nous présage une terrible ennemie de plus à combattre.

— Qui vous dit que je sois réactionnaire ? demanda Lucile.

— Dam ! la fille des Monestrel, des Monestrel qui sont de la bonne-société !

— Je ne suis pas forcée de partager les opinions de mes parents, dit Lucile ; heureusement !

— Oh ! le magnifique « heureusement, » dit Allard. Mesdames et messieurs, il faut boire à notre recrue.

Le verre d'Albert rencontra le verre de Lucile, leurs regards se croisèrent, et Albert demeura un moment sans répondre à Anna, qui faisait exprès de vouloir le faire parler pour mieux se convaincre qu'il était distrait.

— Quand je me trouverai seule, demain, avec lui, pensa Anna, je ne lui permettrai pas de se dérober.

Mais elle apprit, le lendemain, qu'Albert, venu à

Roybon pour y passer huit jours, était reparti le matin pour Saint-Marcellin.

— C'est bizarre, se dit Anna.

Tandis que Mlle Crillon se perdait en conjectures sur le compte d'Albert, Mme Monestrel disait à sa fille.

— Tu es rentrée tard, hier ; il était dix heures, et je ne sais jusqu'à quand tu m'aurais fait attendre si je n'avais été te chercher. Vous faisiez un beau vacarme. Il paraît que tu t'amusais.

— Mais oui, maman, je m'amusais.

— Il y avait des hommes ?

— Plus que de femmes, je crois.

— Et à côté de qui étais-tu ?

— Entre deux parents de M. Crillon.

— Des hommes ?

— Naturellement.

— Qui était-ce ?

— Je ne sais pas leurs noms.

— Comment ! tu ne les as pas demandés ! les noms de tes voisins !

— Non, maman.

— C'est bien étonnant ! Qu'est-ce qu'ils t'ont dit, ces hommes ?

— Je ne sais plus. On a parlé de tant de choses !

— De quoi ?

— Ah ! je ne me souviens pas, moi !

— On a dit des bêtises, tu n'oses pas les répéter.

— Quelles bêtises ?

— Voyons, voyons... Qu'est-ce qu'on a mangé, depuis une heure jusqu'à dix heures que vous êtes restés à table ?

— On a mangé de tout ce qu'on a dans cette saison.

— Tout ce qu'on a dans cette saison ! En voilà un renseignement ! As-tu eu de la soupe ?

— De la soupe ? Non.

— Ah ! ils n'ont pas servi de soupe ! Ils ont voulu faire un grand dîner. Et après ?

— Après la soupe que nous n'avons pas eue ?

— Oui.

— Je ne sais pas, moi ! du beurre frais, des sardines, du thon.

— Ils avaient du thon ?

Monestrel entra.

— Dis donc, dit Mᵐᵉ Monestrel, les Crillon avaient du thon à leur dîner.

— Du thon ! c'est excellent, le thon, excellent. Et après ?

— Voyons, après ? dit Mᵐᵉ Monestrel.

— Puisque je vous dis que je ne sais plus.

— Comment ! s'écria Monestrel, tu ne te souviens pas de ce que tu manges ?

— Non, dit Lucile, j'ai mangé en pensant à ce que j'entendais.

— Qu'est-ce que tu entendais ? Les hommes te parlaient ?

Lucile haussa les épaules.

— Hausse les épaules, hausse ! Si tu crois que j'ai confiance en toi, une fille qui ne se confesse pas !

Lucile tourna le dos à sa mère et monta en sa chambre.

— Joli caractère, dit la mère.

— Il a été copieux, à ce qu'il paraît, dit Monestrel, le dîner des Crillon.

— On t'en a parlé ?

— Oui, ils avaient fait venir de la pâtisserie de Saint-Marcellin ; ils avaient un dindon énorme, bourré de châtaignes ; Allard ayant tué deux lièvres en allant chasser sur la neige, malgré la défense, et il les leur avait donnés...

— Ah ! deux lièvres.

— Et des bécassses prises au lacet par le fils Bouchard.

— Il se fera encore arrêter un de ces jours par les gendarmes, celui-là.

— C'est ce que me disait Josu en me montrant une bécasse qu'il achetait et que Bouchard avait prise dans la combe de Thodure.

— Il s'agrandit, Josu.

— Oh ! beaucoup. Il va avoir la plus belle boutique de Roybon.

A Roybon, on ne voyait d'autres boutiques que celles des épiciers ; mais il y en avait plusieurs, et ces honnêtes commerçants tenaient de tout, des étoffes, des épices, des liqueurs, des fers, de la confiserie, des jouets, de la quincaillerie, en un mot ce dont ils trouvaient à se débarrasser dans la contrée.

En dehors de l'épicerie, il n'existait aucun commerce, excepté pour les cabaretiers. Les demoiselles André faisaient des robes, des bonnets, des guimpes et des jupons, mais c'était une petite maison. La briqueterie établie dans la vallée, sur la route de Viriville, n'allait guère. Il y avait encore, de commerçants véritables, Verniaud et Pacalin, deux associés qui faisaient le commerce de fagots et celui d'échalas, mais qui étaient plus souvent à La-Côte qu'à Roybon, excepté en temps d'élections.

L'agrandissement de la boutique de Josu, la pose de ses grands carreaux, une enseigne presque aussi belle que celle de la banque Chanat, Félibien et Cie, constitua le seul événement de l'hiver dans le canton de Roybon, mais les habitants se préoccupèrent des affaires publiques dans des proportions plus larges que l'été : ils n'avaient que cela à faire.

Le Cercle était plein de ses abonnés. Il était chauffé par un poêle que le notaire Malens se chargeait de tenir rouge. On jouait aux cartes sur les tables de chêne préalablement recouvertes d'un petit carré de tapis, bordé, par les soins de la Michal, d'une frange qui retombait sur les côtés.

A partir d'une heure de l'après-midi, leur dîner fini, jusqu'à huit heures du soir, à l'heure du souper, Allard et Malens jouaient au piquet, et quand il y avait de la neige autant qu'il en tombait dans ce mois de janvier, Crillon faisait à haute voix la lecture des journaux.

Il suffisait d'un mandement d'évêque pour que les passions politiques se réveillassent chez les républi-

cains de Roybon. Or, les évêques s'en donnaient à
cœur-joie. Ils obéissaient à un mot d'ordre, et leur
haine contre la République saisissait l'occasion
du carême pour se manifester au grand jour.

— Nous aiment-ils, nos évêques, nous aiment-ils !
s'écriait Louis.

— On voit qu'ils récitent des prières pour la République au moins une fois l'an.

— Qu'ils chantent le Te Deum !

— Quels farceurs !

— Et dire que c'est eux qui ont voulu être appelés à dire des prières publiques !

— Et qu'ils ne refusent pas leurs traite-
ments.

— C'est d'honnêtes personnes !

— Ils doivent savoir que Jules Simon les laissera
tranquilles pour oser décrier la République à ce
point-là, avec un ensemble si parfait.

— Pourvu qu'il ne soit pas trop philosophe, Jules
Simon, dit Allard ; les philosophes et les socialistes,
c'est toujours dangereux pour la sûreté de l'Etat.
J'ai connu dans le temps un phalanstérien : la
forme du gouvernement lui était indifférente pourvu qu'elle l'aidât à faire des phalanstères. J'ai vu
Proudhon manifester sa confiance dans l'empereur
après le coup-d'Etat. Voilà Jules Simon qui ne pour-
suit pas les présidents de Cercle lorsqu'ils sont curés.
Mes amis, que les dieux des païens nous préservent
des philosophes !

— Ainsi soit-il !

Les cléricaux faisaient autrement cas des discours des évêques. Le curé Mingral avait reçu deux
ballots pleins de leurs mandements, et il les distribuait à confesse avec un accompagnement d'exhor-
tations d'un patriotisme ultramontain. Mme de Bellevache en distribuait de son côté. Chanat du sien.
Mais Chanat ne voulut pas distribuer les brochures
de Mgr Freppel, où l'égalité des partages et le mariage civil étaient décriés ; il déclara même assez
nettement au curé qu'il se fâcherait avec lui s'il en
distribuait aux bonapartistes notoires du pays, et il

arriva que le mandement de Mgr Freppel échoua au bout du jardin de la cure.

Les autres mandements suffisaient d'ailleurs pour que la propagande portât ses fruits. Nosseigneurs les évêques avaient le verbe haut ; les paysans disaient :

— Il faut que le gouvernemeut soit peu solide pour supporter ça.

— Il est solide, au contraire, répliquait Crillon aux paysans qui lui tenaient ce langage, sans cela, il tomberait sous ces attaques multiples.

— Oh ! non, monsieur Crillon ; non, si le gouvernement n'avait pas peur, il ne se laisserait pas insulter. Quand il aura fait taire les curés, on saura seulement ce qu il vaut.

Loin de faire taire le clergé, on voyait le ministère Jules Simon se prêter aux plus lâches complaisances vis-à-vis de lui, et on savait dans Roybon que le curé Mingral avait reçu, de l'évêché de Grenoble, une lettre dans laquelle on lui disait de redoubler sa propagande et de se montrer plus hardi qu'il ne l'avait été jusqu'alors, « parce qu'il y avait moins à craindre ».

— Il paraît, disait Allard, que ce n'est pas encore le philosophe Simon qui nous fera la République.

— Il n'y a que Gambetta, voyez-vous, disait Crillon ; tant que nous n'aurons pas Gambetta, nous devrons toujours redouter quelque chose.

Et le ciel redevenu plus clément à la suite de quelques pluies, Crillon et Allard recommençaient à chasser. Mais la neige avait duré trois semaines, le froid avait été intense, et le gibier s'était fait rare. Au lieu de porter ses papiers timbrés dans son carnier, Crillon remontait à cheval pour accomplir les devoirs de sa profession, et il voyait, la plupart du temps, des paysans dauphinois, plus plaideurs que des normands, furieux contre le juge-de-paix.

— Il est certain, disaient-ils, qu'il condamne ceux qui sont républicains et que les cléricaux gagnent constamment leurs procès.

Crillon, qui était en relations constantes avec
M. Cuzin, ne répondait pas, faisait un geste
vague.

Mais en dedans de lui :

— Je sais mieux que personne qu'ils ont raison,
disait-il.

Déjà, sous le 24-Mai, le juge-de-paix avait jugé
ainsi, en faisant attention aux opinions politiques
des parties. Comment pouvait-il recommencer sous
le ministère Jules Simon ? Quel était ce mot-d'ordre
auquel il semblait obéir, comme tous les réactionnaires ?

Sans doute, la réaction ne s'affichait pas comme
au 24-Mai ; elle n'avait pas cette violence, mais elle
semblait s'apprêter à une action plus vive, s'exercer, se faire la main, ne cachant pas d'ailleurs ses
espérances, car M. et Mᵐᵉ de Bellevache disaient à
qui voulait l'entendre :

— Enfin, la République n'en a plus pour longtemps !

Les Roybonnais se demandaient :

— Que peut-il se passer à Paris ? Que peut-on savoir du ministère Jules Simon pour que les réacts
perdent toute vergogne ?

Et ils ajoutaient :

— Nous autres, paysans, nous ne savons rien, et
les journaux nous trompent.

L'abbé Fourailloux répandait deux fois plus
d'exemplaires de l'affreux petit journal lyonnais *le
Nouvelliste indépendant*, qui perdait sa retenue primi-
tive, se déclarait ouvertement contre la République,
et répétait avec éloges cette phrase de la *Défense
sociale et religieuse* : « Le maréchal président attend
le jour et l'heure convenables pour déclarer l'expérience terminée. » L'expérience, c'était la République.

Les sœurs, les frères, distribuaient le *Nouvelliste* à
leurs élèves.

— Mais qu'est-ce donc que Jules Simon ? répétaient plein d'angoisses les républicains.

Et des gens comme Allard et Crillon, qui se te-

naient au courant des événements et avaient acquis
à force de voir, de lire et de raisonner, du flair
politique, leur répondaient :

— Jules Simon ? c'est un traître !

Et on s'épouvantait instinctivement en envisa-
geant l'avenir.

Les craintes des républicains en face de l'insolence
croissante des réactionnaires ne rendaient pas Roybon d'une gaieté folle.

Et Lucile, qui entendait ses parents vilipender la
République plus qu'ils ne l'avaient jamais fait, était
plus triste encore que les autres.

Depuis le brusque départ d'Albert, elle ne savait
que penser. Un moment confiante et joyeuse, elle sentait cette confiance évanouie et la joie évaporée. Elle
était demeurée l'hiver entier à sa fenêtre de la cuisine, regardant les rares passants de la Grande-Rue
ou les glissades des enfants, cousant quelques
chiffons et suivant les flocons de neige qui lentement
descendaient sur le sol.

Elle traversait la rue pour voir Anna ; mais Anna
aussi était triste, parce que son père ne dissimulait
pas ses inquiétudes politiques.

— Et s'il y a une réaction cléricale, concluait-il,
ce ne sera pas drôle pour les républicains.

Anna communiquait à Lucile les appréhensions
de sa famille et lui demandait ce qui se disait chez
elle, afin de se tranquilliser et, au besoin, de prévenir les malheurs qui pourraient lui arriver.

— Oh ! disait Lucile, chez nous on dit que la République va finir, que nous allons avoir le roi légitime et que l'Eglise va redevenir triomphante. Mais
ne crains rien, va, ma petite Anna, si je savais quelque chose, je te préviendrais.

— Tu n'es pas contre la République, toi ? demandait Anna. Non, tu ne peux être contre, tu me
l'as presque déclaré.

— Je suis pour la République, répondait Lucile,
mais ne répète cela à personne.

Pourquoi Lucile était-elle pour la République ?

elle n'éprouvait aucun embarras à se l'avouer : Albert était républicain.

— Il ne pense pas à moi, disait-elle, il ne m'aime pas, je le sais ; mais ce n'est pas une raison pour que je ne l'aime pas, moi, et je dois agir conformément à ce que me commande mon amour pour lui, puisque moi je l'aime.

La vie de plus-en-plus agaçante, amère, qu'on lui créait chez elle, contribuait grandement à lui faire adopter n'importe quelles idées à condition qu'elles fussent opposées à celles que pouvaient avoir ses parents.

On arrivait à la fin de mars, et Pâques, en 1877, tombait le 1er avril. Mme Monestrel avait déjà été plusieurs fois à confesse. M. Monestrel était aussi allé trouver M. le curé ; mais Lucile ne faisait aucune démarche du côté de l'église.

Sa mère lui disait d'abord :

— Tu vas aller te confesser. Il est temps de voir M. le curé.

Puis elle lui dit :

— Est-ce que tu ne vas pas à confesse ?

Lucile répondait évasivement afin de reculer la querelle et d'éviter un motif nouveau d'aggraver ses tourments ; mais trois jours avant Pâques, sa mère lui ayant dit :

— Habille-toi, que je te conduise à l'église.

Elle dut se résoudre à dire :

— Ma mère, je ne ferai pas mes Pâques cette année.

Mme Monestrel se plaça sous le nez de sa fille.

— Hein ? dit-elle.

Lucile lui répéta d'une voix ferme :

— Je vous répète que je ne ferai pas mes Pâques.

— Tu as donc commis un crime ! s'écria Mme Monestrel.

— Je ne crois pas avoir commis de crime, dit Lucile, mais je ne sens aucun besoin d'aller à confesse et de communier.

— Ah ! mon Dieu ! s'écria Mme Monestrel, ah ! mon

Dieu ! Mais ce n'est pas moi qui t'ai faite, ce n'est pas possible ! Monestrel ! Monestrel !

— Hum ! ça va être dur, pensa Lucile.

— Monestrel !

— Hé ! quoi ! qu'est ce que tu veux ? cria Monestrel qui écrivait, tu sais que je fais des comptes. Ce Clavel ne m'a pas apporté ses intérêts...

— Mais viens donc ! cria Mme Monestrel.

M. Monestrel se décida à venir dans la cuisine.

— Ecoute, Monestrel, lui dit sa femme, tu vois ta fille.

— Sans doute, je la vois.

— C'est la tienne, n'est-ce pas ?

— Qu'est-ce que tu veux dire ?

— C'est la mienne aussi ?

— Hé ! pour toi, la chose est sûre.

— Tu sais, tu sais...

— Quoi ?

— Regarde-la.

— Qu'est-ce que tu veux avec tes phrases ? Explique-toi.

— Elle ne veut pas faire ses Pâques.

— Elle... elle... elle... ne veut pas... ne veut pas communier ?

— Ni aller à confesse, dit Mme Monestrel.

— C'est vrai ?

— Oui, dit Lucile.

Monestrel leva la main.

— Ah ! vous savez, dit Lucile en reculant, si vous avez le malheur de me toucher, je sors de votre maison.

— Sors donc ! dit Monestrel en lui envoyant un coup qui l'atteignit à la nuque et la jeta contre le mur.

Lucile eut un éblouissement, et ses larmes jaillirent ; vivement elle se précipita dans la rue.

Malens et Allard, la rencontrant, l'arrêtèrent au passage, pour lui demander ce qu'elle avait.

— Mon père me bat, leur dit-elle, je ne veux plus rester à la maison.

— Ah ! mon Dieu ! s'écria Mme Monestrel qui enten-

dit sa fille par la fenêtre ouverte, elle raconte ce
que tu lui as fait

— Qu'elle le raconte ! dit Monestrel en colère.

— Tu n'y songes pas ! Quel bruit ce coup va faire
dans le village.

— C'est vrai. Je n'y ai pas pensé. Va chercher ta
fille. Je tacherai de me contenir.

— Ne la frappe plus, Monestrel. C'est une tête
qui n'est pas commode.

— Une fille du diable !

Allard, comprenant le parti que l'on pouvait tirer
de l'emportement de Monestrel au point de vue de
la tranquillité de la pauvre Lucile dans sa maison
paternelle, s'empressa de raconter aux Roybonnais
qu'il rencontra que Lucile fuyait le domicile des
Monestrel parce qu'on la battait.

Mme Monestrel sortant cinq minutes après que
le coup avait été donné, trouva déjà des habitants
pour lui dire :

— Est-ce vrai, madame Monestrel, que votre fille
ne veut plus habiter avec vous ? que vous la battez ?

— Battre une grande fille comme elle, c'est
vilain tout-de-même.

Mme Monestrel sans répondre, entra chez les Crillon, où elle pensait justement que Lucile s'était réfu-
giée. Celle-ci sanglotait dans les bras d'Anna.

Mme Crillon versait dans un verre d'eau sucrée
quelques gouttes d'élixir de chartreuse.

— Voyons, Lucile, dit Mme Monestrel, ton père
n'a pas tapé si fort.

— Comment avez-vous fait de frapper Lucile ?
demanda Mme Crillon.

— Vous savez comme Monestrel est emporté, dit
Mme Monestrel ; mais il ne voulait pas lui faire mal.

— On ne donne cependant pas des coups aux personnes pour leur faire du bien, dit Anna.

— Je ne veux pas rentrer à la maison fit Lucile.
Je suis mieux ici que chez moi. Tu vas me garder,
n'est-ce pas, Anna ?

— Nous ne te laisserons pas dans la rue, dit Anna,
certainement.

— — Tiens, Lucile, bois, dit Mme Crillon.

On venait sonner à la porte. C'était des Roybonnais qui venaient demander s'il était vrai que Mlle Lucile avait reçu un coup si fort.

— Mais non, mais non, ce n'est rien, répondait
Mme Crillon.

— Oh ! vous dites comme ça !

De proche en proche, tout Roybon finissait par
dire :

— Il paraît que M. Monestrel a à moitié assommé
sa fille.

— Ça ne va pas comme sur des roulettes dans la
maison Monestrel, dit M. Chanat, quant le bruit du
bourg parvint à ses oreilles.

— Ton père n'a pas cru être si brutal, disait
Mme Monestrel à sa fille.

— Qu'est-ce que ça me fait ? dit Lucile en essuyant
ses yeux et en achevant de boire le verre d'eau préparé par Mme Crillon. Il m'a frappé, cela suffit. Ce
n'est pas la douleur qui me fait pleurer, c'est l'humiliation que j'éprouve à me voir ainsi traitée, c'est
que je ne veux pas qu'on me touche.

— Crois-tu donc que tu ne nous humilies pas, toi,
avec ta conduite ? avec tes propos blessants ? dit
Mme Monestrel. Tu nous traites comme les derniers
des misérables et voilà maintenant que tu veux nous
couvrir de honte. Croiriez-vous, madame Crillon,
qu'elle ne veut pas faire ses Pâques ?

Mme Crillon fit le geste indifférent d'une personne
qui désire éviter une discussion.

— Mais, dit Anna, si c'est son idée de ne pas les
faire, elle est libre.

— Oh ! pensa Mme Monestrel, j'oublie que je suis
chez des républicains, ici. Quoique Mme Crillon soit
une femme pieuse, sa maison sent le fagot.

Elle s'adressa à sa fille :

— Viens, Lucile, viens, lui dit-elle. Tu comprends
que tu ne peux demeurer chez Anna, et qu'il te faut
rentrer chez toi. Viens, je te promets que ton père
ne recommencera pas.

Lucile céda ; elle ne pouvait rester chez les Crillon, en effet.

— Merci, et à bientôt, dit-elle.

Elle prit le bras de sa mère et retourna chez elle, curieusement regardée par les Roybonnais, qui la croyaient à demi morte.

— Cette pauvre jeune fille ! murmurait-on. Elle qui est si gentille !

— Que cela ne t'arrive plus, dit Mme Monestrel à son mari en rentrant.

— Sans doute que je ne vais pas recommencer, dit Monestrel, après que cette fille du diable a été faire dire dans Roybon que je l'avais assommée ; mais j'espère qu'elle ne persiste pas dans son refus de communier.

— Je ne ferai pas mes Pâques, dit Lucile.

— Mais, enfant maudite que tu es, quelle figure veux-tu que nous fassions si tu ne fais pas tes Pâques ? L'acte religieux en lui-même, c'est ton affaire si tu ne l'accomplis pas, et tu peux aller en enfer si ça t'agrée. Mais que dira-t-on dans le bourg si tu ne remplis pas tes devoirs religieux, alors que pas une âme dans le village, excepté deux ou trois républicains damnés dès cette terre, ne manquera pas de s'approcher de la sainte-table ? Et toi, une jeune fille !... Mais que va-t-on penser de toi ? A quelle humiliation allons-nous être soumis ! Voyons, parle, fille du diable ?

— Lucile, dit la mère, notre famille a de tout temps été bonne catholique. Nous avons constamment entretenu d'excellents rapports avec ces messieurs prêtres. Jamais, dans la population de Roybon on n'a pu dire que nous avions manqué d'accomplir nos devoirs de piété. C'est à cela que nous devons la considération dont nous sommes entourés...

— Ah ça ! dit Lucile, vous croyez donc jouir de la considération des gens ? Vous pouvez vous détromper, allez ! Je vous en ai déjà touché quelques mots. On ne vous aime pas dans le village ; non, on ne vous aime pas. On ne vous lance pas vos vérités au visage, mais on vous tient pour des égoïstes et des avaricieux.

Je sens bien, moi, que le peuple n'aime pas ceux qui ne l'aiment aucunement. Vous pouvez vous détromper, si vous croyez qu'on vous estime.

Monestrel bondit sur sa fille. Si Mme Monestrel ne s'était pas élancée et n'avait pas reçu le coup sur son bras, la pauvre Lucile aurait eu à se repentir de sa franchise.

— Je ne suis pas honoré ! s'écria le père, je ne suis pas honorable ! On nous déteste ! C'est ma fille qui m'apprend ça, à moi, né à Roybon, qui ai vécu à Roybon sans en sortir ; à moi, un Monestrel, alors que les Monestrel de père en fils ont vécu dans cette maison, faisant partie de cette famille roybonnaise...

— J'ignore ce qu'on pense à Roybon de mes grands-parents, dit Lucile qui croyait, en parlant franchement, ramener son père dans une voie meilleure ; mais je sais ce qu'on répète aujourd'hui sur vous. Et véritablement croyez-vous qu'on n'ait pas raison ?

— Raison ?

— Oui, on a raison. Vous voulez être honoré, et vous vous livrez à un commerce d'argent que l'on réprouve ; oui, les Chanat et vous vous êtes la plaie du pays. Vous ruinez des pauvres gens, vous les volez...

— Nous les volons !

— Oui, dit Lucile qui déchargeait sa conscience d'une autre façon qu'elle l'eût fait au tribunal de la pénitence et qui avait ce courage que donne l'idée d'une bonne action, de la possibilité de ramener quelqu'un dans ce qu'on croit être le juste ; oui, il y a des vols, et M. Chanat en commet aussi ; l'affaire Bergeron était un vol, je le dis, moi...

— Tu le dis, toi ! sans doute que l'affaire Bergeron était un vol, puisqu'il me volait, puisque j'ai été obligé de lui donner le reste de son argent ! Ah ! tu regardes tes parents comme des voleurs ! ah ! tu considères que nous sommes l'opprobre du pays ! ah ! tu oses tenir ici, dans la maison Monestrel, un langage pareil ! Tiens ! tiens ! retourne chez les Crillon, si tu veux ! tiens ! va chez les républicains où tu entends probablement ces propos contre ton père, tiens.

Monestrel avait saisi Lucile, et chassant, Mme Monestrel d'une poussée, il donnait à sa fille des coups de pied et des giffles avec une telle violence, que celle-ci tomba par terre, évanouie.

— Là, s'écria Monestrel, elle ne recommencera pas de sitôt à me traiter de voleur.

— Tu l'as trop molestée ! s'écria Mme Monestrel.

— Je l'espère. Frotte-la avec une serviette trempée dans de l'eau fraîche : elle reviendra assez vite à elle.

Tandis que Mme Monestrel s'occupait de sa fille, Monestrel sortit, et il raconta au Café-du-Cercle, dans la salle du bas où il y avait une dizaine de consommateurs, ce que sa Lucile venait de lui dire.

— Etes-vous de cet avis, demanda-t-il, que je ne jouis de l'estime de personne, qu'on ne m'aime pas, moi, Monestrel, un vieux Roybonnais ?

— Oh ! monsieur Monestrel, comment votre fille peut-elle avoir des idées de ce genre ! Elle se sera méprise sur le sens des paroles qu'elle aura entendues ? Nous vous aimons certainement beaucoup dans le pays.

— Oh ! n'est-ce pas ?... C'est une fille du diable !

M. Monestrel ne remarqua pas le sourire moqueur de ceux qui protestaient de l'amitié que les habitants du canton avaient pour lui.

Quelques paroles flattant son amour-propre suffisaient pour faire la conviction dans son âme dévote.

Mais il se garda d'ajouter à ses confidences qu'il avait battu sa fille de la plus rude façon.

Elle revenait difficilement à elle, la pauvre Lucile, et, tirée de son évanouissement, elle resta longtemps étourdie, ayant du trouble au cœur et dans la tête. Remontée en sa chambre, elle s'appuyait sur son lit pour se dresser, essayant de dissiper ce qu'elle ressentait, de reprendre son aplomb. En se levant, elle vit dans son miroir que son œil était bleuâtre.

— Le coup que j'ai reçu près de l'œil va marquer, pensa-t-elle.

Elle entendit sa mère, qui, répondant à quelqu'un, disait :

— Mais je t'assure que tu ne peux monter, Lucile est occupée.

— Monte, Anna, cria Lucile en ouvrant sa porte. Anna monta en deux sauts.

— Entre, ma bonne amie, dit Lucile. Je viens d'être battue, oh ! mais battue !

— J'ai eu cette idée-là, qu'on allait te battre, dit Anna. et je suis accourue. Mais il est fou ton père ! Comme te voilà !...

— Il est coléreux, dit Lucile. Mais je te vais raconter comme il m'a traitée.

Elle lui dépeignit la scène, telle qu'elle s'était passée.

— Il me semble, dit Anna, que tu n'es pas exempte de torts, que tu vas trop loin et qu'une fille n'a pas le droit de traiter ses parents comme tu fais les tiens, surtout quand ils ne méritent pas les épithètes dont tu les qualifies.

— Mais puisqu'ils n'aiment pas Albert ! s'écria Lucile.

— Oh ! pensa Anna, c'est juste. Voilà le grand mot lâché. Lucile adore Albert et elle sait que ses parents le détestent, donc elle est prête à charger ses parents de tous les crimes et à les haïr proportionnellement à son amour pour Albert.

— Mon père m'a fait si mal au côté, dit Lucile.

— Je n'aurais jamais cru que l'on pût battre ainsi sa fille, dit Anna. C'est un barbare, ton père.

— Tout cela s'est fait parce que je n'ai pas voulu aller à confesse et parler à ce curé qui incitait mon père à faire de faux serments, parce que je vois que moins on a de religion, meilleur on est.

— Ce n'est peut-être pas vérifié pour un chacun ce que tu dis là, dit Anna ; mais, dans notre pays, il est certain que les gens les plus méchants et les plus égoïstes sont les plus religieux. Ce n'est pas mon père qui m'aurait battue...

— Oh ! je m'ennuie dans cette maison ! Quand je pourrai la quitter, que je serai heureuse ! En attendant, j'irai tous les jours chez toi, le matin, le soir.

— Oh ! viens encore davantage, tu me rendras heureuse... Mais tu n'oseras pas sortir avec ton visage qui gonfle et ton œil qui va noircir.

— Moi ! et pourquoi ? C'est mon père qui ne devrait pas oser se montrer Moi, je n'ai aucune raison pour me cacher. Viens, Anna, je vais chez toi. Tu me donneras de la chartreuse dans de l'eau, comme ce matin.

— Tu sors ! s'écria Mme Monestrel. A quoi songes-tu ?

— Puisque je puis me tenir debout en m'appuyant sur le bras d'Anna, je ne vois pas ce qui m'empêcherait de sortir aujourd'hui comme les autres jours.

Mais en traversant la Grande-Rue, Lucile eut un éblouissement, et Anna dut la soutenir. Mimi André, voyant l'état de Lucile, accourut lui porter secours, et elles la menèrent chancelante chez Crillon.

— Mais elle a reçu un coup à l'œil, dit Mimi.

— La pauvrette n'a pas que celui-là, murmura Anna. Vite, maman, dit-elle, vite, un verre d'élixir.

— Tiens, Lucile, dit Mme Crillon, prends cette petite cuillerée d'élixir pur. Ça réveillerait un mort.

— Oui, je suis mieux, dit Lucile, merci.

— On l'a à moitié tuée, dit Anna. M. Monestrel s'est montré d'une violence !

Mimi, revenant près de Chonchon, raconta ce qu'elle venait de voir.

De la chambre des demoiselles André la nouvelle eut bientôt circulé dans Roybon, et, Lucile étant universellement aimée, on tomba sur les Monestrel à bras raccourcis.

— Que viens-je d'apprendre, dit Allard en trouvant Monestrel au Cercle, vous assommez ce qu'il y a de meilleur dans votre famille ?

— J'ai une fille qui est une coquine ! s'écria Monestrel. Elle m'a ruiné, elle m'a pris de l'argent dans ma poche ! Elle a une tête d'enfer ! et voilà que maintenant elle refuse de faire ses Pâques !...

— Elle a joliment raison, dit Allard.

— Et moi, je pense qu'elle a tort, dit Monestrel, et je la corrige. C'est mon droit, je suis son père.

— Votre droit n'est pas de la battre, dit Allard, et encore moins de la tuer. Il paraît qu'elle a le corps meurtri, la face bleue d'un coup de poing que vous lui avez donné...

—Vous m'embêtez, s'écria Monestrel, qui prit son chapeau et rentra chez lui.

— Te voilà ? dit Mme Monestrel. Tu sais quel bruit ça fait dans Roybon, que tu aies battu ta fille ?

— Hé bien, dit Monestrel, on saura au moins que chez les Monestrel il n'est pas permis de manquer de religion. Où est-elle, Lucile ?

— Chez les Crillon.

—Tu aurais mieux fait de ne pas la laisser sortir. Il eût été préférable qu'on ne vît pas...

— Puisque ça ne te chagrine pas de l'avoir battue.

—- C'est ennuyeux cependant, dit Monestrel. Maintenant que c'est connu, nous devons en prendre notre parti ; mais si on avait pu éviter...

— Le plus simple était de retenir ton bras.

— Puisque je ne l'ai pas fait ! s'écria Monestrel. Est-ce que je suis de bois ? Tu ne vas pas m'agacer aussi, toi, je suppose ?

Mme Monestrel n'ouvrit plus la bouche. Dans les commencements de son mariage, quand elle avait voulu exprimer sa volonté, elle avait senti, elle aussi, la main de Monestrel, qui n'était pas légère, et elle avait appris à ses dépens à garder le silence.

—Je vais chez le curé, dit Monestrel.

Le curé avait connu, un des premiers, c'était de règle pour tout ce qui survenait dans le village, ce qui s'était passé dans la maison Monestrel.

— Monsieur le curé, dit Monestrel, j'ai battu ma fille ; croyez-vous que j'aie commis un péché ?

— Aviez-vous un motif suffisant de la battre ? demanda le curé Mingral.

—Elle refusait de venir vous trouver et de faire ses Pâques, monsieur le curé.

— Il faut alors considérer, dit le curé, que vous n'avez été, dans l'occurrence, que l'instrument dont le ciel s'est servi pour châtier votre fille de son abandon des autels.

— Il n'y a pas de péché ?

— Aucun. Il ne m'appartient pas d'apprécier si votre acte est méritoire, mais il peut l'être et agréable à Dieu.

Monestrel rapporta cette conversation à sa femme.

— Bien, dit Mme Monestrel, mais ça n'en fait pas meilleure impression dans le bourg.

Lucile rentra pour le souper, qui se serait passé dans le silence le plus complet si, à la fin, M. Monestrel n'avait demandé à sa fille :

— As-tu encore entendu dire beaucoup de mal de nous chez les Crillon, aujourd'hui ?

— Je n'ai jamais rien entendu contre toi chez les Crillon, dit Lucile.

— Tu sais que les Crillon ont toujours été nos amis, dit Mme Monestrel.

— En voilà une raison ! s'écria Monestrel.

La vue de sa fille avec la tache bleue qui envahissait son œil et sa joue irritait Monestrel.

— Je suis assez content de t'avoir arrangée comme tu l'es, dit-il en montant se coucher. On comprendra qu'en cet état tu ne peux décemment entrer dans une église.

— Fais tes Pâques tout-de-même, dis ? répéta Mme Monestrel à sa fille. Tu communieras à la messe du matin, aux lumières, avec un voile, on ne verra pas nettement ton visage.

Lucile haussa les épaules.

— Si j'ai compris mon père, dit-elle, je n'irai même pas à la messe.

Effectivement, le jour de Pâques, son père ne voulut pas qu'elle allât à l'église se faire voir avec un œil devenu absolument noir, et pour demeurer dans son banc alors que les fidèles, sans exception, iraient, baissant la tête et joignant les mains, chercher le pain azime. Lucile demeura en sa maison, sans mettre le pied dehors.

M. et Mme Monestrel jouirent seuls de la vue des plus belles toilettes du bourg et de quelques robes ou manteaux de couleur claire que l'on sortait de l'armoire, régulièrement ce jour-là, quitte à grelotter dans l'église et à être obligé, en sortant du service, de prendre le pas de course pour se réchauffer.

Mais ce qui attira le plus l'attention, ce fut la domestique des Chanat. Elle était livide, avait considé-

rablement maigri et se traînait à peine. Pendant
deux mois on ne l'avait vue ni dans le bourg ni
à l'église. On disait qu'elle souffrait, qu'elle ne marchait qu'avec peine, et on avait fait venir de Valravas le domestique Alphonse pour l'aider, la saison
créant à ce dernier des loisirs au point de vue de l'a-
griculture.

C'était une réapparition d'Eudoxie que cette communion du jour de Pâques, et cette réapparition
donna carrière à une infinité de commentaires dont
aucun ne fut obligeant pour les « gros banquiers ».

— Ma foi, dit Mᵐᵉ Girodon en rentrant chez elle,
n'était que c'est une fille, je dirais qu'elle fait ses re-
levailles.

— Elle ne paraît pas à son affaire, cette pauvre Eudoxie, dit-on au Cercle.

— Je vais vous dire une chose, dit Josu en baissant la voix. Il y a environ deux mois, j'allai livrer
une commande chez les Chanat, et, la porte de la
rue étant ouverte, j'entrai droit dans la cuisine. Savez-vous ce que je vis ?

— Ne le dites pas, vous nous feriez rougir.

— Ecoutez donc ! Je vis M. Chanat faire boire à
Eudoxie un plein verre d'absinthe pure.

— Diable ! c'est grave, Josu, ce que vous dites là.

— C'est la vraie vérité.

— Nous n'en doutons pas.

Ils demeurèrent un moment silencieux.

— Les Chanat veulent prendre une seconde servante, dit Allard.

— Ah !

— Ils ont fait des ouvertures à Angélique.

— La petite Gros ?

— Oui !

— C'est une des plus jolies filles du canton.

— Il paraît que c'est arrangé, qu'elle entre chez
eux à deux cents francs de gages par an.

— C'est payé, pour une fillette qui ne sait rien
faire.

— Elle apprendra, dit Allard en riant.

Il alla se promener du côté de l'Aigue-Noire, et,

en passant devant les Chanat, il entendit Athalire
qui jouait sur son accordéon « La Grâce de Dieu »,
tandis que trois Roybonnais appuyés contre la maison se délectaient de cette musique.

XVI

PRINTEMPS

Albert Galtier arriva à Roybon le jour de Pâques.

Il s'en était sauvé, oui, sauvé, le lendemain du
Jour-de-l'An. Pourquoi ? Pour que l'image de Lucile
ne devînt pas trop puissante à ses yeux. Ce n'est pas
qu'il craignît de l'aimer ; non, il ne se figurait en aucune manière qu'une obsession passagère pût devenir de l'amour ; mais on ne sait jamais exactement
ce qu'une jeune fille peut faire de vous, et Albert ne
voulait pas qu'on dérangeât ses plans.

Il y avait, au bord de l'Isère, un beau château
intact, habité par une vieille famille alliée plusieurs
fois à la sienne ; c'était le château de La Sône. Ce
château renfermait une jeune demoiselle de jolie
tournure que ses parents avaient désiré lui voir
épouser et que, conformément à ce vœu, à une sorte
d'accord tacite entre les familles, il comptait nommer
un jour Mme Galtier. Cette jeune fille, qui avait le
même âge que Lucile, venait souvent à Saint-Marcellin, et de temps-en-temps Galtier allait dîner à La
Sône. Elle lui paraissait bien insignifiante, cette
jeune fille, particulièrement quand il la plaçait en
parallèle avec Lucile ; mais une fois sa femme, elle
se déniaiserait.

En province, la femme possède un art remarqua-
ble pour faire oublier la jeune fille. Quand il lui aurait appris à ne plus aller à confesse, et à ne pas obéir
à M. le curé lui recommandant de parler le moins
possible aux hommes ; quand elle se trouverait séparée de parents un peu trop dévots, elle resterait religieuse peut-être, mais se transformerait sûrement. Cette

jeune fille était riche, d'ailleurs ; elle était l'héritière
du château de La Sône, et Galtier se sentait une passion particulière pour ce vieux château un peu en-
caissé, avec son échappée de vue sur les montagnes
et sa position à côté des grandes maisons d'industrie
du pays.

Tous ces arguments, assurément fort bons, ne
l'empêchaient pas d'une manière absolue de penser à
Lucile, à son indépendance d'esprit, à sa volonté fière,
à son intelligence, et il fallait ajouter que c'était évidemment une jeune fille plus belle que sa fiancée de
La Sône. Mais il ne pouvait décemment songer un
seul instant à l'épouser. Elle était la fille d'un
homme qui avait voué une haine durable à sa famille,
avec lequel son père avait eu des démêlés et qui ne
pouvait être considéré comme un homme d'une
honnêteté scrupuleuse.

On estimait la fortune de Monestrel à deux cent
mille francs ; c'était le tiers de ce que possédait la
jeune fille de La Sône, et si Galtier ne considérait pas
uniquement la fortune de la femme qu'il prendrait,
il ne voulait pas cependant qu'elle fût pauvre et ne
vînt suffisamment augmenter son patrimoine. Il se
disait cela, étant d'ailleurs convaincu qu'il n'y aurait
jamais la plus petite question d'alliance entre la famille Monestrel et lui.

Oh ! certainement, s'il eût pu échanger sa noble
demoiselle de La Sône contre Lucile il n'aurait pas
hésité, puisqu'en la plébéienne il lui avait semblé
voir qu'on partagerait vite ses idées. De quel
ton cette dernière avait déclaré, au dîner des
Crillon, quelle s'occuperait volontiers de politique !
Ah ! Lucile ferait une gentille, une aimable compagne pour un homme du genre de Galtier, passionné
pour la politique, aimant la lutte des hommes. Avoir
une femme avec laquelle les pensées pussent être
communes, l'action même ! Quel rêve !

C'était si bien un rêve, qu'il lui revenait la nuit
et qu'il fuyait Roybon pour n'en pas être réduit, de
jour, à le prendre pour une réalité.

Il ne pouvait cependant vivre éternellement loin

de son pays natal; et ce n'était pas son cabinet d'avocat qui le retenait à Saint-Marcellin, pour une fois par mois qu'en amateur il plaidait une affaire. Le soin de ses fermes le réclamait impérieusement, et il n'était pas fâché de s'assurer qu'il avait fui à tort et que Lucile restait sa petite camarade d'autrefois sans faire autrement palpiter son cœur. Aurait-il pour Lucile un penchant quelconque, que celle-ci ne pensait certainement pas à lui et que, par conséquent, l'influence du milieu Roybonnais était absolument nulle.

Il revint donc dans le chef-lieu des Chambarans, et il trouva le village en grande rumeur. On parlait un peu d'Eudoxie et beaucoup de Lucile. Ce n'était que sous le manteau de la cheminée qu'on osait s'occuper d'un homme puissant comme M. Chanat, maire, riche banquier, banquier lancé à présent. On n'avait d'ailleurs que des conjectures à faire à propos d'Eudoxie. C'était des cancans du bourg, et comme disaient de bonnes âmes qui avaient été accoucher à Grenoble ou à Lyon, avant leur mariage, quand on ne peut prouver on fait mieux de se taire. En ce qui concernait Monestrel qu'on ne craignait pas, quelque respect qu'on eût pour sa fortune, on ne tenait aucun propos téméraire, les faits étaient notoires, au grand jour étalés, et on pouvait condamner à haute voix sa conduite envers sa fille.

De tous côtés Galtier n'entendit que ce nom : « Lucile ». Toutes les bouches chantaient ses louanges, pas un habitant qui n'en pensât et n'en dît du bien. Partout Lucile, Lucile, Lucile, la bonne Lucile, la douce Lucile, la gentille Lucile !

Albert eut le cerveau plein de la jeune fille dès son arrivée, ses oreilles en retentirent, et son cœur, pris sans doute d'une manière d'affolement, battit plus vite que de coutume.

Il alla chez Crillon, trouva Anna seule, l'attira dans un coin et lui dit :

— Pourquoi ne parle-t-on que de Lucile ? Qu'est-ce qui se passe à Roybon ?

— Lucile, lui raconta Anna, elle est plus malheu-

reuse que les pierres du chemin. Elle n'aime pas ses
parents, elle ne supporte pas leur caractère, elle
leur dit leurs vérités, elle est persécutée affreuse-
ment. Depuis la grande protestation de sa conscience
indignée devant le tribunal de Saint-Marcellin...

— Oui, ce fut le cri d'un cœur loyal, d'une Dau-
phinoise droite et guerrière comme les femmes de
nos ancêtres.

— Depuis ce jour-là, dit Anna, et c'est compréhen-
sible, il n'y a plus de paix pour elle. On la bat.

— On la bat !

Anna fit part à Albert des événements qui concer-
naient Lucile.

— Voilà, finit-elle, ce qu'elle a reçu pour ne vouloir pas se confesser au curé.

— C'est ignoble !

— Si vous la voyiez maintenant, mon pauvre
Albert, avec sa tête enflée et se plaignant de son
épaule, de son côté, de ses jambes sur lesquelles elle
a reçu des coups de poing, des coups de pied, elle
vous ferait pitié.

— Ce n'est pas seulement de malhonnêtes gens,
ces Monestrel, s'écria Galtier, ce sont des assassins.

Il était certainement plus furieux que ne le devait
être un jeune homme dont la fiancée se trouvait à La
Sône.

— Les barbares ! répétait-il en se promenant avec
vivacité.

— Cette sainte indignation, pensa Anna, n'est pas
d'un indifférent. Je les marierai, moi !

Et elle rayonnait de joie à l'espoir de faire le bonheur de Lucile et celui d'Albert, car Albert ne serait
heureux qu'avec Lucile, la chose était patente.

— Hé quoi ! pensait Albert, elle est dans ces ter-
mes-là avec ses parents ! Cet odieux Monestrel la
maltraite à ce point ! C'est une pauvre enfant persécutée !

Il était révolté, colère, ne comprenait pas que l'on
eût si peu d'entrailles.

— Une si jolie fille !... murmurait-il. Elle n'a pas
voulu communier...

Il en parlait encore, avec Anna le lendemain, lorsque Lucile entra chez les Crillon.

— Ah ! vous êtes ici, Albert, dit-elle.

— Lucile !

Albert alla à elle, lui prit la main, la fit asseoir à côté d'Anna et se mit en face.

Le coup porté par son père devait avoir été d'une grande violence pour provoquer une tuméfaction comme celle qui enlaidissait cette charmante enfant. Albert tremblait de la voir ainsi, et il demeurait les yeux fixés sur elle, ne sachant que lui dire et cherchant à maîtriser le trouble qui s'emparait de ses sens.

— Ne me regardez pas ainsi, dit Lucile, je suis trop laide.

Albert demeurait silencieux ; ses sourcils s'étaient contractés. A quoi réfléchissait-il ? Il pensait à son père, aux Monestrel, aux vieilles haines de famille, à ces Capulets et à ces Montaigus de village qui se pardonnent moins que des coups d'épée les petits aiguillons dont ils se sont piqués dans le cours de leur existence ; il pensait aux idées de ses parents sur son mariage, à la jeune fille du château de La Sône ; il pensait enfin à lui-même, tâchant de prendre une résolution, de savoir ce qu'il devait dire à Lucile, ou adieu ou au revoir.

Tout-à-coup, il se leva.

— Lucile, dit-il, voulez-vous vous retrouver avec moi, ainsi, dans huit jours ?

— Mais, dit Lucile qui ne comprenait pas l'utilité de ce rendez-vous et ne savait pourquoi ils ne se rencontreraient pas le lendemain, mais... dans huit jours ?

— Je vous en prie !

— Je ne demande pas mieux.

Le soir, Galtier couchait à Saint-Marcellin, et dès le lendemain matin, il partait pour La Sône.

— Je me suis rendu un compte exact de mes sensations, hier, se dit-il. Voyons si j'éprouverai quelque chose d'analogue aujourd'hui.

Il entra dans le vieux château aux pierres som-

bres. La jeune fille était dans la cour. Ils se serrèrent
la main.

— Rien, murmura Galtier.

Et il quitta La Sône sans avoir tressailli.

Il voulut cependant renouveler l'expérience, et il
passa, quelques jours après, plusieurs heures à La
Sône.

— Rien, rien, dit-il. Et les parents sont décidément trop cagots.

La jeune fille lui avait paru froide, peu empres-
sée, niaise décidément.

Il retourna à Roybon, et, en traversant les
Chambarans, il aperçut une primevère blanchâtre,
la première de l'année.

Il fit arrêter sa voiture, il la cueillit, pensant à
Lucile.

La pauvre jeune fille était bien anxieuse. Sa dernière entrevue avec Albert l'avait laissée étonnée.
Pourquoi était-il demeuré muet ? pourquoi lui avait-
il donné un rendez-vous !

— Je te dis qu'il t'aime ! s'était écriée Anna.

— Pourquoi ne me l'a-t-il pas dit ? demanda Lucile.

— Tout-de-suite ?

— Il y a assez longtemps que nous nous connaissons.

— Lui as-tu avoué que tu l'aimais, toi ?

— Moi ?... Ah ! non.

— Alors, que lui reproches-tu ?

— Mais...

— Il n'y a pas de « mais », dit Anna. D'abord, je
sais, car Paul me l'a affirmé, que les hommes sont
plus sots que les femmes.

— Tu plaisantes ?

— Ensuite, Albert ne peut pas te dire qu'il t'aime
sans qu'il y ait eu quelques préparatifs, qu'il t'ait son-
dée afin de connaître, mieux qu'il ne le fait, tes sentiments à son égard. Il doit te faire la cour.

— Tu crois qu'il ne les a pas connus aussi vite
que moi, mes sentiments ?

— Il les aurait soupçonnés, qu'il n'en serait pas
absolument certain. Les graves déterminations, ma-

demoiselle, ne se prennent pas à la légère, et Paul m'a expliqué qu'un homme devait beaucoup plus réfléchir qu'une fille quand il était question de mariage, parce qu'il s'agissait pour l'homme de passer de l'état de liberté dans l'état d'esclavage, et que le sacrifice de la liberté était une grosse perte; tandis que pour la femme c'est exactement le contraire et qu'il n'y a pas besoin d'hésitation devant ce qui nous donne un avantage indéniable.

— Tu te moques de moi.

— J'en suis incapable. Mais voulais-tu qu'Albert se jetât d'un bond à ta tête? Et si tu ne l'avais pas aimé? Si tu l'avais mal reçu? En admettant qu'il ait surpris tes sentiments, qui sont des sentiments bien secrets, il serait outrecuidant de sa part de s'en tenir pour assuré ; il pourrait s'être trompé...

— Oh ! il n'a pas pu se tromper !

— Quelle affirmative !... Mais attends donc qu'Albert t'aie dit qu'il t'aime avant de t'avancer... Ces jeunes filles, vraiment !...

— Bien, et toi ?

— Moi, c'est autre chose, je suis fiancée.

— Quelle fierté !

— Oh ! c'est que ça change beaucoup d'être fiancée ! On est sûre d'être aimée, tu comprends. Tu verras, quand tu le seras, qu'on est tout de-suite plus femme.

— Je ne le serai peut-être jamais, fiancée.

— Et Albert ?

— Qui sait ?...

— Comme tu passes facilement de la confiance au doute !

— Qu'est-ce qu'il peut vouloir me dire ? Il faut que ce soit grave pour n'avoir pas attendu de me rencontrer simplement.

— Je te répète qu'il t'aime, dit Anna, et... il veut te le dire.

Quand Albert arriva, il ne dit rien du tout. Les anxiétés de Lucile, ses émotions violentes, elles les avait eues en pure perte. Albert, retrouvant les jeunes filles à l'heure fixée, se montra d'une gaieté folle, d'une exubérance extraordinaire. Mais il ne parla pas d'amour à Lucile jusqu'à la fin de leur entrevue.

Seulement, en la quittant, il prit à sa boutonnière la primevère cueillie dans les Chambarans :

— C'est la première de l'année, dit-il en la lui tendant.

Lucile mit la primevère dans son corsage, mais elle avait le cœur gros. Hé quoi ! c'était tout, cette primevère ? Ce qu'elle espérait, ce qu'elle rêvait, ce qu'elle attendait, se réduisait à cette fleur ouverte aux premières tiédeurs d'avril !

— Il ne m'aime pas ! s'écria-t-elle en se jetant pleine de sanglots dans les bras de son amie.

— Si, si, dit Anna, il t'aime.

— Tu vois bien que non. Il me trouve laide avec mon visage passant du noir au jaune.

— Il cueille pour toi une primevère, il te la donne, et tu te plains !

— Est-ce que la primevère a une signification claire dans le langage des fleurs ?

— Je n'en sais rien.

— Mais puisqu'il nous avait donné rendez-vous, ce n'était pas pour une primevère.

Ce n'était pas pour ça, effectivement. En disant à Lucile de se retrouver chez Crillon, Albert avait pensé :

— Il faut que je lui dise que je l'aime.

Mais, débarrassé du fantôme de La Sône, joyeux, croyant tenir le bonheur, il ne voulait pas se lancer sans connaître exactement les idées de Lucile. Il s'en tenait vis-à-vis d'elle à la primevère ; mais il se réservait d'interroger Anna, et il revint sur ses pas dès qu'il eut vu Lucile rentrer chez elle, et profita de l'absence de Mme Crillon pour parler librement à sa fille.

— Mon amie Anna, dit-il, si j'aimais Lucile, qu'est-ce que vous diriez ?

— Que ce n'est pas absolument vrai, car vous n'aimez pas Lucile.

Albert réfléchit un instant.

— C'est possible, ce que vous me jetez là comme un bâton dans les jambes... Je dirai donc que j'ai une furieuse envie d'aimer Lucile.

— Je vous répondrai dans ce cas, que vous avez parfaitement raison.

— Vous m'encouragez ?

— Je fais mieux : je vous déclare que vous devez aimer Lucile.

— Pourquoi ?

— Parce qu'elle vous aime.

— Elle m'aime ! s'écria Albert en se jetant au cou d'Anna.

— Qu'est-ce que vous faites ?

— Je vous embrasse pour cette bonne parole. Ah ! elle m'aime ! Comment le savez-vous ?

— Elle me l'a dit.

— Elle vous la dit ! Elle avoue m'aimer !

— Elle avoue !... sans doute. Mais elle ne se jette pas à votre cou comme vous vous jetez au mien. Elle avoue parce que, petit-à-petit, je l'ai amenée à me faire part de ses sentiments à votre égard. Elle était d'abord comme vous, assez indécise sur la nature de l'affection qu'elle vous portait ; puis elle a vu plus clairement, et maintenant elle sait qu'elle vous aime.

— Elle m'aime !

— Oh ! oui, et vous devez vous estimer heureux d'être aimé par une charmante fille comme elle, qui est capable de ne plus aller à la messe pour vous faire plaisir. Mais pensez-vous aux parents Monestrel ? Voudront-ils vous accorder Lucile ?

— Lucile ! s'écria Galtier, je l'enlève à la barbe de ses parents, je l'arrache à ces Monestrel, je la soustrais à ses bourreaux...

— Aimez-la d'abord de tout votre cœur.

— Mais je l'aime ! je l'adore ! et je vous charge de le lui dire.

— Je ne me charge pas de cette commission-là. C'est à vous de la faire, Albert, d'autant plus que vous la ferez mieux que moi.

— Revient-elle ici demain ? demanda Albert.

— Non. Il ne faut pas, d'ailleurs, que ma mère s'aperçoive que l'on se donne des rendez-vous chez elle. Promenez-vous du côté de la châtaigneraie, du grand noyer de Michalu ; il ne passe jamais personne par là, et, les beaux jours revenant, nous nous y promènerons quelquefois.

Anna, revoyant Lucile, lui glissa dans l'oreille :

— Il t'aime !

— Non, il ne m'aime pas, dit Lucile. Je le croyais, l'ayant vu si recueilli, si pensif, devant moi quand il me donna rendez-vous. Mais il n'était plus le même à notre dernière entrevue. Il était gai et indifférent. Sa primevère n'était qu'un enfantillage. Il avait réfléchi, vois-tu, et une fille de Monestrel n'épousera pas un fils de Galtier.

— Que dis-tu ?

— C'est là le fond des choses, Anna, crois-le. Albert aurait pu m'aimer ; mais il y a des haines de famille entre nous, et je ne lui serai jamais rien à cause de cela. Oh ! j'ai bien pleuré, va, en y songeant.

— Hé bien ! ça ne fait rien à Albert, les querelles de famille.

— Tu crois ?

— Il me l'a dit, et tu pleures trop.

— Vrai ?

— Il m'a dit qu'il t'enlèverait à ton père, à ta mère.

— Il a dit ça ! C'est vrai ? vrai ?

— Ce qu'il y a de plus véritable.

— Il m'aime donc, alors ?

— Sûrement.

— Oh ! que je suis heureuse !

— Bonne Lucile ! dit Anna.

— Mais pourquoi ne me l'a-t-il pas dit ?

— Prends patience. Ça viendra.

Les craintes de Lucile subsistaient encore. Elle avait peur qu'il ne sût plus qu'elle était jolie en ne la voyant qu'avec ce visage devenu en partie jaune et qui ne se guérirait pas encore de quelques jours ; et sa famille était un sujet d'appréhensions terribles, car son père ne consentirait peut-être jamais au mariage, il refuserait de la donner à un Galtier, à celui qui avait plaidé contre lui, quoique avec modération, dans le procès Bergeron ; il se pouvait qu'Albert ne pensât pas encore à la différence de leurs fortunes ; enfin, les convictions républicaines d'Albert devenaient un obstacle de plus entre eux.

— Je dirai « je veux », et ce qu'Albert souhaitera sera accompli, concluait Lucile.

Mais quelle bataille les attendait !

Elle sortait de son corsage la primevère soigneusement enveloppée de papier et la baisait.

— C'est une fleur qui donne du courage, disait-elle en riant.

Anna l'emmenait se promener du côté de Michalu. Elles allaient jusqu'au noyer, s'asseyaient un moment et redescendaient, cherchant des violettes.

Albert les rencontra un jour, et tandis qu'Anna faisait semblant d'étudier avec attention des mousses et des lichens, Albert prenait les mains de Lucile, la faisait asseoir à côté de lui et disait bas à son oreille :

— Lucile, savez-vous que je vous aime ? Savez-vous que vous avez opéré en moi une révolution que je n'avais pas prévue et que je ne pensais pas devoir être produite par ma jolie camarade d'enfance ?

— Vous aviez oublié la pauvre petite ?

— Non et j'en faisais mon amie ; mais il m'a paru que l'amie était douée d'un esprit au-dessus du vulgaire et singulier dans nos pays où il y a si peu d'indépendance de la pensée. Je me suis découvert aussitôt de nouveaux sentiments qui n'étaient pas ceux du souvenir, à moins que depuis notre enfance un feu léger n'ait couvé en moi. et qui n'étaient pas non plus ceux de l'amitié. J'ai appris qu'on vous persécutait, et immédiatement j'ai été fixé sur mes sentiments par l'horreur que cette nouvelle m'a causée. Je vous aime, Lucile. Voulez-vous que nous nous aimions ?

— Oui, je le veux, puisque je vous aime.

— Viens, viens à moi que je t'embrasse, dit Albert
en la serrant contre lui, laisse-moi me dire que nous
nous aimons depuis notre enfance et te tutoyer
ainsi que dans nos plus jeunes années. Pauvre petite
Lucile à laquelle on a fait mal ! La compagne de mes
jeux qui a son visage abîmé !

— Oh ! dit Lucile, ce n'est pas le coup sur le
visage qui m'a fait le plus souffrir.

— Tu as reçu un coup plus violent ?

— Au côté, là. J'y ai si mal !

— Mais il faut faire venir un médecin !

— Oh ! c'est une grosse affaire de demander un
médecin, à Roybon, et chez nous ; et puis, ce n'est
rien, je n'oserais pas dire que je souffre là; ça passera.

— Lucile, tu m'aimes, n'est-ce pas ?

— Oh ! oui, Albert. Demandez à Anna.

— Tenez, dit Anna en se retournant, regardez,
Albert, le tronc de ce noyer.

— L. A., fit Albert.

— Vous voyez à la façon dont l'écorce a poussé
que ce n'est pas fait d'hier.

— Oui, dit Lucile ; mais il faut ajouter que c'est
Anna qui a incisé ces lettres pour me faire avouer
que je vous aimais.

— Savez-vous quelle est ma résolution ? dit
Galtier. C'est d'aller aujourd'hui même demander la
main de Lucile à ses parents.

— C'est une démarche grave, dit Lucile, car mes
parents vous détestent.

— Oh ! oui, dit Anna.

— Je le sais, et votre père m'a déjà jeté à la porte
de chez lui. Mais enfin, comme il faudra toujours
que votre père s'habitue à cette idée et qu'il vous
accorde la permission de vous marier, le mieux est
d'enlever la position d'assaut.

— Venez quand je serai là, Albert, dit Lucile.
Demain dans l'après-midi. Voulez-vous ?

— C'est entendu.

— Je ne sortirai pas, dit Lucile. Il faut que je sois
là, car vous ne m'obtiendrez pas du premier coup,
Albert, il y aura lutte...

— Plus votre père sera terrible et insolent pour moi, plus je vous aimerai. Plus il me refusera votre main, plus je tiendrai à vous épouser.

— Oui, mais c'est moi qui soutiendrai la lutte, murmura Lucile.

Et malgré elle, elle tremblait, car il n'était pas difficile d'imaginer qu'on dirait du mal d'Albert, et entendre parler de lui en termes méchants lui paraissait plus cruel que d'être battue.

Aussi son cœur rompit sa poitrine quand l'heure sonna à laquelle Albert devait venir demander sa main ; et pour que son père n'allât pas à son jardin semer deux nouveaux carrés de pois gourmands qui lui permettraient d'en manger plus longtemps, elle le retint en lui parlant des légumes que la nouvelle saison pourrait leur apporter.

Albert sonna. Lucile crut son cœur brisé. Pendant que Mᵐᵉ Monestrel ouvrait, elle quitta son père et se réfugia dans la cuisine en disant :

— Je ne suis pas habillée.

Sa mère, après avoir souhaité le bonjour à Albert, le conduisit dans la salle.

— Quoi ! c'est vous, monsieur Galtier, vous, chez moi ! encore chez moi !

— Monestrel... fit la mère.

— Vous voyez que ça ne sert à rien de me mettre à la porte, mon cher monsieur Monestrel, dit Albert, puisque cela ne m'empêche pas de revenir... Mais restez donc, madame Monestrel ; vous n'êtes pas de trop pour ce que j'ai à vous exposer.

Galtier s'assit sans façon ; Mᵐᵉ Monestrel l'imita, mais M. Monestrel demeura debout, la lèvre pincée et colère.

— Voici, dit Galtier, l'objet de ma visite : je viens vous demander la main de Mˡˡᵉ Lucile.

— Hein ? fit Monestrel.

— Je veux épouser Mˡˡᵉ Lucile, et je vous la demande en mariage ; c'est très-clair.

— Vous voulez épouser ma fille, vous ! s'écria Monestrel. Vous voulez, vous un Galtier, vous allier à une Monestrel ! Hé bien, voici ma réponse, à moi :

Non. Vous n'aurez pas Lucile, jamais, jamais, jamais. Non.

Galtier, qui était préparé à cette réponse, ne s'émut pas et ne se sentit pas démonté.

— Oh ! vous réfléchirez, dit-il, vous réfléchirez, monsieur Monestrel. Vous savez, je suis l'homme le plus riche du pays Je n'ai plus ni père ni mère, je suis fils unique, je me trouve donc absolument maître de ma fortune. Je ne recherche Mlle Lucile ni pour l'argent que vous lui laisserez ni pour sa dot. Je la veux pour elle-même, parce que je l'aime. Réfléchissez. monsieur Monestrel, vous me répondrez plus tard.

Monestrel resta un moment pensif, mais la colère l'emportant :

— Je vous réponds tout-de-suite, s'écria-t-il : Non, non, non.

— Je persiste dans mes résolutions, dit Galtier. Au revoir, monsieur Monestrel. Réfléchissez. Vous voyez, je m'en vais de moi-même aujourd'hui, vous ne me jetez pas dehors ; il y a progrès.

Mais en passant devant la porte de la cuisine, Albert apercevant Lucile assise près de la fenêtre s'avança rapidement vers elle, lui prit la main et lui dit avant que Monestrel l'eût arrêté :

— Lucile, je viens de demander votre main à votre père. Je vous aime. Voulez-vous m'épouser ?

— Oui, répondit Lucile, car je vous aime moi aussi, Albert.

— Vous voyez, dit Albert ; il vous faut oublier les petites haines de famille, monsieur Monestrel, les parties sont d'accord.

Et attirant vivement Lucile, il l'embrassa devant la fenêtre, à la vue des gens du bourg qui passaient.

— Ah ! mon Dieu ! s'écria Mme Monestrel, embrassée par un homme !

— Infâme coquin ! s'écria Monestrel.

Galtier s'en alla joyeusement, et il raconta à tous les Roybonnais qui étaient dans la rue qu'il venait de demander Mlle Lucile Monestrel en mariage.

En moins d'un quart d'heure la démarche d'Albert
fut connue et on ne s'occupa p'us que de ça.

— Quelle nouvelle ! dire t les Roybonnais.

— Rien ne faisait prévoir qu'ils se marieraient !

— Je le savais, moi, dit Mimi.

— Oh ! dit une femme, je voyais que, quelquefois, M. Albert et Mlle Lucile entraient ensemble
chez les Crillon. C'est les Crillon qui auront poussé à
ce mariage.

— Ce n'est pas la fortune qui leur manquera, à
ceux-là !

— M. Albert est si riche !

— C'est le plus joli mariage que l'on pouvait faire
dans Roybon.

— Ah ! ils sont gentils et bons tous les deux.

Si la population se montrait favorable à ce
mariage, M. Monestrel était dans une fureur bleue.

— Tu as vu Galtier ces jours derniers chez Crillon,
disait-il à sa fille, tu as arrangé ce coup-là avec lui.
Tu ne réussiras pas à l'épouser, va ! Le fils d'un
homme qui m'a accablé de procès et d'injures. qui
a souhaité ma mort dans une chanson ! Le polisson
même qui plaidait contre moi, l'autre jour, qui m'a
ruiné... Lucile, est-ce que, par hasard, tu avais
arrangé avec lui de venir au tribunal, pour qu'il
gagnât sa cause ?

— Non, dit Lucile, tu te trompes.

— Si je savais ça, fille du diable ! s'écria Monestrel en levant la main sur elle.

Lucile sauta lestement par la fenêtre.

— Ah ! dit-elle, non. J'ai encore le visage jaune ;
il ne faut pas recommencer ; je me sauve chez
Anna.

— Réfléchis, dit Mme Monestrel à son mari. Albert
est très-riche ; il a plus d'argent que les Chanat, il
ne regarderait pas à la dot.

— Est-ce que tu t'imagines que je n'y pense pas !
s'écria Monestrel. Si je n'y pensais pas, j'aurais une
autre colère !

En ce moment, M. Chanat se présenta en compagnie du curé Mingral.

— Ah ! monsieur Monestrel ! s'écria le curé, est-ce possible ce qu'on vient de nous apprendre ! Le mariage de votre fille ..

— C'est vrai. M. Galtier est venu me demander sa main.

— Et, dit le curé, puisqu'il est vrai que ce jeune homme a osé vous la demander, il est probable que vous la lui avez refusée ?

— Sans doute, monsieur le curé. Je lui ai dit non, nettement.

— Il ne pouvait en être autrement quand on se rappelle la haine invétérée de la famille Galtier pour la vôtre.

— Une haine que je rends...

— Oh ! non, monsieur Monestrel, dit le curé, vous ne haïssez personne, vous, ce sont les autres qui ont de ces mauvais sentiments à votre égard. On ne donne pas sa fille à un ennemi mortel, c'est naturel. Votre famille, la famille Monestrel est d'ailleurs une famille bien pensante, honnête, et il ne faut pas oublier que M. Galtier est le chef des républicains du pays, que c'est un libre-penseur. Si, dans quelques jours, M. Galtier était exilé, que deviendrait votre fille.

— Comme vous dites, monsieur le curé, les républicains ne sont pas solides.

— Puisque vous avez refusé votre fille à M. Galtier, dit Chanat, je vous la demande, moi, pour un cousin à moi, qui est riche et qui fera un excellent mari, car il est pieux. Ces demandes en mariage causent toujours un peu de scandale dans un pays, et il est bon, quand elles sont suivies d'un refus, de faire tomber les mauvais propos par l'acceptation éventuelle d'un futur.. Mon cousin se nomme M. Théophile, et, si vous y consentez, je le ferai venir.

— Hé bien, faites-le venir, dit Monestrel. Ah ! coquin de Galtier, je te jouerai le tour... Mais vous dites qu'il est riche ?

— Il est riche, dit Chanat.

Quand ils furent sortis, Mme Monestrel dit à son mari :

— Un homme qui n'est pas du pays... ce n'est jamais si sûr... La fortune de Galtier, nous la connaissons ; nous savons qu'elle est assise sur de bonnes bases, et il n'est pas dépensier, ce jeune homme.

— Enfin, s'écria Monestrel, tu ne me feras, sans doute, pas donner ma fille à un Galtier !

Et tout chaud tout bouillant, il alla au Cercle annoncer, n'y trouvant pas Galtier, qu'il donnerait sa fille à un M. Théophile, pour lequel M. Chanat venait de demander sa main.

On le questionna, M. Allard surtout, pour savoir ce que c'était que M. Théophile dont jamais on n'avait ouï parler. M. Monestrel ne sut naturellement que répondre. Alors on le plaisanta.

— Ah ! lui dit Allard, vous ne voulez pas donner votre fille au premier du pays, et vous l'accordez à un étranger dont vous n'avez pas même vu le bout du nez ! Vous êtes tout-de-même un drôle de bonhomme !

— Je fais ce que je veux, dit Monestrel.

— Mais votre fille a de la volonté, dit Allard, et si vous la mariez à votre Théophile, cousin de votre Chanat ou de Félibien, je vous promets une fondation de messe basse à perpétuité pour le bonheur du cher Théophile.

Allard sortit du Cercle, laissant les autres entreprendre M. Monestrel.

— N'avez-vous pas vu M. Chanat entrer chez les Monestrel ? demandait Allard en passant.

— Oui, monsieur Allard ; M. Chanat vient de venir chez M. Monestrel avec le curé.

— Merci, dit Allard.

Et il entra chez Crillon.

— Vous savez, dit-il à Lucile et à Anna, qu'aussitôt que M. Chanat a su la nouvelle il est venu demander votre main, Lucile, pour un de ses cousins du nom de Théophile.

— Ah ! ah ! ah ! s'écria Lucile. Qu'il m'attende, celui-là !

Puis elle devint sérieuse, et bas à Anna :

— Il n'y a pas de crainte à avoir, dit-elle, j'épouserai Albert, mais on peut m'ennuyer chez nous. Si, par hasard, on m'empêchait de sortir sans être accompagnée, tu viendrais me voir. J'écrirais à Albert, au crayon, car je n'aurais pas d'encre. Tu serais notre boîte aux lettres.

— Entendu. Sois tranquille, dit Anna.

— Et répète à Albert que nous nous marierons.

XVII

VENT DE GUERRE

En allant trouver M. le curé de Roybon, M. Chanat savait qu'il se donnait un auxiliaire puissant près de M. Monestrel.

— Vous comprenez, lui avait-il dit, que la fortune des Monestrel est une des grosses fortunes du pays et qu'il faut éviter, si nous le pouvons, de la voir augmenter un jour la fortune de Galtier. Vous me direz que M. Galtier peut trouver plus d'argent que n'en possède M. Monestrel. C'est certain, mais s'il n'épouse pas M\ll{e} Lucile, il ne se mariera pas dans le pays, et il en partira, probablement, et ne contre-balancera plus nos personnes et notre influence. Au contraire, si je mariais M\ll{e} Lucile, à mon cousin Théophile, ce dernier pourrait venir habiter Roybon, je l'intéresserais dans ma banque, et nous aurions une famille de plus qui nous aiderait dans notre œuvre de propagande pour le bien.

Le curé Mingral avait compris ; il accompagna et aida M. Chanat; il revit personnellement M. Monestrel.

— Je ne puis vous dire que M. Galtier est un mauvais parti, disait le curé. Il est riche. Mais il est impie, et vous êtes pieux, monsieur Monestrel, votre famille est bonne catholique, heureusement pour vous, car ceux qui ne sont pas catholiques sincères pourraient ne pas tarder à s'en repentir. Je ne crois pas que nous soyons éloignés du moment où la République aura cessé d'exister en France et où les républicains, les libres-penseurs comme M. Galtier, seront jetés dans les prisons et verront leurs terres confisquées.

Monestrel perdit la tête aux paroles du curé. Mme Monestrel lui avait fait énormement valoir la fortune de Galtier, et les haines de son mari n'étaient pas de force à résister à l'argent ; mais aussitôt que le curé lui eut parlé de la possibilité de voir les terres de Galtier confisquées et lui-même jeté en prison, il devint féroce dans son opposition à ce mariage.

— Je ne veux pas, disait-il, que Lucile revoie Albert. Tu vas me faire le plaisir de la surveiller quand elle sortira et de ne pas la laisser seule chez les Crillon puisqu'elle rencontre M. Galtier dans cette maison-là. Te représentes-tu notre fille mariée et le roi confisquant notre bien en même temps que celui de Galtier !

Mme Monestrel souriait en entendant son mari parce qu'elle ne croyait pas que l'on pût ainsi saisir la propriété des gens, que ce n'était pas, en tout cas, les catholiques qui le feraient, que les républicains seuls étaient capables de ça, parce que c'étaient des partageux.

Néanmoins, elle ne contredisait pas son mari quand il affirmait qu'Albert pourrait être mis en prison. Si elle n'admettait pas que l'on touchât à la propriété, elle trouvait fort naturel que le roi emprisonnât et même guillotinât ses ennemis.

Mais il n'y avait pas besoin de recommander à Mme Monestrel de surveiller sa fille ; depuis qu'elle savait que Lucile pouvait rencontrer un homme quand elle allait chez Anna, que cet homme voulait l'épouser et que Lucile déclarait l'aimer, elle était aux cent coups chaque fois qu'elle perdait sa fille de vue, et celle-ci, voulant malgré sa mère aller chez les Crillon, madame Monestrel tombait à chaque instant sur son dos. Elle ennuyait même un peu Mme Crillon, et Lucile préféra sortir moins, recevoir Anna dans sa chambre et entamer avec Albert une correspondance suivie.

Albert Galtier était d'ailleurs très-occupé. L'insolence des réactionnaires de Roybon augmentait visiblement; les curés, le juge-de-paix, le percepteur criaient sur les toits que la République était perdue. Le mouvement clérical était très-accentué et l'inquiétude des patriotes croissait en raison de l'assurance et des propos injurieux des réactionnaires.

Ceux-ci ayant manqué leur affaire au 24-Mai, avaient hâte de ressaisir le pouvoir et d'aller plus loin qu'ils n'osaient le faire naguère. Le clergé menait la campagne, et il la menait avec cette violence qui est la caractéristique de l'Eglise chrétienne et cette discipline inflexible qui semble l'apanage du catholicisme romain.

L'Italie avait fourni le prétexte avec la loi Mancini, loi très-juste et très-sage, destinée à mettre fin aux abus du clergé ; le pape Pie IX, dans son esprit d'animosité et de haine contre la société moderne, donna le branle aux revendications du clergé, ameuta les prêtres autour du patrimoine de saint Pierre, et bientôt les évêques de France se joignant aux catholiques anglais et aux prélats allemands, obéirent aux injonctions du cardinal Simeoni, et écrivirent des mandements et des lettres qui étaient à la fois une déclaration de guerre à la République et à l'Italie.

Pour ce qui regardait l'Italie, le gouvernement de Mac-Mahon se montra rétif et presque scrupuleux observateur des intérêts de la France; en ce qui concernait la démocratie, il n'eut pas l'air de la défendre.

M. Jules Simon interdisait bien le colportage d'une pétition réclamant l'intervention de la France en faveur du saint-siège, mais cette pétition circulait malgré la défense.

Le curé Mingral et l'abbé Fourailloux en avaient

des exemplaires dans leur poche, le juge-de-paix en
possédait, M. de Bellevache demandait des signa-
tures en faisant sa recette. On n'entendait parler
que du pape, le pape par-ci, le pape par-là, toujours
et partout le pape.

Galtier, qui sentait le péril et se remuait beaucoup, s'emparait des paroles des réactionnaires.

— Vous voyez, disait-il aux paysans, la haine de
la République, c'est le triomphe du pape. Prenez
garde au gouvernement des curés.

Les paysans hochaient la tête :

— Il n'y a pas de danger, disaient-ils.

Mais les curés dans toutes les chaires agitaient le
spectre de la peur et le fantôme du tremblement,
deux figures de ce qu'on nomme l'éloquence sacrée.

Ils produisaient des effets terrifiants sur les
femmes.

— Il faut prendre garde à ne pas te compromettre,
recommandaient-elles à leur mari. Tu vois que le
gouvernement ne répond rien, qu'il est comme mort.
Prends garde !

— Il est de fait, disaient les paysans, que les curés sont toujours les plus forts. Le gouvernement a
beau leur défendre de colporter leurs pétitions pour
le pape, ils les colportent au grand jour, en nar-
guant le gouvernement.

— Oui, disait la femme, et moi je l'ai signée.

— Oh ! femme !...

— Et le petit aussi. Ça m'est égal tout ça, mais je
ne veux pas qu'il nous arrive du mal, et le curé ne
nous raterait pas, va, ni nous ni d'autres. Il n'y a
qu'à filer droit.

Au Cercle on s'occupait de ce que disait Gambetta.
C'était le pôle, l'aiguille aimantée, et Gambetta
disait : « Le cléricalisme, voilà l'ennemi. »

— Oui, c'est la vérité, s'écriait Allard.

— Cette parole est la moëlle de l'opinion en France,
disait Josu.

— Tant qu'on n'en aura pas fini avec le cléricalisme,
la République sera en péril.

— Le cléricalisme, voilà l'ennemi !

M. de Bellevache était instruit du langage que tenaient les républicains.

— Oui, oui, disait-il haut, qu'ils s'en donnent ces messieurs du Cercle, ils n'ont plus tant de jours à vivre. Je ne suis pas du Cercle, moi, et ça m'est égal qu'il leur arrive malheur. Ce n'est pas le cléricalisme qui est l'ennemi, c'est le radicalisme.

— Ce Gambetta !... faisait Mme de Bellevache à l'abbé Fourailloux.

— Il paraît que ce n'est rien du tout.

— C'est un homme de basse extraction.

— J'ai entendu dire par mon professeur de théologie, disait l'abbé Fourailloux, que pas une des phrases des fameux discours de Gambetta, pas une, vous entendez, n'était française.

— Cela doit être, disait Mme de Bellevache.

— Il n'est pas beau, disait M. de Bellevache. Je l'ai aperçu un jour, à Paris. C'est un homme insignifiant.

— Voilà qui ne m'étonne pas, disait Mme de Bellevache ; il doit être laid à faire peur. Cependant, je voudrais le voir et l'entendre parler.

— Comme vous êtes des amis, dit l'abbé Fourailloux, je puis vous apprendre que M. le curé a reçu une lettre de l'évêque de Grenoble dans laquelle on lui demande de redoubler ses prédications contre la République. Il paraît, soit dit absolument entre nous, que nos amis, que nos seigneurs les évêques ont réussi à s'emparer totalement du maréchal. On assure que nous allons agir sous très-peu de jours.

Tout-à-coup on apprit le renvoi du cabinet Jules Simon, on connût la lettre du maréchal et celle de l'illustre philosophe.

Les Roybonnais eurent un moment de stupéfaction, mais auquel succéda un mouvement de colère terrible.

— C'est un coup-d'Etat ! s'écria Crillon.

— Messieurs, s'écria Galtier, c'est de la forfaiture.

— Ainsi, M. Simon, qui faisait si joliment les affaires du clergé, n'a pas suffi à ce vieux soudard. Qu'est-ce que nous allons voir ?

— Ça va être drôle.

— Ça va être chaud.

— En tout cas, il va falloir retrousser nos manches, dit Galtier. Il y aura à jouer du poing.

— Je viens de rencontrer M. de Bellevache, dit Malens. Il m'a dit : «.La République en a pour trois mois, et nous aurons le roi. »

— Il tient à se faire payer ses fleurs de lys celui-là.

— C'est le cléricalisme qui nous vaut ça. C'est un guet-apens dressé par les prêtres.

— Est-ce que ce jésuite de Simon ne pouvait pas deviner ce qui allait arriver !

— On n'est pas ministre sans savoir ce qui se passe.

— Il pouvait dénoncer, dit Galtier, le gouvernement occulte, la camarilla, la réunion chez M. d'Harcourt, chez M. de Broglie et chez le noncé du pape, réunions présidées par la maréchale elle-même, à ce qu'on raconte.

— Laisse donc! dit Allard. Jules Simon n'est qu'un clérical. Il a fait le jeu des cléricaux ; il le fait avec son petit papier que voilà, rempli des excuses les plus plates envers celui qui le balaye. et tu verras, vous verrez tous, qu'il fera ce jeu sa vie entière, qu'il ne ratera jamais une occasion de nuire à la République sous prétexte de libéralisme.

— Etre libéral, c'est donner aux ennemis de la République la commodité de la détruire.

— Allons, mes amis, dit Galtier ; c'est la levée des goupillons. Aux armes !

— Oui, dit Crillon, et si on nous embête trop, après tout, je loge du plomb dans le dos des Chanat et du curé. Ça leur apprendra à vivre, à ces animaux-là.

— Tiens, voilà Monestrel, dit Allard. Dites donc, Monestrel...

— Vous désirez ?

— Vous ne savez pas ce que dit votre gendre ?

— Je n'ai pas de futur gendre ici.

— Mais si, dit Galtier, il y a moi, moi qui épouserai votre fille.

— Et vous serez trop heureux, dit Crillon, d'avoir un pareil gendre, car vous deviendrez le premier du pays ; il a joliment des écus, notre vieil ami Albert.

— C'est là ce que vous me voulez ?

— Non. Nous voulions seulement vous dire que nous nettoyons nos fusils.

— Pour ?

— Pour le cas où l'honorable corporation des cléricaux dont vous faites partie nous embêterait trop..

— Le gouvernement des curés, il n'en faut pas ! s'écria Galtier.

— Ah ! mon Dieu ! ils vont charger leurs fusils ! pensa Monestrel.

A tous les paysans qu'il rencontra, à tous les Roybonnais, Galtier disait :

— Mes amis, Mac-Mahon veut nous ramener Henri V et la dîme.

Le discours de Gambetta à la Chambre, qu'ils lurent le lendemain, donna, aux Roybonnais quelques explications complémentaires dont on avait grand besoin.

— Il est certain, dit Galtier, que Gambetta annonce la dissolution, et que Mac-Mahon se moque de la représentation nationale. Voyez-vous, ce Mac-Mahon qui a conquis son titre de duc de Magenta en se battant pour l'Italie, veut maintenant lui faire la guerre pour restaurer le pape dans ses états ! Prenons garde à ce que dit Gambetta : « La dissolution c'est la préface de la guerre. » De la guerre à l'Italie, pour le pape.

— Qu'ils la fassent, la dissolution ; ils verront ce que ça leur vaudra, dit Crillon.

Les documents s'abattirent comme grêle sur Roybon.

On commença par se gausser du message du maréchal.

— Moi ! moi ! moi ! dit Allard, moi ! n'y a que des « moi » dans ce message.

— Est-ce qu'il se croit populaire, l'illustre Mac-Mahon ?

Ça sentait le prêtre, ces affaires-là. Les circulaires

des ministres n'étonnaient personne, puisque les ministres avaient reconstitué le 24-Mai dans toute sa gloire. On ne s'étonna pas davantage des hécatombes de fonctionnaires, et l'on ne vit pas avec déplaisir le préfet de l'Isère, le célèbre Podcol, prendre des mesures de proscription et de guerre dès son entrée en fonctions.

— Puisqu'il y a bataille, dit Allard, plus la guerre qu'on fait sera rude, plus facilement nous vaincrons.

— Je le crois, dit Galtier ; mais si nous ne recevons plus de journaux républicains, la propagande ne sera pas commode.

— Tant qu'on ne nous aura pas coupé la langue !...

— Le préfet nous défend de distribuer « les journaux ainsi que les livres et les brochures », s'ils ne portent « l'estampille de la préfecture ou celle de la commission centrale de Paris ».

— Mais c'est illégal ! s'écria Crillon.

— Oh ! dit Galtier, tu sais, il ne faut pas nous inquiéter de la loi. J'ignore si nous la violerons, nous ; mais, eux, ils ne feront que ça.

— Avez-vous remarqué que les curés nous regardent en dessous ?

— Et Chanat ? non, avez-vous vu Chanat depuis deux jours ?

— Qu'est-ce qu'il a ?

— Il a grandi. Parole d'honneur ! Bas-du-Dos a grandi. Il se dresse, ce petit homme, il rejette la tête en arrière, il ne sort plus sans monsieur son gendre, l'illustre Félibien, qui semble grandir aussi, et sans le garde-champêtre orné de sa plaque et de son sabre.

— Tu vas voir que ce petit maire va nous ennuyer plus qu'il n'est gros.

— Oh ! ma foi, dit Galtier, s'il m'ennuie trop, je lui réserve un chien de ma chienne...

— Sans t'emporter, Galtier, dit Allard. Dans la lutte qui va s'ouvrir, il faudra garder beaucoup de sang-froid.

— Ne crains rien, dit Galtier, je saurai comment il faudra agir.

Et baissant la voix :

— Il y a Eudoxie, dit-il, il y a Alphonse.

— Et puis, dit Crillon, il va y avoir ton heureux rival, Galtier, le joli. l'adorable Théophile, qui arrive dans deux jours, à ce qu'on dit.

— Oh ! celui-là, dit Galtier, nous nous en amuserons.

M. Théophile arriva par le courrier deux jours après, en effet. Il dîna chez le banquier, qui était venu le chercher dans la Grande-Rue, et immédiatement on l'amena chez les Monestrel, en grande pompe, c'est-à-dire flanqué de M. le maire de Roybon, de Mᵐᵉ Athalire, sa fille, et de M. Félibien, son gendre.

Les Monestrel, prévenus, s'étaient mis en frais de toilette. Lucile n'avait pas voulu s'habiller, mais elle assista très-gaiement à l'entrevue.

— Voici M. Théophile, mon cousin, dit M. Chanat

— Bonjour, monsieur, dit Monestrel, comment vous portez-vous ? Voici notre fille, notre chère Lucile.

M. Théophile salua en s'inclinant d'une pièce. C'était un garçon jeune. extraordinairement gras, qui avait beaucoup de joues, peu de nez et une voix de soprano aigu très-remarquable.

— Papa m'a laissé venir seul, dit-il.

— Oui, dit Chanat, son père n'a pu l'accompagner, sa mère non plus.

— Je suis venu seul, répéta Théophile.

— Monsieur n'est pas habitué à sortir sans sa bonne ? demanda Lucile.

— Non, mademoiselle, je ne sors pas sans papa.

— Et où avez-vous été élevé ? demanda Lucile.

— Chez nous, mademoiselle, à Vernoux département de l'Ardèche, chef-lieu Privas.

— Oh ! vous savez votre géographie, dit Lucile ; vous avez dû faire vos études au lycée de Tournon.

— Faire mes études, mademoiselle, je ne sais pas. Mais Tournon est une ville du département.

— Oui, du département de l'Ardèche, dit Lucile.

— Mais, certainement, dit Chanat. qui regardait Lucile avec inquiétude.

— Mais, certainement, mademoiselle, certainement, dit Théophile.

— Ah ! dit Lucile, et qui vous a appris la géographie ?

— Les bons frères, mademoiselle, les bons frères.

— Et ils ne vous ont appris que ça ?

— Oh ! excusez, mademoiselle, ils m'ont encore appris la lecture, l'écriture et le calcul.

— Et puis c'est tout ?

— Mais... fit Chanat.

— Ce n'est pas tout, mademoiselle, je sais encore mon catéchisme. Je puis le réciter d'un bout à l'autre sans m'arrêter : « Qu'est-ce qu'un chrétien ? — Un chrétien, c'est celui qui ayant été baptisé, croit et professe la... ».

— Oh ! je ne vous demande pas de me réciter le catéchisme, dit Lucile.

— Mais, mademoiselle Lucile, dit Chanat, vous l'interrogez...

— C'est vrai, Lucile, dit Mᵐᵉ Monestrel, tu interroges monsieur...

— Ah ça ! voyons, dit Lucile d'un ton bref, monsieur vient pour m'épouser ?

— Oui, mademoiselle, oui, dit Théophile ; je viens pour vous épouser. Mon cousin, M. Chanat, un grand banquier après avoir été un grand notaire, maire de Roybon (Isère), a écrit à mon père que...

— Laissez-nous tranquilles, s'écria M. Chanat, on ne vous demande pas ça, Théophile.

— Oh ! que vous avez eu tort d'interrompre monsieur, dit Lucile ; il allait nous raconter des choses intéressantes. Dites-moi, monsieur Théophile, ce sont les frères qui vous ont élevé ?

— Les frères, oui, mademoiselle, ces bons frères, ces excellents frères de Vernoux.

— Ils vous ont fort-bien élevé, dit Lucile.

— Ces bons frères me disaient toujours que j'étais si gentil.

— Ils avaient raison, dit Lucile, qui se tut.

— Et vos parents se portent bien, monsieur Théophile ? demanda Monestrel.

— Oh ! très-bien, monsieur. Ils sont gros ! beaucoup plus gros que moi.

— Et votre père est agriculteur ?

— Marchand de vins, monsieur.

— Mais il est agriculteur aussi, puisqu'il a des terres, intervint Chanat.

— Oh ! mon père a des terres, c'est vrai, dit Théophile.

— Nous examinerons ça, dit Monestrel d'un air bienveillant.

Et la visite fut terminée.

— Vous savez, dit Chanat en sortant, que Mlle Lucile s'est moquée de nous.

— Qu'elle se moque, dit sèchement Athalire, quand elle sera mariée on la mettra au pli.

Monestrel, qui, par politesse, était demeuré sur le pas de la porte jusqu'à ce que les Chanat eussent disparu, revint vers sa fille.

— Il est bien, ce jeune homme, dit-il.

— Oui, dit Lucile en riant, très-convenable.

— Tu le trouves à ton goût ?

— Je le trouve charmant.

— Tu vois, dit Monestrel, qu'il ne fallait pas tant te presser d'aimer ton Galtier.

— Je le vois à-présent. Mais le moyen de deviner que M. Théophile serait si gentil ?

— Tu ne vois pas, dit Mme Monestrel, que Lucile se gausse de toi ? Et elle n'a pas tort...

— Pas tort ?

— Non, car il ne me plaît pas du tout, à moi, ce monsieur. Il a l'air d'un apoplectique et il parle comme une serinette. J'aimerais mieux Galtier...

— Qu'est-ce que tu dis ?

— Et puis, son père est dans le commerce, à ce qu'il paraît, à ce Théophile. Le commerce n'est pas sûr. M Chanat ne nous avait parlé que de propriétés...

— Oh ! mais, je saurai à quoi m'en tenir, dit Monestrel. Il a été entendu que M. Théophile apporterait les titres de propriété de sa famille, et tu peux être certaine que je les vérifierai exactement.

— J'en suis persuadée, mais le commerce peut vous forcer d'un jour à l'autre à vendre vos propriétés. Je n'ai pas confiance dans le commerce, moi.

— Enfin, M. Chanat est un homme sérieux, il nous garantit que son cousin est aussi riche que Galtier ; ainsi...

— Quand on est si riche que ça, on ne fait pas élever son fils par les frères. On l'envoie au lycée. La fortune d'Albert est presque palpable pour nous autres Roybonnais, et...

— Mais c'est un ennemi !

— L'argent raccommode.

Lucile était remontée en sa chambre et, dans l'intérieur d'un livre prêt à être refermé si on entrait, elle écrivait à Albert.

« Mon cher Albert, lui disait-elle, je viens de voir mon joli petit futur. Il m'a conquise immédiatement. Je l'ai interrogé et il m'a parlé des bons frères, des excellents frères qui l'ont élevé, avec une voix de sifflet qui m'a touchée au cœur. Il est gracieusement bâti de sa personne. Vous le verrez. Je ne sais à quoi vous dire qu'il ressemble. Je ne trouve rien de si vilainement gras dans la nature, et il n'est pas possible qu'il existe quelque chose de plus niais. Je crois le pauvre garçon destiné à s'en retourner aussi seul que possible. Je le plains, car ce ne sera pas sa faute. Il n'avait pas demandé à venir.

» Le plus attrapé ce sera notre bon ami Chanat. Il avait accompagné Théophile. M. et Mme Athalire avaient accompagné Chanat. Mon futur n'était que fort naïf. Mais les Chanat étaient aussi ennuyés que possible et de mes questions et des réponses du natif de Vernoux (Ardèche). Le banquier, qui n'est pas bête, sentait que je me moquais de son protégé. C'était drôle de les examiner les uns après les autres, sans oublier Mme Athalire avec son visage qui a l'air de vouloir perforer l'espace.

» Ils sont partis mécontents. Mon père avait déjà commencé à aborder la question d'argent. M. Théophile a fait une réponse peu affirmative à l'endroit de ses propriétés. Ça n'a pas marché.

» Et ce qu'il y a eu de plus beau, c'est ma mère, qui sans faire crier trop fort mon père, a déclaré qu'elle vous préférait à l'autre. Nous voilà un auxiliaire. Si j'ai un peu de flair je puis jurer que mes parents seront les premiers à lâcher M. Théophile. Je n'aurai pas à m'en mêler.

» Ce sera heureux ! Mais dites-moi, Albert, s'il y a quelque chose de vrai dans ce que mes parents disent que vous pourriez être forcé de vous expatrier bientôt, ainsi que tous les républicains? C'est le curé qui tonne cette belle chose aux oreilles de mon père. Si jamais une chose pareille arrivait, Albert, je vous suivrais. Je ne resterais pas avec ces méchantes gens qui vous auraient fait partir.

» Car, je vous aime tant, mon Albert, que je ne pourrais vivre loin de vous. C'est déjà beau de ma part de ne plus aller chaque jour chez Anna et de ne pas demander de vous y rencontrer. J'irai après-demain, cependant, ma mère ayant une course à faire chez la marquise, pendant laquelle je sortirai. Si elle gronde, je lui dirai que je voulais vous voir. Elle en sera quitte pour regretter de ne pas être tombée trois ou quatre fois sur notre dos durant notre entretien. Faites en sorte de vous trouver chez Anna.

» Et méfiez-vous, Albert, de ce que font les réactionnaires. Le curé a dit à mon père que la Chambre allait être dissoute, qu'on ferait des élections, et que si elles n'étaient pas catholiques on fusillerait les républicains. Le curé va partir pour Grenoble où son évêque le demande. Veillez bien, veillez sur mon Albert que j'aime de tout mon cœur. Qu'il ne lui arrive rien... qu'un baiser de moi. »

Albert profitait des avis que Lucile ne manquait pas de lui transmettre. Il lui répondait chaque jour, et Lucile cachait ses lettres dans son armoire, au milieu du linge dont elle ne se servait plus, car elle ne voulait détruire aucune des protestations d'amour qu'il lui adressait.

Mais la jeune fille ne tarda pas à recevoir deux lettres au lieu d'une. Lucile étant à sa fenêtre, une jeune bonne très-avenante, que M. Chanat avait prise à son service, Angélique, lui jeta un petit poulet en courant.

C'était le jeune Théophile qui, à l'instigation de son cousin, couchait ses sentiments sur du papier qu'il réglait proprement afin d'écrire droit. Ses lettres, assez régulières, affectaient ces pleins et ces déliés qui font se ressembler à s'y méprendre les écritures des élèves des écoles des frères. Il était visible que c'était Chanat qui rédigeait les missives ; mais le jeune écolier ne pouvait suivre avec une attention suffisante le brouillon qu'on lui donnait, et des fautes d'orthographe se retrouvaient sous sa plume.

« Mademoiselle, écrivait-il. On peut vous dirē que je vous aime sans mentire, car il aie vrai que mon cœur a des soupir pour le vôtre qui sont des soupirs du plus beau des amours, sans nier que ces amour ces le premier que j'ai eut dans ma vie. »

Lucile envoyait ces lettres à Albert, et c'est Albert qui y répondait par la plume d'Anna, dont l'écriture féminine trompait M. Chanat, M. Filébien et Mme Athalire.

— J'ai prévenu M. Monestrel que Théophile écrirait, disait Chanat. Il y a consenti. Je croyais que Mlle Lucile ne répondrait pas, mais elle a répondu ; et quoique ses lettres ne paraissent pas sérieuses et qu'elle ne les signe de nulle façon, elles n'en sont pas moins compromettantes pour elle. Je regrette cependant qu'elle ne les signe pas. Mais enfin, le cas échéant, je les mettrai sous le nez de M. Galtier.

— Et Galtier répète partout qu'il l'épousera, disait M. Félibien.

— Je l'enverrai à Cayenne ! s'écriait M. le maire de Roybon en se gonflant dans son importance.

Et il croyait sincèrement qu'il le ferait. Il s'était mis en rapport avec des bonapartistes de Paris qui lui avaient écrit entre autres choses :

« Nous savons que nous pouvons faire fond sur vous... Soyez certain de notre succès. Nous sommes d'accord avec le clergé, qui viendra à nous quand il aura constaté qu'il n'y a rien à faire avec le roi et le droit divin. Nous aurons certainement la majorité aux prochaines élections. Si nous ne l'avons pas absolument, nous enverrons les députés républicains faire un voyage en Nouvelle-Calédonie, où ils retrouveront leurs amis. Nous en finirons certainement cette fois. Ne vous gênez donc pas ; faites ce que vous voudrez : on vous tiendra compte de tout le lendemain de la victoire. »

— Si nous devons donner de l'argent, disait Félibien, nous en donnerons.

— Du nôtre ? Oh non, pas du nôtre, répondait Chanat. S'il faut donner de l'argent, j'en trouverai ; mais je ne prendrai rien dans ma poche ni dans ma banque.

— Nous allons travailler les côtes des rouges.

— Oh ! ça va bien, dit Chanat. On invoque les décrets de 1851 et de 1852. Avec quel plaisir je les verrai partir dans une charrette, avec des menottes, ces Allard, ces Galtier, ces Crillon !

En attendant d'avoir des menottes, Galtier se démenait furieusement. Il courait de village en village, de grange en grange. Il reformait les manières de comités qui avaient fonctionné pour la nomination des maires. Il prévenait les paysans qu'il y aurait une dissolution ; que pendant plusieurs mois on les persécuterait.

— Attendez-vous à tout, disait-il.

Et, entrant dans leur caractère :

— Ne vous révoltez de rien ; promettez ce qu'on vous demandera, prenez les bulletins de quelque part qu'ils viennent ; répondez oui aux curés. Seulement, le jour du vote, votre femme n'entre pas dans la salle, et personne ne voit votre bulletin, le vote est secret : alors...

— Compris, allez, monsieur Galtier. Soyez sans crainte.

XVIII

BRANLE-BAS DE COMBAT

Le curé de Roybon, sur l'ordre de son évêque, s'était rendu à Grenoble. Il en était revenu, mais il n'avait soufflé mot à personne, pas même à l'abbé Fourailloux, de ce qui lui avait été commandé.

Les Bellevache avaient eux-mêmes mis une sourdine à leurs propos.

Il y avait une sorte de recueillement qui devait provenir de ce que l'on émettait des doutes sur le vote de la dissolution. Cependant les héros du ministère, les Broglie, les Fourtou, les Brunet, les Paris, devaient avoir pris leurs précautions avant de s'engager dans une aventure où ils allaient se montrer à la hauteur morale de Napoléon III.

La rapidité des changements administratifs, les mesures prises, la mainmise de la camarilla sur la France, indiquaient que tout avait été arrangé, entendu, délibéré, fixé, avant la fameuse lettre du maréchal à M. Jules Simon.

Ce recueillement, ces préparatifs, n'annonçaient rien de bon.

— On ne sait ce que l'évêque a prescrit au curé, disaient les Roybonnais surpris de ne pas connaître une chose concernant leur village.

— Nous allons assister, disait Crillon, à la plus grande coquinerie du siècle.

— Nous aurons un nouveau brumaire ou un second décembre.

— Ma foi, ces gens-là, pour agir comme ils font, sont peut-être encore plus canailles que ceux de Décembre.

— C'est des cléricaux, tout leur est permis, même l'impossible.

— Ça ne se passera pas comme ça, disait Allard, quand nous devrions prendre nos fusils.

—Mais les bonapartistes sont plus forts que nous à Roybon.

— Mais ce n'est pas à Roybon seulement que se passent les choses de la politique ; et si le Dauphiné se soulève, les Roybonnais et tous les réactionnaires du pays ne pèseront pas lourd.

— D'ailleurs, en prenant seulement le canton où Roybon est l'exception, on maîtriserait les bonapartistes de Roybon.

Et comme l'on avait répété que Chanat voulait envoyer les républicains à Cayenne :

— Hé bien, moi, s'écriait Crillon, je le pendrai au plus gros noyer de la route, le petit Bas-du-Dos ; vous pouvez lui dire ça de ma part. Tenez, vous voyez, je le prendrai ainsi, entre le pouce et l'index, et houp !

Chanat auquel le propos était rapporté pâlissait.

— Oh ! c'est qu'ils sont capables de faire ce qu'ils disent, ces rouges !

Il interrogeait Monestrel :

— N'est-ce pas, qu'ils le feraient ?

— Oh ! c'est certain, répondait Monestrel. Ils sont d'une violence ! Je les entends au Cercle...

— Il faut prendre les devants, dit Chanat.

— Et quand conviendrons-nous d'un rendez-vous pour voir les titres de propriété de M. Théophile ?

— Ah ! oui, il faut que j'arrange ça ; je n'ai pas encore vérifié moi-même ce qu'il a apporté. N'est-ce pas que c'est un garçon charmant ?

— Il est comme-il-faut. M. le curé m'a dit qu'il assistait à la messe chaque matin.

— Il n'y manque pas. Aussitôt arrivé il a été souhaiter le bonjour à nos frères de la part de ceux de Vernoux, qui l'ont élevé.

— J'ai su ça, dit Monestrel.

— Il écrit quasi chaque jour à votre fille.

— Et Lucile, elle lui répond ?

—De temps en temps.

— Ah ! seulement de temps-en-temps.

— Une ou deux fois par semaine, en moyenne ; mais des lettres assez passionnées.

— Ma fille écrit des lettres passionnées !

— Ma foi, dit Chanat, elle lui dit qu'elle l'aime éperdument et qu'elle le trouve le plus beau du monde.

— Vraiment ! Je ne sais si j'ai fait sagement d'autoriser ce trafic ; ma femme prétend que non ; et si M. le curé ne m'avait pas déclaré qu'il n'y avait aucun danger à permettre...

— Mais aucun. Que voulez-vous que ça leur fasse de s'écrire ?

— Vous avez raison, mon cher monsieur Chanat. Il faudra un de ces jours me montrer les lettres de ma fille.

— Vous avez le droit de les voir.

— Hé bien, alors, quel jour prenons-nous pour vérifier la fortune de M. Théophile ?

— Je vous dirai ça. Dans ce moment-ci je me trouve tellement absorbé par les affaires politiques...

— Il paraît que ça marche admirablement.

— Admirablement ! Nous reverrons les Napoléon.

— Oh ! ce sera Henri V. M le curé et M. de Bellevache m'assurent que ce sera Henri V.

— Mais Henri V, s'écria M. Chanat, c'est le droit d'aînesse, c'est la dîme.

— Nos pères vivaient avec le droit d'aînesse et la dîme. dit Monestrel, il n'y a pas de raison pour ne pas vivre comme nos pères. Moi, j'étais l'aîné de ma famille ; et si j'avais hérité seul, j'aurais eu une plus grosse somme d'argent, je serais beaucoup plus riche.

— Vous êtes assez riche comme ça, monsieur Monestrel.

— Oh ! j'ai un petit bien, un pauvre petit bien.

— Ne risquez pas de ces affirmations-là devant votre ancien notaire.

— C'est vous, mon cher monsieur Chanat, c'est vous qui êtes riche. Vous êtes le premier du pays, après M. Galtier.

— Oh ! toujours ce Galtier ! s'écria Chanat. Quand est-ce que vous aurez fini, vous et les autres, de me le jeter à la tête ?

— Je ne savais pas vous contrarier, dit Monestrel.

— Oh ! ce n'est pas que ça me contrarie précisément, dit Chanat ; mais je pense que ce républicain répète, chaque jour que Dieu fait, qu'il deviendra votre gendre et qu'il me fera fusiller.

— Oui ; mais moi je vous déclare, mon cher monsieur Chanat, qu'il n'aura pas ma fille. Je ne veux pas d'un Galtier, quand même ce serait Crésus en personne.

— Vous voulez avoir un homme pieux qui assure le bonheur de Mlle Lucile.

— Oui, certainement, je veux un bon catholique.

— Et ce Galtier est libre-penseur. Il ne voudrait peut-être pas se marier à l'église.

— Oh !

— Hé !... qui sait si ce n'est pas lui qui a empêché votre fille de faire ses Pâques. Ils se rencontraient chez Crillon.

— Vous m'y faites penser. Mais à présent que ma fille est tournée vers M. Théophile, elle refuse encore d'aller à confesse. Ma femme la tourmente sans cesse pour la faire communier. J'ai dans l'idée que Lucile n'aime pas M. le curé.

— Ah ! voilà ! J'ai dit souvent au curé qu'il devrait avoir ici un jeune vicaire.

— Mais M. l'abbé Fourailloux est jeune.

— Oui, mais il faut être femme faite pour l'apprécier. Ce qu'il faudrait pour nos petites bourgeoises, c'est quelque freluquet, un prêtre blond, un peu féminin. Comment voulez-vous qu'une jeune fille se laisse prendre à cet ours brun, brutal, qui répond au nom de Fourailloux ?

— C'est un prêtre, dit Monestrel.

— Ah ! prêtre, oui, sans doute ; mais cela ne suffit pas toujours... Je crois que ces messieurs vont avoir à travailler.

— Vous croyez ?

— Vous comprenez qu'ils jouent leur vie.

— Vraiment !

— Si les républicains l'emportaient aujourd'hui, ils tueraient certainement les prêtres.

— Oh ! monsieur Chanat, croyez-vous ? Oh non ! ils ne feraient pas ça.

— Ils en sont capables.

— Oh ! quant à en être capables, évidemment ; mais ils n'oseraient pas recommencer ce qu'ils ont déjà fait sous la première Révolution. Ils n'oseraient pas.

— Tablez sur leur bienveillance, dit Chanat, et sur leur mansuétude ! Tenez, Crillon, cet huissier, Crillon veut me pendre, moi !

— Vous pendre ?

— Oui ; il a dit qu'il me pendrait au plus gros noyer du chemin.

— Oh ! fit Monestrel, il voulait rire. Cependant je sais qu'ils ont déclaré tous tant qu'ils sont, Galtier, Crillon, Allard, Josu. Malens et jusqu'à Véran, que si jamais le roi revenait, ils chargeraient leurs fusils.

— Vous voyez qu'il vaut mieux ramener un empereur.

— Oh ! ce n'est pas l'avis de M. le curé.

— Mais, diantre ! c'est le mien ! s'écria Chanat ; et si les curés bronchent. Napoléon leur donnera une leçon dont ils se rappelleront. Diantre ! après tout, M. le curé... M. le curé... je suis son ami, nous sommes les amis des curés ; mais il ne faut pas qu'ils nous ennuient. Enfin nous allons toujours nous battre contre les républicains. Une fois débarrassés de ces lépreux, de ces chancres, nous réglerons nos comptes. En attendant, je crois que vous ferez sagement de vous défier des républicains.

— Oh ! je m'en défie, dit Monestrel ; je sais que, selon la parole de M. le curé. ce n'est que gibier de bagne et de guillotine.

Et en se rendant au Cercle, Monestrel murmurait :

— En y réfléchissant mûrement, ce Galtier et ce Crillon seraient encore capables de faire un mauvais coup. Le père de Galtier m'aurait assassiné vingt fois s'il n'y avait pas eu de gendarmes Mais j'aperçois Mme de Bellevache.

Mme de Bellevache passait, très-pressée.

— Je vais voir mes deux ou trois pauvres, dit-elle, et ce malheureux Boiron qui s'est cassé la jambe.

— Vous êtes si bonne, madame de Bellevache ! dit Monestrel, si bonne ! Vous êtes la providence de nos pauvres.

— Un simple intermédiaire entre la Providence et eux, dit Mme de Bellevache ; mais je crois que je réussis dans ma mission et que je ramènerai quelques-uns de ces pauvres égarés. Vous verrez qu'ils voteront sagement aux prochaines élections.

M. Monestrel entra au Cercle.

— Je viens de rencontrer Mme de Bellevache, dit-il ; elle est si compatissante pour les pauvres, que ceux-ci, par reconnaissance, voteront comme elle voudra aux prochaines élections.

— Qui est-ce qui dit ça ? demanda Galtier.

— C'est elle-même, répondit Monestrel, qui vient de me le dire.

— Ah ! ah ! pensa Galtier, la charité de Mme de Bellevache n'est qu'un moyen de propagande réactionnaire ? Attends un peu !

Et, s'informant des malades et des pauvres du pays, il ordonna à Gérard, son domestique, de ne les laisser manquer de rien.

Mme de Bellevache vit qu'on lui coupait l'herbe sous le pied. Un jour, elle rentra chez elle furieuse, et comme l'abbé Fourailloux la saluait :

— Hé ! l'abbé, fit-elle, laissez-moi en paix ! Quel pays que celui-ci !

— Oh ! madame de Bellevache, est-ce que le pays vous déplaît maintenant ?

— Un pays où il y a un sale républicain assez riche pour m'empêcher de faire le bien !

— Oh ! madame !...

— Ah ! c'est un fameux trou que Roybon !

— Madame de Bellevache, je vous en prie !...

— Je vais chez mes pauvres, mes malades, des pauvres et des malades à moi ! Qu'est-ce que je vois ? Ils ont de l'argent, des vivres ; le médecin est venu les voir.

— Est-il possible ?

— Oui ; c'est ce Galtier qui l'a envoyé chercher
exprès au Grand-Serre ; c'est lui qui distribue l'argent.

— C'est un vilain homme ! s'écria l'abbé Fourailloux. Mais ne craignez rien, madame de Bellevache, je ferai un sermon, dimanche prochain, sur la
charité intéressée. Vous verrez comme j'arrangerai
ce Galtier.

— Faites votre sermon, mais il n'empêchera pas
que... L'abbé, vous allez tout-de-suite me découvrir, dans les environs, des pauvres, des malades
que ce Galtier ne connaisse pas.

— Oui, madame de Bellevache, je vais vous en
trouver.

— Ah ! cette idée me calme un peu. Asseyez-vous
là, près de moi. Savez-vous quel jour commence la
grande bataille ?

— Ça ne va tarder, madame de Bellevache ; les
Chambres se rassemblent demain.

Les Chambres se rassemblaient, en effet, et les
Roybonnais, à quelque parti qu'ils appartinssent,
étaient inquiets ; et même les habitants qui se mettaient à la dévotion du curé ou du banquier Chanat
exprimaient assez haut leurs angoisses, et leur confiance dans l'avenir du cléricalisme n'était pas considérable.

— Nous payerions cher, entendait-on dire à des
cléricaux notoires, pour que le Sénat refusât la dissolution et nous laissât tranquilles.

— Qu'est-ce qui va sortir de ça ? disaient d'autres
réactionnaires. Le commerce ne va plus aller. On
n'amènera plus rien aux foires. Les fermiers ne paye-
ront plus leurs fermages. Les grangers négligeront
les récoltes.

— On ne gagne rien à ces affaires-là.

— Les bourgeois des villes font comme ça des
opérations qu'ils devraient négliger s'ils pensaient
un peu aux paysans.

— Nous ne sommes pas faits, nous autres, pour
ces coups de tête. Si Henri V ou Napoléon reve-
naient doucement reprendre leurs trônes, ça serait

sans doute pour le mieux, et le bon Dieu serait content ; mais avec des batailles, ça ne nous va guère. Ils feraient aussi bien de rester où ils sont, ces prétendus prétendants.

— On ne sait jamais ce que sera demain quand on change de gouvernement aujourd'hui.

— Nous voulons la paix avant tout.

Les républicains répandaient à foison les manifestes des gauches du Sénat et de la Chambre. Le député de l'arrondissement de Saint-Marcellin avait joint à ces manifestes un court appel aux sentiments républicains des Dauphinois de la région. Les républicains de Roybon laissaient dans les maisons des paquets de ces documents en recommandant de les distribuer avec intelligence. Les paysans donnaient franchement raison aux gauches. Les réactionnaires roybonnais se sentaient noyés dans l'opinion de la majorité des électeurs des Chambarans, et ce n'était pas fait pour les rassurer.

— Car, disaient-ils, le jour où les républicains du pays sortiraient avec leurs fusils, notre nombre, à nous, ne serait pas considérable et nous passerions un mauvais quart d'heure.

— Enfin, répétaient ces réactionnaires, le Sénat ne votera sans doute pas la dissolution.

A la rentrée des chambres, les gens de toutes les opinions se jetèrent sur les journaux, et ceux qui n'avaient pas l'habitude d'en lire ou qui ne savaient pas lire, stationnèrent à la porte du Café-du-Cercle pour avoir les nouvelles.

Cela servait encore à des distributions du manifeste, et Galtier avait fait imprimer un papier contenant les protestations des chambres de commerce, notamment de celle de Vienne, contre l'attentat auquel se livrait Mac-Mahon.

L'inquiétude était si grande, que les paysans venaient du fond de la campagne et qu'on les voyait errer par groupes au milieu du village et remplir les cabarets.

— C'est mauvais, disait Mme Monestrel, quand on

voit les cultivateurs quitter leurs travaux des champs pour pérorer dans les cafés.

— Oui, disait Monestrel, ça me rappelle 1848, quand les hommes venaient à Roybon et que le père Galtier prononçait des discours, monté sur un tonneau, sous la halle. Les paysans n'étaient pas bons après l'avoir entendu.

— Albert fait comme son père. Il parle à ceux qui viennent ; il leur distribue des brochures, des journaux.

— Et tu voudrais en faire ton gendre !

— Tu sais mieux que moi qu'il a le plus lourd magot du pays, et tu connais le prix de l'argent.

Monestrel était précisément attaqué dans ce qu'il avait de sensible, sa bourse, par les personnes auxquelles il devait.

Josu, qu'il n'avait l'habitude de payer que tous les ans, en décembre ; un négociant en vins qui lui avait vendu trois hectolitres de vin de Nîmes ; un marchant de fagots ; un propriétaire qui lui avait cédé un morceau de Chambaran, tous réclamaient immédiatement leur argent sous menace de poursuites, et tous donnaient cette raison qu'ils ne savaient ce qui allait se passer et qu'ils voulaient rentrer en possession de leurs capitaux.

Monestrel, qui éloignait le plus possible ses payements de l'époque à laquelle il avait contracté sa dette, tarda à s'exécuter. Il reçut du papier timbré.

— Ça va mal, décidément. pensa-t-il.

Et en tirant son argent de son tiroir, ce qu'il ne faisait, jamais sans le soupeser, le remettre, et finalement le sortir en poussant des soupirs à fendre son âme, il lui prenait des doutes sur la légitimité d'Henri V.

Bergeron, auquel il devait encore 300 fr., les exigea. Monestrel se fit tirer l'oreille.

— Oh ! lui dit Bergeron, vous savez, dans quelques jours on aura peut-être mis le feu aux récoltes et aux bois, et il pourra y avoir des garnisaires dans les maisons. Je veux mon argent, et en or.

Si on rélamait à Monestrel, celui-ci de son côté, exigeait qu'on le payât, mais les pauvres diables auxquels il avait affaire, et dont il hésitait à grossir la dette avec du papier timbré, refusaient de se dessaisir.

Mme Monestrel était atterrée.

— Tu vois ce qu'ils disent, Monestrel, s'écriait-elle, qu'est-ce que nous allons devenir ?

— On me saigne, on me saigne à blanc ! répétait Monestrel. Tiens, fille du diable, c'est ton Galtier qui me vaut ça.

Lucile répondait en riant :

— Oui, mon Galtier à moi, mon futur mari.

— Mais, malheureuse ! tu réponds à M. Théophile !...

— Ah ! ah ! dit Lucile, vous savez donc qu'il m'envoie des lettres, ce monsieur ? Je m'en doutais. Vous devez être alors très-satisfaits que l'on y réponde.

— Oui, dit Mme Monestrel, si tu veux en faire ton mari ; mais si tu as d'autres lubies...

— Elle ne doit avoir que nos idées à nous, s'écria Monestrel.

— Il faudrait pour cela que vous en eussiez.

— Qu'est-ce tu dis, fille du diable ?

— Je dis que vous ne savez même pas si vous consentirez à me laisser épouser M. Théophile, puisque vous n'avez pas examiné la fortune de ce monsieur. Permettez-moi donc de vous dire que c'est autoriser un peu tôt les correspondances.

— C'est vrai, dit Mme Monestrel ; je te l'ai déjà fait entendre, Monestrel ; notre fille pourrait être compromise.

— Tu as raison. Je t'autorise, Lucile, à ne plus répondre.

— Je n'ai pas besoin de votre autorisation ni à l'un ni à l'autre, pour faire ce que j'estime être honnête. C'est ainsi que, malgré vous, s'il le faut, j'épouserai Albert.

— Ton Albert ! s'écria Monestrel, tiens, regarde

ce qu'il fait là, dans la Grande-Rue. Il a vingt personnes autour de lui.

— Il fait de la propagande républicaine.

— Joli métier.

— Tu fais bien de la propagande pour Henri V, toi, et tu risques de faire couler des flots de sang, de nous faire massacrer dans cette maison au milieu des horreurs de la guerre civile. Albert soutient le gouvernement existant ; il ne veut pas de guerre civile, lui ; ce n'est pas un révolutionnaire, lui.

— C'est moi qui suis le révolutionnaire, sans doute ?

— Mais certainement, dit avec netteté Lucile, vous êtes un révolutionnaire.

— En voilà d'un autre ! ah ! fille du diable, va ! Faut-il que tu sois pleine de la perversion de Satan pour prononcer de telles infamies !

— Ah ! mon Dieu ! s'écria Mme Monestrel, voilà la foule qui grossit et Albert qui monte sur une borne. Une borne ! une borne ! c'est la révolution ; nous sommes perdus !

Albert s'était effectivement juché sur une borne pour être mieux entendu du groupe qui l'entourait. Il racontait ce qui s'était passé à la Chambre, au Sénat, ce que les journaux avaient apporté sur ces fameux débats.

Chaque fois qu'on entendait un mot de la loyauté, du patriotisme, du chevaleresque de Mac-Mahon, on éclatait de rire, malgré le peu d'envie qu'on en avait. Le nom de Broglie était hué. Celui de Fourtou, moins connu, laissait les gens froids. Mais quand le nom de Gambetta éveillait l'attention :

— Ecoutons, écoutons, disaient les paysans.

Et les intentions les plus fines du grand tribun étaient soulignées. Ses recommandations, ses prédictions applaudies.

Galtier lisait le discours de Gambetta en entier :

« Personne ici ne croit plus que moi à la sincérité, à la conviction, à l'élévation du caractère de M. de Fourtou. »

Les paysans se touchaient du coude et clignaient de l'œil d'un air malin, marquant qu'ils comprenaient.

Galtier continuait à lire :

« C'est parce que cette expérience du 24-Mai a frappé au vif tous vos rêves d'espérance, toutes vos coupables convoitises ; c'est parce que le pays a trouvé le moyen de signifier sa volonté malgré les corruptions, malgré les oppressions, que vous êtes réduits à vous dérober derrière le maréchal, derrière son épée, qui constitue votre dernière ressource ; c'est pour cela que vous essayez de troubler l'esprit du premier magistrat de la République et de lui faire croire qu'il va sauver l'ordre et la Constitution. Ah ! vous devez bien rire entre vous ! »

— C'est ça, c'est ça, disait-on à voix basse.
— Ecoutons, écoutons.

« Les trois partis et, si je prenais à la lettre le programme de M. le ministre, je dirais les quatre partis qui se sont associés pour conduire la campagne électorale ne sont pas tous guidés par le même esprit.

» En effet, les uns peuvent croire que le maréchal est une Constitution à lui tout seul et que le mac-mahonat est un régime politique. C'est ce que M. de Fourtou appelait tout-à-l'heure la stabilité assurée.

» Et puis, nous avons ceux qui pensent que, jusqu'en 1880, le maréchal est chargé de garder la place du roi et que, si on faisait les élections avec un certain art, alors, en 1880, on a eu soin de le faire stipuler au maréchal... »

— Oh ! oh ! faisait la foule.

« ... On pourrait préparer la rentrée du roi.

» Il reste un autre parti, celui-là est divisé en plusieurs groupes, peu nombreux, il est vrai. Dans ce parti, il y a une corporation très-honnête qui a le secret de sauver les sociétés : un bataillon de chasseurs, et l'affaire est faite !... »

— Vous entendez ? vous entendez ? disait-on.

Et quand Galtier reprenait d'une voix plus forte :

« Maintenant, à côté de ces divers partis, il y a le parti condamné dont vous avez dénoncé les manœuvres criminelles le 4 mai 1877. Toute la France l'a dit : « Le cabinet républicain a été condamné « parce qu'il a accepté un ordre du jour contre les « ultramontains et les jésuites ». Le 4 mai, M. Jules Simon a dit que cette prétendue captivité du pape était une invention mensongère. Deux jours après, en haut du Vatican, on relevait cette parole du ministre républicain, et c'est de là qu'est parti le coup du 16-Mai. Un cri a traversé la France. On a dit : « C'est un coup des prêtres, c'est un ministère des curés ».

En entendant ces paroles qui correspondaient exactement à leurs sentiments, les cinquante personnes groupées autour de Galtier ne purent s'empêcher d'applaudir et de crier :

— Oui, oui, c'est ça.

Le discours de Gambetta produisait son effet sur les populations rurales comme sur la Chambre. Ceux qui l'entendaient se sentaient plus forts, et ils se répandaient pour répéter ce qu'ils avaient entendu.

— Ah ! c'est un homme qui parle bien, ce Gambetta ! disaient-ils.

— C'est un fier homme, voyez-vous !

— Si nous ne l'avions pas, ça pourrait nous coûter cher.

— Ne craignez rien, disait Galtier, il est là, au milieu des républicains, et, ensemble, marchant sans défaillance, nous assurons la victoire.

De plus-en-plus les paysans accouraient à Roybon. Le canton se rassemblait au chef-lieu. On suivait journée par journée les discussions ; on s'informait de ce que pensaient les réactionnaires.

Ceux-ci ne grouillaient pas. Ce va-et-vient de campagnards les inquiétait. Le maire de Roybon était invisible. L'huissier Rama, de Viriville, devenu l'homme de Bellevache, et qui avait, quelques jours auparavant reçu, la nuit sans pouvoir reconnaître ses agresseurs, une volée de coups de bâton dont il était longtemps resté évanoui, ne se montrait pas à ces paysans qu'il assassinait de frais pour la plus petite dette. Le curé allait de sa cure à l'église ; l'abbé Fourailloux ne sortait pas davantage. Seule, Mme de Bellevache regardait de sa fenêtre, son binocle à la main, les groupes animés d'où s'échappaient des cris de haine contre le cléricalisme et où les moindres altercations devenaient violentes.

Quand on apprit que la dissolution était votée, les paysans se dispersèrent, mornes pour la plupart, perplexes ou irrités.

Alors les réactionnaires reparurent.

La dissolution était enlevée le 25 juin ; le 26, elle était connue à Roybon ; le 27, les journaux apportaient les nouvelles ; le 28, on vit M. Chanat, banquier, maire de Roybon, parcourir les rues du bourg en compagnie de son gendre M. Félibien, de son cousin M. Théophile, venu pour épouser Mlle Lucile Monestrel, et du garde-champêtre.

En temps ordinaire, on aurait dit de ces personnages : « Tiens, les voilà qui passent ! »

Mais ils avaient une attitude particulière qui ne permettait pas aux Roybonnais de considérer cette promenade comme banale.

M. Chanat marchait à deux pas en avant de ses parents. Il était vêtu de noir, en redingote, contre son habitude, et il avait une cravate blanche. En regardant sous sa redingote, on constatait que son écharpe de maire se trouvait dans sa poche en face de son portefeuille.

Les gendarmes de Roybon étaient en grand uniforme, et on les vit passer et repasser aussi. Le brigadier s'arrêta même à examiner les maisons des républicains.

— Qu'est-ce qu'ils ont, ceux-là ? se disait-on.

Mme de Bellevache se rendait auprès de nouveaux pauvres, au delà de l'Aigue-Noire, et M. de Bellevache arpentait le sol de la Grande-Rue pour signifier à ceux qui voulaient bien lui parler qu'aucun républicain ne reviendrait à la Chambre des députés.

— Il y aura au moins notre député, à nous, lui dit Josu.

— Pas même ! s'écria M. de Bellevache, Vous ne savez pas de quelle façon nous allons vous mener.

— Ah ! fit Josu, je ne vous conseille pas, monsieur le percepteur, de trop nous mener, vous et les vôtres. Je ne sais pas ce qu'étaient les Savoyards à l'endroit où vous étiez ; mais i ci, en Dauphiné, vous ferez sagement de vous souvenir qu'on n'a pas la tête loin du bonnet.

M. de Bellevache haussa les épaules et quitta Josu d'un air capable.

Dans le même moment, on apprit que les desservants du canton étaient réunis chez le curé.

— Ah ! ah ! dit Allard, c'est aujourd'hui qu'on communique le mot-d'ordre de l'évêque.

C'était effectivement ce que faisait le curé Mingral.

— J'ai reçu les instructions de Sa Grandeur, disait-il, elles sont formelles, et voici comment vous devez vous conduire : Vous demeurerez peu chez vous ; vous parcourrez incessamment la campagne et vous vous arrêterez dans les maisons ou près des travailleurs que vous rencontrerez, pour causer de politique et de religion. Vous pénétrerez particulièrement dans les habitations où les femmes seront seules, et vous leur ferez peur.

— Peur ?

— Oui, vous leur direz (et quand même vous sauriez que leur mari a des opinions honnêtes, parce qu'elles le répéteront à d'autres), vous leur direz que les républicains seront saisis par les gendarmes et conduits en prison d'ici à trois mois ; qu'une fois en prison on les jugera avec une grande sévérité et qu'on les enverra tous en Nouvelle-Calédonie.

— Ou à Cayenne, on y souffre d'avantage, et on y meure plus vite, dit le curé de Marcilloles.

— Vous direz Cayenne si vous voulez, dit sèchement le curé de Roybon, peu importe.

— Pourvu qu'on sache que les républicains iront crever quelque part, n'est-ce pas, monsieur le curé? dit le desservant de Thodure avec un doux sourire.

— Vous direz ensuite, reprit le curé Mingral, que le roi Henri V, le roi du droit légitime, du droit divin, sera sur le trône le 1er janvier, au plus tard.

— Ma foi, monsieur le curé, dit le desservant de Châtenay, qui passait pour plus intelligent et plus indépendant que les autres, je crains que Sa Grandeur ne se trompe en nous ordonnant de nous livrer à une propagande si active en faveur d'Henri V. Je ne parviendrai à rien dans ma paroisse, moi, j'en suis sûr d'avance, mais s'il y avait quelque chose à tenter ce ne serait que dans le sens bonapartiste. La légitimité, le droit divin, voyez-vous, on a cette chose-là en horreur dans nos campagnes, et il suffit de parler du roi pour voir les gens se rebiffer.

— Ah! vous avez raison, mon cher curé, dit le desservant de Lentiol ; c'est comme vous dites.

— Je connais trop le pays. dit le curé Mingral, pour ne pas savoir que vous avez raison. Mais l'Eglise est un principe, la royauté légitime est un autre principe, et nous devons combattre pour les principes. Ce n'est pas moi, ce n'est pas monseigneur qui a décidé ce que nous devions faire. Sa Grandeur ne m'a pas caché que nous obéissions aux ordres directs du Souverain Pontife. Vous agirez d'ailleurs avec précaution et avec adresse. Ce qu'il faut avant tout, c'est faire peur, c'est ruiner les républicains.

— Nous prendrons le meilleur chemin pour arriver au but.

— Vous recevrez chaque jour des paquets du

Nouvelliste indépendant, des paquets assez fournis pour que vous puissiez en distribuer à chaque habitant. Si on ne vous en envoie pas assez, vous n'aurez qu'à en demander directement. Dès demain la quantité que vous recevrez sera augmentée.

— Il fait de bonne besogne, le *Nouvelliste*, dit le vicaire de Thodure, un petit noiraud dont les paysans disaient qu'il avait toujours la gale ; il n'est pas violent, il coule les choses en douceur, et nous faisons le reste.

— Vous vous ferez de toute cette petite bourgeoisie de village qui est à notre dévotion des auxiliaires actifs. Voilà, dit le curé Mingral, pour la propagande extérieure. Voici maintenant ce que vous devez faire dans l'église : D'ici à quinze jours, vous organiserez une retraite. A la suite de la retraite nous ferons un pèlerinage. La retraite durera dix jours, les préparatifs du pèlerinage trois semaines ou un mois.

— Et où fera-t-on le pèlerinage?

— Monseigneur voulait qu'il eût lieu à la Salette.

— Oh ! c'est délicat !

— C'est ce que je me suis permis de faire observer à Sa Grandeur. Les bruits calomnieux répandus dans nos Chambarans, d'après lesquels l'apparition de la Vierge aurait été simulée par une personne de Roybon, ne paraissent pas devoir nous permettre d'aller à la Salette. Monseigneur l'a compris. Il était également difficile d'emmener des pèlerins si loin et de leur faire faire un voyage dispendieux jusqu'à Corps. C'est donc à Notre-Dame-de-l'Osier, que nous irons, simplement.

— Nous ferons un excellent dîner chez nos bons pères de l'Osier, dit le curé de Thodure, ils ont une eau-de-vie exquise, ces pauvres gens.

— Après le pèlerinage, je vous réunirai de nouveau, dit le curé de Roybon. Allez, et n'oubliez pas une minute que le maréchal de Mac-Mahon est notre homme, qu'il est l'épée de la France.

Le curé Mingral, ayant communiqué les ordres

qu'il avait reçus, se mit en devoir de les exécuter de son côté.

Il se rendit chez M. le maire de Roybon.

M. Monestrel était chez M. Chanat.

— Dis à M. Théophile de demeurer dans sa chambre et de ne pas bouger, avait soufflé Chanat à l'oreille d'Eudoxie, quand Monestrel était entré.

— J'ai pensé, dit Monestrel, que je trouverais chez vous le cher M. Théophile et que nous pourrions toujours jeter un petit coup-d'œil sur les papiers...

— Ah ! c'est vrai, ces fameux papiers, il faut que je les examine moi-même ! Malheureusement, vous tombez mal ; Théophile est allé à Valravas avec ma fille...

— C'est ennuyeux, dit Monestrel. Enfin nous pouvons prendre rendez-vous. D'autant plus que je veux aussi prier M. Théophile de ne plus faire remettre de lettres à ma fille. Je ne crois pas que ça soit moral.

— Vous vous en apercevez un peu tard, dit Chanat en riant ; mais heureusement, cher monsieur Monestrel, qu'il n'y a rien que d'innocent dans ce que s'écrivent ces deux cœurs tendres.

— Enfin, nous en avons parlé avec Lucile...

— Ah ! vous en avez...

— Mais oui, c'est venu comme ça, sur un mot qui m'a échappé. Alors elle a eu l'air de nous reprocher d'être au courant de cette correspondance... Sans doute, c'est très-bien ce que fait M. Théophile ; mais enfin, vous comprenez, l'époque de leur mariage n'étant pas encore fixée... Et puis, la façon dont votre petite servante Angélique jette ces lettres à ma fille quand elle se trouve seule à la fenêtre de la cuisine...Vous sentez vous-même, mon cher monsieur Chanat, qu'un scandale arriverait vite.

— Bon, bon ! dit le banquier, qui comprenait parfaitement que Monestrel demeurait défiant pour n'avoir pas vu les papiers constatant la fortune de Théophile, qui ne voulait pas les lui montrer si vite, et pour cause, et qui estimait avoir assez de lettres

de Lucile en sa possession ; bon, bon, mon cher
monsieur Monestrel, mon cousin cessera d'écrire.
Mais il sera désolé, car les lettres de Mlle Lucile lui
allaient droit à l'âme.

— Je voudrais les voir, ces lettres, dit Monestrel.

— Mais vous devez en prendre connaissance, je
vous l'ai, je crois, déjà dit. Voulez-vous venir
après-demain, tenez, nous les lirons ?

— Je viendrai après-demain ; et si vous pouviez
tenir prêts les titres de propriété de ce cher M. Théophile...

— Ils seront prêts, dit Chanat.

Le curé entra, son chapeau à la main.

— Je suis aise de vous trouver réunis, dit-il. Je
viens pour vous parler, monsieur le maire, des
moyens de propagande dont nous allons nous servir ;
et M. Monestrel devant être un de nos plus utiles
auxiliaires...

— Certainement, monsieur le curé.

— J'ai transmis à mes prêtres, aujourd'hui même,
dit le curé Mingral, les ordres de l'autorité ecclésias-
tique...

— Ah ! Que feront-ils, vos desservants ?

— Ils prêcheront, monsieur le maire, et ouvriront
une retraite pour que les pécheurs se repentent.

— C'est toujours une bonne chose, dit Chanat.

— Oh ! C'est un grand bonheur quand on peut
ramener vers Dieu les brebis égarées, dit Monestrel.

— Oui, mais les retraites n'y suffisent pas, dit
Chanat. Il faut travailler les femmes, monsieur le
curé, les confesser beaucoup, mettre des ennemis
jusque dans le lit des républicains. La femme ! la
femme !

— Les retraites, dit le curé Mingral, vont les amener au tribunal de pénitence. Et MM. les curés et
moi nous comptons les emmener en pèlerinage à
Notre-Dame-de-l'Osier.

— Toutes en troupe? Il n'y a jamais eu de ces
pèlerinages dans les Chambarans. Ça pourra produire un certain effet.

— J'ai grandement recommandé à mes collègues, dit le curé Mingral, d'aller dans les maisons réchauffer le zèle religieux des catholiques.

Ceci vaut mieux. Et vous allez continuer à distribuer votre feuille de chou, ce *Nouvelliste*...

— Certainement, dit le curé.

— Moi, dit Chanat, j'ai envoyé hier de l'argent pour qu'on m'expédie chaque jour un ballot du *Pays*, et je le distribuerai ; et c'est ce journal-là que distribueront les gendarmes et mon garde-champêtre, et je n'entends pas que les frères et les sœurs en donnent un autre aux enfants.

— Cependant. . fit le curé.

— Le *Pays* est l organe de mon parti, à moi ! dit Chanat. Il est rédigé par un homme que j'aime et que j'estime, par Paul de Cassagnac. Vous avez vu comme il les a insultés, les républicains, pendant les dernières séances de la Chambre ! C'est mon homme ça ! Son journal est le mien, c'est celui de notre commune.

Le curé Mingral n'insista pas en faveur de son *Nouvelliste*, pour lequel il aurait voulu avoir le garde-champêtre, ni en faveur de la liberté des congréganistes des écoles au point de vue de la propagande. Il aimait mieux en être réduit à agir en dessous que d'indisposer l'illustre Bas-du-Dos.

— Je vais, dit il, annoncer la retraite, et je compte...

— Nous la suivrons tous, monsieur le curé, dit Chanat ; et le jour du pèlerinage je me placerai en tête des pèlerins, revêtu de mon écharpe. Je donnerai le bon exemple. Et mes serviteurs et mes amis m'imiteront exactement.

— C'est ce que je voulais vous demander, monsieur le maire.

Le curé sortit avec Monestrel, qui répéta au banquier :

— A après-demain.

— Il est terrible avec son bonapartisme, M. Chanat, dit le curé Mingral.

— Qu'est-ce que vous voulez ? monsieur le curé,

on a été tranquille sous l'Empire, ce n'était pas comme sous cette odieuse République.

— Tiens, dit Crillon qui les suivait, vous pourriez ajouter que la République n'est pas tranquille parce que les royalistes et les bonapartistes conspirent incessamment contre elle. Sans vous, nous jouirions de la quiétude la plus complète. Bonjour, monsieur le curé, vous devez vous apprêter à faire des misères aux braves gens du pays...

— Moi ? fit le curé, par exemple !

— Oh ! allez-y tant que vous voudrez, vous ne gagnerez pas la partie. Bonsoir, messsieurs.

— Ce Crillon, dit le curé, en voilà un être nuisible. Il va partout.

— Dieu finira par faire triompher la justice, monsieur le curé.

— Allez-vous nous aider vous, monsieur Monestrel, à amener ce triomphe ?

— Oh ! de tout mon pouvoir, monsieur le curé.

— Il faudra vous rendre dans la campagne, monsieur Monestrel, visiter les paysans, les exhorter. Tous ceux sur lesquels vous avez de l'influence, ceux que vous emploierez, il faudra les amener à la sainte cause. Perdre la République d'abord, car la République c'est la ruine du catholique, c'est la persécution religieuse, et puis réédifier la monarchie.

— Oui, monsieur le curé.

— Vous avez quelquefois distribué le *Nouvelliste* ; il faudra en donner davantage en recommandant de le lire à haute voix dans les chaumières. Vous en remettrez à vos grangers et à vos fermiers et vous aurez soin de leur dire que leur situation ne leur sera pas conservée s'ils votent mal.

— Mais je ne puis acheter...

— Ne vous inquiétez de rien ; c'est moi qui ferai porter les numéros chez vous.

— Bien ! monsieur le curé.

— Et, dites-moi, avez-vous revu cet excellent jeune homme, M. Théophile ? Il est constamment chez nos bons frères, qui en font un grand éloge. C'est un peu un enfant encore, c'est ce qu'on peut lui reprocher ; mais il rendrait une femme excessivement heureuse.

— Je lui reproche, moi, dit Monestrel, de n'avoir pas encore justifié de sa fortune, et je trouve même singulier que M. Chanat ne se soit pas plus pressé de me prouver que M. Théophile est digne de ma fille.

— En effet ; M. Chanat, dit le curé, devrait montrer plus d'empressement... Mais ce jeune homme a de la fortune certainement, et comme vous, monsieur Monestrel...

— Il ne s'agit pas de moi ! s'écria Monestrel. Moi je suis un pauvre homme, mais je veux un gendre riche. Si M. Théophile n'a pas suffisamment d'argent, il n'aura pas ma fille.

— Au moins, je puis compter sur la promesse que vous m'avez faite de ne pas accorder la main de Mlle Lucile à M. Galtier.

— Je ne vous ai pas promis ça, dit Monestrel. Mais je ne donnerai pas ma fille à mon ennemi le plus acharné, vous pouvez en être assuré.

Le curé quitta Monestrel pour entrer chez M. de Bellevache, avec lequel il devait souper en compagnie de son vicaire M. Fourailloux.

Il trouva la belle Mme de Bellevache qui faisait travailler l'abbé Fourailloux à des pantoufles en tapisserie destinées à son mari.

L'abbé avait mis le métier de Mme la percepteur devant lui et il exécutait assez maladroitement de ses doigts épais le double point que son professeur lui commandait de faire sans trop tirer la laine.

Le curé Mingral eut un premier mouvement qui fut de l'étonnement. Il était presque scandalisé. Mais, examinant les fenêtres dont les volets étaient hermétiquement clos, il ne fit aucune observation à son vicaire.

— Vous vous amusez ? dit-il.

— Asseyez-vous, curé, dit Mme de Bellevache ; mon mari va rentrer.

M. de Bellevache se promenait depuis le dîner

dans les rues de Roybon d'un air absolument insolent.

Il entrait dans les cafés, il en ressortait et ne faisait que crier :

— Vous savez, vos républicains, ils n'ont pas voulu me recevoir de leur Cercle, vous savez, ce fameux Cercle où on rencontre deux pelés et trois tondus. Moi, je pars pour Grenoble demain uniquement pour faire fermer le Cercle. Si j'en étais comme je voulais en être, par politesse pour des gens du bourg que je croyais honnêtes quand je suis arrivé, je le protègerais leur Cercle, je protègerais ses membres, qui en ont grand besoin ; mais ils n'ont pas voulu de moi, et je le démolis, leur Cercle. Il n'y aura plus de Cercle dans huit jours.

M. de Bellevache n'alla pas seulement à Grenoble pour dénoncer le Cercle littéraire de Roybon, ce foyer de la démagogie la plus éhontée, au préfet Podcol ; il dénonça aussi le receveur de l'enregistrement, qui, sollicité par lui de se mêler à la propagande réactionnaire, avait répondu :

— Je ne suis pas un agent politique, je ne me mêle pas de propagande électorale.

Sachant que M. de Bellevache était parti pour demander la fermeture du Cercle, aucun des membres de ce Cercle n'émit le plus léger doute sur le succès de sa tentative.

— Il faut nous préparer à nous réunir chez moi, dit Galtier, et nous allons nous faire envoyer les journaux, celui-ci chez l'un, celui-là chez l'autre.

On prenait ses précautions,

— Dis donc, Albert, dit Allard en attirant Galtier dans un coin, sais-tu ce que les servantes de Bas-du-Dos et Bas-du-Dos lui-même colportent ?

— Non.

— Que Lucile écrit des lettres d'amour à cette courge de Théophile.

Galtier éclata de rire.

— Je sais ce que c'est, dit-il. Oui, c'est vrai. Mais ne t'inquiète pas.

— Que je ne sois pas inquiet, moi, puisque tu es
au courant, c'est facile, dit Allard ; mais les gens du
bourg sont absolument déconfits. Ils disent tous :
« Est-ce que c'est possible ! Quoi ! M¹¹ᵉ Lucile abandonne M. Albert ! Eux qui sont faits l'un pour
l'autre ! Nous ne verrions pas se faire ce joli mariage
dont le pays serait si heureux ! »

— Rassure ces braves gens, dit Albert.

M. Monestrel était précisément en train de se
faire remettre par M. Chanat les lettres de sa
fille.

— Mais ce n'est pas l'écriture de Lucile ! s'écria-
t-il en les voyant.

— Regardez donc attentivement, dit Chanat. Vous
n'avez pas vos lunettes. De qui voulez-vous que
soient ces lettres que M¹¹ᵉ Lucile a remises elle-
même ?

— Hé ! que voulez-vous que je vous dise ? s'écria
Monestrel. Je connais l'écriture de ma fille, elle n'a
jamais écrit de cette façon.

— Mais enfin ! s'écria de son côté Chanat,
M¹¹ᵉ Lucile n'est pas capable...

Il n'osa pas ajouter « de se moquer de
moi ».

Le banquier prit les lettres, dont il ne voulait pas
se séparer, et il sortit avec Monestrel. Ils se rendirent dans la maison de ce dernier.

On fit descendre Lucile, qui cousait dans sa
chambre en compagnie d'Anna.

— Connais-tu ces lettres ? lui demanda son
père.

— Parfaitement ! répondit Lucile.

— Ah ! vous voyez ! fit Chanat,

— Comment ! ces lettres sont de toi ?

— De moi ? dit Lucile, non. Tu te figures donc,
mon père, que j'allais répondre, moi, à M. Théophile ? Je trouvai impertinent de sa part qu'il eût le
front de m'écrire ; je trouvai inconvenant qu'une mauvaise petite servante osât me transmettre des lettres.
Si je n'avais pas voulu me moquer de M. Théophile
avec cette correspondance comme je m'en suis mo-

quée de vive voix lorsqu'il est venu nous rendre visite avec la famille Chanat, croyez-vous que j'eusse touché à ses lettres ? J'ai pris ses lettres, mais je ne les ai pas ouvertes. Je les ai fait remettre à M. Galtier, et c'est M. Galtier qui a dicté les réponses, qui a écrit les lettres que vous voyez.

Le banquier mordait ses lèvres. Il jeta d'un geste de colère les lettres sur la table, mit son chapeau et sortit sans dire adieu.

— Ah ! tu as fâché M. Chanat ! s'écria Monestrel en courant sur les pas de l'illustre Bas-du-Dos.

Lucile ramassa les lettres éparses.

— Tiens, dit-elle en les donnant à Anna, tu vas remettre ces lettres-là à Albert, et tu lui diras de les distribuer dans Roybon en racontant que c'est lui qui les a écrites, et dans quelles circonstances. On s'amusera aux dépens de M. Chanat et on n'aura plus à me reprocher d'avoir entretenu cette vile correspondance.

— Je cours les lui donner, dit Anna.

Le soir, les Roybonnais se passaient les lettres de main en main, et ils riaient aussi fort que des bossus aux dépens de Bas-du-Dos.

Seul Monestrel était fort en colère contre Lucile.

— Comment ! s'était écrié Chanat lorsque Monestrel le rejoignit dans la rue et lui présenta ses excuses pour la conduite de sa fille ; comment ! par amitié pour vous, monsieur Monestrel, pour que vous n'ayez pas d'affront en soustrayant votre fille à votre ennemi le plus féroce, je fais venir de l'Ardèche un de mes cousins, je vous offre pour Mlle Lucile un mari jouissant d'une belle fortune et celle-ci se moque de lui, de moi, de vous, car enfin, c'est se moquer de vous, qui voulez ce mariage au moins autant que nous. Ah ! elles vont bien, les jeunes filles élevées dans les pensionnats laïques ! Quant à moi, je sais ce qui me reste à faire : je vais renvoyer Théophile à Vernoux. Vous oublierez, monsieur Monestrel, que je m'étais un moment mêlé du bonheur et de la fortune de Mlle Lucile. Diantre ! diantre ! voilà ce que c'est que la bonté !

— Mais, mon cher monsieur Chanat, il ne faut pas vous emporter et aller si vite...

— Bonsoir, bonsoir, dit Chanat en rentrant chez lui.

Monestrel revint en se disant :

— Quelle fille du diable ! Ce M. Théophile avait sans doute de l'argent. Chanat ne me l'aurait pas présenté s'il n'avait pas eu de fortune. Cette fille du diablé aura manqué un excellent mariage. Il faudra que j'aille demain matin chez Chanat ; il sera moins furieux, et je tâcherai de rattraper cette affaire. Cette fille du diable me fera toujours perdre de l'argent !

Retrouvant Lucile, il lui dit :

— Tu peux être fière ! Tu peux te vanter d'avoir fait un beau coup ! Tu as probablement fait manquer ton mariage avec M. Théophile.

— Ah ! quel bonheur ! s'écria Lucile.

— Comment, fille du diable ! on te présente un jeune homme charmant...

— Un peu trop gras, papa.

— Un jeune homme riche...

— Tu n'en sais rien.

— Je n'en sais rien... soit, mais je le saurai. Et Chanat, qui le connaît, m'affirme qu'il est riche. Toi, tu vas me brouiller avec mon meilleur ami...

— Oh ! un ami... M. Chanat !

— Sans doute, un ami ! mon ami à moi, le maire de Roybon, mon ancien notaire, mon banquier à-présent, un homme qui connaît mes affaires..

— Peut-il, demanda Lucile, t'envoyer en police correctionnelle ?

— En police... Certainement non ! quelle est..,

— Alors ! qu'est-ce que ça peut te faire qu'il soit au courant de ce qui te regarde ?

— Enfin, s'écria Monestrel, enfin, si M. Théophile est riche ?

— Je n'épouserai jamais une autre personne qu'Albert. Pourquoi vous inquiéter de M. Théophile ?

— Parce que tu l'épouseras.

— J'épouserai Albert.

— Tu n'épouseras personne, et encore moins Albert, qu'on déportera peut-être,

— J'épouserai Albert.

Monestrel serra les poings.

— Oh ! contiens-toi, n'est-ce pas, père ? dit Lucile. Je suis redevenue présentable, je n'ai presque plus mal au côté, mais tu sais que je ne veux pas que tu recommences.

Monestrel attendit avec impatience le lendemain pour aller chez Chanat, le prier de ne pas renvoyer dans son pays le cher M. Théophile.

— Ma fille est entichée de son Galtier, dit Monestrel, mais il faudra que cela passe si, particulièrement, comme l'affirme M. le curé, on envoie ce gredin à Cayenne.

— N'en doutez pas, dit Chanat. Quant à Théophile, j'ai voulu le faire partir. Il s'y est refusé. Il a pleuré à chaudes larmes, ce brave garçon, en me disant qu'il aimait tant Mlle Lucile qu'il mourrait de douleur si elle était à un autre.

— Le pauvre garçon ! dit Monestrel. Puisqu'il en est ainsi, nous pourrions prendre, ce matin, connaissance des papiers...

— Ah ! oui, voyons... il faut que je m'en occupe. Je les verrai ce soir... ce soir... sans faute... En ce moment. excusez-moi, mon cher Monestrel, mais mon garde-champêtre m'attend, et j'ai une très-grave mission à remplir.

— Très-grave ?

— Oui. Le Cercle... Votre Cercle est fermé, ainsi que le café dans lequel il se tenait.

— Le café aussi ?

— Oui et il faut que je surveille l'exécution de l'arrêté du préfet. Je monte là-haut avec le garde-champêtre.

— C'est M. de Bellevache qui a fait faire ça ? demanda Monestrel.

— C'est M. le préfet, répliqua Chanat, peu satisfait qu'on crût à une autre autorité à Roybon qu'à la sienne.

Le cercle et le Café-du-Cercle furent fermés ; et comme les républicains du Cercle avaient prévu l'événement, à la signification de l'arrêté préfectoral, les volets furent mis à la devanture du café, la porte verrouillée, et un écriteau énorme, préparé à l'avance sur lequel on lisait :

Le Café-du-Cercle et le Cercle
sont fermés
par arrêté préfectoral
(Réouverture après les élections)

fut collé sur la façade.

Il y eut une grande effervescence dans Roybon. La population vint voir comment était clos un café fermé par l'autorité du préfet.

On formait des groupes devant le café, et, selon les tempéraments, on considérait avec terreur ou colère ce commencement des hostilités des seize-mayeux.

— Qu'ils fassent ce qu'ils voudront, s'écriait Galtier, ce n'est pas ça qui les avancera énormément. Tenez, j'ai des fusils, des pistolets chez moi, et je pourrais les charger si je devais craindre un coup du ramassis de bandits qui est au pouvoir ; mais vous croyez que je les charge ? Pas du tout. Je dors tranquille. J'ai fait rependre à la cheminée les fusils de mes amis. Nos ennemis ne feront que changer de fonctionnaires, et nous les renverrons à à coup de bulletins de vote dans le derrière. Allez, citoyens, dormons paisiblement.

Il n'était pas sans être serré à la gorge en pensant à l'avenir, mais il avait recommandé à ses amis d'affecter la plus grande assurance, et il parlait en homme sûr de la victoire.

On se réunissait le soir chez lui, et chacun apportait le journal qu'il recevait. On avait encore le loisir de s'occuper de la guerre que le Russe faisait au Turc. Des changements administratifs de M. de Broglie, garde des sceaux, et de M. de Fourtou, ministre de l'intérieur, on était venu à en rire.

Un soir, on vit avec étonnement entrer chez Galtier M. Pelussin.

— Qui nous vaut votre bonne visite, monsieur le receveur de l'enregistrement? demanda Galtier.

— C'est que je ne suis plus receveur.

— Ah! bah!

— Je suis révoqué.

— Nos compliments sincères!

— Je pense, dit M. Pelussin, que je dois cette petite avanie à M. de Bellevache. Mais qu'importe! Je suis installé à Roybon; voici la belle saison, et ma femme qui n'est pas, vous le savez, d'une forte santé, se sent bien du climat. Je demeure à Roybon jusqu'à la fin de la crise. J'ai vécu jusqu'ici un peu à l'écart, messieurs, mais ma position était difficile. Aujoud'hui je suis libre et je viens vous demander une place à vos côtés. Oh! je suis un républicain très-pâle, mon vin contient de l'eau, mais je suis nettement contre le 16-Mai.

— Gérard, cria Galtier, allez me chercher du champagne, de la carte blanche, et des biscuits. Monsieur Pelussin, nous allons fêter la recrue qui nous tombe du ciel. Asseyez-vous.

On ne pouvait changer que le receveur, car les autres fonctionnaires de Roybon étaient des réactionnaires enragés. Le juge-de-paix devenait féroce quand un républicain comparaissait devant lui. Cependant on sentait encore une certaine hésitation dans les entreprises de la réaction. Elle ne voulait pas porter tous les coups le premier mois.

Le clergé seul agissait réellement. La retraite réussissait assez convenablement, et les sermons du curé contre la République étaient suffisamment virulents. Les femmes se confessaient en assez grand nombre; mais les hommes étaient plus rares qu'en temps ordinaire, même à Roybon.

Cependant M. Chanat, en cravate blanche, suivi à trois pas de distance par M. Félibien et M. Théophile, et quelquefois par son garde-champêtre, entrait journellement dans les maisons et disait :

— Qu'est-ce que c'est ? vous n'étiez pas hier soir à l'église ? Il faut y venir si vous ne voulez pas être mal noté et courir de grands dangers.

Ces paroles engendraient des querelles de ménage sur les différents point de la commune.

— Tu entends ? M. le maire le dit, criaient les femmes ; tu nous feras arriver malheur, et ça pour ne pas entendre le curé une demi-heure. Qu'est-ce que ça te fait de venir à l'église un moment, dis ?

— Tiens, répondait le mari, tu veux que j'aille à l'église pour entendre le curé me dire que je suis une canaille, un bandit, une crapule.

— Il ne te dit pas tout ça à toi.

— Mais il le dit aux républicains ; et si je suis républicain...

— Tu n'as pas besoin de crier que tu l'es, pour que les habitants le sachent.

— Et je veux le crier, moi ! disait le mari ; je veux crier que je suis avec les républicains, que je suis pour la République, que les républicains de Roybon sont les braves gens du pays, que les réactionnaires du pays ne sont que des chenapans, des usuriers, des voleurs, là !

— Ne nous fais pas arriver de mal, répétait la femme, c'est tout ce que je demande.

Mais il y avait des maris plus faibles, des femmes plus entreprenantes, plus acharnées.

— Viens à l'église, viens, disaient-elles ; tu peux aussi aisément t'y rendre le soir, pendant la retraite, que le dimanche pour aller à la messe.

Quand le mari se décidait, la femme poussait plus avant.

— Tu entends ce que dit le curé. On notera ceux qui ne feront pas leur devoir, et s'il sont trop méchants, on saura où les prendre. Ils disent qu'il ne faut pas broncher, nos curés, et le journal que M. le maire nous envoie annonce que l'on emprisonnera les républicains. Tu devrais aller à confesse. Qu'est-ce que ça te fait. Tu n'es pas obligé de tout dire. Pourvu que tu communies.

La femme y allait, elle, à confesse, et, en revenant,

elle ne voulait plus que son mari lût les journaux républicains.

— M. le curé me l'a déclaré, disait-elle : il ne donne l'absolution qu'à condition qu'on ne lise pas les mauvais journaux. Comme il dit ; qu'est-ce que tu as besoin de dépenser chaque jour un sou, puisque M. le curé te donne le *Nouvelliste* et M. le maire le *Pays* ?

— Ce n'est pas mes journaux, à moi, puisque je suis républicain.

— Ne dis donc pas ça ; pour ce qu'on gagne à être républicain !...

— On gagne d'être libre.

— Libre ! En voilà un mot ! Et de quoi es-tu libre ? De ton morceau de tomme quand tu l'as mangé.

— Oui, répondait le paysan, je suis libre. J'ai entendu mon grand'père raconter ce qu'on souffrait avant la Révolution, quand on venait lui retirer le pain de son pétrin pour les gens de guerre et qu'on rossait sa femme et ses enfants pour avoir caché du blé.

— Mais ce n'est plus commé ça.

— Oui, mais ça reviendrait, pour peu que les événements donnassent raison au curé. Hé bien, je n'en veux pas, moi, de son Henri V. J'ai été à l'église, ce soir, pour te faire plaisir ; mais en voilà assez. Laisse-moi tranquille, ou nos affaires se gâteront.

Ils étaient relativement peu nombreux les habitants que leurs femmes menaient au confessional et qui jetaient les journaux républicains dans le ruisseau au moment de communier ; mais il y en avait quelques-uns, et le curé les citait nominativement du haut de la chaire.

— .Oui, attends un peu le jour du vote, quand personne ne verra mon bulletin, pensaient presque tous les paroissiens que le curé portait ainsi à l'ordre-du-jour de son église.

Galtier et ses amis se préoccupaient cependant de la distribution des journaux. Il lui revenait que des femmes empêchaient leur mari de les acheter, et le colporteur qui les vendait d'ordinaire s'était vu menacé d'un retrait d'autorisation si on le trouvait porteur d'un organe qui ne fût pas réactionnaire.

Galtier fit venir ce colporteur, qui avait nom Roulot.

— On vous défend de vendre les journaux républicains ? lui demanda-t-il.

— Oui, monsieur Albert.

— Hé bien, n'en vendez plus aucun. Je vous prends au service de la propagande républicaine. Vous distribuerez les journaux gratis.

— Mais, monsieur Albert, est-ce que les journaux républicains viendront toujours ?

— Ils viendront au moins par la poste. Je me charge de les faire aller plus loin.

— C'est que, monsieur Albert, on m'a dit que le directeur de la poste avait été interrogé par le juge de-paix...

— Ah !... Dites-moi ce que vous savez.

— Voilà, monsieur Albert. Il paraît que le juge de-paix a fait venir le directeur de la poste dans son cabinet et lui a demandé, par ordre supérieur, s'il était prêt à arrêter les journaux dont on lui donnerait les titres et qui auraient échappé au bureau de départ.

— Ah ! ah ! vraiment ?

— Oui, monsieur Albert. Le directeur de la poste a répondu qu'il n'avait le droit d'arrêter aucune correspondance, aucun envoi, aucun journal ; que son devoir était qu'il ne s'égarât rien, et qu'il ne ferait jamais ce qu'on lui demandait. Le juge-de-paix a répondu qu'il s'informait seulement, qu'il ne demandait, qu'il n'exigeait rien. Mais j'ai pensé qu'on empêcherait les journaux d'arriver à Roybon.

— Merci, Roulot, merci, dit Galtier. Vous restez toujours à ma solde.

Galtier courut chez Allard, et, lui rapportant les paroles de Roulot :

— Tu es en bons termes avec le directeur de la poste, lui dit-il ; va lui demander si le fait est vrai.

Allard courut aux renseignements et revint dire à Galtier :

— Non-seulement le fait est vrai, mais le directeur s'attend à être remplacé.

— A ce point ?

— Il m'a dit que le même fait s'est produit a Crémieu, où le directeur de la poste a été remplacé sans être envoyé ailleurs.

— Je vois la guerre qu'on veut nous faire. Il est plus pressant que jamais d'aller à Grenoble et de prendre nos précautions.

— Oui, dit Allard, il faut que tu ailles à Grenoble ; seulement, tu feras sagement d'attendre...

— Pour être là le jour du départ du fameux pèlerinage ?

— Précisément.

— Croirais tu que le père Monestrel voulait y conduire Lucile ?

— Oh !

— J'ajoute au plus vite que Mme Monestrel s'y est opposée.

— Par peur des hommes, car en voilà une qui les a dans la tête !

— A faire croire...

— Silence ! voyons c'est ta belle-mère. Les amours grandissent chaque jour ?

— Lucile est si gentille !

— Ah ! elle est ravissante, et si je n'étais un vieux garçon !...

— Elle m'écrit les choses les plus adorables du monde.

— Et j'espère que tu n'es pas en reste.

— Moi ! J'en suis à me demander comment j'ai pu oublier un instant que je l'aimais depuis mon enfance.

— Ça va bien ! Tu ne rencontrerais nulle part une fille aussi agréable, et quand tu l'auras à toi, tu la manieras comme de la glaise.

— Ah ! s'écria Galtier, elle est déjà républicaine et libre-penseuse !

— Alors elle fait sagement de s'abstenir du pèlerinage politique de M. le curé.

— Dis du pape. Car on en organise partout en France.

— Dévotion électorale.

XIX

LE PÈLERINAGE DE NOTRE-DAME-DE-L'OSIER

La retraite avait suffisamment marché. Les curét du canton ne pouvaient s'en plaindre. Ils avaiens fait jeter quelques journaux républicains sur les fumiers, juste devant l'église. Les quêtes avaient rendu assez pour qu'il n'y eût pas à se lamenter autant que Jérémie. Mais le pèlerinage clochait d'un pied.

Les travaux de l'agriculture retenaient la plupart des paysans, et fort peu se souciaient d'aller dépenser leur argent au delà de Vinay. Crillon, Galtier et Allard, dans leurs promenades incessantes, voyaient les comités qu'ils avaient formés, avertissaient les habitants du canton que ce pèlerinage n'était qu'une manœuvre électorale. D'un autre côté, les jeunes mariés s'effrayaient un peu de ce genre de voyage pour leur femme, sachant ce qui se passait d'ordinaire dans ces pieuses entreprises. Ceux qui avaient de vieilles femmes étaient plus indifférents. Les jeunes gens seuls voyaient dans cette excursion un moyen de se rencontrer librement. Toutefois, les uns et les autres refusaient de dépenser de l'argent.

Le pèlerinage devait avoir lieu après quinze jours de préparation qui étaient la continuation de la première retraite ; il fut remis. Il aurait échoué misérablement. Le curé de Roybon dut écrire à l'évêque de Grenoble pour l'avertir que l'unique moyen de faire réussir le pèlerinage était de promettre aux paysans de les défrayer le long du chemin.

La réponse ne se fit pas attendre. On mit dé l'argent à la disposition du curé.

MM. les desservants annoncèrent alors au prône que le pèlerinage aurait lieu le 15 août, jour de l'Assomption de la Très-Sainte Vierge, et que ceux qui y participeraient seraient nourris et logés chez les pères de Notre-Dame-de-l'Osier. Les bons réactionnaires comme les Chanat redoublèrent d'efforts pour décider les fidèles.

Le curé de Roybon s'arrangea pour la réception des gros bonnets avec les pères de l'Osier : quant à la nourriture et au coucher des pauvres gens, il ne s'en inquiéta même pas ; l'église de L'Osier resterait ouverte, et il y avait des boulangers.

Le rendez-vous fut donné ; on se trouva à Roybon, à six heures du matin, le 15 août. De deux à quatre heures du matin, on vit donc, dans tous les villages du canton, des paroissiens se réunir devant le presbytère, quelques-uns avec leur voiture, mais la plupart à pied. Les femmes avaient leur livre de messe dans la poche de leur tablier, un chapelet, et un panier dans lequel elle avaient mis des provisions, de quoi attendre les excellents repas dont les pères devaient les régaler.

Ils arrivèrent directement de leur commune à Roybon où ils trouvèrent le gros des troupes pélerines qui se massait sous les yeux moqueurs de presque toute la population du chef-lieu.

Les curés s'étant rendus au presbytère, les pèlerins s'assirent sur les marches des maisons, sur les chaises qu'on leur offrit obligeamment, sur le sol de la route même et ils commencèrent à toucher au contenu de leurs paniers. Quelques-uns entrèrent dans les cabarets. D'autres causaient avec les Roybonnais ou enfin, s'arrêtaient à lire l'écriteau placardé sur le Café-du-Cercle, écriteau qui avait déjà été arraché une dizaine de fois par des mains inconnues et que Galtier recollait immédiatement en le refaisant plus large et plus apparent.

Il était facile de compter approximativement les pèlerins. Leur nombre ne s'élevait pas à plus de cinq cents. Il y avait quatre cents femmes, une quarantaine d'hommes mûrs à la tête idiote et bestiale,

et une soixantaine de jeunes garçons qui donnaient
le bras à des fillettes et s'amusaient beaucoup, à en
juger par les petits cris, les rires et les propos qu'on
entendait :

— Vous allez sauver Rome et la France, leur disaient les Roybonnais.

— Vous allez prier pour le gouvernement des
curés.

— Comment, toi ici, Cœur ?

— Moi, dit Cœur en montrant une jolie brune,
je vais prendre des arrhes sur mon mariage.

— Tu ne peux en prendre sans t'embarrasser
d'une soutane de prêtre à ta tête ?

— Les parents ne la laisseraient pas venir avec
moi, dit Cœur en souriant, tandis qu'en pèlerinage !... Ses parents l'ont recommandée au
curé.

— Hé ! là-bas ! heup ! dérangez-vous donc !
cria-t-on.

C'était M. et Mme de Bellevache qui arrivaient
en voiture et allaient se mettre au premier rang.

Le juge-de-paix passa à son tour.

Puis on vit arriver M. le maire de Roybon, avec
la cravate blanche qu'il ne quittait plus, et son
écharpe par dessus sa redingote. Il était accompagné de son gendre, de sa fille, de M. Théophile, des
Charançon et d'Alphonse qui conduisait la voiture.
M. Monestrel parut ensuite.

M. le maire de Roybon parcourait l'espace occupé
par les pèlerins comme un colonel le front de son
régiment. Il fronçait les sourcils, il n'était pas content. Il aurait voulu quatre ou six fois autant de pèlerins, et il regrettait évidemment d'être le seul
maire présent.

— Vous n'êtes pas nombreux, lui dit Crillon bien
haut, en le croisant, pour le vexer.

— Si vous ne vous trouvez pas plus que ça le
jour des élections, vous pouvez compter que vous
coucherez à Cayenne ! cria Allard, assez heureux
de rendre à Bas-du-Dos devant le monde ce que cet
illustre banquier disait en cachette aux paysans.

— Ah ! ils ont la force armée ! s'écria Galtier.

Effectivement le garde-champêtre avait pris son sabre, et les gendarmes en grande tenue allèrent se placer en avant de la colonne.

Les prêtres arrivèrent enfin. Ils avaient trouvé une collation à la cure et s'étaient fortifiés de petits verres, notamment le desservant de Thodure, l'abbé Lacourge, qui n'aimait pas se sentir l'estomac creux. S'il y avait parmi les pèlerins plusieurs braves femmes qui ne mangeaient qu'un peu de gros pain et de tomme, les curés étaient repus dès le matin.

Ils se placèrent immédiatement après la brigade de gendarmerie, et les pèlerins se mirent en marche, suivant comme ils pouvaient la file des voitures.

Les derniers pèlerins purent entendre derrière leur dos le rire d'une partie de la population de Roybon.

— Ce n'était pas la peine de retarder mon voyage à Grenoble, dit Galtier.

— Plains-toi, dit Crillon, tu dînes aujourd'hui à côté de Lucile.

— Je ne me plains pas, dit Galtier.

On voyait les pèlerins disparaître lentement sur la route montueuse, les voitures suivies des piétons. Mais quand le pèlerinage arriva sur le plateau et à la grande descente qui conduit à Saint-Marcellin, les piétons commencèrent à ne plus pouvoir suivre. On leur donna un rendez-vous à Saint-Marcellin et les voitures partirent au trot des chevaux.

On vit alors ces pauvres gens se diviser, hâter le pas, et, comme il faisait chaud, suer sang et eau.

Quand ils arrivèrent à Saint-Marcellin, sur la place, sous la halle où était le rendez-vous, les pèlerins en voiture s'étaient déjà nourris et abreuvés. Ils attelaient leurs bêtes pour repartir.

— Attendez-nous, oh ! attendez-nous, dirent les piétons, que nous puissions nous reposer.

Les curés permirent d'attendre, mais pas longtemps. Ils ne se sentaient pas à leur aise au milieu

de la population très-républicaine de Saint-Marcellin
qui considérait ce pèlerinage mesquin et hâtif
comme une injure pour tout le Dauphiné et
ne ménageait pas les railleries, comme de dire :

— Hé ! la vieille maman, on espère donc encore
tromper son mari dans la nuit noire de l'église ? à
votre âge !

Les quolibets des Saint-Marcellinois finirent par
tomber dru sur les pèlerins après un quart d'heure
d'arrêt sur la place, et ceux-ci ne répondaient que
par un rire forcé, excepté ceux qui se moquaient
d'eux-mêmes. Le sous-préfet, voyant de sa fenêtre ce
qui se passait, manda les gendarmes qui se promenaient autour des pèlerins pour leur dire de les protéger, et lui-même vint féliciter les curés, M. Chanat,
les pèlerins en général et ceux de Roybon en particulier. Il fut rejoint par le président du tribunal et,
à eux deux, ils recommandèrent aux âmes pieuses
d'invoquer la protection de Notre-Dame-de-l'Osier
pour le salut de la France, qui en avait grand besoin.

— Tas d'imbéciles, allez ! Tas de sauvages des
Chambarans ! disaient de leur côté les Saint-Marcellinois, les curés n'ont pas pu organiser le plus
petit pèlerinage dans toute la vallée de l'Isère, et il
faut que vous suiviez, vous, ces corbeaux-là !

— Vous n'êtes pas raisonnables, non plus, dit
Cœur, puisqu'ils régalent !...

Au départ de Saint-Marcellin, le nombre des pèlerins avait encore diminué. Une dizaine de jeunes
gens étaient restés dans les auberges. Plusieurs pèlerins avaient pris le chemin-de-fer jusqu'à L'Albenc,
pour se rendre de cette station à L'Osier. Les autres
marchèrent de leur pas de montagnard, aussi vite
qu'ils purent, mais il était trois heures de l'après-
midi quand le pèlerinage se trouva dans ce hameau,
où se voyaient de belles maisons desquelles on
faisait de mauvaises auberges et des boutiques d'objets de sainteté, auberges et boutiques appartenant aux pères de L'Osier et qui les exploitaient à leur
bénéfice.

L'église, neuve, haute, grande, dominait les maisons, dans un site pittoresque, au milieu d'un paysage admirable. A côté de l'église, entouré d'une grille, se trouvait un osier assez fort, l'osier miraculeux.

Un jour, un abominable huguenot coupait tranquillement cet osier, dans le dessein probable d'en lier sa vigne sur quelque échalas, lorsque le sang, du sang, du vrai sang, aussi pur que celui de Notre-Seigneur Jésus-Christ sur la croix, se mit à couler des branches coupées comme si chacune eût été une petite artère fontainière.

Le protestant s'étonna fort ; toutefois, il se dit qu'il avait probablement la berlue, et il allait partir avec son osier lorsque la sainte Vierge en personne, habillée à la mode du paradis, c'est-à-dire avec autant de pierreries, sinon plus, qu'une impératrice de Russie, se montra dans les branches de l'osier. « Tu vois, c'est mon sang que ton impiété a fait couler ; je veux que tu te convertisses et que tu communies et te montres en exemple à tes pareils », lui dit, ou à peu-près, la sainte Vierge, en langage français, car elle dédaigna, pour se faire comprendre, de lui parler en latin, ce qui est la langue du ciel.

Le protestant tomba à genoux, et la vision disparut. Ne voyant plus personne, cet hérétique pensa derechef avoir eu la berlue et ne songea plus à l'apparition. Mais la sainte Vierge ne voulut pas s'être manifestée pour rien. Or, un jour que le protestant labourait son champ, ses bœufs refusèrent d'avancer. Il les piqua de l'aiguillon, il les excita de la voix ; ils ne bougèrent non plus qu'un terme. Levant alors les yeux, le protestant aperçut la sainte Vierge dans le sillon, devant ses bœufs, laquelle lui commanda encore expressément de se convertir.

Cette fois, le coquin d'hérétique n'invoqua plus la berlue, mais la sainte Vierge elle-même. Il alla trouver un prêtre, il fut converti en cérémonie et toucha chaque année une petite rente grâce à laquelle il vécut plus à son aise.

Et voilà comment la sainte Vierge consacra un parpaillot à la fortune de plusieurs curés et de beaucoup de bons pères qui firent un pèlerinage de ce qui sert d'ordinaire à faire des paniers.

C'est l'osier divin et sanglant que les pèlerins de Roybon venaient adorer en même temps que la belle sainte Vierge de l'église. Ils entendirent, le soir même, un beau sermon où on leur fit bien peur de la République, et, dans la soirée, ils mangèrent une soupe et de la tomme chez les bons pères qui les confessèrent jusqu'à une heure avancée et les laissèrent dormir dans l'église, selon l'usage invariable des pèlerinages, tandis que les curés, les Chanat, Monestrel, le juge-de-paix et les Bellevache mangeaient, buvaient largement et dormaient ensuite dans des lits, les hommes chez les pères et les femmes au couvent.

Les pèlerins des Chambarans qui n'avaient que l'église pour se coucher, les plus heureux, dont était Cœur, ayant accaparé les auberges, s'arrangèrent du mieux qu'ils purent auprès des bonnes âmes attirées par la fête de l'Assomption. Les uns alignèrent des chaises pour se faire un lit, les autres recherchèrent les coins, derrière les confessionnaux ; il y en eut qui tombèrent sur les tapis des autels, et quand chacun fut installé pour dormir, on entendit cependant encore des rires étouffés, des chuchotements et des soupirs.

La blanche aurore trouva les pèlerins dans des positions singulières et l'église dans un grand désordre. Les pères confessèrent encore un certain nombre de pèlerins, et on célébra une messe dans laquelle on intercala un de ces sermons qui ébranlent les gouvernements, quand leur base n'est pas d'une solidité parfaite. « Jetez au feu les mauvais journaux, empêchez vos maris de les lire, faites voter vos maris avec les bulletins de M. le curé, et vous aurez le royaume des cieux », s'écria le prédicateur dans une belle péroraison qui impressionna grandement l'assistance.

On communia dévotement, et, à la suite de la communion, le curé de Roybon prit la parole et invita les pèlerins à retourner chacun chez soi, « mainte-

nant qu'ils étaient lavés de leurs souillures par cet
éclatant pèlerinage, et à retenir la leçon qu'il avaient
reçue des pères pour sauver le royaume de France
et le remettre entre les mains de ses possesseurs lé-
gitimes, entre les mains de Dieu ».

Les pèlerins ainsi renvoyés ne manquèrent pas,
une fois sortis de l'église, de marquer leur étonnement de la façon dont ils étaient traités. Être dé-
frayés de tout, ça se réduisait donc à du pain avec
de la tomme le soir de l'arrivée, et rien le lendemain? Des jeunes gens qui trouvaient la farce man-
vaise allèrent frapper chez les pères, tandis que
les curés s'attablaient en face de mets succulents.

— Est-ce qu'il n'y a pas à dîner pour les pèlerins
de Roybon? demandèrent-ils.

— Il n'y a plus rien pour vous, leur répon-
dit-on.

— C'est pas riche.

— Ah ! bonnes gens, comment allons-nous faire
pour retourner, dirent quelques pauvres vieilles ;
jamais nous n'aurons la force de repartir sans
manger.

Quelques camarades d'excursion pieuse leur donnèrent une miche et de l'argent, et elles partirent
des premières. Mais il n'y avait plus de pèlerinage à
exhiber dans la capitale de l'arrondissement, et tout
le monde s'en retourna par Chasseley, excepté ceux
qui possédaient des voitures et qui purent s'en aller
par où bon leur sembla.

A part quelques dévots endurcis et quelques vieilles
femmes parties malgré leurs maris, auxquels
l'amour-propre ferma la bouche, les pèlerins ne se
firent pas faute de crier qu'on les avait fait mourir de
faim, qu'on les avait exposés à être bafoués par
tout le monde, qu'ils étaient repartis de Notre-Dame-
de-l'Osier comme des misérables gueux, et que les
curés s'étaient appropriés l'argent du pèlerinage.

L'effet de ce pèlerinage fut désastreux. Les curés
du canton se repentirent de l'avoir fait et s'efforcèrent

de le faire oublier par la violence de leur langage,
ce qui n'était pas le meilleur moyen de gagner les
âmes. Les réactionnaires redoublèrent de zèle pour
atténuer l'effet de cet échec.

XX

LA GRANDE BATAILLE

Albert Galtier était parti pour Grenoble quand le
nouveau receveur de l'enregistrement, M. le comte
de Couroulès, arriva dans une jolie voiture et suivi
d'un domestique qui menait un fort beau cheval
de selle. M. le comte de Couroulès était petit, avait
de grands yeux noirs, une moustache noire et l'allure vive. Il portait un monocle qui lui servait de
contenance, paraissait fort riche et aimait le cheval.

— C'est ça le pays où l'on m'envoie! s'écria t-il.
Et pas une écurie un peu propre pour mettre mes
chevaux ! C'est donc une niche à républicains, ici.

Il fit venir le patron de l'auberge.

— C'est votre écurie, ça ?

— Mais oui, monsieur.

— C'est du propre ! Ah ça ! vous n'avez donc jamais reçu un cheval étrillé? Il y a un courant d'air.
Bouchez moi ça avec du foin, de la paille, mais
que ce soit hermétiquement bouché. Enlevez-moi
ce fumier. C'est infect, ici, ma parole-d'honneur...

Et, s'adressant à son domestique.

— Jacques, le fumier enlevé, un lavage, un coup
de balai, n'est-ce pas ? Il faut au moins vingt bottes
de paille pour que la litière soit assez épaisse. Et
pas un autre cheval à côté des miens, n'est-ce pas ?

— Oui, monsieur.

— Quel trou que votre pays, monsieur l'aubergiste.

— Il est cependant sur les hauteurs.

— C'est un trou, vous dis-je. Indiquez-moi la
maison du receveur de l'enregistrement.

— M. Pelussin ?

— M. Pelussin ? C'est possible.

Il regarda sur son carnet.

— Pelussin ? Oui, c'est ce nom-là.

— C'est en face, monsieur. Voici sa maison.

— Cette baraque !

Il traversa la rue pour entrer chez son prédécesseur.

— Monsieur, lui dit-il, vous devez être averti de mon arrivée ; je suis votre successeur.

— Parfaitement, monsieur, je vous attendais, et je vais vous faire la remise immédiate du service.

M. Pelussin commença à lui montrer ses livres.

—Dites-moi, monsieur, dit Couroulès en interrompant la nomenclature des affaires, est-ce difficile, le métier de receveur ?

— Mais, monsieur, répondit M. Pelussin, vous devez avoir été assez longtemps surnuméraire et...

— Mais pas du tout ! s'écria le nouveau venu. Je n'ai pas été surnuméraire, je n'ai pas été commis, je ne connais rien à ce métier-là, et vos livres sont de l'hébreu pour moi.

— Permettez-moi de m'étonner...

— Oh ! c'est bien simple. Je pleurais en plein boulevard des Italiens sur le sort malheureux que m'avait fait Coralie... Vous n'avez pas connu Coralie ?

—Non, monsieur.

— Oh ! monsieur, c'est dommage pour vous, et pour moi, car enfin vous feriez un malheureux de plus, et c'est toujours consolant de savoir qu'on est beaucoup à souffrir. Elle m'a lâché, monsieur. Mon oncle m'a rencontré au moment de mes lamentations, et il m'a dit : « Tiens, va en pleine campagne... » Je me suis écrié « Sous-préfet ! Jamais ! » Il m'a répondu :« Mais non. » Il m'a emmené chez le ministre qui m'a nommé ici en me disant que je trouverais un commis au courant de la besogne.

— Il y a ici un commis ; mais il a besoin d'être surveillé.

— Alors nous ferons des bêtises. Mais je ne suis dans ce pays que pour aider à faire les élections ;

après ça, que le déluge arrive et tous les tremblements.

— Laissez-moi vous faire observer que les irrégularités peuvent entraîner des conséquences, des pénalités fort graves...,

— Ah! qu'est-ce que ça me. fait, puisque nous sommes sûrs de gagner la patrie !

M. Pelussin ne se permit plus d'objection.

— Présentez-moi le commis, monsieur, je vous prie ; c'est tout ce qu'il me faut.

M. Pelussin le lui présenta.

— Monsieur, lui dit le comte de Couroulès, je ne connais rien à ces registres-là, moi. Combien gagnez-vous?

— Soixante francs par mois, monsieur le receveur.

— Soixante francs. Vous vivez avec ça ?

— Oui, monsieur le receveur.

— Ah ça ! on ne mange donc que des pommes-de-terre, à Roybon ?.... Je m'en moque ! Je vous donne trois cents francs par mois à dater de ce jour. Mais entendez-moi bien, vous vous arrangerez pour que je ne mette pas le nez dans ces bouquins-là.

Et, se retournant vers M. Pelussin :

— Monsieur, dit-il, maintenant que les affaires sont finies, voulez-vous me permettre de vous demander si vous comptez me céder votre maison ?

— Non, monsieur, je reste à Roybon ; mais vous trouverez une petite maison près de la gendarmerie, où vous pourrez vous installer.

— Oh ! je m'installerai, moi, n'importe où ; mais c'est une écurie que je voudrais, pour mes chevaux, bien entendu.

— Vous aurez peine à trouver une écurie convenable à Roybon. Je ne puis vous en indiquer aucune.

— Que c'est ennuyeux ! Et, dites-moi, monsieur, en dehors de votre personne, avec laquelle j'espère avoir l'honneur d'établir un petit commerce d'amitié, y a-t-il quelqu'un à voir à Roybon?

— Cela dépend, monsieur. Vous me paraissez avoir des idées belliqueuses.

— Oh ! le ministre m'a nommé uniquement pour

que je trotte dans le pays en criant qu'il n'y a pire gens que les républicains.

— Et vous le pensez ?

— Moi ! pas du tout ! J'ai des amis qui sont républicains. Ça m'est parfaitement égal. Ce que je demande, c'est de ne pas m'ennuyer jusqu'aux élections, époque à laquelle j'aurai assez pleuré Coralie pour rentrer à Paris.

— Monsieur, si vous avez des dispositions aussi conciliantes, dit M. Pelussin, et que vous aimiez la chasse comme vous aimez à monter à cheval, vous pourrez passer deux mois agréables, car le pays est joli, intéressant, et la chasse y est bonne.   -

— J'adore la chasse !

— C'est que les grands chasseurs du pays sont des républicains.

— Diable ! diable !

— Le pays est républicain, monsieur, dit Pelussin ; seulement, la petite bourgeoisie campagnarde se donne le genre d'être réactionnaire ; pas toute, car le Dauphiné est plein de gens d'esprit, mais en partie, les gens plus ou moins sots se laissent prendre à l'amour-propre de recevoir des curés ; ce sont des paysans auxquels on persuade, généralement les curés, qu'ils sont au-dessus des autres, qu'ils sortent de la cuisse de Jupiter parce que leurs femmes portent des chapeaux de quinze francs, tandis que les autres portent des bonnets.

—— Je connais mal ces sortes de personnes.

—— A Roybon, grâce à quelques influences, notamment celle du banquier Chanat, l'élément bonapartiste est en majorité.

— Bonapartiste ! Mais je hais ça, moi, le bonapartisme. A vous dire le vrai, je me bats l'œil de la politique ; seulement je suis légitimiste par tradition de famille et je ne veux pas qu'on persécute les pauvres prêtres et les religieuses.

— Vous pourriez découvrir, monsieur, dans le canton une vingtaine de légitimistes....

— Alors ce n'est pas la peine de me mêler trop activement des élections. Si vous y consentez, monsieur

vous me présenterez-aux chasseurs, et évitez-moi le
banquier et la racaille bonapartiste s'il-vous-plaît.
J'ai ces gens là en sainte horreur.

M. Pelussin se mit à son service. On se disait dans
le village que c'était un comte, et on le regardait
avec respect. On sut qu'il avait des chevaux magnifiques, une voiture d'un bleu frais comme il n'en
était jamais venu à Roybon ; on apprit qu'il faisait
mettre des planches dans une écurie et sous ses
chevaux cinquante centimètres d'épaisseur de litière ;
que Jacques, son domestique, tressait la paille au
bord de la litière ; que les planches mises par le menuisier étaient lavées et frottées chaque jour ; enfin,
on le vit caracoler sur son cheval, ce qui porta très-
haut l'admiration qu'on avait pour lui.

Mais ce qui mit le comble à la bonne réputation
de M. le comte de Couroulès, ce fut les trois cents
francs du commis.

Trois cents francs par mois ! à un pauvre garçon
qui n'était ni surnuméraire, ni rien du tout dans
l'enregistrement, mais seulement le misérable employé des receveurs qui se succédaient à Roybon !
Trois cents francs par mois ! une fortune ! Il fallait
que M. le comte fût riche pour se permettre de donner tant d'argent à ce garçon.

Les Roybonnais commençaient à dire :

— Tout-de-même, les conservateurs, les nobles,
sont autrement que les républicains, et on comprend
qu'ils ne les fréquentent pas.

Lorsqu'ils connurent que M. de Couroulès rendait
visite aux républicains et négligeait les réactionnaires,
qu'il n'avait pas été voir le maire, ils réfléchi-
rent.

— Il paraît qu'il ne trouve pas les républicains trop
bas pour lui, firent-ils.

— C'est un joli coco qu'on nous a expédié ! s'é-
cria M. Chanat.

M. le receveur de l'enregistrement ayant aperçu
Mme de Bellevache en passant, rendit visite au
percepteur ; mais il n'alla pas chez le curé.

— Si les royalistes devaient envoyer les républicains au bagne, il est probable qu'ils ne se lieraient pas avec eux, disaient les paysans.

— A quoi avez-vous songé, de nous faire envoyer ce comte? demandait Chanat à M. de Bellevache. Il ne m'a pas seulement rendu visite.

— Mais il est venu chez moi, fit M. de Bellevache.

— Chez vous... chez vous...

— C'est un loyal légitimiste.

— Légitimiste! légitimiste! diantre! ce n'est pas une raison pour ne pas entrer chez moi. Ça fait une très-fâcheuse impression dans le bourg. J'aimais cent fois mieux M. Pelussin. Si nous pouvions le faire partir, ce comte?

— Oh! il ne faut pas y toucher, répondait M. de Bellevache; c'est le ministre lui-même qui l'a envoyé, et l'oncle de M. de Couroulès connaît le maréchal. Je n'ai pas à m'en plaindre, quant à moi, il se montre gai et charmant quand il est dans ma maison.

— Belle histoire! un employé qui ne vient pas me voir, moi, le maire!

Et à part lui, l'illustre Bas-du-Dos ajoutait:

— Moi, le premier du pays... Mais voilà, j'ai peut-être eu tort de vendre mon étude. Un banquier, c'est moins relevé qu'un notaire.

Et il apprit que M. Couroulès avait été voir M. Rey-Laforêt.

Il endêvait, l'illustre Bas-du-Dos!

M. Monestrel l'avait mis en demeure de justifier de la fortune de M. Théophile, et Monestrel l'attendait chez lui.

— Ce petit cousin, dit-il en entrant, s'est conduit comme un benêt. Il n'a apporté que les titres que son père avait chez lui; il n'a pas pris les pièces qui sont chez le notaire de Vernoux...

— C'est dommage, dit Monestrel; d'autant plus qu'il aurait pu les faire venir depuis le temps que cette affaire traîne.

— Oh! les faire venir, dit Chanat, vous savez, mon cher monsieur Monestrel, que c'est assez grave. On a toujours peur que des titres s'égarent. Moi, vous devez le savoir, je n'envoie jamais rien par la poste quand ça a une valeur quelconque.

— C'est prudent, monsieur Chanat. Voyons toujours ce que M, Théophile a apporté.

— C'est peu de chose, en regard de la fortune réelle des parents.

On examina les papiers de M. Théophile.

Ils justifiaient d'environ soixante mille francs de propriétés. Ces propriétés étaient divisées en trois acquisitions, dont une de maison avec jardin et hangar où habitait la famille de M. Théophile et qui, en conséquence, ne rapportait rien.

Les vignes se trouvant détenues par M. Théophile père, et seulement les terres affermées, les papiers apportés par M. Théophile fils permettaient de vérifier neuf cents francs de rente liquide.

— Mais ce n'est rien, s'écria Monestrel.

— Diantre ! sans doute ! dit Chanat, et c'est ridicule de n'apporter que ces papiers. Remarquez cependant que les terres qu'on fait valoir soi-même sont celles qui rapportent le plus, et que vous avez les vignes dont M. Théophile père négociant en vins, a complétement le profit. Mais j'ai tout arrangé.

— Ah ! vous avez tout arrangé ?...

— Tout. Vous allez partir l'un et l'autre.

— Qui, moi ? demanda Monestrel.

— Vous-même.

— Quelle idée ! Et pour quel endroit je vous prie ?

— Pour Vernoux ; diantre, c'est facile à deviner.

— Et que voulez-vous que j'y fasse ?

— Vous vous assurerez par vous-même de la position brillante de mon cousin.

— Je n'ai pas envie de voyager pour ça. Vous en parlez à votre aise, vous, du voyage. C'est un voyage long, pénible.

— Un voyage long ! Vous plaisantez ! Vous allez à Valence, où M. Théophile père vient vous prendre avec sa voiture.

— Mais de Roybon à Valence, on dépense de l'argent ! Et il faut revenir.

— Ne vous inquiétez pas de ça, dit Chanat. C'est

moi qui désire ce mariage, c'est moi qui ai fait venir Théophile ; je ne veux pas que vous vous mettiez en frais pour une chose qui peut ne pas réussir, et c'est moi qui prends à ma charge la dépense du voyage.

— Oh ! mon cher monsieur Chanat, y pensez-vous ? Je ne voudrais pas...

— Laissez faire. Vous partirez demain.

— Demain ?

— Demain, et pas plus tard, diantre ! Il faut que ce mariage puisse se conclure le mois prochain et que ces jeunes gens soient heureux.

— Mais pensez donc, demain...

— Demain vous partirez par le courrier. La terrible expédition ! Vous serez huit jours absent, tout au plus, ce n'est pas un voyage au long cours.

— Enfin, dit Monestrel, puisque vous le voulez.

Et il rentra chez lui en se disant :

— Si je vais à Vernoux en qualité de futur beau-père, on me traitera bien, on me donnera de bonnes choses à manger.

Il apprit à sa femme qu'il partait pour Vernoux.

— Tu es fou, lui dit Mme Monestrel. Tu vas t'amuser à aller à Vernoux prendre une manière d'engagement vis-à-vis des parents de M. Théophile, sans savoir si jamais le mariage se fera ? et alors que nous savons ne pas réussir à changer l'esprit de Lucile, qui est tourné vers Albert ?

— Je suis le maître, je suppose, et si j'ordonne à Lucile...

— Il n'y a rien à ordonner à Lucile. Elle est fille à dire « non » au nez de M. le maire sans se gêner ; tu ne l'ôteras pas à Albert ; et quant à moi....

— Oh ! oui, quant à toi, je sais... Tu la donnerais à cet abominable Galtier, au fils de cet homme qui nous a grugés...

— Dis donc, Monestrel...

— Quoi ?

— Galtier père, il nous a fait du tort ?

— Tu le sais aussi bien que moi.

— Il a gagné de l'argent en plaidant contre nous ?

— Sûrement.

— Est-ce que tu ne penses pas que ce serait une bonne vengeance de prendre son argent, sa fortune, de rentrer dans ce qu'il a gagné sur notre dos ?

— Tais-toi, dit Monestrel ébranlé, tu ne sais ce que tu dis, ou tu es le diable.

Il se promena une partie de la nuit dans sa chambre, indécis sur le parti à prendre relativement à son voyage ; mais en pensant qu'il reverrait Valence et connaîtrait Vernoux sans bourse délier, en se faisant un tableau appétissant de la manière dont on le traiterait, lui, beau-père riche à enjôler, à capter, il ne put se retenir de sortir d'une armoire un sac-de-nuit dans lequel il arrangea du mieux qu'il put ce qu'il désirait emporter.

— Comment ! tu pars décidément ! s'écria Mme Monestrel le matin.

— Puisqu'on m'attend, dit Monestrel ; je ne puis pas faire à ces gens, qui veulent me traiter, l'injure de refuser...

— Ah ! voilà ! tu espères avoir de bons dîners ! On te fait aller loin en te mettant un plat devant la bouche !

— Tu m'ennuies ! s'écria Monestrel. J'ai le droit de faire ce que je veux, ça ne te regarde pas.

Lucile, mise au courant, dit à son père :

— Tu as tort d'aller chez ces gens, puisque je n'épouserai jamais M. Théophile.

— Tu l'épouseras si je veux.

— J'épouserai Albert Galtier que j'aime, dit Lucile.

— Fille du diable ! Je ne veux pas t'écouter, ni ta mère non plus. Vous êtes des damnées.

M. Théophile venait le chercher. Il le suivit, son sac-de-nuit à la main, et ils partirent pour Valence et Vernoux. Le jeune Théophile, stylé par M. Chanat et porteur d'une lettre du banquier pour son père, ne laissa pas dépenser un sou à M. Monestrel.

Une heure après le départ de M. Monestrel et de M. Théophile, Galtier arrivait à Roybon.

Il fut très-étonné de voir un rassemblement dans

la Grande-Rue, devant le Café-du-Cercle, et sans entrer chez lui il alla voir ce que c'était.

Le brigadier de gendarmerie, accompagné de deux gendarmes, arrachait l'écriteau qu'il avait, lui, Galtier, recollé plusieurs fois sur la porte.

— Que faites-vous donc, brigadier ? demanda Galtier.

— J'agis par ordre supérieur, dit le brigadier. Cette pancarte est hostile au gouvernement, c'est pourquoi le gouvernement m'a intimé l'ordre de la détruire.

— Mais, dit Galtier, vous n'avez pas le droit de toucher à cet écriteau.

— J'ai l'ordre, dit le brigadier.

— Nous allons constater, dit Galtier, que vous attentez à la propriété d'autrui.

Et il tira Crillon par le pan de sa redingote.

— Verbalise, constate, constate, lui souffla-t-il.

— Je ne suppose pas, dit le brigadier, que vous considériez ce papier comme constituant une propriété présumable et appréciable.

— Nous constatons la dégradation à laquelle vous vous livrez.

— Je constate donc, moi, dit le brigadier, que vous élevez de l'opposition contre mes ordres supérieurs.

— Tant que vous voudrez, brigadier.

— Je vais communiquer mon procès-verbal et cette pièce à conviction à mes chefs, dit le brigadier, qui s'en alla en emportant l'écriteau.

— Je sais pourquoi ils ne veulent pas que l'écriteau demeure, dit Galtier.

— Pourquoi ?

— A cause de la foire de septembre ; ils l'ont déjà arraché la veille des dernières foires ; mais attendez...

Il alla acheter chez Josu trois mètres de calicot et de la couleur noire, et avec l'aide d'Anna et de Lucile, sur la table de Crillon, ils tracèrent en gros caractères sur la toile :

Le Café-du-Cercle et le Cercle littéraire

se rouvriront

LE LENDEMAIN DE LA DÉFAITE DES RÉACTS

le jour des élections

— Laissons sécher, dit Galtier.

— Tu ne pourras jamais coller ça, dit Crillon.

— Laisse-moi ; tu verras ce qu'ils auront gagné à enlever mon carré de papier. Je leur ferai voir ça le jour de la foire.

— Qu'as-tu fait à Grenoble ? demanda Crillon. Qu'est-ce que l'on dit là-bas ?

— Là-bas, ils se sont mis en rapports directs avec Gambetta, qui a les meilleures nouvelles de la province, qui est plein de confiance dans l'issue de l'aventure. Si tu savais ce qu'on se moque du maréchal, à Grenoble, et les officiers les premiers ! Je crois l'armée encore plus acharnée que nous autres bourgeois contre le gouvernement des curés.

— Les dernières proclamations du maréchal n'ont pas produit bon effet.

— Ah ! « moi », ses « je », ses « mon gouvernement ! » ça fait crever de rire. On voit partout ce vieux mannequin promené par ses ministres, avec ses harangues de fer-blanc qu'il prononce lorsqu'on tire une ficelle sous son frac. On rit, voilà ce que je puis te jurer.

— Ça va donc bien. On mettra Mac-Mahon dehors et on prendra Thiers.

— Parfaitement. Quant à nous, il paraît que nous devons nous attendre à des misères sans nombre. Il est entendu qu'on m'enverra tous les jours un ballot de trois cents exemplaires du *Réveil du Dauphiné*. J'ai vu l'excellent rédacteur-en-chef du *Réveil* ; je lui communiquerai ce qui concernera le canton, et nous parviendrons à rendre le journal plus intéressant pour nos campagnards que ne l'est cette vilaine petite peste de *Nouvelliste*. J'ai acheté

dix mille exemplaires du manifeste des gauches.
C'est au chemin-de-fer, et nous distribuerons ces
papiers avec l'aide de nos comités communaux.

— C'est parfait !

— Et regarde le joli petit imprimé.

L'Ordre Moral

FABLE

La France devant le Buffet
Ayant dansé, voit à la suite
Un Duc fort près de la faillite,
Pour payer un dernier effet,
Solliciter la commandite
Du pays, qui refuse net.
Le duc en colère se met,
Tant, qu'un pauvre homme rencontrant,
Qui par là s'en allait passant,
Il le rosse. « Oh ! mon Dieu ! dit l'homme,
Pourquoi, monsieur le gentilhomme,
Ainsi me battre à tour de bras?
Si vos affaires ne vont pas,
C'est votre faute, non la nôtre. »
« Je t'en veux d'être le passant,
Je suis duc, tu n'es qu'un manant
Dit le noble, sois battu mais content. »
L'homme, c'était le peuple. Et l'autre,
C'était le gouvernement.

MORALITÉ

Aussi mon pauvre paysan,
Si tu veux vivre dans ta France
Sans être rossé d'importance
Vote républicainement.

— Ah ! satané coquin ! voilà une histoire dont
je te soupçonne d'être l'auteur ! s'écria Crillon.

— Oui, Albert, c'est vous qui avez fait cette
fable ?

— A cinquante mille exemplaires ! s'écria Albert,
notre canton a seize mille habitants, vous voyez
qu'il y en aura pour les autres.

— Allez-vous avoir ces imprimés-là pour le jour de la foire ? demanda Lucile.

— Certes ! et vous verrez, ma chère Lucile, quelle concurence redoutable nous allons faire au curé et au maire.

— Oh ! nous allons vaincre ce gouvernement, n'est-ce pas ?

— Parbleu ! puisque Gambetta le dit.

— Tu sais, Albert, pendant ton absence, le nouveau receveur est venu, dit Crillon.

— Un farouche réactionnaire !

— Il a été envoyé ici pour nous faire le plus de tort qu'il lui serait possible ; mais il s'est trouvé que c'est un bon garçon, et c'est à nous qu'il a rendu visite.

— A nous ?

— A nous, les républicains, oui. Il n'a vu ni le maire ni le curé. Il ne se mêle pas de propagande ; le succès du fameux maréchal qui a un cheval intelligent, lui est d'une indifférence absolue ; il raconte des histoires drôles sur son départ de Paris ; il a trois chevaux magnifiques et se livre à l'équitation deux fois par jour. On le voit constamment botté, éperonné, la cravache à la main. Seulement, il espère chasser avec nous.

— Est-ce un bon garçon, vraiment ?

— Ah ! ma foi, oui, dit Crillon, tu le verras toi-même.

— Allons, tant mieux ! L'ordre moral nous envoie tant d'agents de désordre, on m'a fait part d'actes si violents accomplis par eux !...

— Celui-ci, dit Crillon en baissant la voix et en s'approchant de l'oreille de Galtier, celui-ci n'a été voir qu'un réactionnaire, M. de Bellevache, et j'en suis à me demander ce qui arrivera si, par hasard, le vicaire Fourailloux et lui se rencontrent nez à nez.

— Ah! ah! dit Galtier, c'est amusant. Et quel nom a-t-il, ce monsieur ?

— Le comte de Couroulès.

— Joli nom. C'est un Grec ?

— Il est des environs de Toulouse.

— C'est un jeune homme ? .

— Tout jeune.

— M. le receveur est arrivé, dit Lucile, pendant votre absence ; mais savez-vous qui est parti ?

— M. Théophile.

— Oui ; mais avec lui ?... mon père.

— M. Monestrel ?

— Oui, Albert : il est allé à Vernoux avec M. Théophile pour s'assurer par ses yeux de l'immense richesse de ce vilain bonhomme.

— Que nous importe ! fit Albert, puisque nous nous marierons quoi qu'on fasse.

— Oh ! mais oui, dit Lucile.

— Nous ne voulons pas qu'il en soit autrement, dit Anna. Voici Paul qui est en route pour Roybon, il faut que tous les fiancés soient heureux.

— Ils le seront ! dit Crillon. Galtier, nous nous réunirons demain soir chez toi pour nous entendre sur la manière de diriger notre propagande, particulièrement le jour de la foire. ·

— C'est ça. Je vous donnerai des brochures.

— Et la fable, dit Lucile.

— Sans doute. On n'oublie pas les chefs-d'œuvre.

Le jour de la foire venu, l'écriteau confectionné par Galtier pendait sous la lucarne du grenier, attirant les regards. Les gendarmes l'aperçurent, et le brigadier fit une grimace épouvantable. Il voulut entrer dans la maison ; mais Galtier avait fermé les portes et mis les clefs dans sa poche, et le brigadier ne se crut pas autorisé à violer un domicile et à faire ouvrir par un serrurier,

— Cet écriteau est cependant subversif, murmura-t-il.

Et, faisant signe à son fidèle gendarme de le suivre, il se mit à la recherche d'une échelle assez haute pour atteindre le toit.

Les paysans qui l'avaient vu essayer d'entrer dans la maison et jurer à l'aspect du drapeau de calicot si largement imprimé par Galtier s'amusaient de sa déconvenue. Ces braves gens étaient beaucoup plus calmes que les bourgeois. Ils ne suivaient pas la lutte d'aussi près. Ils savaient trois choses : qu'ils ne voulaient pas de changement de gouvernement; qu'ils voteraient en conséquence, et que les prêtres les embêtaient

Ces robes noires, elles pouvaient demeurer chez elles. C'était assez que la femme allât à l'église au moindre tintement des cloches. La religion, c'est des affaires de cotillon. Il n'était pas nécessaire que les robes noires vinssent perpétuellement dans les maisons, quand les femmes étaient seules, dans le but de leur faire quereller les hommes à leur retour des champs.

Les républicains de Roybon en se promenant parmi les campagnards, en leur distribuant des brochures et des journaux, les entretenaient dans ces excellentes dispositions. De leur côté les réactionnaires, en tête M. le maire orné de son écharpe, leur distribuaient des journaux que les paysans mettaient dans leur poche de la même manière que les journaux républicains, mais ils ne remerciaient pas les conservateurs de même que les autres et usaient d'un clignement d'yeux malin quand un ami leur parlait.

Les républicains avaient un bel élément de propagande qu'ils trouvaient dans cette foire même. Les transactions par coquetiers, à domicile, et sur les marchés, notamment à La-Côte, n'ayant pas été bonnes, la foire de septembre était assez brillante. On y comptait un grand nombre de cochons. Mais rien, absolument rien ne se vendait ; les petites provisions pour la vie courante, tout au plus ; pas de volailles ; pas de veaux ni de bœufs.

— Voilà ce que vous devez au gouvernement des curés, disait Galtier à chaque paysan ; si ça continuait, pour vous rembourser de vos pertes, vous auriez la dîme et la corvée.

— Oui, disaient les paysans en montrant l'écriteau ; mais, après les élections, bonsoir le gouvernement des curés.

Cet écriteau, il continuait à inquiéter prodigieuse-
ment le brigadier de gendarmerie qui avait déjà
apporté deux échelles trop courtes. Les paysans
riaient de ses vains efforts.

— Va donc ! criaient-ils ; prends une perche.

— Quitte tes bottes, tu monteras un échelon de plus.

— Il l'atteindra !

— Il ne l'atteindra pas !

Le brigadier descendait de l'échelle.

— Monte à ton tour, disait-il au gendarme.

Le gendarme n'était pas plus heureux.

— Naturellement, disait le brigadier, que j'ai eu
tort de te faire monter parce qu'un simple gendarme
ne peut réussir là où son brigadier n'a pas réussi
lui-même.

Ils laissèrent l'écriteau, ne pouvant pas faire autrement, et ils parcoururent la Grande-Rue dans
laquelle se tenait la foire. Ils parlaient aux campagnards de leur connaissance.

— Tu vas voter pour le maréchal, toi, disaient-ils.
Tu penses qu'un maréchal de France qui demande
qu'on vote pour lui, on ne peut pas désobéir. C'est
une consigne. Tu es un vieux soldat, tu connais ton
devoir. Tiens, si tu veux me promettre de voter
pour le maréchal, je te permets de chasser tant que
tu voudras sans permis. Si je te vois, je ferme l'œil.
N'oublie pas la consigne.

M. Chanat se multipliait et l'on vit même les
prêtres venir sur la foire, ce qu'ils ne faisaient jamais ; cela n'empêcha pas les paysans, qui n'avaient
pour ainsi dire rien vendu, de s'en retourner mécontents.

On apprit, cependant, avec un étonnement profond, que M. le maire de Roybon avait distribué
une quantité considérable de pièces de cent sous.

— Est-ce que le gouvernement commence ses
achats ? demanda Allard.

— Chanat est incapable de donner des pièces de
cent sous de sa poche, dit Galtier.

— En prendre dans la poche des autres est plutôt
son affaire.

— Nous saurons de quel sac il tire cet argent, dit Galtier.

Mais ils furent arrêtés dans leur enquête par un événement qui les consterna, la mort de M. Thiers. Ce n'était pas qu'ils ressentissent pour l'ancien chef du pouvoir exécutif la moindre tendresse d'âme ; mais dans cette partie du 16-Mai où l'on jouait la chute de Mac-Mahon, Thiers était un atout, et on le considérait comme le successeur désigné de cet homme loyal qui avait accepté la charge d'un gouvernement uniquement pour le détruire.

La mort de Thiers modifiait le plan de campagne, jetait le désarroi parmi ceux qui répétaient aux habitants des campagnes :

— M. Thiers est là, tout prêt.

— Hé bien, s'écria Galtier, il y a Gambetta.

Et les Roybonnais répandirent immédiatement leur idée, que Gambetta remplacerait Mac-Mahon, ce qui semblait indiqué, puisque nul ne tenait plus que Gambetta une place éclatante dans l'histoire de la France et dans l'affection du peuple français.

Il y avait précisément un grand courant en faveur du héros de la Defense nationale, conséquence des poursuites ordonnées à l'occasion de son discours de Lille, dans lequel il avait posé cette alternative dont le maréchal pouvait mal aisément sortir : « Se soumettre ou se démettre ».

L'illustre Bas-du-Dos et les curés eurent beau s'écrier que les républicains avaient perdu leur drapeau, que Gambetta était un fou furieux, un partageux et un communard, Gambetta jouissait d'une telle popularité dans le Dauphiné, que les Chambarans accueillirent son nom avec un enthousiasme tout autre que celui qu'ils éprouvaient pour Thiers.

En multipliant leurs courses, leurs chasses, les distributions de brochures, de chansons, de discours, de vers en faveur de la République, les républicains actifs de Roybon n'eurent pas de lutte à soutenir pour effacer la trace de la mort de l'ancien ministre de Louis-Philippe.

D'ailleurs, ce que l'ordre-moral poursuivait, traquait, vilipendait, prenait un caractère sacré aux yeux des républicains des campagnes, et Albert Galtier conquit une importance considérable le jour où l'on apprit qu'il avait reçu une assignation en police correctionnelle pour avoir insulté le maréchal dans une pancarte publiquement apposée dans la grande rue de Roybon.

— En voilà une affaire! s'écria Galtier en éclatant de rire.

— Albert, est-ce qu'on va vous mettre en prison? s'écria Lucile tremblante en apprenant ce qui arrivait.

— Me mettre en prison? dit Albert. On voudrait peut-être me supprimer pour le canton ainsi qu'on veut supprimer Gambetta pour la France ; mais ne craignez rien. Je suivrai la même procédure que lui. Les élections arrêteront le beau zèle de l'espèce de béjaune de procureur qu'on a envoyé à Saint-Marcellin, et de ce vieux bec-à-corbin de président dont la femme vit sous la soutane des prêtres tandis qu'il juge sous leur calotte. Ne craignez rien, Lucile.

Les réactionnaires, quoi qu'il advînt, obtenaient ce qu'ils voulaient. Ils répandaient partout que Galtier allait passer en police correctionnelle, qu'on le condamnerait à la prison et que les républicains petits ou grands en verraient bien d'autres.

Galtier et ses amis, pour combattre plus efficacement les bruits répandus, se multiplièrent, se montrèrent partout, animant les paysans, et Galtier fit même sur sa future comparution en police correctionnelle une chanson qui s'ajouta aux autres et qu'il distribua à profusion, sachant que ce moyen de faire de la propagande sur des airs connus réussissait admirablement et qu'il n'y a rien comme une chanson pour semer le ridicule.

La population commençait cependant à devenir nerveuse. On se demandait encore à quel moment les élections auraient lieu, et de jour en jour la colère grossissant, les denrées ne se vendant plus, l'argent manquant dans la poche du pauvre monde, la colère sourdement montait.

— Du calme ! du calme ! criaient les républicains
de Roybon ; l'heure de la vengeance ne saurait tarder à sonner, et alors on les enverra aux galères,
ces gueux du 16-Mai, les Broglie, les Fourtou, les
Brunet, et le maréchal dans le tas. A la chiourme,
le gibier de Nouméa. Mais attendez... patience !...

— Patientez, ils expieront la ruine du pays.

— Et ils rendront l'argent qu'ils dépensent, dit
Galtier, car ils doivent en envoyer de forts sacs à
M. Chanat pour qu'il continue depuis la foire à dis-
tribuer jusqu'à des pièces de vingt francs.

— Il ne lui manque que Monestrel pour l'aider
dans ses distributions, dit Crillon. Ça serait un beau
spectacle de voir les deux plus vilains rats du pays,
nos deux usuriers en chef, distribuer l'argent à pleines
mains.

— Entrez chez moi, dit Galtier, nous boirons un
verre de vin blanc.

— Il paraît que Monestrel se plaît à Vernoux, dit
Allard, puisqu'il y reste.

— On va le garder, le gaver et le griser, dit Galtier, au point qu'il croira que les Théophile possè-
dent l'Ardèche et la Drôme.

— Ah ! dit Allard, certainement on le nourrit largement là-bas ; sans ça, il serait déjà revenu.

— Tu auras là un beau-père adorable, Albert.

— Aussitôt le 16-Mai terminé et mon mariage
conclu, dit Albert, j'enlève ma Lucile et je m'arrangerai pour qu'elle se retrouve le moins possible seule
avec ses parents, même à Roybon.

— Oh ! tu n'as rien à craindre puisque, jeune fille,
elle leur a résisté et qu'ils n'ont pas déteint sur
elle.

— N'est-ce pas qu'elle est gentille ?

— C'est un amour ! dit Allard.

— Savez-vous la nouvelle, messieurs ? dit M. Pelussin en entrant.

— Quelle nouvelle ?

— Il vient d'arriver un directeur de la poste qui
a sorti de sa poche, brutalement, la révocation de
l'ancien.

— Comment ! ce pauvre homme, notre vieux directeur, est révoqué ?

— Absolument, et si l'ordre moral durait, il mourrait de faim avec ses enfants.

— Voilà l'épilogue de l'histoire du refus qu'il opposa à la suppression des journaux à la poste, dit Galtier.

— Je trouve ces procédés si peu délicats, dit le comte de Couroulès en entrant à son tour, que je vous offre, messieurs, de faire venir sous mon nom ce que vous voudrez.

— Merci, dit Galtier ; nous userons, peut-être, monsieur, de votre complaisance, mais pour ce qui accuserait un caractère exclusivement personnel. Il serait peu délicat de notre part de nous servir de votre nom pour couvrir notre propagande. Nous allons aviser, mais il faut nous attendre à un coup prochain.

Deux jours après, le 22 septembre, paraissait le décret fixant les élections au 14 octobre.

Aucun journal républicain n'arriva plus à Roybon.

Aucun ballot d'imprimés ne se trouva plus au chemin-de-fer sans porter l'estampille de la préfecture de l'Isère.

La réaction cléricale avait découvert dans un coin de l'arrondissement un vieux général gâteux qui répondait au nom de marquis de Torgno ; elle en fit un candidat dont les affiches blanches se virent bientôt sur tous les murs de l'arrondissement de Saint-Marcellin à côté de la proclamation du maréchal.

« Je ne suis pas clérical, disait le général marquis de Torgno, mais j'aime la religion ; je ne veux pas du retour à l'ancien régime ni de la domination des prêtres ; mais il n'y a rien de si beau que le catholicisme, et le peuple n'a jamais été si heureux qu'avant 89 ».

Le maréchal disait :

« On vous dit que je veux renverser la République.

» Vous ne le croirez pas.

« La Constitution est confiée à ma garde ».

— On sait ce qu'en vaut l'aune, disait Galtier.

— La garde de son épée. Holà !

— La profession de foi vaut le manifeste, et le manifeste la profession de foi, dit Josu.

Les affiches rouges du candidat républicain, l'ancien député Riondel, un des 363, furent bientôt apposées, et le candidat vint faire sa tournée dans le canton, tournée pendant laquelle Allard et Galtier ne le quittèrent pas.

Ses affiches étaient lacérées, à Roybon, ou recouvertes d'affiches blanches. Il fallait veiller, les préserver, en recoller.

On ne savait rien de ce qui se passait au dehors.

Les journaux réactionnaires apportaient le mensonge et l'infamie dans le pays et on n'en voyait pas d'autres. On ne se doutait même pas que le maréchal fût vilipendé, bafoué dans tous les pays de l'Europe.

Les curés avaient annoncé un grand jubilé ordonné par le pape, qui durerait trois semaines. Ils carillonnaient leurs cloches du matin au soir.

M. de Bellevache faisait sa tournée de perception, et l'huissier Rama se frottait les mains : il n'avait jamais tant porté de contraintes de sa vie. M. de Bellevache mettait une énergie incroyable à poursuivre les républicains en retard pour leurs contributions, et il disait aux réactionnaires que lui désignaient les précieuses listes qu'il avait établies :

— Gardez votre argent, ne me payez pas, car si le gouvernement a la majorité, il fera remise des impôts à tous ceux qui auront voté pour lui.

La plupart des paysans étaient sceptiques à cet endroit, mais d'autres disaient :

— Ça pourrait bien arriver.

Et le préfet Podcol encadrait de sa signature un avis aux contribuables qui disait que les républicains augmentaient le budget d'un milliard.

Les listes du percepteur servaient aussi à l'envoi régulier et direct de journaux et de brochures réactionnaires.

Les gendarmes, le garde-champêtre, les gardes particuliers de plusieurs propriétaires des Chambarans, obéissant à des ordres émanés de la sous-préfecture, parcouraient les campagnes en accablant les républicains connus de procès-verbaux.

Le juge-de-paix condamnait à tort et à travers, et il voyageait dans le pays en menaçant les gens.

Les frères, les sœurs, dans les villages où il y en avait, et particulièrement à Roybon, distribuaient à leurs élèves, des journaux, des livres, des portraits du maréchal, en leur disant de savoir comment voteraient leurs parents, de le dire, et de rapporter à leurs maîtres les propos qu'ils entendraient jusqu'au jour du vote.

Grâce au Jubilé, les confessions s'étaient multipliées ; les curés travaillaient les femmes et allaient chercher les hommes jusque dans les cabarets.

Au milieu de ces manœuvres, sans nouvelles du dehors autres que celles des journaux monarchistes qui mentaient effrontément, soit avec la violence du *Pays*, soit avec l'hypocrisie du *Nouvelliste*, les paysans s'affollaient, et leur colère devenait d'autant plus terrible qu'il n'y avait plus de transactions, que la pénurie d'argent était complète.

S'ils n'avaient pas eu l'intervention incessante des républicains de Roybon et de quelques autres hommes dévoués du canton pour les maintenir et les diriger, ou ils se seraient laissé influencer par les prêtres ou ils auraient fait un mauvais coup.

— Du calme ! du calme ! répétaient les républicains, et le jour du vote, v'lan ! la vengeance. Mais surtout, surveillez de près les urnes et le dépouillement des votes.

A Roybon, chacun avait son siège fait. Les bonapartistes d'un côté, les républicains de l'autre, étaient aussi tranchés que possible.

Galtier avait envoyé son domestique à Saint-Marcellin, à La Côte, pour se procurer des journaux. A Saint-Marcellin comme à La-Côte, on était dans une ignorance absolue de ce qui se passait en France. Ce n'était que par hasard qu'on se procurait un journal républicain.

Il n'y avait plus que les commis-voyageurs pour répandre les nouvelles.

Galtier envoya alors à Grenoble, et, à l'imprimerie, son domestique put prendre un énorme ballot de *Réveil du Dauphiné*, qu'il rapporta lui-même et qu'on distribua.

Paul Goubault arriva avec une malle pleine du manifeste de M. Thiers et du discours de Gambetta à Lille.

Mais les gendarmes tombèrent sur Allard et Josu au moment de la distribution.

— Vous n'êtes pas colporteurs, dirent-ils et vous distribuez des journaux ; nous vous dressons, procès-verbal.

— Vous avez un bel aplomb, dit Allard.

— Que voulez-vous, monsieur Allard, c'est l'ordre.

— Faites, faites, mes amis.

Le brigadier était d'une sérénité excessive, et quand il passait dans la Grande-Rue, il contemplait avec un sourire l'écriteau posé par Galtier, que le vent avait déchiré, sur lequel on ne lisait plus rien.

— Dans quelques jours, disait-il, je mettrai tout ce monde-là dans une charrette, je les conduirai en prison. Il y aura pourtant des gens riches dans la charette. Mais ce sera la consigne.

Verniaud et Pacolin, les marchands de bois, étaient revenus à Roybon pour exercer leur influence dans les Chambarans.

Dans les cafés, les querelles s'envenimaient, et Louis, le boulanger, qui était fort comme un hercule, donnait une volée à un homme de Chanat qui se permettait de dire du mal de la République.

Paul Goubault, depuis trois jours qu'il était arrivé, avait déjà distribué six gifles.

Chanat, accompagné du mari d'Athalire, se démenait comme un diable et distribuait l'argent à poignées.

— Les républicains, disait-il dédaigneusement, je les achète ; les honnêtes gens je les récompense.

Ça allait depuis quarante sous jusqu'à vingt francs, ces récompenses-là.

Trente-six heures avant le scrutin il s'écriait, faisant chorus avec tous les curés :

— Les républicains sont fichus. Le canton va donner une majorité écrasante au maréchal.

— Le maréchal, s'écriait le curé Mingral, c'est l'homme du Roy.

— Le maréchal, s'écriait Chanat, c'est l'homme de l'Empereur.

Et pour qu'il ne manquât pas une voix dans Roybon, le banquier avait écrit à Théophile de revenir sans faute avec M. Monestrel.

Ils arrivèrent la veille du vote, par le courrier.

Galtier, prévenu par Lucile, les regarda descendre, bras-dessus bras-dessous, en bons amis, et Monestrel introduisit Théophile dans sa maison.

— Oh ! oh ! pensa Galtier ; il paraît que M. Théophile a fait la preuve de sa fortune.

— Ah ! Lucile ! Lucile ! appela Monestrel en embrassant sa femme. Où est Lucile ?

Lucile descendait.

— Bonjour, père, dit-elle...

Elle s'arrêta en apercevant M. Théophile.

— Ma fille, dit Monestrel, voici ton mari.

— Monsieur ?

— Oui. J'ai vu son père, je connais sa famille jusqu'aux cousins, c'est pour ça que je suis resté un mois. Tu peux l'épouser : il est riche.

— Moi, épouser monsieur ! s'écria Lucile, jamais !

— Oh ! mademoiselle, dit Théophile en joignant les mains et en levant les yeux au ciel.

— Il est bien trop laid ! s'écria Lucile.

— Oh ! mademoiselle, dit Théophile, ces bons frère me trouvaient si gentil, si caressant !

— Tu vas te taire ! dit Monestrel en prenant le poing de Lucile. Je veux que tu embrasses Théophile, ton futur mari, immédiatement.

— Jamais ! s'écria Lucile.

— Je le veux. Allons, Théophile, embrassez-la.

Lucile se rejeta vivement en arrière, et, apercevant

Albert qui était demeuré à causer à deux pas de la maison, elle cria :

— Albert ! Albert ! au secours !

Celui-ci bondit. Il vit Théophile les bras tendus, dans la posture d'un monsieur qui veut embrasser à la vieille manière ; il lui envoya deux soufflets formidables, et l'empoignant par le collet et par le pantalon, il le jeta par la fenêtre de telle façon que le pauvre M. Théophile s'étala de son long sur les pavés qui ressemblaient à des œufs et se cassa le nez par dessus le marché.

— Dans ma maison ! s'écria Monestrel en laissant Lucile pour s'avancer sur Galtier.

— Vous, monsieur Monestrel, dit Albert, respectez votre futur gendre.

Monestrel en colère leva la main sur Albert ; mais en ce moment des cris perçants s'entendirent dans la Grande-Rue, et les Roybonnais qui s'étaient précipités vers M. Théophile remontèrent, tandis que ce dernier se relevait et tout moulu gagnait péniblement le logis où Mme Athalire jouait de l'accordéon.

Les cris étaient poussés par l'abbé Fourailloux qui fuyait à grandes enjambées, tandis que le comte de Couroulès, botté et éperonné, le poursuivait, sa cravache à la main, et lui cinglait le visage, les mains, le dos, d'une si furieuse façon, que la cravache laissait des marques sanglantes et que le drap de la soutane volait sous le coup.

Les Roybonnais accourus en foule se rangèrent pour laisser passer M. l'abbé et M. le comte. On se serait bien gardé d'arrêter ni l'un ni l'autre, on les respectait trop et un coup de cravache aurait pu s'égarer. M. de Couroulès, sans paraître perdre son sang-froid, reconduisit l'abbé à coups de cravache jusqu'à la porte de la cure. Après quoi, il mit sa cravache sous son bras et remonta en sifflotant.

Il rencontra Allard, qui était son meilleur compagnon de chasse.

— Ah ! monsieur, lui dit Allard, je connaissais votre coup de fusil, mais vous avez un beau coup de cravache.

M. de Couroulès se mit à rire.

— Figurez-vous, dit-il, que cet imbécile d'abbé s'est permis de me donner un soufflet.

— Un soufflet ! à vous ?

— A moi, là, sur cette joue.

— Et pourquoi ?

— Cette espèce de moineau ne s'est-il pas avisé de me faire une scène de jalousie dans le salon de Mme Bellevache ?

— Ce paltoquet ! Que de soufflets dans Roybon !

— Je l'ai arrangé de la bonne manière, dit M. de Couroulès ; j'espère qu'il se souviendra de moi.

Le domestique de M. de Couroulès accourait.

— Monsieur, dit-il essoufflé, si monsieur veut venir.

— Qu'y a-t-il, Jacques ?

— Mais... monsieur...

— Dis, voyons !

— Monsieur, c'est madame..

— Madame !

— Oui, monsieur.

— Laquelle ?

— La dernière, monsieur.

— Coralie ?

— Oui, monsieur.

— Comment ! Coralie ! ici, à Roybon !

— Elle est arrivée à l'instant, monsieur, par une voiture qu'elle a louée à Lyon

— Coralie ici ! elle est bien bonne ! Mille pardons monsieur Allard...

Et il courut chez lui.

— Toi, s'écria-t-il.

— Mon cher j'ai eu des remords.

— Tu as joliment bien fait d'en avoir. Mais comment te sont-ils venus ? Voyons, tu n'es pas enlaidie ? On ne t'a pas jeté de vitriol à la figure ? Non, tu es toujours ravissante. Je t'en prie, fais-moi voir ton bas. Il y a un siècle que je n'ai vu un bas blanc bien tiré. Peste ! la jolie jambe !

— Je t'écoute !

— Ah ! j'y suis !... Tous les autres t'ont lâché, alors...

— Mais non. J'ai voulu te revoir, pour toi-même.

— Pas·de bêtises, hein ! dit le comte de Couroulès. Moi revoir toi parce que toi amour pour moi ! Moi pas croire.

— Embrasse-moi donc, au moins !

— Ah ! ça, très-volontiers.

— Dans quel bouge tu es !

— C'est le pays qui veut ça.

— Est-on tranquille ici ? A Paris, on parle de révolution, de coup-d'Etat, de batailles dans les rues. Moi j'ai une peur bleue des fusillades...

— Ah ! j'y suis ! s'écria Couroulès, c'est la peur !.. Tu t'es dit que ton petit Couroulès était perdu dans les bois au milieu de la calme nature... Mais qui t'a donné mon adresse ?

— Ton oncle.

— Mon oncle ! Tu connais mon oncle, à-présent.

— Oui Il est venu m'apprendre que tu me fuyais jusqu'en Dauphiné...

— Oh ! le brave oncle!... C'est donc ça, qu'il tenait tant à me voir filer.

— Mets du bois au feu. On gèle ici.

— Ça fouette le sang. Et en fait de sang, tiens, j'en ai à ma cravache. Ah ! tu te figures que tu viens dans un pays calme. Mais on se bat sous les arbres ! Demain on va s'assassiner en allant voter. Et je viens de cravacher si terriblement le vicaire de l'endroit, que sa peau colle à ma cravache ; regarde.

— Comment as-tu fait ?

— Tiens un homme qui a pour principe de ne pas se battre et qui vous donne un soufflet !... Toute injure demande du sang, n'est-ce pas ? J'ai du sang... Ah ! Coralie, quand·on va savoir que Coralie du Café-anglais, que Coralie de la rue Monceau, que Coralie... Mais que je suis bête ! personne ne te connaît.

— Oh ! fais-moi passer pour ta femme légitime !

— Impossible ! J'ai dit que j'étais garçon et j'ai prononcé ton nom devant plusieurs personnes en l'agrémentant de malédictions qui n'avaient rien de légitime, puisque te revoilà.

— Si nous partions ?

— Pourquoi ?

— Si le pays n'est pas tranquille.

— Et le devoir ?

— Qu'est-ce que c'est que ça ?

— Le devoir, c'est de rester ici jusqu'après les élections qui ont lieu demain ; voilà ce que c'est que le devoir.

— Ce n'est pas trop long.

— Ensuite, il faudra attendre qu'on me remplace... Ah ! voilà les amoureux qui passent.

C'était Paul Goubault et Anna qu'Albert avait envoyé chercher par un petit du bourg, afin qu'ils prissent Lucile avec eux.

Car le bras de Monestrel étant demeuré suspendu sur la tête de Galtier et M\ue{me} Monestrel s'étant jetée entre eux et les ayant séparés, Albert et Monestrel, après avoir aperçu l'abbé pourchassé par le comte, s'étaient assis à une certaine distance l'un de l'autre pour s'occuper des affaires qui les intéressaient directement.

— Comment pouvez-vous penser, dit Galtier, que voulant épouser M\ue{lle} Lucile...

— Vous ne l'épouserez pas, interrompit Monestrel. Maintenant moins que jamais. Après ce que vous venez de faire... Jeter mon gendre hors de chez moi !...

— Votre gendre, c'est moi.

— Vous, vous serez en prison avant qu'il soit huit jours, et ce sera justice.

— Si quelqu'un devait aller en prison à la suite des élections, dit Galtier, ce serait plutôt vous, monsieur Monestrel, car elles seront républicaines.

— Je vous dis que vous irez en prison, moi ! et peut-être porterez-vous votre tête sur l'échafaud.

— Oh ! c'est une grosse opération ! dit Galtier. Mais enfin, si vous me guillotinez, monsieur Monestrel, je n'aurai plus rien à vous dire. Maintenant, supposez que les élections soient républicaines...

— C'est impossible ! M. le curé me l'a dit : Dieu est là !

— Mais si Dieu fait faux bond ?

M. Monestrel hésita à garantir Dieu.

— Je ne serai, dit Galtier, ni emprisonné, ni guillotiné, et alors Mlle Lucile étant aussi décidée à m'épouser que je le suis moi-même à convoler avec elle, que ferez-vous ?

— Je ferai... je ferai... je ne ferai rien ! s'écria Monestrel. Je viens de passer plusieurs semaines dans la famille Théophile ; j'ai été admirablement reçu à Vernoux ; j'ai engagé ma parole...

— Tu aurais pu me consulter, dit Mme Monestrel ; tu te seras engagé à la légère ; tu sais que tu es incapable de t'occuper d'affaires quand tes dîners sont trop bons.

— Ah ! voilà M. Chanat, fit Monestrel.

— Si celui-là est également possédé du désir de faire connaissance avec ma botte... pensa Galtier.

M. Monestrel ouvrit à M. le banquier.

— Dans quel état Théophile m'arrive ! s'écria M. Chanat.

Et apercevant Galtier.

— Vous assassinez les hommes, à ce qu'il paraît, lui dit-il en se dressant sur la pointe des pieds et en se renversant pour paraître moins minuscule.

— Vous assassinez bien les enfants ! répondit nettement Galtier.

Le notaire pâlit, se troubla, et, les dents serrées :

— Que signifient vos paroles ? demanda-t-il.

— Vous devez le savoir mieux que moi, dit Galtier.

— Je... je..

— Nous sommes d'un pays où tout se sait, dit Galtier, depuis les travaux que votre domestique Alphonse exécute à Valravas, depuis le louage d'Angélique et d'Eudoxie, jusqu'à leur autorité, qui ne se subordonne en réalité qu'à celle de Félibien, dans votre maison. Le pays connaît tout, jusqu'aux verres d'absinthe. Il est certainement malheureux que ces affaires-là touchent de si près le chef militant des bonapartiste de Roybon, mais...

— Sortons, dit Chanat en entraînant M. Monestrel, je ne suis pas venu chez vous pour être insulté.

— Sortez, dit Galtier, mais prenez garde à ce que vous ferez.

Galtier allait partir à leur suite, quand Mme Monestrel le retint.

— Ne faites pas attention à mon mari, dit-elle ; il garde contre vous la haine qu'il portait à votre père, surtout depuis que vous avez soutenu contre nous le procès Bergeron ; mais moi, je ne me sens pas le même esprit d'animosité et je connais trop le caractère de ma fille pour croire, comme Monestrel, qu'elle cédera le jour où on affichera son mariage avec M. Théophile. Il ne me plaît pas, d'ailleurs, ce M. Théophile. Les hommes si gras, ça ne vaut pas beaucoup d'argent... Des paquets de chairs molles ! Parlez-moi d'une nature comme la vôtre ! voilà un homme ! c'est musclé, c'est nerveux. Et puis, ce n'est jamais que d'un habitant de son pays qu'on connaît la fortune, et je n'ai pas envie d'être refaite. Laissez-moi donc parler à Monestrel, et ne craignez rien ; vous épouserez Lucile.

— Je le sais, dit Albert.

— Il n'y a que dans le cas... où les élections seraient honnêtes...

— Qui sont?

— Qui sont ce que M. le curé désire. . Alors !...

— Bonsoir, dit Albert en donnant au mot la double valeur d'un échec électoral et d'un adieu.

En sortant, il se croisa avec M. Chanat et M. Monestrel, qui causaient avec animation.

— Tenez, monsieur Galtier, dit Monestrel en l'arrêtant, voici M. Chanat qui va vous dénoncer pour coups et blessures envers M. Théophile.

Albert regarda fixement Chanat.

— Œil pour œil, dent pour dent, dit-il. Vous comprenez ?... Je vous conseille de rester tranquille.

Et il s'en alla, en haussant les épaules, retrouver Lucile chez Crillon.

— Oh ! cet homme, s'écria Chanat, c'est la plus mauvaise peste qu'il y ait à dix lieues à la ronde !

— Je vous crois, mon cher monsieur Chanat.

— Ainsi, c'est entendu, vous serez ferme et nous allons presser l'union de ces deux êtres charmants, mon cousin et votre fille. Ne craignez rien, dans trois jours d'ici M. Galtier ne sera pas si fier.

— Et le roi reviendra, dit Monestrel.

— L'Empereur ! dit Chanat, cet excellent petit prince, si beau, si pieux, qui attend sur le sol anglais le moment de revoir la France et ses aigles.

Monestrel rentra chez lui sous la double impression des fleurs de lys du curé, des aigles de M. Chanat et de l'histoire de M. l'abbé Fouraillonx cravaché par M. le comte de Couroulès, qu'il venait d'apprendre tout entière.

— Oh ! frapper un prêtre, dit-il, il n'y a rien de plus abominable, car ces messieurs ont tous les droits.

— Occupons nous de nos affaires à nous, lui dit sa femme en le ramenant à des préoccupations d'un caractère plus personnel. Maintenant, dit-elle, tu vas sans doute me raconter ton voyage.

— Ah ! dit Monestrel, qu'on m'a donc soigné, dorloté ! quels braves gens que ces Théophile !

— Raconte-moi ça.

— M. Théophile m'a donc emmené. Il n'a pas voulu me laisser payer la voiture de Roybon, et c'est lui qui a fait la dépense du déjeuner à Saint-Marcellin. Oh ! il m'a régalé ! J'ai mangé surtout un gâteau à la crème !... C'est vraiment un excellent pâtissier que celui de Saint-Marcellin.

— Après, voyons ?

— Nous avons pris le chemin-de-fer jusqu'à Valence. J'avais sorti ma bourse, mais il m'a retenu le bras, et il a payé les places.

— Hé! il a bien fait, s'il est véritablement riche.

— A Valence, M. Théophile, le père, nous attendait. Il y avait un dîner préparé pour nous dans le premier hôtel de la ville. Ah! quel dîner et quels vins! Je ne referai peut-être jamais un pareil repas de ma vie, à moins que M. Théophile se prenne d'amitié pour moi quand j'aurai donné Lucile à son fils...

— Est-ce que les dîners de Vernoux ne valaient pas celui-là?

— Ils n'étaient pas si fins, mais on se rattrapait sur les vins. Quels vins on m'a fait boire! Dès le matin, M. Théophile m'emmenait dans ses caves, car il a de grandes caves remplies de futailles et de bouteilles. Nous goûtions ses vins blancs pour tuer le ver!... Je crois que je n'ai pas dégrisé tout le temps que j'ai été là-bas.

— Et c'est en cet état que tu as examiné la fortune des Théophile?

— C'est ce qui me taquine, dit Monestrel. M..Théophile m'a mené un soir chez son notaire; on m'a fait voir des papiers pendant deux heures; mais j'avais si bien dîné, et ce notaire nous faisait boire encore de si excellent Saint-Péray sec, que je ne me souvenais pas en me couchant de ce que je venais de voir.

— Tu es retourné chez ce notaire?

— Ma foi non! J'ai essayé de me faire ramener à l'étude de cet honorable tabellion; mais M. Théophile a paru surpris, presque fâché, et j'avais déjà accordé, devant la famille réunie, la main de Lucile...

— Nous voilà dans de beaux draps! s'écria Mᵐᵉ Monestrel. Je devais me douter que tu te griserais et ne ferais rien de sérieux chez les Théophile. Mais je n'entends pas que Lucile se marie à la légère, moi! Tu ne connais pas la fortune des Théophile, et s'ils ne t'ont montré les actes qu'en te fai-

sant boire, c'est qu'ils devaient avoir leurs raisons.
Veux-tu que je te dise? Lucile épousera Galtier.
Celui-là, je sais ce qu'il a d'argent.

— Mais j'ai arrangé les choses à Vernoux! s'écria
Monestrel, j'ai arrêté la dot.

— La dot! Tu as arrêté la dot sans me
consulter?

— Oui. Ils donneront à leur fils une rente de trois
mille francs.

— Une rente! Ah! voilà qui lui fait une belle
jambe! Et si les Théophile n'ont rien, où le fils ira-
t-il chercher sa rente? Ils viendraient vivre à Roybon, à nos crochets? Joli commerce! Et combien
donnerions-nous à Lucile, nous?

— Trente mille francs.

— Trente mille francs! Tu veux donc que nous
nous nourrissions de paille jusqu'à la fin de nos
jours? Trente mille francs! et en écus, n'est-ce
pas?

— Ma foi! oui; M. Théophile père a voulu des
écus...

— Et en sortant d'un bon dîner, tu n'as pas su refuser. Les autres donnent une rente; nous, nous
donnons des écus...

— Je voulais donner une dot de vingt mille francs
seulement; ils m'ont amené à trente mille.

— Il n'y a rien de signé, heureusement! Oh! non,
non, des mariages dans ces conditions-là quand on
a sous la main un garçon très-riche et qui prendrait
Lucile sans dot...

— Sans dot? Tu crois qu'il la prendrait sans
dot?

— Certainement. Il l'aime trop, et ce n'est pas
l'argent qui l'attire...

— Mais Galtier sera en Nouvelle-Calédonie dans
huit jours!

— On verra ça... Ah! voilà la cloche du Jubilé.
Tu aurais beaucoup mieux fait de rester ici à racheter tes péchés que d'aller à Vernoux.

— Enfin! s'écria Monestrel, c'est toujours un
mois pendant lequel j'aurai vécu pour rien!

Ils apprirent en allant à l'église, que M. l'abbé Fourailloux avait une oreille enlevée, le nez coupé, le visage écorché, les épaules meurtries.

— Il paraît que M. le comte de Couroulès n'y a pas été de main morte.

— Ceux qui l'ont vu passer cinglant l'abbé n'ont pas douté de sa vigueur.

— L'abbé portera plainte, sans doute, dit Monestrel.

— Oh ! contre un comte, il n'oserait pas.

— Et puis, il perdrait.

— Il paraît que c'est lui qui a commencé.

— Il aurait donné une gifle à ce comte.

— Et pour quel motif ?

— On ne sait pas au juste.

— A croire ce qu'on dit, ce serait la faute de Mme de Bellevache.

— Ce sont des médisances, dit M. Monestrel. M. le comte appartient aux honnêtes gens.

— Ce qui n'est pas des médisances, c'est qu'il est arrivé une femme de Paris chez M. le comte de Couroulès.

— Sa femme, probablement.

— Il est garçon.

— Une femme de pas grand'chose, alors.

— La Mimi l'a aperçue derrière les vitres de la chambre du comte, tantôt ; elle a dit qu'elle avait un peignoir bleu avec des dentelles blanches, mais des tas de dentelles et des rubans encore. Du reste, la Mimi dit que ces dames-là ont de beaucoup plus belles robes que les autres, parce que les hommes ne leur refusent rien.

On entra dans l'église. C'était le dernier sermon avant les élections, car celui de la messe du matin, le dimanche du scrutin, ne serait pas prononcé si le vicaire était malade ; et celui de la messe de dix heures, si on en faisait un, ne viendrait qu'après le vote d'une partie des habitants de Roybon.

Le curé monta en chaire et s'exprima avec une violence et un parti-pris d'injure tel, que, jusque-là on n'avait rien entendu de semblable à Roybon, même de la part de l'abbé Fourailloux, qu'on excusait sur sa jeunesse ; on comprit mal qu'un prêtre touchant à la soixantaine, comme le curé Mingral, s'abaissât à lancer des épithètes si peu charitables.

Les républicains traités de canailles, de crapules, c'était la monnaie courante du clergé catholique ; on était tellement habitué à cet esprit de douceur, que les femmes des républicains n'y apportaient plus la moindre attention, ce qui ne prouvait pas absolument en faveur de leur dignité, mais ce qui s'expliquait par l'habitude du prêtre et la fréquentation de l'église.

Mais quand on entendit le curé traiter les républicains de « porcs immondes », plusieurs femmes, Mme Crillon et sa fille en tête, sortirent de l'église, et, ce qui étonna d'autant plus le monde que Mme Monestrel en poussa un cri de désespoir, Lucile sortit de son banc et rejoignit son amie Anna.

— Nous ne pouvons cependant pas entendre traiter ainsi nos maris, dit Mme Crillon.

— Ni nous nos fiancés, dit Lucile. N'est-ce pas, Anna ?

Les curés ne prenaient, pas plus que les autres fonctionnaires, le meilleur moyen pour captiver la foule et la faire voter à leur gré. Les intempérances auxquelles on se livrait, irritant constamment la population, allaient plutôt à l'encontre des résultats qu'on désirait obtenir dans les sphères de la camarilla.

Les réactionnaires, à l'exception de ceux qui s'étaient fortement engagés dans l'aventure, les curés, les Chanat, les Bellevache, les Charançon, le juge-de paix et quelques autres étaient cependant plus calmes que les républicains. Ceux-ci, sans nouvelles du dehors, traqués partout, voyant afficher dès le matin du 14 octobre la dernière proclamation présidentielle, ce que Galtier appelait le « coup du lapin du maréchal », se sentaient serrés à la gorge. C'était une question de vie ou de mort, sinon pour les républicains, du moins pour la République.

Qu'allait-il arriver ?

Le jour du scrutin fut calme à Roybon.

—As-tu le bulletin que M. le curé t'a remis ? demanda Mme Monestrel à son mari.

— Je vais le déposer dans l'urne.

On se demandait, en passant :

— Pour qui avez-vous voté ?

C'était tout.

On attendait, le cœur gros, les nouvelles, non pas celles de l'arrondissement, Riondel serait élu, certainement ; ni du département : dans l'Isère, les résultats étaient certains ; mais les nouvelles des élections dans la France entière.

Dans l'après-midi, on apprit qu'on s'était battu à Viriville, dans le cabaret de Lavignon. Un bonapartiste avait donné un coup de couteau à un républicain.

En entendant cette histoire, Monestrel trembla.

— Sais-tu, dit-il à sa femme, que si nous l'emportions nous pourrions avoir la guerre civile jusque dans nos campagnes.

— Oh ! mon Dieu ! on nous tuerait, Monestrel !

Le soir, après le dépouillement du scrutin de la commune de Roybon, Monestrel était rasséréné.

Chanat se promenait dans Roybon en criant :

— Les républicains sont fichus ! Tous à Cayenne !

M. Félibien, ordinairement silencieux, hasardait un timide :

— Vive l'Empereur !

Et M. Théophile répétait en soprano ce que disaient ses cousins.

Roybon avait donné cent vingt-deux voix de majorité au gouvernement des curés.

On s'attendait à connaître le soir les résultats des communes du canton, mais on ne connut que les votes de Viriville, de Marcilloles et de Thodure par des habitants qui vinrent exprès à Roybon pour les donner. Les gendarmes chargés du service de centralisation ne voulurent rien dire à leur passage.

— Oh ! mon Albert ! pourvu que les élections soient bonnes ! disait Lucile. Ils te feraient du mal, ces vilaines gens, si elles étaient mauvaises.

Albert partit le soir pour Grenoble, en compagnie de Paul Goubault.

— Nous vous apporterons des nouvelles. dirent-ils.

Il y en avait besoin, car les journaux n'arrivaient toujours pas à Roybon. Cependant on reçut des lettres de Saint-Marcellin, de Lyon, et les républicains l'emportaient. Albert, de Grenoble, renvoya Paul avec ce mot pour Lucile :

«Victoire complète des républicains. Plus de craintes. Je vous aime. »

Alors tandis que les Chanat, les Bellevache, les curés et les individus de cet acabit disparaissaient, rentraient sous terre, les républicains se répandaient dans la campagne ; ils s'embrassaient, se serraient la main, et on les voyait pleurer

Ah ! c'est qu'on avait souffert, c'est qu'on avait eu des angoisses pendant ces six mois de réaction effrénée, et plus qu'on n'osait se l avouer de l'un à l'autre !

Albert rentra à Roybon le matin, avec des liasses de journaux.

— Il y a plus de trois cents républicains élus, dit il. Les réactionnaires sont finis. Le gouvernement des curés est à bas. Mac-Mahon est roulé. C'est Gambetta qui a organisé la résistance, mené le mouvement, vaincu la réaction.

— Vive Gambetta ! cria-t-on.

— Vive la République !

— Oh ! que je suis contente ! s'écria Lucile, qui ne quittait pas la maison d'Anna.

— Toi, ma Lucile chérie. Tiens, viens que je t'embrasse, s'écria Albert.

— Le doux baiser ! murmura Lucile à l'oreille d'Albert.

— C'est un baiser républicain, dit Albert.

XXI

COUP-D'ÉTAT

M. Monestrel était rentré chez lui, abattu. M. le curé lui avait dit :

— Jamais la France n'aura son roi divin. La droite de Dieu s'est appesantie sur ce pays.

Monestrel, n'osant guère se montrer après la défaite générale, murmurait au coin de son feu :

— C'est fini ! Nous avons la droite de Dieu sur nous.

— Vois-tu, Monestrel, les républicains sont encore les plus forts, dit Mme Monestrel, et ce que nous disait M. Chanat qu'on enverrait Albert en Nouvelle-Calédonie ou qu'on le guillotinerait, ne se réalisera pas. Nous avons eu tort d'avoir peur. Heureusement qu'Albert n'a pas été dégoûté de Lucile par tes injures et par les coups que tu as manqué lui donner. Moi, je l'ai toujours amadoué, et quoique je susse qu'en allant chez les Crillon Lucile le rencontrait fréquemment...

— Comment ! Lucile se rencontrait avec lui chez les Crillon, fréquemment ?

— Oui, mais il n'y avait pas de danger. Je n'ai pas empêché Lucile d'y aller. Je l'ai surveillée de près pendant un moment, c'est vrai ; puis je l'ai laissée sans m'en inquiéter, parce que ce qui pouvait les porter à s'aimer me paraissait avantageux. Vois-tu, Monestrel, il faut donner Lucile à Albert.

— Tu crois ?

Mme Monestrel prit une chaise, et le mari et la femme, les pieds sur les chenets, se rôtissant le visage et les genoux au feu des fagots, tandis que leur dos frissonnait de froid, continuèrent à causer.

— D'abord, dit Mme Monestrel, ce Théophile n'est pas un homme. Il a la voix comme les notes aigres de l'accordéon d'Athalire, il est gras comme si on lui avait soufflé du suif sous la peau ; il est laid ; ce n'est pas un homme. Albert, au contraire, est joliment musclé, va. Quand il s'assied, on voit se dessiner comme un nœud de câbles en haut de ses molle's. Il est solide. Sous ce rapport, il n'y a aucune hésitation possible.

— Je ne dis pas.

— Ensuite, continua Mme Monestrel, Théophile n'est pas riche.

— Cependant...

— Laisse-moi parler. Chanat lui a écrit de venir épouser notre Lucile. Il ne ne lui a pas écrit qu'elle avait de beaux yeux, le père Théophile aurait répondu qu'il y avait des yeux aussi beaux dans la région du Rhône et qu'il était inutile d'en aller chercher à Roybon. Homme d'affaires comme il l'est. le banquier lui a écrit que Lucile avait des écus. L'autre est accouru ; mais s'il avait été vraiment riche, il serait arrivé avec tous ses papiers, et quand tu t'es trouvé à Vernoux, on ne t'aurait pas mené chez le notaire, le soir, après dîner, on se serait abstenu de te faire boire du Saint-Péray tandis que tu feuilletais les actes. Du reste, à moins qu'un homme ne soit amoureux, il cherche une femme plus riche ou au moins aussi riche que lui. Théophile n'était pas amoureux, donc il n'est pas si riche que nous.

— C'est possible.

— J'ai fait le compte, dit Mme Monestrel, de la fortune d'Albert.

— Ah !... eh... eh... on dit qu'il a six cent mille francs.

— Il en a plus de huit.

— Huit !

— Peut-être est-il millionnaire.

— Vraiment !

— Il a plus de six cent mille francs en terres, car tu dois te souvenir qu'on disait que son père avait ça avant l'acquisition des Mathurins. Or, les Mathurins ont été payés cent soixante-dix mille francs par le père Galtier, et on a dit qu'il faisait une excellente affaire.

— Une excellente affaire ! C'est vrai, ce que tu dis
là ! Comment n'ai-je pas fait depuis longtemps ces
calculs ?

— Crois-tu que les Mathurins vaillent deux cent
mille francs ?

— Parfaitement !

— Six cent mille d'avant et ces deux cent mille,
ça fait huit cent mille.

— Huit cent mille francs !

— Et tu dois te rappeler que Mme Galtier n'avait
pas de propriétés en dot, mais seulement cent vingt
mille francs en titres de rente trois pour cent.

— Il est millionnaire ! millionnaire ! s'écria Monestrel en se soulevant dans un enthousiasme intense.

— Millionnaire ! répéta Mme Monestrel.

— Et je n'y avais pas songé !

— J'y pensais, moi.

— Que ne me l'as-tu dis plus tôt !

— Rien ne pressait. Si le roi était revenu et que
Galtier eût été ruiné...

— Il ne reviendra plus, le roi ! M. le curé me l'a
dit.

— Sais-tu ce qu'il faut faire, Monestrel ?

— Consentir au mariage de Lucile. Un millionnaire !

— Oui. Mais auparavant, tu dois aller te dégager
vis-à-vis de M. Chanat et écrire aux Théophile.

— Maintenant qu'ils m'ont hébergé, c'est dur.

— Qu'est-ce que ça fait ?

— Comment ! murmura Monestrel, ma fille serait
millionnaire ! millionnaire ! millionnaire !

— Va chez M. Chanat, va.

— Ne faut-il pas entretenir M. le curé de nos pro-
jets ?

— Pas du tout, dit Mme Monestrel, il nous détour-
nerait d'Albert, tu le sais bien...

M. Monestrel alla de son pied léger chez M. Chanat en se répétant : « millionnaire ! »

Il trouva le banquier en cravate noire et en ja-
quette grise, tisonnant son feu, en compagnie de

Félibien, de M. Théophile et d'Athalire, qui cessa de jouer la *Grâce de Dieu* sur son accordéon quand M. Monestrel entra.

— Ah ! voilà notre ami M. Monestrel, dit Chanat. Que nous apportez-vous de neuf !

— Ma foi, dit Monestrel, je viens vous donner une nouvelle qui vous plaira ou vous déplaira, car on ne peut savoir au juste...

— Quelle nouvelle ?

— Je viens vous dire que je suis obligé de retirer ma parole que j'avais donnée à la famille Théophile.

— Oh ! moi qui disais encore aujourd'hui à ces bons frères de Roybon que le mariage se ferait bientôt ! dit Théophile.

— Comment ! s'écria Chanat, vous retirez votre parole !

— Ma foi... oui, dit Monestrel.

— Songez-vous à ce que vous faites ?

— Mais... oui, dit Monestrel. Que voulez-vous ? Ma fille a une tête !...

— Ainsi, dit Chanat, ou vous a payé un voyage à Vernoux, on vous a nourri, gorgé pendant votre séjour là-bas, et voilà ce que vous décidez ?

— Oh ! dit Monestrel, je ne demande pas mieux que de rembourser les frais de voyage... Mais quant à ce que j'ai mangé, je ne puis cependant pas le rendre.

— Vous êtes un grossier personnage, dit Chanat ; on ne se permet pas d'agir de cette façon-là quand on se respecte. Vous allez donner votre fille à M. Galtier, n'est-ce pas ? à ce républicain...

— C'est ma fille qui se donne elle-même, mon cher monsieur Chanat...

— Cher monsieur ! Il n'y a pas plus de cher monsieur Chanat ici. Vous êtes un renégat. Vous nous quittez parce que nous avons été battus. C'est bon, c'est bon. Nous, nous sommes fidèles à nos convictions, à notre drapeau, à nos aigles. Adieu, monsieur, adieu.

— Bonsoir, dit Monestrel.

Il était métamorphosé par l'aspect de ce million

qui reluisait à ses yeux comme un énorme amas de
pièces d'or. Son corps en était devenu léger comme
une plume.

— Quand, après ma mort et celle de ma femme,
pensait-il, ils hériteront, ils auront plus de douze
cent mille francs ? Douze cent mille francs ! car il a
plus de trois cent mille francs, le père Monestrel !
Il a un magot, le père Monestrel ! Et moi qui ne
voulais pas entendre parler de Galtier ! Où avais-je
la tête ! Oh ! le père ? le père ? c'était un polisson !
Mais le fils ne m'a jamais rien fait. Il a même été
excessivement courtois lorsqu'il a plaidé contre moi
dans cette affaire Bergeron. Il ne m'a pas maltraité.
Comme dit ma femme, il est très-bien. Ce Théophile
est d'une laideur ! Oh ! qu'il est vilain !

Tandis que Monestrel allait chez les Chanat,
Mme Monestrel s'était rendue chez Galtier, et celui-ci se
trouvant chez les Crillon auprès de Lucile, Mme Monestrel l'envoya chercher.

— Je vous ai fait mander, Albert, lui dit-elle,
parce que, à mon avis, il faut battre le fer pendant
qu'il est chaud, Vous êtes riche, vous, une petite dot
ne vous ferait pas un plaisir inouï...

— La dot m'est complètement indifférente, madame
Monestrel ; j'aimerais même mieux que Lucile n'en
eût pas, afin qu'elle ne pût jamais douter que je
l'aime pour elle.

— Je comprends ça, dit Mme Monestrel, votre
fortune vous permettant d'agir ainsi. Vous savez,
Albert, que notre fille ne perdra rien pour attendre.
Nous avons de l'argent, nous en amassons chaque
jour par notre économie, et c'est pour elle. Mais,
voyez-vous, ne pas donner de dot, c'est suffisant
pour déterminer mon mari à vous l'accorder. Venez
avec moi, redemandez-lui la main de Lucile, et vous
l'obtiendrez

— Mais courons, courons ! s'écria Galtier.

Ils entrèrent dans la maison Monestrel avant son
propriétaire.

— Je l'ai retourné proprement, allez, Albert, dit
Mme Monestrel. Et savez-vous où il est ?

— Je l'ignore.

— Chez les banquiers, à retirer la parole qu'il avait donnée à ce Théophile.

— Excellente démarche, dit Galtier.

M. Monestrel rentra.

— Ah ! voilà mon gendre, mon vrai gendre ! s'écria-t-il d'un air gai.

Et s'adressant à sa femme :

— Va chercher Lucile, dit-il.

Mme Monestrel courut chez les Crillon et ramena sa fille.

— Tiens, dit Monestrel en la jetant dans les bras d'Albert, embrasse ton mari.

— Ah ! s'écria Lucile, est-ce un rêve ?

— Non, lui dit tout bas Albert, ce n'est pas un rêve ; nos peines devaient finir ainsi, ma fiancée chérie.

— Là ! c'est qu'ils sont contents ! s'écria Monestrel ; regarde-les.

— Ils sont jeunes ! soupira Mme Monestrel.

— Vous savez, dit Albert, que je veux votre fille pour elle, monsieur Monestrel, et qu'il ne sera pas question de dot....

— Pas question de dot? dit Monestrel, je veux qu'il en soit question, moi. Je veux que ma fille ait une dot. J'ai mon amour-propre aussi, moi. Je lui donne en dot ma terre de Montfalcon que j'ai achetée cinquante mille francs et qui vaut certainement davantage aujourd'hui.

— Mais, Monestrel, commença sa femme, si...

— Silence ! dit Monestrel. Il nous restera assez pour vivre, n'est-ce pas? Alors, pourquoi ne ferais-je pas ça pour Lucile. Embrassez-vous, mes enfants, embrassez-vous.

M. Monestrel alla dans la Grande-Rue et, aux passants, les uns après les autres, il raconta qu'il avait rompu avec M. Théophile, que l'amour de sa fille l'avait touché et vaincu, et qu'il la mariait à Galtier.

— Oh ! que vous agissez sagement ! s'écriait-on. Quel bon, quel joli ménage ça fera ! Et ils seront du pays, au moins !

— Ils seront millionnaires, disait Monestrel.

— Millionnaires !

— Oui, millionnaires !

Et Monestrel recommençait les calculs que sa femme lui avait faits.

— Et pour compléter le million, disait Monestrel, je donne en dot à ma fille ma terre de Montfalcon qui vaut soixante-dix mille francs comme un sou. Voilà ! je me saigne, je me tue pour ma fille. Il ne me restera que du pain bis.

— Oh ? il vous restera assez !...

— Rien du tout, je vous le jure, un morceau de pain.

Aussitôt la nouvelle répandue dans le village, ce fut à qui viendrait complimenter les Monestrel.

— Que vous avez eu raison de vous décider ? disait-on.

— Quel joli couple ! s'écriaient les Crillon.

— Oh ! ma petite Lucile ! ma petite Lucile ! dit Anna, que je suis heureuse ! Viens, que je t'embrasse !

— Et moi, dit Paul Goubault, si je vous embrassais aussi ?

— Moi ?... pas ?... fit Albert.

— Dansons ! chantons ! s'écria Paul Goubault, et tous les quatre se tenant par la main sautaient en rond autour de la table des Crillon.

— Bravo ! s'écriait Allard en entrant, je viens de complimenter, moi aussi, le père Monestrel. C'est une procession chez lui. Mais savez-vous ce qu'il y a de changé, en dehors de Monestrel, dans le bourg ?

— Aucunement.

— Notre ami, bon chasseur, sur ma parole ! le Parisien ! il a déménagé !

— Le comte de Courdulès ?

— Oui. La Parisienne, ah ! une jolie fille ! et habillée !... Elle s'est promenée un quart d'heure dans nos rues. « Oh ! l'affreux taudis ! » s'est elle écriée sans respect pour Roybon. Elle est rentrée chez le receveur. « Mais on ne peut pas se chauffer dans cet horrible pays ! » a-t-elle ajouté. Elle s'est jetée au cou du comte : « Allons-nous-en ! allons-nous-en !» a-t-elle supplié de sa plus jolie voix. Le comte est venu me trouver ; il m'a rapporté la scène, m'a dit adieu et m'a prié de l'excuser de son brusque départ auprès des personnes qu'il avait eu l'honneur de connaître à Roybon. « Mais rien à Mme de Bellevache, a-t-il ajouté : je lui laisse son abbé. » Et il a disparu. Son domestique emmène les chevaux demain. Je l'ai rencontré, et lui ai dit : « Votre maître est parti brusquement, il faudra lui dire que nous le regrettons. » Il m'a répondu philosophiquement ; « Mme Coralie avait parlé... »

— Et les registres ? dit Galtier.

— Ses registres ? il n'en a jamais parafé un, dit Allard ; il ne s'en souciait guère, et il n'y a même pas pensé.

— Ce sera une jolie irrégularité.

— Il y en aura d'autres, allez ! après une période gouvernementale pareille.

— Savez-vous, dit Paul Goubault, que ça n'a pas l'air de marcher. Ce vieux ramolli de maréchal conserve le gouvernement des curés. Ce Broglie...

— Le duc de l'imbroglio.

— Et ce Fourtou, l'exécration du genre humain.

— Ils sont capables de faire un coup.

— Ah ! sans doute, ils en sont capables ! Quand on a fait le 24-Mai et le 16-Mai, il n'est plus question de pudeur ni d'honnêteté.

— Leurs journaux parlent de telle sorte qu'il est fort probable que la camarilla médite un guet-apens.

Le langage des journaux qu'il lisait inquiétait Monestrel.

— Je me suis trop pressé d'accorder ma fille ? se disait-il. Ce million m'a brouillé le sens. Ça n'a pas l'air d'être fini. Les républicains ne tiennent pas le pouvoir.

Chanat rencontrant Monestrel, lui disait :

— Hé ! hé ! tout n'est pas dit.... Les républicains ont eu le peuple ; mais nous avons l'armée, et avec l'armée on fait ce qu'on veut. Votre cher ami Galtier pourrait encore en voir de dures.

Et le curé, de son côté :

— Notre seul espoir, c'est que le maréchal sauve la France d'elle-même.

Monestrel était perplexe.

En dehors de la politique, une autre affaire l'ennuyait. Sa femme lui avait reproché l'abandon de sa terre de Montfalcon qui constituait un beau revenu.

— Puisqu'il la prenait sans dot, lui avait-elle dit, à quoi bon nous sacrifier...

— Non, disait Monestrel, je ne pouvais pas laisser ma fille se marier sans dot, j'aurais subi une humiliation trop grande. Nous pouvons donner une dot de cinquante mille francs, prix d'achat, à un gendre millionnaire. Ce qui m'ennuie, c'est qu'il faudra acheter un trousseau ?

— Naturellement.

— Ah ! fit Monestrel.

Donner la terre, c'était sacrifier un revenu de deux mille francs, mais ce n'était pas sortir de l'argent de son tiroir pour le dépenser. A l'idée qu'il devrait acheter un trousseau, Monestrel tirait le tiroir où il serrait son argent, il prenait les sacs de toile qui contenaient des pièces de cent sous, et il les soupesait.

— Donner ça, soupirait-il, donner ça !

Et, ouvrant la grosse bourse de cuir dans laquelle il mettait son or, il le faisait glisser comme une onde entre ses doigts ; il prenait les pièces l'une après l'autre, les palpait, les examinait, les frappait pour en entendre le son et s'assurer qu'elles n'étaient pas fausses.

Au bout de quelques jours, il n'y tint plus ; il alla trouver Galtier et lui dit :

— Mon cher ami, vous savez avec quelle joie j'ai fait pour vous le sacrifice de ma terre de Monfalcon ; c'est un gros revenu dont je me prive, mais je le fais avec bonheur pour que ma fille vous épouse. Seulement, je n'ai pas d'argent, je n'ai pas d'argent réalisé. S'il me fallait dépenser cinq cents francs, cinq cents francs seulement, je serais obligé de les emprunter parce que j'ai placé le peu que je possède et que je n'ai d'échéances ni cette année-ci ni l'année prochaine. Je ne sais de quelle façon je pourrais acheter le trousseau de Lucile. Est-ce que vous ne voudriez pas en faire la dépense? Ça entrerait dans la corbeille.

— Ne vous inquiétez pas de cette petite affaire, monsieur Monestrel. Je me charge du trousseau.

— Oh! vous me tirez d'un grand embarras, mon cher Albert.

— Maintenant, monsieur Monestrel, dites-moi à quelle époque vous comptez fixer notre mariage.

— Oh! ça ne presse pas, dit Monestrel. Faites-vous encore la cour.

Et il s'en alla en murmurant :

— C'est un bon garçon, cet Albert; on lui soutirerait de l'argent qu'il ne s'en apercevrait pas. Je sais cependant qu'il veille à ses intérêts. Enfin, il a été très-gentil; il a accepté immédiatement, sans difficulté, sans chicane. Il ne faut cependant pas brusquer le mariage. Si on faisait un coup-d'Etat, les républicains la danseraient, et alors...

Albert voyait Lucile sous l'œil de Mme Crillon ou sous le regard vigilant de Mme Monestrel qui, depuis que le mariage était résolu, avait été reprise de ses scrupules. Il ne lui paraissait plus nécessaire de laisser s'aiguillonner l'amour d'Albert dans une liberté trop grande, les hommes étant capables de tout.

Si le temps eût été beau et chaud, Albert et Lucile auraient peut-être voulu suivre Anna et Paul, qui, accoutumés à aller ensemble depuis leur enfance, n'avaient rien changé à leurs habitudes et faisaient leurs promenades sans que des Roybonnais se prissent à dire :

— Ces jeunes gens qui sont libres d'aller dans les bois, c'est vraiment indécent.

Mais le temps était mauvais, froid, la saison pluvieuse, et le moment n'était pas encore arrivé où

Albert et Lucile causeraient en tête-à-tête dans une chambre close auprès d'un bon feu.

Galtier pensait qu'on aurait pu profiter de l'hiver pour aller commander la corbeille, mais les Monestrel différaient le voyage de Lyon.

Et, laissant de temps-en-temps Lucile, Albert se rendait seul dans cette dernière ville et à Saint-Marcellin.

A Lyon, il commandait une chambre Louis XIII en chêne sculpté qu'il voulait installer à Roybon pour le jour de ses noces.

A Saint-Marcellin, il avait loué, derrière le chemin-de-fer, en vue des montagnes, une maison qu'il faisait réparer et qu'il voulait installer confortablement.

Mais de ces voyages à Lyon et à Saint-Marcellin, il revenait inquiet, chargé des bordées d'injures dont on couvrait le maréchal et ses ministres, et il répétait aux Roybonnais ces exécrations qui, dans la population française, devaient éternellement rester attachées aux noms des Broglie, des Fourtou, des Mac-Mahon.

— Criez! criez! disait Chanat qui recommençait à se dresser sur la pointe du pied. Vous n'êtes pas si fiers qu'au lendemain du 14 octobre.

Et le curé qui avait, à la suite des élections, terminé son fameux Jubilé à la hâte et fait communier les femmes à la douzaine, recommençait ses prédications insolentes qui faisaient fuir de l'église les femmes des républicains, et que Lucile ainsi qu'Anna avaient déclaré ne plus vouloir entendre.

L'abbé Fourailloux, lui, n'avait pas encore reparu. On disait que son visage restait plein de croûtes et de cicatrices et que le médecin avait dû lui couper le haut de son oreille que la cravache de M. le comte avait entièrement détaché. Il allait quitter Roybon.

— Parbleu! disait Allard, on l'enverra assez loin pour que son histoire ne soit pas connue.

Cet excellent Allard, il jetait, chaque fois qu'il passait devant, un regard mélancolique sur le Café-du-Cercle et le Cercle lui-même, qui demeuraient fermés.

— Tout n'est pas fini, murmurait-il.

M. Chanat, lui, triomphait de voir ce café constamment clos.

— Leur Cercle ! disait-il à l'unisson de M. de Bellevache.

Celui-ci n'était pas outrecuidant au même degré
que M. Chanat. Il s'était fort compromis, comptant
être envoyé dans un chef-lieu d'arrondissement ; et
maintenant, si le coup-d'Etat faisait long feu, il risquait de perdre sa place. M. Chanat ne craignait
rien, lui ; on ne lui enlèverait pas sa banque et il ne
portait pas son écharpe de maire pour arriver à une
place lucrative.

La position de Chanat, elle était excellente ! Il
s'applaudissait chaque jour de s'être débarrassé de
son étude de notaire que M. Rey-Laforêt accusait son
beau-père d'avoir rachetée beaucoup trop cher, même
pour payer le plaisir d'établir son gendre à Roybon.

La banque Chanat, la banque de la dynastie, qu'on
commençait à appeller dans le pays « la grosse
banque », avait, dès les premiers jours, autrement
rapporté que la petite étude du premier étage, où l'on
avait pourtant vu se terminer un nombre considérable d'opérations fructueuses. Le bruit s'était vite
répandu dans le pays que M. Chanat escomptait
facilement les billets et à un taux relativement bas,
et la clientèle de la banque s'était formée immédiatement.

M. Chanat savait ce qu'il faisait, et il souriait
quand on lui représentait qu'il perdrait de l'argent dans
sa banque et qu'il avait été meilleur notaire qu'il
était banquier. Le fondateur de la dynastie agissait en homme réfléchi et incapable de compromettre
un sou de sa fortune. Il avait dressé son gendre en
peu de temps, et Athalire elle-même mordait au
trafic de l'argent au point de se mêler activement
des comptes et de vouloir tenir elle-même le livre de
caisse. Une fois la dynastie entière au courant des
opérations, et son chef réservant son intervention
pour les questions un peu délicates, la banque avait
abaissé le taux de son escompte.

— Vous comprenez, pour que notre banque arrive à un solide rendement, disait Chanat à Félibien et à Athalire, il faut que nous parvenions à soustraire à M. Rey-Laforét toutes les opérations d'argent qu'il serait tenté de faire ; il faut également soutirer à Malens la petite clientèle qu'il a pu conserver parmi les habitués de son étude ; il faut enlever à Monestrel et à ceux qui l'imitent de près ou de loin leurs malheureux emprunteurs : il faut enfin et surtout tuer la banque Véran, obliger celui-ci à aller s'établir ailleurs. Notre banque, voyez-vous mes enfants, rapportera énormément, mais à la condition formelle de concentrer en nos mains les affaires financières du pays.

— Nous y arriverons, dit Félibien.

— Hé ! sans doute, s'écria le banquier, sans doute, nous y arriverons.

Et en se promenant les mains derrière le dos, il fit un petit saut joyeux qui amena le rire sur les lèvres pincées d'Athalire.

— Voyez-vous, s'écria Chanat, je suis un homme heureux, moi ! Tout doit me réussir, tout ! je dois être tout ! J'ai voulu être riche, je suis riche ; faire de bonnes affaires, j'en fais ; j'ai voulu être dans les honneurs et je les épuiserai. J'ai été conseiller municipal et l'on m'a nommé maire ; j'ai été conseiller d'arrondissement, conseiller général, j'ai touché la main de Napoléon, je serai député !

— Député ! répéta le gendre avec admiration.

— Oui, je serai député.

— Et décoré, dit Athalire.

— Et décoré !

— Tout, quoi ! s'écria Félibien.

— Hé ! oui, morbleu ! tout ! s'écria Chanat enthousiasmé et les yeux enflammés.

Mais un événement imprévu entrava pendant quelques heures les calculs financiers de la dynastie des Chanat.

Ils étaient, un matin, tous les trois autour d'un poêle que M. Chanat avait fait fixer de manière à ce que le tuyau traversât les deux pièces de sa banque,

ce qui donnait à la maison une chaleur inconnue
des Roybonnais qui gelaient devant les cheminées,
malgré les bûches de ceux qui ne regardaient pas à
dépenser leur bois, lorsque Eudoxie ouvrit la porte
et cria à Chanat :

— Monsieur, votre belle mère...

— Quoi, ma belle-mère ? fit Chanat.

— Allez, vite, vite... dit Eudoxie.

— Quoi ?... Un malheur?

Et Chanat courut dans la direction des Charançon, suivi immédiatement d'Athalire, tandis que
Félibien demandait à Eudoxie :

— Qu'y a-t-il ?

— Mme Charançon est morte, dit Eudoxie.

Félibien rejoignit son beau-père.

Ils trouvèrent la maison pleine de monde, et M. Charançon secouant les bras de Mme Charançon qui
était roide sur une chaise.

— Grand'mère ! grand'mère ! s'écria Athalire en
trouvant par hasard des larmes pour ses yeux secs.

Mme Charançon faisait son ouvrage comme à l'ordinaire. Tout-à-coup, elle était tombée sur la chaise
et son mari n'y avait même pas fait attention, croyant
qu'elle s'asseyait. Ce n'était qu'après avoir vaqué
à ses petites affaires dans la maison que, voyant
sa femme dans la même position, M. Charançon s'é-
tait approché.

— Mais, elle est morte ! s'écria-t-il.

Et, ouvrant la fenêtre, il avait appelé les voisins.

— Venez, venez, ma femme est morte !

La maison s'était aussitôt remplie ; des amis obli-
geants se dépêchaient d'avertir Eudoxie, et une par
tie du village, dans la maison et dans la rue, bourdon-
nait. On se répétait la nouvelle, et ceux qui n'avaient
pas vu la morte bousculaient les autres jusqu'à ce
qu'ils eussent suffisamment considéré le corps rigide
et ployé de Mme Charançon, sa bouche écumeuse et
son œil blanc que la mort avait projeté hors de l'or-
bite, démesurément ouvert, tandis que son œil rouge
s'était fermé.

La douleur des Chanat éclata ainsi publiquement;

et aucun d'eux ne fût contrarié de faire constater qu'ils éprouvaient une peine véritable, de façon que personne parmi les habitants du bourg n'eût plus le droit de dire qu'ils avaient une pierre à la place du cœur.

Charançon, les sourcils froncés, l'œil fixe, se promenait au milieu des gens, tandis que Mme Monestrel se faisait un passage et fourrait dans les lèvres bleuies et serrées de Mme Charançon un flacon d'eau-de-mélisse qui ne faisait pas revivre la malheureuse femme.

Et Charançon s'écria :

— Ah ! mon Dieu ! ma femme est morte sans confession ? Est-ce que le curé voudra l'enterrer ?

— Ne pas l'enterrer ! dit Chanat. Je voudrais voir ça !

Charançon allait partir chercher le curé lorsque celui-ci entra.

— Monsieur le curé, lui dit Charançon du plus loin qu'il l'aperçut, ma femme est morte subitement, mais vous l'enterrerez, n'est-ce pas ?

— Ah ! la pauvre femme ! dit le curé, comme la voilà ! Si je l'enterrerai ? En avez-vous pu douter, monsieur Charançon ? Mais votre femme était une sainte ! Il n'y avait pas dans Roybon une personne qui accomplît plus exactement ses devoirs de piété ! Son âme est déjà au ciel, certainement, et je ne refuserai pas les derniers devoirs à sa dépouille mortelle.

Il leva sa main au-dessus de la tête de Mme Charançon, murmurant une prière. Les assistants tombèrent à genoux, se signèrent, susurrèrent entre leurs lèvres et firent tout haut « Amen » quand le curé eut fini.

— Il ne faut pas laisser ici le corps de Mme Charançon, dit le curé Mingral.

On obéit au curé, on prit le corps, on l'enleva avec précaution, on le porta sur le lit, et les parents demeurèrent seuls dans la chambre, tandis que la foule s'écoulait lentement.

— Quelle mort ! disait-on.

— Il ne faut pas grand'chose pour passer de vie à trépas.

— C'est quelquefois au moment où l'on y pense le moins que l'on finit.

—Il est utile d'être toujours préparé à faire une bonne mort.

— Si le curé n'avait pas connu Mme Charançon pour une excellente chrétienne, il se serait refusé à l'enterrer.

— Et on l'aurait mise dans le coin des chiens.

— Ah ! on ne doit pas oublier de se confesser.

— De quoi peut-elle être morte ?

— C'est une attaque.

— Oh ! elle était si maigre ! elle avait un cou si long !

— Qu'est-ce que vous voulez que ce soit qui l'ait fait trépasser si vite, si ce n'est pas une attaque ?

— Ah ! sans doute... ce ne peut-être qu'une attaque.

Mme Charançon était morte, et quand on eut fermé les volets de sa maison, allumé des bougies dans sa chambre, disposé un crucifix, et que le menuisier Maret eût pris mesure du cercueil, Chanat et Félibien laissèrent le corps sous la garde de Charançon, d'Athalire et des domestiques, et ils s'occupèrent de l'enterrement.

D'accord avec le curé Mingral ils envoyèrent des hommes porter des convocations aux curés des environs. Mme Charançon était une personne considérable, et le bruit de sa mort traversait assez rapidement les Chambarans.

La belle-mère de M. Chanat, du maire du chef-lieu de canton, de l'ancien notaire, du banquier, la femme de M. Charançon, riche propriétaire, une dame fortunée par elle-même, ce n'était pas la première morte venue ; aussi la plaignit-on en raison de son argent et de sa famille, et quelques paysans se dérangèrent-ils pour voir son enterrement.

M. Chanat eut la consolation d'avoir un grand nombre de prêtres et beaucoup de monde pour conduire au cimetière sa belle-mère, mais il était préoccupé au sujet de la fortune de Mme Charançon.

Aussi dès que celle-ci eut été mise dans le ca

veau de famille que, lui, premier à Roybon, il avait
fait construire, M. Chanat aborda-t-il son beau-père
pour lui demander ce qu'il comptait faire.

— Oh ! moi, dit Charançon que la mort de sa femme
avait plus affecté qu'on ne l'aurait présumé, je vous
abandonne toute la fortune, je ne veux d'aucun usu-
fruit. Je vous avouerai même que si vous vouliez me
prendre en pension chez-vous, ça me rendrait heureux. Qu'est-ce que je demande, moi ? Qu'on fasse
mon lit et que je trouve ma soupe chaude trois fois
par jour...

— Mais, si je vous prenais en pension, dit Chanat,
vous devriez me laisser gérer dès aujourd'hui votre
propre fortune.

— Oh ! volontiers, dit Charançon. Ce que je demande, c'est de ne plus m'occuper de rien.

— Vous avez raison. Vous viendrez chez moi.
C'est Athalire qui vous soignera.

Et rentrant chez lui, il dit à son gendre :

— J'ai toute la fortune des Charançon.

Et en deux jours il rédigea chez son successeur, M. Rey-Laforêt, un contrat en bonne et due
forme par lequel M. Charançon faisait donation à
sa petite-fille Athalire Chanat, femme Félibien, son
hoir, par suite du décès de demoiselle Charançon
femme Chanat, sa mère et par avancement d'hoirie,
ses biens meubles et immeubles, à charge par son
hoir de le recevoir en pension, lui fournir jusqu'à
sa mort les menus objets dont il aurait besoin, le lo-
ger et l'entretenir d'habillements ; et, à sa mort, le
faire enterrer dignement et verser mille francs à la
fabrique de Roybon pour la fondation d'une messe
perpétuelle et mensuelle pour le repos de son
âme.

— Je vous fais riche, dit Chanat à son gendre
quand le père Charançon eut signé. Travaillons maintenant.

Travailler, c'était se remettre à la banque. Chanat
attendait impatiemment le moment de faire passer
les fonds de la commune de la banque Véran, où ils
étaient déposés, dans la banque Chanat.

La « grosse banque » continuait à abaisser le taux de son escompte ; elle l'abaissait tellement, elle négociait du papier d'une valeur si problématique, que Véran n'y comprenait rien et le disait ouvertement.

— Ah ! il n'y comprend rien ! faisait Chanat à son gendre quand on lui répétait ces propos. Il n'y a cependant pas besoin d'avoir inventé la poudre pour deviner que je veux le ruiner. Je perds sur les billets que j'escompte, c'est vrai ; mais la plupart du temps, ces billets demeurent impayés, nous ne faisons pas de frais, nous proposons le renouvellement, et c'est alors que nous nous rattrapons, parce que le billet renouvelé est toujours d'une valeur supérieure au premier.

— Oui, oui, dit Athalire, laissons-les parler, ces messieurs.

— Ils ne sont pas forts, dit Félibien, mais nous, c'est une autre affaire. Nous avons les renouvellements et les prêts hypothécaires pour nous rattraper.

— Franchement, dit Chanat, sont-ils assez crétins, la plupart de ces Roybonnais ? Je les mènerais par le bout du nez, si je voulais. Il y a jusqu'à ce royaliste de Bellevache qui a la stupidité de refuser de crier vive l'Empereur ! alors qu'il n'a que cela à faire pour n'être pas révoqué et avoir de l'avancement.

— Ah ! ah ! dit Athalire, ça ne va pas bien pour les républicains.

— Ah ! ah ! ah ! fit Félibien, les pauvres gens !

— Royalistes ou républicains, dit Chanat, il faut qu'il cèdent et crèvent sous nous. Tout pour l'Empereur !

A mesure que croissait l'arrogance des réactionnaires, les républicains s'inquiétaient davantage. Ils éprouvaient ce qu'ils avaient déjà éprouvé, ce qui les reprendra toujours lorsque le gouvernement de la République laissera ses ennemis libres de lui nuire.

Quand on apprit la formation du ministère Ro-

chebouët, de cette création étrange et hybride que
la Chambre repoussa comme une chose malpropre
avec laquelle on évite tout contact, les républicains
et les réactionnaires de Roybon, unis par hasard
dans une opinion commune, dirent ensemble :

— Ça y est !

— Ma foi, dit Galtier, je vais toujours charger
mes fusils de chasse. On ne sait pas...

— Oh ! Albert ! Albert ! dit Lucile qui l'entendait,
vous ne craignez rien, dites ?

Et, se penchant plus près de son oreille :

— Oh ! dis, mon Albert ?

— Avec de pareils coquins on ne sait vraiment
pas...

— Moi, dit Crillon, ma vieille carabine est restée
chargée depuis le 24-Mai.

— Je mettrai des balles dans mes fusils ce soir,
dit Allard, et je vais faire tenir mes amis sur leurs
gardes.

— Albert, dit Lucile, s'il y a quelque chose, je
vole près de vous, je partage votre sort.

— Je le veux bien, dit Albert.

— Merci, dit-elle en lui prenant la main.

— Et Paul et moi, nous nous battrons aussi, de
notre côté, dit Anna.

La pauvre Lucile était aux cent coups. Son bon
petit cœur battait à se rompre, et quand elle parvenait à s'endormir, après avoir prêté une partie de la
nuit l'oreille aux moindres bruits du village, elle
voyait Albert chargé de chaînes et traîné, par les
gendarmes, sur la route poudreuse. Elle se réveillait
avec plus d'angoisse qu'elle n'en avait avant de s'endormir. Elle n'était tranquille que chez Crillon, avec
Albert à côté d'elle.

Dans sa maison, elle entendait son père dire à
sa mère :

— Il va y avoir quelque chose, le curé l'affirme.
J'ai peut-être eu tort de retirer si vite ma parole à
M. Théophile. Je ne sais de quelle atteinte de folie
j'ai été pris quand tu m'as clairement exposé que ce
Galtier avait un million. L'idée de voir ma fille

épouser un millionnaire m'a ôté la raison. J'ai été donner soixante-dix mille francs à un homme, tandis qu'avec l'autre j'aurais été quitte pour trente mille.

— Albert ne te demandait rien.

— C'est ce qui prouve que j'ai un moment perdu la tête. Donner une dot à qui ne vous en demande pas, c'est le comble de l'aliénation mentale. J'ai envie d'aller retirer ma parole à ce Galtier.

— Ah ! mais non ! Notre fille fait un mariage superbe ; elle va être la première dame des Chambarans ; tu ne vas pas faire de bêtises !

— Alors, si j'allais lui demander de la prendre sans dot ?

— C'est trop tard. Il faut à-présent laisser les choses telles qu'elles sont, de peur de perdre ce que nous tenons. N'oublie pas que notre fille fait le plus beau mariage qui se puisse faire à vingt lieues à la ronde.

— Mais si Mac-Mahon fait son coup ? Si Albert est arrêté ?

— Il sera temps d'aviser. Notre fille est jeune, nous avons un sac, et les maris ne lui manqueront pas.

Chanat était plus insolent que sous le ministère Broglie. Il avait remis sa cravate blanche et sa redingote, et quand il rencontrait M. Monestrel, il lui disait, d'un air hautain et railleur :

— Vous vous êtes trop pressé, monsieur Monestrel. Théophile valait mieux que votre gibier de potence, le citoyen Galtier.

On ne voyait que des visages contractés.

— Si le maréchal fait son mauvais coup, disait Crillon, gare aux paysans du Dauphiné.

— S'il y a besoin qu'on en finisse avec les curés d'une façon violente, dit Allard, nous en finirons ainsi. Il faut tuer la robe noire, voyez-vous. Il n'y aura de paix que le jour où on n'en verra plus.

A chaque heure, la colère grandissait. Personne ne pouvait prédire à quels excès on se porterait si la crise se prolongeait.

Heureusement, le 14 décembre, ce fut fini. Il y eut un soupir de soulagement énorme, immense, un soupir poussé par toute la nation ; à Roybon, on déchargea en l'air les fusils.

— Albert ! Albert ! s'écria Lucile comme si Galtier fût sorti des plus noirs cachots, tu es sauvé !

Cette fois, les Chanat, les Bellevache, le juge-de-paix et les autres hommes noirs étaient rentrés sous terre pour n'en sortir de longtemps.

M. Monestrel se rendit chez Galtier pour fixer la date de son mariage avec Lucile.

Mais Galtier était parti pour Grenoble dès qu'il avait appris la nomination du nouveau préfet.

Il revint cinq jours après.

— Rouvrez votre café, dit-il à La Michal, et rouvrez les portes de notre Cercle.

Il fit venir le garde-champêtre.

— Je vous casse, lui dit-il ; vous n'êtes plus rien dans la commune. Voici l'arrêté du préfet qui vous révoque. Vous vous êtes mêlé de faire des distributions de journaux et de bulletins...

— Oh ! monsieur Galtier, c'était pour ne pas perdre ma place !

— Et les injures, les grossièretés dont vous couvriez les républicains partout où vous alliez, c'était aussi pour ne pas perdre votre place ? Vous voyez que l'on ne profite pas de ces procédés. Je vous révoque.

— Mais, monsieur Galtier, est-ce que M. le maire...

— Le maire, c'est moi, dit Galtier.

Le garde-champêtre courut chez M. Chanat.

— Monsieur Chanat, vous n'êtes donc plus maire ? lui demanda-t-il.

— Pourquoi donc, s'il-vous-plaît ?

— M. Galtier m'a fait révoquer de mes fonctions en me disant qu'il était maire, lui.

— Quelle est cette impertinence ? dit Chanat. Un autre que moi maire de Roybon ! Le jeune farceur !... Attendez-moi.

32

Il se leva en fureur et alla chez Galtier.

— Il paraît que vous prenez ma qualité, mon titre ? lui dit-il.

— Vous ne lisez donc pas l'*Officiel*? lui dit Galtier. J'ai vu le nouveau préfet, je lui ai parlé ; il a télégraphié à Paris, et voici la réponse.

Le *Journal officiel* contenait la nomination de M. Galtier en remplacement de M. Chanat, révoqué de ses fonctions.

L'illustre Bas-du-Dos pivota sur ses talons et sortit.

Il rentra chez lui et retrouvant le garde-champêtre :

— Cours chez les conseillers-municipaux, lui dit-il, et dis-leur de se réunir d'urgence, avant une heure, à la mairie. Et pas un mot de ce que M. Galtier t'a dit.

Une heure après, les conseillers-municipaux étaient réunis en nombre suffisant pour délibérer.

— Messieurs, leur dit Chanat, je vous ai fait convoquer d'urgence parce que ceux qui, comme moi, ont des opinions nettement bonapartistes, doivent s'attendre à ne pas rester en fonctions. Voici mes comptes. Vous les connaissez. Je vous demande de les approuver et de me donner un quitus.

Les conseillers-municipaux n'étaient pas assez osés pour faire des observations à M. le gros banquier, et d'ailleurs ils croyaient ses comptes parfaitement en règle.

M. Chanat dicta au secrétaire une formule d'approbation de ses actes, et il y ajouta des remerciements pour le dévouement qu'il avait apporté dans la gestion des affaires de la commune.

— Laissez la date, je la mettrai, dit Chanat au secrétaire de la mairie.

Les conseillers-municipaux apprirent, en sortant de la mairie, que M. Chanat n'était plus maire de la commune.

— Alors, firent-ils, c'est bizarre qu'il nous ait convoqués.

— C'est vrai, monsieur Galtier, disaient les habitants, que vous êtes notre maire ?

— Tout ce qu'il y a de plus vrai.

— Ah ! tant mieux !

C'était un soulagement pour les républicains du pays de ne plus sentir Bas-du-Dos sur leurs reins, et ses débiteurs, particulièrement, bénissaient le ciel de ce qu'il n'était plus à la tête de la commune.

De tous côtés on venait serrer les mains de Galtier et le complimenter. C'était une procession de gens heureux, aspirant l'air, qui faisait du bien à voir.

— Ah ! te voilà maire ! s'écria Crillon. Nous t'avions bien dit que tu devais l'être.

— Monsieur le maire... fit Anna en s'inclinant très profondément.

— Vous êtes maire, Albert, dit Lucile, c'est vrai ?

— Oui, ma petite Lucile.

— Oh ! c'est joli, d'être maire. Tu te montreras à moi avec ton écharpe, à moi d'abord.

— Tu es charmante !

— Si j'ai un conseil à te donner, Galtier, dit Crillon, c'est d'examiner de près les registres de la mairie.

— Je les éplucherai, dit Galtier, d'autant plus volontiers qu'on raconte...

— Que Bas-du-Dos s'est décerné des éloges à lui-même, à la barbe des conseillers-municipaux alors qu'il était déjà révoqué.

— C'est ça même.

Le lendemain, Galtier se rendit à la mairie et il passa la journée entière à compulser les registres. Il remarqua deux grosses taches d'encre sur le registre des délibérations, l'une sur un compte, l'autre sur la dernière délibération.

— Je crois, lui dit le secrétaire de la mairie, que ce n'est pas absolument par maladresse que M. Chanat a renversé la bouteille d'encre sur chacune de ces pages.

Et le secrétaire fit un geste d'homme entendu.

— La dernière délibération est antidatée de quarante-huit heures.

— De la main de M. Chanat, monsieur le maire.

— Vous convoquerez le conseil pour demain, dit Galtier, et il faut que tout le monde vienne.

Les conseillers étant réunis, Galtier leur exposa que leur dernière délibération était antidatée de la main de M. Chanat et qu'il leur proposait de l'annuler par une délibération contraire. Le conseil, étant en majorité bonapartiste, refusa.

— Prenez garde, dit Galtier, il y a une forte irrégularité dans les comptes ; voulez-vous la couvrir ? Vous voyez qu'il y a sur le registre, deux grosses taches d'encre. Or, eu égard à l'épaisseur du registre, à sa hauteur au-dessus de la table, une bouteille d'encre en tombant n'aurait fait une tache pareille qu'en noircissant la tranche et la reliure. La tranche, vous le voyez, n'a rien. Mais la tache d'encre s'étend juste sur ce qu'on voulait cacher. Les premiers caractères tracés reparaissent cependant sous l'encre, et on peut lire parfaitement ce qui était écrit. Voulez-vous endosser la responsabilité de ces taches, faites à dessein en laissant couler l'encre sur le papier ?

— Je ne prends la responsabilité de rien de pareil, dit un conseiller républicain.

Celui-ci ébranla les autres.

— Non, dirent-ils, nous ne pouvons pas... s'il y a des irrégularités.

— Et des responsabilités à encourir.

— Il y a, dit le maire, une dépense de sept mille trois cent vingt francs qui n'est pas justifiée ; c'est une somme qui devrait se trouver dans la caisse municipale et qui en est absente. Pouvez-vous donner des explications sur cette dépense ?

Les conseillers se regardèrent. Ils étaient excessivement surpris. Ils avaient laissé faire le maire, n'ayant aucun soupçon qu'un banquier, un homme comme M. Chanat, pût commettre une irrégularité quelconque, et, à plus forte raison qu'une somme considérable pût avoir été dépensée sans vote et sans justification.

— Nous n'avons pas voté de dépense de cette importance cette année, dit un conseiller.

— Nous n'avons pris nulle délibération affectant cette somme de 7, 000 francs à une dépense quelconque.

— Hé bien, dit Galtier, nous allons faire mander l'ancien maire, qui nous fournira probablement des explications satisfaisantes.

M. Chanat, auquel on dépêcha le secrétaire de la mairie, arriva immédiatement.

— Monsieur, dit Galtier, le conseil aurait quelques explications à vous demander. Il y a deux taches d'encre excessivement fraîches sur le registre des délibérations ; mais ces taches d'encre n'empêchent pas de voir que la dernière délibération est antidatée ; elles n'empêchent pas de voir non plus qu'une somme de 7, 320 francs a été comprise dans une délibération antérieure, quoiqu'il n'en ait pas été question au conseil, sans qu'elle ait reçu une affectation quelconque. Le conseil, que je viens de consulter, déclare n'avoir aucune connaissance...

— Mais le conseil a approuvé ma gestion et m'a voté des remerciements...

— Oui, c'est la délibération qui a été prise après votre révocation, l'après-midi du jour où cette révocation avait paru à *l'Officiel*, à un moment où vous n'aviez plus le droit de convoquer le conseil, de le présider et de signer au registre. C'est pour cela que vous avez antidaté la délibération. Mais revenons à ces sept mille francs...

— C'est une somme, dit Chanat, que j'ai sortie de la caisse municipale pour la consacrer à la propagation que je faisais à Roybon pour le gouvernement.

— Ah ! ces pièces de cent sous et de vingt francs dont vous étiez si prodigue et à l'aide desquelles vous comptiez acheter des voix !... C'est là, vous le savez, monsieur, une dépense qui vous est personnelle... Le conseil n'entend pas la mettre à la charge de la commune.

Les conseillers firent des signes d'acquiescement.

— Je crois qu'il y a unanimité ? dit Galtier.

— Parfaitement, dit un conseiller, parfaitement, monsieur le maire.

— Vous comprenez, monsieur Chanat, dit Galtier, que mon devoir est tracé : c'est d'exposer les faits à M. le préfet de l'Isère, qui avisera ; et je crois que dans votre intérêt vous devriez remettre dans la caisse municipale la somme qui en a été indûment distraite, d'autant plus qu'une affaire peut en amener d'autres et que...

M. Chanat réfléchit un instant.

— Je rendrai cette somme, dit-il.

— Allez donc la chercher, dit Galtier, car je dois faire mon rapport au préfet aujourd'hui.

M. Chanat se leva et sortit en lançant des regards terribles aux membres du conseil.

Il lui sembla voir tous ses rêves s'enlever comme comme une volée de canards sauvages à travers les Chambarans.

— Oh ! quelles canailles, quels coquins que ces républicains ! murmurait-il en se rendant chez lui. Et ces conseillers ! Des amis ! mes amis !... Ils auraient été trop heureux de dépenser cette somme pour les élections si nous avions réussi.... Le gouvernement m'aurait donné l'argent que j'aurais voulu... Mes amis de Paris m'avaient écrit qu'on me tiendrait compte de tout ce que je dépenserais. Rendre sept mille francs ! Les prendre dans ma caisse, dans ma poche !... Canailles de républicains ! canailles ! canailles ! canailles !

Il ouvrit sa caisse, son fameux coffre-fort ; il compta la somme, les dents serrées.

— Il le faut, répétait-il à part lui ; il le faut. La pénalité est trop grave ; le fait est patent !... Oh ! la République ! En voilà un régime !... Sous l'Empire, S. M. l'empereur Napoléon m'aurait rendu cet argent sur sa cassette particulière plutôt que de me le faire perdre.

Il mit les billets et l'or dans sa poche.

— Allons ! dit-il.

Et rencontrant sa fille dans le corridor :

— Toi, ouvre les fenêtres du salon et mets toi à chanter, à jouer de l'accordéon. Joue de l'accordéon.

Athalire demeura clouée à sa place, étonnée du ton de son père.

— Mais va donc jouer de l'accordéon, lui répéta célui-ci. Qu'on croie notre maison gaie !

— Mais nous sommes en grand deuil ! fit Athalire.

— Hé bien, joue un air funèbre !...

Et il se rendit à la mairie.

Il trouva une assemblée silencieuse.

Il jeta l'argent sur la table.

— Voici, dit-il ; cet argent n'avait pas été dépensé, il était chez moi, dans ma banque, où j'espérais avoir bientôt la caisse municipale ; il était chez moi au lieu d'être déposé à la banque Véran, voilà tout.

— Il n'y a pas de décharge à vous donner, monsieur, lui dit Galtier.

M. Chanat quitta la salle sans mot dire ; mais en descendant l'escalier il se retourna vers la porte fermée et, la menaçant du poing :

— Canailles de républicains, murmura-t-il, voleurs ! bandits ! crapules !

— Messieurs, disait le maire, nous allons prendre une délibération rectificative et annulatrice des anciennes...

Quand il sortit de la mairie, Allard l'aborda vivement :

— Tu sais les nouvelles ? lui dit-il. M. Pelussin est réintégré dans ses fonctions ; le greffier de la justice-de-paix, que nous estimons, a reçu une lettre de la chancellerie où on lui demande s'il veut être nommé juge-de-paix à Roybon ; l'ancien directeur de la poste reprend possession de son emploi; Mme de Bellevache vient de partir, et M. de Bellevache emballe le portrait du pape, le portrait du roi et son salon fleurdelisé.

— Allons, dit Galtier, le coup-d'Etat a réussi à Roybon. Viens donc jusque chez moi.

M. Monestrel attendait Galtier devant sa porte.

— Mon cher Albert, lui dit le père de Lucile mon cher, mon excellent et dévoué ami, je viens arrêter avec vous la date de votre mariage.

XXII

LES OISEAUX FONT LEUR NID

— Ah ! la date de mon mariage, dit Galtier en faisant asseoir Monestrel et Allard ; mais il me semble que ce n'est pas une affaire que je puisse conclure à moi seul.

— Mais, avec moi ?

— Pas même avec vous. La présence de mademoiselle votre fille est absolument indispensable pour que nous puissions prendre une détermination à ce sujet.

— Elle est chez M. Crillon, dit Monestrel.

— Voulez-vous que nous nous rendions chez M. Crillons et que nous nous entendions ?

— Je ne demande pas mieux.

— Allons donc. Tu viens avec nous, Allard, tu n'es pas de trop... Et que dites-vous, monsieur Monestrel, de ce qui se passe dans le pays ?

— Ah ! mon cher monsieur Galtier, je ne sais que penser. M. le curé est très-inquiet.

— Il a peur ?

— Il dit que les rouges ne tarderont pas à arriver tout-à-fait au pouvoir et qu'alors on recommencera à tuer les prêtres, ainsi que sous la première Révolution.

— Oh ! dit Galtier, je ne crois pas qu'on aille si loin.

— Vraiment ? dit Monestrel. C'est égal, nous ne sommes pas dans de bons draps, nous autres. Enfin, mon cher monsieur Galtier, j'espère que, s'il arrive des malheurs dans Roybon, à-présent que vous voilà maire, vous empêcherez au moins qu'on fasse du mal à votre pauvre beau-père.

— Dormez tranquille, Monsieur Monestrel.

— Ah ! ah ! dit Crillon, voici nombreuse compagnie. Entrez donc, vous trouverez nos jeunes gens.

— Lucile, dit Albert, nous venons arrêter le jour de notre mariage.

— Arrêter le jour de notre mariage ? fit Lucile.

— Hé ! oui, dit Monestrel, nous venons causer avec toi du jour où tu seras mariée et fixer définitivement ce beau jour.

— Oh ! Albert !... s'écria Lucile.

Et elle partit en grands sanglots en s'appuyant sur l'épaule du jeune homme.

— C'est nerveux, dit M\ :sup:me Crillon.

— Petite sotte, dit Anna, comme tu as l'amour larmoyant ! peux-tu pleurer à l'annonce d'une si bonne nouvelle !

— Tu sais, Albert, c'est de joie, murmura Lucile.

Il discutèrent quelque temps sur la date à laquelle ils s'arrêteraient. Le mariage d'Anna et de Paul Goubault ne devait pas avoir lieu encore, Paul ayant à asseoir sa position, et Anna disait :

— C'est vraiment vilain que je me marie après toi, Lucile, moi qui suis fiancée depuis si longtemps, et toi qui viens de l'être à peine !

— Pour des égoïstes de notre espèce, dit Galtier ; c'est votre affaire, ça. Nous, nous voulons nous marier le plus tôt possible.

— Aux premiers beaux jours d'avril, dit Allard.

— Soit ! dit Galtier.

— Pâques tombe le 21 avril, dit Monestrel, voulez-vous fixer le mariage au mercredi de Pâques 24 avril.

— Entendu, dit Albert, si cela vous agrée, Lucile ?

— Je trouve que c'est bien ainsi, répondit Lucile.

— Et quel jour partirons-nous pour Lyon faire nos emplettes ? demanda Albert.

— Il faut arranger ça avec ma femme, dit Monestrel, car c'est elle qui vous accompagnera. Vous logerez chez ma sœur.

— Tu es trop heureuse, dit Anna à Lucile, et je suis jalouse de toi.

Galtier faisait réparer l'intérieur de sa maison. Tout le rez-de-chaussée avait été déménagé, les plafonds étaient refaits, les cuisines revernies ou cirées à neuf, les papiers déchirés. Ce qui étonnait les

Roybonnais, c'est que leur maire faisait démolir le plafond de la chambre-à-coucher, un plafond blanc bien propre, pour le remplacer par des poutrelles de chêne, sans peinture dessus.

Une partie du second était également remis à neuf.

Enfin, la petite maison de Saint-Marcellin prenait tournure.

Ils ne tardèrent pas à partir pour Lyon, où ils furent reçus à bras ouverts par la tante ; et ils auraient été heureux comme des oiseaux si Mme Monestrel ne les avait talonnés.

— Laissez-les donc tranquilles, ces amoureux, disait la tante ; quel mal voulez-vous qu'ils fassent ? Laissez-les trotter à leur gré.

— Et si nous venions à les perdre de vue ?

— Ils se retrouveraient.

— Mais...

— Oh ! ils ne sont pas si campagnards que ça, madame Monestrel.

Galtier ne trouvait pas à Lyon ce qu'il voulait avoir en fait de meubles et d'étoffes, en dehors des soieries qu'il avait achetées.

— Il faut que nous allions à Paris, dit-il.

— A Paris ! s'écria Mme Monestrel, dans une ville de perdition pareille ! Jamais vous ne m'entraînerez si loin ! Dieu du ciel !

— C'est moi qui les conduirai, dit la tante.

— Vous !... Mais vous...

— Ah ! vous allez avoir confiance en moi, j'espère. Vous nous attendrez chez moi, où vous ne manquerez de rien, où on est mieux que dans votre bicoque de Roybon. Nous partirons demain matin.

Au moment du départ, Mme Monestrel tira la tante à part :

— Au moins, dit-elle, prenez bien garde ! oh ! prenez bien garde ! c'est si fragile !

La tante haussa les épaules.

Elle fit mine de dormir profondément en chemin-de-fer pour qu'Albert pût entourer de son bras la taille de Lucile et la laisser sommeiller sur son épaule, et, arrivée à Paris, dans un bon hôtel, elle leur dit :

— Mes chers enfants, je ne suis pas venue ici pour vous ennuyer. Si vous avez besoin de mes conseils, vous me les demanderez. Mon cher neveu, vous connaissez Paris; vous ne vous perdrez donc pas ; emmenez Lucile, agissez comme d'honnêtes petits bonshommes qui s'aiment de tout leur cœur ; visitez la grande ville, courez les magasins, dépensez de l'argent, amusez-vous. Vous êtes ici pour un mois au moins, afin que vous puissiez vous faire la cour et vous embrasser comme d'heureux gentils fiancés que vous êtes.

Albert et Lucile profitèrent de la permission de courir seuls qu'on leur donnait.

Ils marchaient l'un à côté de l'autre, serrés, s'arrêtant à tous les magasins, furetant, poussant des cris d'admiration et achetant des bibelots et des objets d'art qu'il n'avaient jamais rêvé posséder ni l'un ni l'autre.

— Il fait un froid de loup ! disait Galtier.

— Ça pique ! disait Lucile.

Ils passaient rue de Rivoli.

— Si nous nous achetions, dit Albert, des fourrures à faire rager les Chanat.

— Oh ! de bonnes fourrures chaudes, dit Lucile, qui se sentait déshabillée auprès des belles dames emmitouflées qu'elle rencontrait. Je serai gentille avec des fourrures, moi aussi.

— Entrons.

Une fois entrés :

— Tiens, voilà exactement le manteau de Mme Chanat, dit Lucile. Combien ça vaut-il ?

— C'est du petit-gris. Cinq cents francs. dit une employée.

— Le sien, à ce qu'on disait, coûtait beaucoup plus cher.

— La fourrure ne peut être plus belle, madame.

— Elle m'appelle « madame », dit Lucile à Albert ; elle nous croit déjà mariés.

Galtier acheta à sa femme un long manteau de loutre bordé de castor argenté qui lui coûta dix-huit cents francs, et il prit pour lui une pelisse d'astrakan.

— Que tu es belle avec ça! s'écria la tante quand on apporta les fourrures. Mettez-vous ça sur le dos, mes enfants, pour avoir chaud.

— Mais nous ne pouvons pas mettre avant notre mariage ce que nous achetons pour la corbeille, dit Lucile.

— Qu'est-ce que ça fait? dit la tante. Ayez donc chaud d'abord, mes enfants. Tu as l'air d'une reine, vêtue ainsi. C'est très-beau. Seulement, mes petits amoureux, comme il n'y a pas de fourreur à Roybon pour conserver ces manteaux l'été, il faut acheter une boîte en camphrier.

La tante se recula un peu pour mieux examiner Lucile.

— Avec ce manteau et ton allure vive, tu as vraiment l'air d'une petite Parisienne. Mais depuis quelle année as-tu cette horreur de chapeau?

— Oh! il y a longtemps. Ma mère n'a pas voulu dépenser vingt francs pour m'en donner un neuf.

— Je vais t'en acheter un, moi. Albert, vous n'aviez pas remarqué ce chapeau?

— Je n'ai regardé que ce qui est dessous.

Ils allèrent rue de la Paix, dans un magasin, au premier, près du boulevard, et la tante fit prendre à Lucile un chapeau brun avec une plume rouge qui lui donnait un petit air crâne.

— Est-elle gentille! dit la tante.

— Oh! et jolie! s'écria Galtier.

— Aller vous promener maintenant. Faites voir aux Parisiens que les Dauphinoises sont belles. Mais embrassez-la donc votre fiancée, Albert! Vous pouvez l'embrasser devant moi. Je ne vous vois pas assez vous aimer.

— Ta tante, dit Albert en sortant, elle croit donc que je n'embrasse pas ma jolie Lucile, ma bien-aimée, ma chérie, ma mignonne.

— Elle sait cependant que nous nous aimons.

— Regarde donc les superbes bijoux. Il faut en acheter. Quel est le bracelet qui te ferait plaisir? Veux-tu des diamants? Tu n'as qu'à parler, à la condition que tu ne dépasses pas les limites qu'une

provinciale raisonnable doit s'imposer, car il y a là
des choses qui ne sont que pour les grandes fortunes. Tiens, ça, par exemple, tu vois, ce n'est pas
beau, c'est un œil-de-chat, mais ça coûte aussi cher
que des brillants, dans certaines conditions que connaissent les lapidaires.

— Je n'aime pas ça, moi.

— Ecoute, je vais te donner deux brilla pour te
tes oreilles, une chaîne avec un médaillon pour te
mettre au cou, deux bracelets, tout ça avec des
diamants.

— Oh ! que je serai belle !

— Et une montre attachée à une châtelaine.

— Que de choses !

Et entrés dans le magasin, il achetait encore une
broche, des boutons de manchettes et une belle ba-
gue.

— Et nos alliances, Albert ?

— Je les aurais oubliées ! Tu fais bien de me rafraîchir la mémoire. Là, le nom et la date à graver.

— C'est magnifique, mon Albert, ce que tu me
donnes.

— Et les meubles pour Saint-Marcellin ? Les papiers
de tenture pour Roybon ? Les tapis ?

— Allons dans les grands magasins. On s'y amuse
tant.

— Pour les tapis, oui, nous pouvons les y acheter ;
mais pour les meubles, nous irons ailleurs.

Ils prenaient une voiture et se faisaient conduire
chez des tapissiers, et, dans la voiture, Lucile se pe-
lotonnait dans les bras d'Albert, et ils s'embrassaient de tout leur cœur.

Il y avait six semaines qu'ils étaient à Paris quand
la tante leur dit :

— Mes neveux, je ne vous ai jamais dit mot des
lettres de Mme Monestrel, mais depuis notre départ
de Lyon elle ne fait que vous redemander, et Dieu
sait en quels termes... enfin !... Restez encore ici deux
ou trois jours si vous voulez, mais il faut partir, d'autant plus que nous voici à la moitié de février.

— Quel malheur de quitter Paris ! dit Lucile.

— Nous repasserons par Paris en revenant d'Italie·

—C'est en Italie que vous faites votre voyage de noce ?

—Oui, dit Albert.

En passant à Lyon, Albert se fit envoyer ses meubles de chêne et deux ouvriers tapissiers.

Et l'on vit bientôt à Saint-Marcellin une maison fraîche et gentille avec des bois blancs vernis, des cretonnes, des fauteuils d'osier, de bambou, et à Roybon une maison où il y avait des tapis dans chaque pièce.

Dans la grande chambre Louis XIII que faisait faire Galtier, on tendit les murailles de drap rouge, un épais tapis de Smyrne couvrit le parquet, des rideaux en tapisserie à larges lambrequins pendirent aux fenêtres et au baldaquin du lit. Les portes furent masquées de portières. Les bronzes sur les cheminées, les colonnes torses, les sculptures des grands fauteuils, excitèrent l'admiration des Roybonnais qui stationnaient devant les fenêtres de la maison pour apercevoir ce qu'on plaçait et ce qu'on déballait.

— Avez-vous vu les tentures ? se demandait-on

— Il y a quatre colonnes pour supporter le ciel du lit.

- - Il paraît que ça vient de Paris.

— Ils n'ont rien trouvé à Lyon d'assez beau pour eux.

Mme Monestrel avait raconté que son gendre avait acheté un manteau de fourrure à sa fille qui coûtait plus de deux mille francs et pour dix-sept mille francs de bijoux.

— Pensez-vous ! quelles dépenses !

— M. Galtier est assez riche.

— Ça en fait du pain, tout ça.

— Les Monestrel n'ont pas donné de trousseau, c'est M. Galtier qui l'a payé.

— On dit qu'il a dépensé plus de quarante-mille francs.

— Mais aussi, c'est que c'est beau.

Et planant sur tous ces propos, comme un mot exerçant une sorte de magie, on s'écriait :

— Elle a des diamants !

— Moi, concluait Mimi, j'avais toujours eu l'idée que ce mariage se ferait.

Pendant que Galtier préparait le nid de sa Lucile, ses amis s'occupaient de faire les noces du nouveau maire, du républicain le plus ardent et le plus ferme du pays, l'occasion d'une manifestation publique.

Ils engagèrent quatre musiciens de Grenoble, et dans la nuit qui précéda le mariage, des arcs de feuillage s'élevèrent comme par enchantement dans les rues de Roybon, et les fenêtres se pavoisèrent de drapeaux.

Lorsque Galtier sortit pour aller chercher sa fiancée, après avoir jeté un dernier coup-d'œil sur les apprêts du dîner qui se faisait chez lui, il fut surpris de voir partout la verdure naissante mêlée aux branches de pin, et des arcs-de-triomphe avec des inscriptions :

VIVE NOTRE MAIRE !

ou

VIVE LES MARIES !

Il commença à être ému de cette manifestation ; mais il le fut davantage en trouvant ses amis devant la porte des Monestrel et quand la moitié des Roybonnais rassemblées l'accueillit par des vivats, des cris de : Vive la République ! et des salves de mousqueterie. Le village était en fête.

Tous les républicains de Roybon, tous ceux qui avaient été réunis pour la bataille du 16-Mai, étaient de la noce.

Dans sa longue robe de satin blanc et son voile de dentelle, arrangés à la dernière mode de Paris par des couturières de la capitale, Lucile, rayonnante de bonheur, n'entendit que murmures d'admiration sur son passage ; quand elle arriva devant la maison de Galtier, qui était la sienne, les petites filles du village lui offrirent un gros bouquet composé de toutes les fleurs qu'on avait pu ramasser dans Roybon, et les quatre musiciens commencèrent à faire de la musique.

Pendant le repas, qui fut très-gai et où on mangea des mets expédiés de Lyon, prêts à être servis aussitôt réchauffés, Albert aperçut une petite fleur fanée attachée avec une épingle à côté du bouquet de fleurs d'oranger de Lucile.

— Qu'est-ce que c'est que cette petite fleur ? lui demanda-t-il.

— C'est la primevère que tu me donnas l'an dernier, Albert, dit Lucile ; elle avait porté bonheur à nos amours, j'ai voulu qu'elle portât bonheur à notre mariage. Je l'ai si souvent baisée et priée.

— Bonne petite femme !

— Nous nous aimerons toujours ? demanda Lucile.

— Toujours, toujours ! tu verras.

— Qu'avez-vous donc à parler à voix basse, vilains ? demanda Anna. N'êtes-vous pas honteux d'être l'un à l'autre quand on me laisse vieille fille ?

— Ne pleure pas, dit Crillon. Je te jure que tu seras mariée pour tes étrennes.

— Sûrement, dit Paul Goubault.

Après le dîner, on vit la Grande-Rue s'illuminer, les décharges de mousqueterie redoublèrent d'intensité, et la population roybonnaise vint pousser des vivats devant la maison.

On voulut jouir de la présence des musiciens et danser ; la population se mit, dans la rue, en devoir de profiter aussi de la musique. On plaça les musiciens dans l'embrasure de la fenêtre afin qu'on entendît les sons aussi bien du dehors que du dedans, et, à la lueur des belles lampes et du lustre rapportés de Paris, comme à la lueur des bougies posées sur les fenêtres dans des pommes-de-terre et des lanternes suspendues dans les arcs de feuillage, les Roybonnais se mirent à danser.

— Nous nous retirerons bientôt, Albert ? dit Lucile.

— Oui, ma bien-aimée ; oui, mon amour.

Pour finir la soirée, Galtier fit rouler dehors quatre hectolitres de vieux vin en criant aux Roybonnais ; « Buvez ! » et il s'appprocha des musiciens, une chanson à la main.

— Vous pouvez jouer à première vue? leur demanda-t-il.

— Oh ! oui, monsieur, dirent-ils, quand ce n'est pas difficile.

— Tenez, c'est facile.

Après deux ou trois accords, les musiciens entamèrent la *Carmagnole*. Dans la rue, la population fut d'abord désorientée, puis elle regarda les gens de la noce et imita leurs danses tout en buvant à leur santé.

— Allons, Anna, Paul, donnez-vous le bras, comme dans les Chambarans, vous vous rappelez? Lucile, viens entre nous. Et vous tous, derrière, emboitez le pas.

Galtier chantait. Les autres firent chorus. Dans la rue, on se mit à l'unisson, et peu-à-peu la grande danse révolutionnaire s'accentua, devint fébrile, mêlée, houleuse, et Lucile et Albert étaient déjà dans leur chambre chaude, isolée, loin du bruit, échangeant leur baiser d'amour, que l'air de Roybon vibrait à faire rager les Chanat enfouis sous leurs couvertures et portait aux échos des Chambarans :

> Dansons la carmagnole,
> Vive le son,
> Vive le son !
> Dansons la carmagnole,
> Vive le son
> Du canon !

FIN

TABLE DES MATIÈRES

FIN DE LA TABLE

Imprimerie de DESTENAY à Saint-Amand (Cher).